桜田十九郎探偵小説選

論創ミステリ叢書
75

論創社

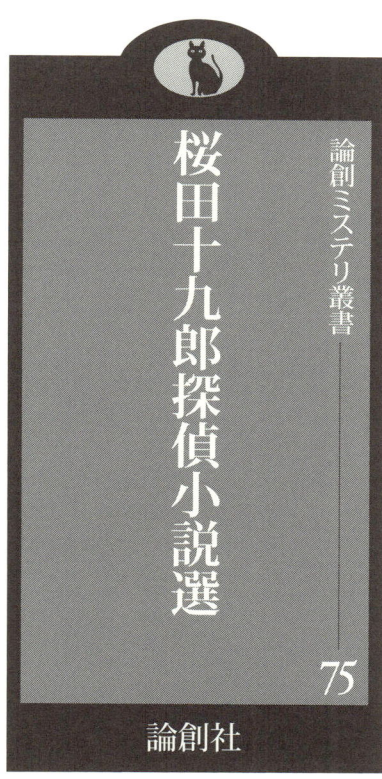

桜田十九郎探偵小説選　目次

凡　例

一、「仮名づかい」は、「現代仮名遣い」（昭和六一年七月一日内閣告示第一号）にあらためた。

一、漢字の表記については、原則として「常用漢字表」に従って底本の表記をあらため、表外漢字は、底本の表記を尊重した。ただし人名漢字については適宜慣例に従った。

一、難読漢字については、現代仮名遣いでルビを付した。

一、極端な当て字と思われるもの及び指示語、副詞、接続詞等は適宜仮名に改めた。

一、あきらかな誤植は訂正した。

一、今日の人権意識に照らして不当・不適切と思われる語句や表現がみられる箇所もあるが、時代的背景と作品の価値に鑑み、修正・削除はおこなわなかった。

一、作品標題は、底本の仮名づかいを尊重した。漢字については、常用漢字表にある漢字は同表に従って字体をあらためたが、それ以外の漢字は底本の字体のままとした。

鉄の処女

悪魔に憑かれた女?

西空《にしぞら》の涯《はて》に淡く弦月《げんげつ》が懸っていたが、星は疎らで、アルヘシラスの港は仄かな水明りの中《うち》に寒々と更けて行く。

港町の酒場から連れ立って帰って、ヘレナ丸の甲板を踏んだばかりのところなので、唐突《だしぬけ》に後ろから

「もしもし!」

と、綺麗に澄んだ声を背に浴びた時には、三人が三人、愕乎《ぎょっ》として棒立ちとなった。元々無口なピカッソは眼をギロリと光らせただけだが、お喋舌《しゃべ》りのガウデロは直ぐ私の小脇を肱《ひじ》で突ついて

「船長、気をつけなきゃ危険《あぶね》え。スペイン秘密探偵局の廻し者かも知れねえよ」

と囁いた。

「ちょいとお訊ねしたいんですが、あの筏《いかだ》はいつごろからあるんでしょう?」

三人が舷側《げんそく》へ寄るのを待って、波止場の石畳から若い女が辿々《たどたど》しい英語で訊ねた。

薄闇《うすやみ》に浮かんだ女の顔がくっきりと白い。真ッ黒のベレエに真ッ黒のアストラカンの外套《がいとう》――すんなりと延びた肢体が、何か妖鳥《ようちょう》のような美しさを聯想させる。

彼女の視線を追って、私はヘレナ丸の船の方へ瞳を投げた。まだ蜜柑や皮革を積み込まない貨物船が大きな赤い腹を剝き出して、怪物のように横《よこた》わっている。そのこちらに、丸太を無雑作に組合わせた筏が、波の間《ま》に間に漂っていた。

つい先刻《さっき》、私たち三人が酒場へ行く時には見当らなかった筏である。しかし、こんな筏一つが何だろう! そして私たちが何を知っていよう! 筏について訊ねたいのは、むしろ我々なのだ。

「せっかくのお訊ねですが、いま見るのが始めてでさア。多分、筏に聞いてみねえことにゃ、急のお間に合いますまい。あッはッはッ」

ベラベラと口軽に、私はスペイン語で喋舌った。スペ

イン人のガウデロは勿論、ポルトガル人のピカッソ、それから日本人の私にしたって、モロッコのスペイン義勇軍で散々苦労して来た碌《ろく》でなし共。寝言でもスペイン語でやらかす位のものである。女の訛りでスペイン人と見抜いたからには、下手糞な英語の御厄介になることはないのだ。

「お願いですけど……」

と、女が急に一歩進み出た。

「あたしをタンジールまで乗せて行って下さいませんか？　五百ペセタ船賃を払いますわ」

むろん流暢なスペイン語に変っている。

「この船はタンジールへ行くんじゃありませんや。スータ行きでさア」

「スータとタンジールは眼と鼻の間ですわ。どうせジブラルタル海峡を横断《よこぎ》るんでしたら、あたしの無理を諾《き》いて下さいな。あなた方、タンジールからスータへお廻りになればよろしいでしょう？　あたし千ペセタお払いしますわ」

「千ペセタ!?」

金も金だが、好奇心の方が余計に動いた。夜の夜中、何を目当てに、この美しい女はモロッコくんだりへ行きたいと言うんだろう？

「よろしい。貴女《あなた》はヘレナ丸のお客様です。いかにもタンジールへお届けしましょう。さアお乗りなさい」

そう言った途端、ガウデロが私の脇腹を厭《いや》ッというほど小突いた。

「ちえッ！　仕様がねえなア船長。女に甘《あ》めえのもいいが、船の掟を破るなんて大箆棒《おおべらぼう》の話だ。乗せちゃ不可《いけ》ねえよ。お前さん、まさかこの船がどういう船か、けろりと忘れとるんじゃあるめえね？」

私は鼻でふふんと嗤《わら》った。

「お前が操舵手で、ピカッソが機関手だッてえことも承知之助なんだ」

「俺アどういうもんだか、あの女と、女の金にゃ、悪魔めが憑いてけつかるような気がして堪らねえんだ。彼奴《あいつ》ア、どうしたって唯者《ただもの》じゃねえぜ船長」

「まアいいッてことよ」

ピカッソは何とも言わなかったが、眼には非難の光が一杯だった。しかし私は委細構わず女を迎え入れると、艙口《ハッチ》から右舷の小さい船室へ案内した。

もともとヘレナ丸は、ある富豪の注文で出来た豪華な快走船《ヨット》を、中古《ちゅうぶる》になってから私達三人が格安に譲り受けたものだけに、船体、機関、船具、船室、調度など、どこへ出しても恥かしくないほど優秀なものだった。彼女も忽ち船室が気に入ったらしく、上機嫌に直ぐ千ペセタの現金《げんなま》を私の手へ呉れた。

「船長、どうか今夜の経緯《いきさつ》を悪く思わないで下さい。あたし、カルメン・モラルス。あなたは?」

「ジョオジ・ミキ。日本人なんでさア。えッヘッヘッ」

お世辞笑いが、急に私の唇で凍りついてしまった。彼女は私の手を執って二三度振ったが、その手の冷めたさ!

いや、それよりも慄然としたのは彼女の眼の色である。美しすぎるほど美しい顔の中で、どうして眼だけがこんなに鋭く光っているのだろう?

蛇が美女に化けたとしたら、きっとこの女のようになるに違いない。

そう思った刹那、私の驚愕を冷笑《あざわら》うように彼女はニッコリと真珠のような歯を見せた。その笑顔ではもう、気味のよくない眼の光が嘘のように消えて、身も魂も蕩《と》けそうな媚《なま》めかしさが一杯なのである。

不思議な女! カルメン! カルメン・モオラス!

私は意味の判らぬ吐息を幾つも落しながら甲板へフラフラと戻った。

船室に潜む美人

ヘレナ丸はスループ型の単檣帆船《たんしょうはんせん》で、港では申訳《もうしわけ》に帆を張るものの、海原遠く辷《すべ》り出ると、ロールス・ロイスの機関《エンジン》に物を言わせて小煩《こうるさ》い砲艦や警邏船《けいらせん》から遁走《とんそう》するのがお得意なのだ。スペインとモロッコ間の飛脚船という看板も、一皮剝いだ二重底の下には、禁制品が鳴りを鎮めて寝転っている。行先は噴火山上にあるようなモロッコなのだ。私達の仕事も、火の上で躍っているような危険と冒険そのものである。

アルヘシラス湾を出て一時間後、私は監視の緊張から解放されてホッとすると、冷たい冬の海風に吹き曝された寒さを急激に感じて、ブルブルと酔醒《よいざ》めの体を慄《ふる》わせながら梯子を下った。

風を孕《はら》んでハタハタと鳴る帆の音、舷《げん》に砕け散る波の音、エンジンの唸りなどが一つの音楽のように船内一体に響いている。

快調《グッド・ペース》だ。二十節《ノット》も出ているかな?

満足しきって足を運んだ私は、突然、ぎくりとして立《た》停《ちどま》った。酒瓶を取りに来た自分の室《へや》から、私は思いがけなく、人の歔欷《すすりな》くような忍び音《ね》を二声三声慥かに聞いたのだ。

ガウデロは甲板に、ピカッソは機関室に、そしてカルメンは右舷の客室にいるはずではないか！　左舷の俺の船室に潜む者は、果して誰？　カルメン？

把手《ハンドル》を摑む手が不覚にも慄えた。パッと扉《ドア》を開け放つと、

「あッ⁉」

両方で同時に叫んだ。私の室の真ん中に、なんと、見たこともない一八九の美しい娘が立ち竦《すく》んでいる。

絹のような金髪、臙脂《えんじ》いろのアフタヌーンから溢《こぼ》れた乳色の肌。秋の湖のように澄んだ碧い眼が、おどおどと慄えている。港に群れている娼婦より知らない私に、この娘は全く神々しいほど美しく見えた。

「あの……あたし達……こっそり船へ逃げ込んだのですわ。そうせずにはいられなかったんですもの」

娘の声は悲しそうで、頰を涙の條《すじ》が流れていた。真剣な態度が、鋭い刃物のように私の胸へ迫る。言葉は生粋のスペイン語だ。

「あたし達？　あたし達と仰有《おっしゃ》いましたね？」

「ええ、あたしと兄と……」

彼女は背後を指さした。その室隅《へやすみ》には私の寝台がある。私は忍び足で歩み寄った。

「どうぞお静かに……。この人は大変に工合が悪いんですの」

二十二三の青年が死んだように横わっている。頰がげっそりこけて、肩の骨もゴツゴツと、体はまるで丸太棒のように痩せ細っているのだ。絶えず苦しそうに嗄《しゃ》がれたゼイゼイという音を咽喉の奥で慣らしていたが、ときどき痙攣でもするように激しい鼻翼《びよく》呼吸をしたりする。

「どこがお悪いんですか？」

「どこもかしこもみんな悪いんです。おまけに怪我もしてますし……」

「いろいろお訊きしたいことは後廻しにして、まず何よりも病人の介抱が第一です。船尾の倉庫へ行って、薬箱から強心剤でも発見《みつけ》て来ましょう。少々お待ちなさい」

「有難う。どうぞよろしく！」

感謝に潤む娘の眼を眩ゆいものに思いながら、私はあたふたと室を飛び出した。

悪魔の血の眼

あの娘は何物だろう？　何のためにヘレナ丸へ忍び込んだのか？　どこから来て、どこへ行こうと望んでいるんだろう？

手提灯《てさげび》の明りの中で倉庫の薬箱を探りながらも、私の心は娘の上から一刻も離れなかった。

急に消魂《けたたま》しい悲鳴が一と声、船内の空気を突ん裂いた。

あの娘の叫び声だ！

私は弾丸のように倉庫を飛び出して廊下を突ッ走った。矢庭に元の室へ走り込もうとすると、途端に艙口《ハッチ》からガウデロの頓狂な怒鳴り声が降って来た。

「やアいピカッソ、船を停めろッ！　投身《みなげ》だ投身だッ！　女二人が投身したぞオ！」

女二人？

私は無我夢中で梯子を駈け昇った。

「女なんてえもなア、滅法界《めっぽうかい》もねえ無茶をしやがる。この二月の冷めてえ海にねえ船長」

「猫鮫《ねこざめ》が危険《あぶね》え。ガウデロ、直ぐボートの仕度だッ」

二百碼《ヤード》も離れてしまった。波の間に間に見え隠れする小さい二つの人影がある。

「仕度はＯＫだよ船長」

ピカッソも甲板へ出て来た。

「おやッ」

ボートに取りついた私たち三人は、吃驚仰天して眼を瞠《みは》った。夜の帷《とばり》の中から忽然と現われ出た小型の汽艇《ランチ》が、遭難の現場へ驀進《ばくしん》しつつあるのだ。その汽艇《ランチ》から一條の探照灯が光の矢を投げて、海面を銀鼠色に彩っている。

「有難い、あの女達は助かったぞッ！」

私は子供のように手を叩いて狂喜した。

「助かったこたアいいが、あっしア少し面白くねえんだ船長」

ガウデロは不服そうに口を尖らしている。

「何が面白くねえ？」

「どうもねえ、あっしア船長を少し見損ってたよ。何も俺《おい》らにまで黙ってる手はねえ。友達でも恋人でも構わねえから、俺らにもピカッソにも紹介《ひきあわ》せて船に乗せて貰いてえね」

「馬鹿野郎！　一人は千ペセタのお客様で……」

「一人は船長の北の方とくるか！」

「何を言ってるんだ。あの娘は密航なんだ」

「ヘッヘッヘッ。とか何とか仰有いましたかねだ」

この剽軽者《ひょうきんもの》は相手に出来ない。

「あの二人はどうして海へ飛び込んだのだ?」

「それだて船長。俺らが操舵輪に取ッ摑まってウイスキイの角瓶をチビリチビリ舐めてると、唐突《だしぬけ》にドタバタと甲板の上が喧《やか》ましくなってあッと思う間もなく、二人の女が海ん中へ飛込んだんでさア。何が何だか、訳が判らねえや。女共に限らず、船長にだって悪魔が取ッ憑いてるかも知れねえよ」

「まだ此奴《こいつ》、俺を疑ぐっていやがる!」

ふと気づくと、海中の二人を救い上げた汽艇《ランチ》は船首で小円を描くと、北西の方角へ全速力で走り始めた。そして三分もすると、夜の闇がすっかりその小さい姿を呑んでしまった。出現も遁走も敏捷を極めたもので、こっちはアレヨアレヨと呆れるばかり、追跡する暇《いとま》も、智慧もなかった。

「変な汽艇《ランチ》だなアガウデロ」

「そういえば十分ほど前、俺ら《おい》ガソリン・エンジンのチャッチャッと鳴る音を風のまにまに耳にして不思議だなと辺りを見廻したもんだがね。どこかそこらの島影からでも出て来やがったのかな?」

「一番近いのは何島《なにしま》だ?」

「アイオタ島でさア、癩島《レプラじま》のアイオタでさア」

無口のピカッソが珍らしく口を挟んだ。

「癩島《レプラ》のアイオタ? あの女達が癩島《レプラ》なんかと、どういう関係がある?」

そう口走った刹那、私はすっかり失念していた娘の兄を思い出した。

「おいみんな。俺と一緒に船室へ来い。密航のお客様がもう一人いるはずだ」

しかし、その船室へ一足入ると、私達はまた何度目かの驚きに呆然としなければならなかった。寝台の上の病人は、胸に海軍ナイフを突刺され、鮮血に染まって、無惨な最期を遂げているのだ。

枕元に羚羊《かもしか》の小さい革袋があった。開けてみると、中からバラバラと素晴しく大きな紅玉《ルビー》が、全部で十二個出て来た。

燦然《さんぜん》たるその光! たったいま赤バラの花から滴り落ちたような真紅《まっか》の雫が、眼も眩むばかりに煌々と輝いている。

「ひやッ、こいつア飛切りの紅玉《ルビー》ですぜ船長」

と、ピカッソがまず眼を剝いた。

「あッしア宝石屋にいたことがあるんでよく知ってますが、こいつア南部アフリカの紅玉《ルビー》や突晶石なんかと較《くら》べものにならねえ宝石《いし》でさア。上等といわれる東洋紅玉《ルビー》だってこいつにゃ敵いません。どこの宝石かなア？」

「だがねえ船長」

と、今度はガウデロが眼をクルクルさせた。

「この紅玉《ルビー》、あんまり真ッ赤で、俺ら少し気持が悪くなった。どういう訳だか、今ふッと悪魔の血だらけの眼を思い出したんだ。こんな晩、こんな海の真ん中で見ると全く竦然《ぞっ》とするよ」

「ちえッ！　また悪魔か！　悪魔の血の眼で悪かったらよせ。俺とピカッソの二人で頭割りにするよ」

「いや、なに……そのウ、厭じゃねえ」

ガウデロは周章《あわ》てて手を振った。

不遜な三人は死者の存在も忘れ果て、紅玉《ルビー》にすっかり魂を奪われていた。

人殺しの巣

思えば奇怪な航海であった。カルメン・モラルスと名乗ったあの女、惨殺された青年、可憐なその妹——その三人がヘレナ丸を舞台に、潜入、殺人、投身などという悲劇をなぜ演じたか？　果して高貴な一ダースの紅玉《ルビー》が、その原因の総てであろうか？

青年の死体を海中へ埋葬してから、私達は詮索に夜を明したが、何一つ核心に触れた解答に辿り着くことは出来なかった。

スータ入港が遅れたせいで、船荷受取の密使に会えないと判ると私達はヘレナ丸を隣村の海岸へ纜《け》って上陸した。

その夜。

紅玉《ルビー》の一つを和蘭人《オランダ》の宝石屋に売って懐ろを膨らませた私達三人は、土人の居酒屋で上機嫌に祝盃を挙げた。

宴も酣《たけなわ》の頃、黒い顔の中で眼のギロリと光る屈強なモール人が、つかつかと入って来て私の前に立つと、無言のまま一枚の紙片を卓子《テーブル》の上に置いた。

昨夜《ゆうべ》ヘレナ丸へ乗せて頂いたミチリナです。至急お眼に懸りたいと存じますから、このモール人と一緒においで下さい。

ミチリナ！　ミチリナ！

私は紙片を丸めてガウデロの足許へ捨てると、即座に立上った。

居酒屋を出ると、モール人は小さい汚い土人小屋がゴテゴテ並んでいる路地から路地を抜けて歩いた。霧がしっとりと降りて、冷々とした夜である。十碼《ヤード》先は、まるで深海の底を覗いたように濁っている。

ものの十五分も歩いたであろうか。路地を曲りきって、ちょいとした広場へ出ると、モール人は急に立停まって、鋭く口笛を吹鳴らした。あッと思った時には、夜霧の中から人影が幾つも飛出して、ぐるりと私の周囲を取巻いてしまった。頭に巻いた白布《タバン》、白木綿の着物、刃の曲った土人刀《ダガス》が物々しい。

「貴様達、何物だッ？　俺をどうしようと言うんだ？」

返事の代りに、鋭い土人刀《ダガス》が風を切って飛んで来た。私は左へ身を躱《かわ》すと拳を固めて、蹣跚《よろめ》く相手の顎へ美事《みごと》なスウィングを見舞った。呻きよりも先に、相手はパッタリと大地へ匍《は》った。

続いて突進して来た第二の土人には、眉間に鋭いフックを送ったと見る間に、一人の土人が背後から躍り蒐《かか》った。はッと身を竦めると、弾みを喰って相手は私の頭上を風車のように回転して地上へ転がる。私は素早く其奴《そいつ》の土人刀《ダガス》を奪い取ってほッとした。

此奴らは何物だろう？　ミチリナという昨夜の娘は、私を呼出して殺そうと計るのか？　そして、それは何故だ！　折柄背後で鋭い叫び声が起った。

「船長、もう大丈夫だ。俺《おい》ら来たよッ」

ガウデロとピカッソの元気のいい声だ。

「ガウデロ、相手は七八人だ。気をつけろ」

「だけど、ここはスータ有名《なうて》の人殺し共の巣ですぞ。潮時を見て最後は逃げるこッた」

突如、裏街の夜気を震撼《しんがい》させて、思いがけない銃声が鳴り響いた。乳色の霧の底から、橙《だいだい》色の焔がパパッと煌《ほの》めいて消える。

ピカッソが両手を中空に振って、

「船長、ガウデロ。左様なら《アデ・ローグ》！」

と叫ぶと、それが別辞となって、このポルトガル人はパッタリと倒れた。

「おおピカッソ!」

思わず駈け寄ろうとすると、私の足許へ今度はガウデロが、これは声もなく突伏してしまった。

「ああガウデロまで……」

茫然自失の態でくたくたと跪《ひざまつ》いた私の頭上へ、次の瞬間、何か重い力強いものが落ちて来た。

奇怪な檻禁

気がついてみると、手足を太い帆綱で結《ゆわ》えて、堅い湿々《じめじめ》した床の上に転がされている。何一つ調度や装飾のないガランとした土人小屋の一室で、壁に懸けた燭台に羊の脂で造った蠟燭がぼんやりと点っている。その悪臭が、部屋の噎《む》せたような空気と混ってむっと胸へ迫る。

考えた最初のことは、殺されずに済んだということで、それがまた全部だった。長年の放浪生活で太った胆っ玉は、土壇場となると私を充分落着けてくれる。私は何の屈託もない人のように、またうとうとと仮睡《まどろ》んだ。

「もしもし!」

ふと女の呼声に目が覚めた。

ミチリナ?

いや、しかしそこに立っているのはカルメンなのだ。

「大船長さん、ご機嫌いかが?」

人を小馬鹿にした口調の癖に、彼女の瞳も表情も取ッつき悪い冷たさが一杯だ。

「ははん、お前さんかい、俺《おい》らをこんなに待遇《もてな》してくれたのア……」

「ふふん、少しばかり御無心があってね」

「俺らしがねえ船乗りだ。お前さんに差上げるような代物ア何一つ持っちゃいねえ」

「満更そうでもなさそうだ」

「有ると仰有るなら進上してもいい。一体、何がお望みなんで?」

「鍵よ。二重底のね」

「二重底の鍵? 二重底たア何のことです?」

「ふッふッふッ。白ばッくれても駄目よ。ヘレナ丸の二重底に火薬が一杯詰ってることを、あたしアちゃんと知ってるんだからね」

「夢でも見ておいでなさるんじゃありませんか?」

「でなきゃ、大船長さんがあたしを見損ってらっしゃるのよ」

「はてね？」

「ヘレナ丸は今、あたしの掌中にあるのよ」

「なるほど。見損ってたのは俺らの方かなア！」

哀れなガウデロが、

「悪魔の憑いているような女」

と言った言葉を思い出すのである。

「そうと判ったら鍵の在処《ありか》を素直に白状した方がお得でしょうよ」

その鍵はヘレナ丸の船室の私の寝台が秘密の脚のところに匿《かく》しているのだ。

「有りもせぬ二重底の鍵を出せとは無理を仰有る！」

カルメンは急に口を噤《つぐ》んで憎々しげに私を睨んだ。

どうでも勝手にしろ！

相手の得体が判らないだけに、私も太々しくカルメンを睨み上げていた。

暫くの後《のち》、靴音が鳴って、赤毛の小男が入って来た。

「お嬢さん。港へ行った奴らが、ヘレナ丸がいねえといって戻って来ました」

「えッ？　ヘレナ丸がいない？」

カルメンが驚きの声を放った。私はその他に、お嬢さんという呼名に吃驚した。

「ちょっと油断してる間に、船の姿が掻き消すように失くなってしまったというんで」

「お前達がぼんやりだからだッ！」

「へえ、申訳ありません」

「じゃ、もう島へ帰る。仕度仕度！」

「へえ」

「この男も連れて行くからその積りで」

「へえ、承知しました」

赤毛が室から出て行くと、カルメンはじろりと私に冷たい一瞥を投げた。

「船長。鍵のお礼にお前さんを島へ連れて行ってあげる」

「島？　島とは、どこの島です？」

「アイオタ島よ」

「えッ、アイオタ？　レプラ島！」

彼女の立去った後、私は自分を待っている運命に漠然たる不安を感じたが、今更どうにもならない話なので、なるようになれと糞度胸《くそどきょう》を決めるほかはなかった。

ふと、どこからともなく、人の呻き声が聞えて来た。繊細《かぼそ》い女の声なので、直感的にミチリナではないかという気がした。

「ミチリナさん！　ミチリナさん！」

私の声が判ったとみえて、応答《いらへ》の声も一際高くなった。しかし、猿轡《さるぐつわ》でも嵌められているのか、呻きの他に一切言葉はない。声の主は私と同様、隣室に投げ込まれているようである。呼出状は無論贋物《にせもの》と判った。

アイオタ島悲歌

一世紀前までアイオタ島はスペインの重罪犯人が住民だった。島の中央に聳《そび》えている半ば傾むいたスペイン塔には、怖るべき拷問器具の数々が現在もなお遺されているという。

そのアイオタ島で、私を待っていたものは何か？　病毒感染の恐怖と死の労働！

私は島へ連れて来られたその日から、私の傍らで働く気の毒な人々の傷ましい姿を血の涙で眺めた。顔に大きな赤い円形の結節が五つ六つある顎髭の老人がいる。両手には褐色の瘡蓋《かさぶた》が一杯だし、両足には膿だらけの繃帯《ほうたい》を巻いている老人もいる。気味の悪い斑点を身体中に持っている中年の男は、頭に襤褸《ぼろ》を纏《まと》っていて、決して地肌を人に見せようとはしなかった。若い男で、抜け落ちた眉毛の周囲に得体の知れない膏薬《こうやく》をベタベタ貼ったのもいる。顎のない男もいた。上唇の欠けた男もいる。その男の剝き出した真ッ黄の歯と灰色の歯齦《しこん》は、眼を背けずにはいられなかった。

往く日も来る日も、私はこれらの人々と共に、牛馬のように酷使された。慈悲とか人情を知らない島の行政官は、屈強な三十人の輩下《はいか》に厳重な監視を行わせて、二百人の悲惨な労働者に一歩も容赦をしなかった。

本国政府から便船が二ケ月に一度訪れることになっていたが、巡視の役人でこの島へ上陸する者は殆んど一人もなかった。彼らは病菌を怖るる余り、渚で行政官の勝手な報告を受取ると、至極満足してさッさと引返してしまうのが常だった。

私達の労働は朝から晩まで、鉱山を発掘して紅玉《ルビー》を探し出すことだった。ある時、島の行政官は花崗岩《かこうがん》や片麻岩《へんまがん》の中に点在した結晶性石灰石層の中から偶然にも素晴しい紅玉《ルビー》を発見したという。それから貪欲な彼は病める人々に過酷な労働を強い始めたというのである。島の行政官はフェルヂナンド・モラルスだった。

鬼のようなモラルスはとにかくとして、その独り娘のカルメンが父に劣らぬ冷血なのに私は一驚した。腎臓を病んで病臥《びょうが》する父の代理に、彼女は父以上の辣腕《らつわん》を揮《ふる》っているのである。

恐怖と戦慄の島の生活の中で、私の愉しい僅かの一と刻《とき》はミチリナに対する思い出の糸を手繰《たぐ》ることだった。彼女も私同様、囚われ人となって島へ渡り、丘の上のスペイン塔に幽閉されてるのだ。鉱山への往復に丘の下を通る時、私は心の底で彼女の名を呼び続けた。無論、垣間見ることさえ許されない私達は、春が過ぎて夏も去り、そして秋の虫の音を哀しく聞く頃になっても、口一つ利く術はなかった。

ところが、ある晩、私は藁床の木枕の下から一枚の紙片をみつけた。

希望を捨てないで下さい。ゆうべ、わたくし夢を見ました。どこからか救助の手が延びて来るような気がします。

ミチリナ

船長さま

懐かしの手紙を抱いた私は、興奮しきって一晩中まんじりともすることが出来なかった。

私は頻《しき》りにスペイン塔を訪れようかと迷った。しかしそれは無意味に鉛玉を撃ち込まれる以外の何物でもない。

とうとう私は脱島を決意した。遣《や》ろう。モロッコ義勇軍で幾度も死地《しち》に突進した俺だ。スータの人殺しの巣で、ガウデロやピカッソと一緒に死ぬはずだった俺だ。警戒厳重のアイオタでも、生命《いのち》さえ投げ出せば脱出の出来ないはずはなかろう。死中《しちゅう》に求めずして、どこに活路がある！

脱島の陰謀

一週間目のある日、坑道の奥深く入った私は、傍らに仲間が二人しかいないのを見定《みきわ》めると、意を決して脱島の相談を持出した。

一人は英人《えいじん》を父に、モール人を母に持つコルニッシュ、他の一人はアブヂュル・ベン・ドリンという土耳古《トルコ》人だった。

混血児のコルニッシュがまず、斑紋だらけの顔を吃驚したように緊張させた。

「あんた、生命《いのち》が惜しかったら、そんな無茶な計画を人に洩らすもんじゃありませんよ。脱島なんて迚《とて》も不可能です。生きて島を遁《のが》れた人なんか、わしアこの十年間、見たことがありません。現にこの二月、可哀想な兄弟が筏に乗って逃げ出したまではよかったが、兄はとうとうお嬢さんに殺され、妹はスペイン塔へまた逆戻りになってるんです」

膿だらけの膏薬を顔に貼った土耳古のアブヂュルも気のなさそうに言うのである。

「逃げ出すと言ったって、私達の行くところがどこにあるでしょう？　この島も地獄だが、私達のためには、世界中どこへ行っても極楽なんてありませんからねえ」

痛々しい言葉に私は胸を衝かれずにはいられなかったが、私の決意はそれ位の反対で怯《ひる》みはしなかった。

「馬鹿なッ！　君達は血と涙の屈従に甘んじて儚い一生を送る積りか！　どうせ島の生活が死を約束するものなら、なぜ自分の生命を投げ出して友を救い、島を明るくしようとしない？　君らは物を考える力も失ってしまったのか？　島の支配者がモラルス父娘《おやこ》でなかったら、この島だって極楽になるだろう。行政官の雁首《がんくび》を取ッ換えるんだって、脱島しなきゃ出来ッこないんだ」

私の熱弁は遂に二人を動かした。

それから時日の経つにつれて、われわれの潜行運動が、林の底を匍う野火《のび》のように燃え拡がって行った。忍従に馴れていた人々の心中にも、一触即発の不平不満が鬱積していたからだ。

ところが、それから半月も経たないある日の夕方、不意に坑口で銃声が轟いたと思うと、どやどやと坑内へ雪崩を打って武装した監視共が走り込んだ。むろん露天掘の鉱坑《こうこう》なので、場所によっては右往左往、逃げまどう仲間の姿が手にとるように見える。

「裏切者が密告したんだッ！　みんな逃げろ逃げろッ！」

土耳古人のアブヂュルが悲痛な声で喚き立てるのが聞える。

最後の一歩手前で秘密の漏洩したのは残念で堪らなかったが、私にしても逃げるより他に道はない。

坑内は蜂の巣を突ついたような騒ぎだった。走る者、転ぶ者、叫ぶ者、泣く者――阿鼻地獄を眼の当りに見るような光景だった。

しかし幸運なことは、下山間近の夕刻なので、島が暗黒《まっくろ》に包まれたら、われわれの隠れ潜む場所は到る処にある。そして手狭な坑内では、監視の銃器も猛威を逞しゅうすることは出来ない。

坑内から躍り出て、私が裏山の谷間へ走り込んだ頃は、次第に夜の闇が濃くなってひとまず安全感にほッとすることが出来たが、さてこれからどうしようかと考えると、やっぱり安心しきる訳にはいかない。

途方に暮れて暫く岩蔭に蹲《うずく》まっていると、下の叢《くさむら》から、小さな声で、

「ミキさん！　ミキさん！」

と呼びかける者があった。

「おおコルニッシュか！」

「アブデュルも一緒です。そこで相談なんですがね、この谷を降りると、モラルスの汽艇《ランチ》が小さな桟橋に繋いであるんですよ」

「えッ汽艇《ランチ》！　占めたッ！」

私は叢のところへ匍って行った。

「有難い！　天の助けだ。その汽艇《ランチ》をジブラルタルへ走らせよう。そうすれば我々や島の者がみな救われるんだ」

それから下へ下へ降りて行くと、そこここに潜んでいた仲間が一人現われ二人出て来て、渚の桟橋へ着いた時には総勢六七十人集った。

桟橋には、先夜ジブラルタル海峡に出没したあの汽艇《ランチ》があったが、味方の全員がこれに搭乗することは到底出来ない相談なので、私は混血児のコルニッシュを艇長に、水夫の経歴を持つ十二人を選んで乗組を命じた。残部は私が率いて、夜明けまで島の要所に隠れ潜み、汽艇が導びいて来る本国からの救助を待つのである。

汽艇は早速出航した。声こそ立てなかったが、水の上でも陸の上でも、互に成功を祈る感激の手が高く高く打ち振られた。

チャッチャッと軽快なガソリン・エンジンの響と共に、汽艇《ランチ》はするすると辷って行く。

占めたッ！　我々は間もなく救われる！

見送る島の人々の眼には歓喜の涙が光り、希望と安堵に胸は一杯に膨らんでいた。

と、五十碼《ヤード》も進んだころ、突如、轟然たる爆音が起った。と見る間に、眼も眩む火の柱！　途端に汽艇《ランチ》の真ン中がパックリと大きな口を開いて、紙片を撒いたように船板が中空高く乱れ飛んだ。そして濛々たる黒煙が忽ち汽艇《ランチ》を包み、見る見るうちに汽艇《ランチ》の姿は海中深く没し去

った。乗組員が揚げたかも知れない阿鼻叫喚も、凄い爆音の底に消されて少しも聞えなかった。今は波に打ち寄せられた油の薄い膜だけが、惨めな汽艇《ランチ》の名残を止めているに過ぎない。渚の一同は泣くにも泣けず、魂を奪われたように惘然《ぼうぜん》と凝立《こりつ》しているのみだった。

スペイン島

汽艇《ランチ》の爆沈が合図のように、急に夥《おびただ》しい人の跫音が背後に乱れ起った。

「手を挙げろ豚野郎共ッ!」

監視達が短銃の襖で忽ち私達を包囲した。最後の希望を粉微塵《こなみじん》に砕かれてしまった味方は、精根も尽きて難破船員のように手を挙げた。

「生意気な真似なんか、しない方がお前達の身のためだよ。大方こんなことだろうと思って、あの汽艇にはちゃんとダイナマイトを仕掛けておいたのさ。さア、やくざ犬共め、さっさと犬小屋へお帰り!」

最前列へ進み出たカルメンが、二挺短銃を両手で弄びながらせせら笑った。味方が監視に追い立てられて悄々《すごすご》谷間の細道を辿って行った後、彼女は私の前へつかつかと進んだ。

「船長!」

彼女の眼には、あの冷たい光の他に、憎悪の炎が烈々と燃え盛っている。

「お前はこの陰謀の発頭人《ほっとうにん》という事実を否定しないだろうね?」

「無論だ。他の奴らの知ったこッちゃない。俺一人の企てなんだ」

「そしてお前は、あたしが世界中の男という男を憎んでいることを知ってるかい?」

「少しお気の毒だが、聞いたのア今が始めてだ。それがどうしたというんだい?」

「判ればそれでいいのさ」

彼女はそこで二人の監視を招くと、小声で何か口早に命じた。

「さア歩け!」

二人の監視は私の横腹に短銃の口を押しつけて、口汚く怒鳴った。

世界中の男という男を憎んでいる? ふん、篦棒《べらぼう》な! そんなら俺ア世界中の女という女を愛してやる、お前ひとりだけ除者《のけもの》にして……

引かれ者の小唄に違いないが、私は太々しく笑いながら歩いた。

先刻《せんこく》私達の身を隠した裏山の谷を奥深く抜けると、髑髏の破片《かけら》や骨片のごろごろと転がる地獄谷に出る。仰げば、断崖の上にそそり立つスペイン塔が、夜空に高く陰惨な姿を延ばしている。谷から森、森から丘へ昇って、私は古塔の前へ立たされた。

「おいカルメン。これから俺をどうしようというんだい？」

振返って声をかけたが、いつの間にか彼女の姿は消えている。

「馬鹿野郎！　周章《あわ》てなくったって、追ッつけ判るこッた。塔の中に温順《おとな》しくしてろ！」

監視共は私を引立て、真ッ暗な一室に押し籠めると、重い鉄の扉《ドア》に錠を卸して立去った。手探りで隅から隅を廻ってみるに、何一つない伽藍堂《がらんどう》で、四壁《へき》には鉄板が貼り固めてあるらしい。窓一つないとみえて、どこからも光の筋も洩れて来ない。

「もしもし、どなた？」

声に恟乎《ぎょっ》とした時、私の頭へ、古塔にはミチリナが幽閉されているんだという記憶が甦って来た。

「ミチリナさん！　どこにいるんです？　あッしア船長……ヘレナ丸の船長ジョオジ・ミキです」

「ああ、やっぱり船長さんでしたか！　あたし、ここ、隣の部屋にいるんですの。床へ腹匍いになって御覧なさい。鉄の卸扉《おろしど》の下に少し隙間があります」

命令通りにして指で探ると、やっと指の通う位の隙間があった。ふと、指と指とが触れた。狼狽して引こうとするのを、幽閉に疲れて孤独に悩んだ彼女の指が懐しそうに捉えたまま放そうとしない。

「ミチリナさん、この間はお手紙ありがとう。あれから脱島計画を企てたんですが、とうとう失敗してこんな醜態《ざま》になりました」

「大抵の様子は存じてます。お気の毒と申し上げる他はございません」

「カルメンという女は、全く怖ろしい悪魔ですね。さすがのあッしも舌を捲いてしまいました」

「それもあの人ばかりが悪いのではありません。元はといえば、あたしの兄にも、いくらか責任のあることでしょう」

「と仰有ると？」

「兄のエミリアとあの人は、マドリードでお互に恋し合うようになったんですの。一昨年のことですわ。ええ、あたし達はマドリードに家《うち》がありますし、あの人は声楽のお稽古にマドリードへ来ていたんですの。それから、いざ結婚というところまで話は進んだんですが、そのうちに、どういうものか、エミリオが結婚を拒否し始めたんです。何か性格的にしっくりとしないものを感じたと言うんですの」

「兄さんのお心持が判るような気がします。あの女の前に立つと、冷たい手で背筋を触られたような気味悪さを感じます。一眼見ただけで、誰でもそこに気づくでしょう。あの女の冷々《ひえびえ》とした眼、あれア悪魔があの女と一緒に棲んでいる証拠です」

「そうかも知れません。恋を裏切られたと知った時、あの人は悪魔のように喚き散らしてエミリオを吃驚させました。そればかりか、兄を脅迫して、このアイオタ島へ連れて来てしまったんですの。去年の五月のことでしたわ」

「そこで無理矢理に結婚させられたという訳なんですね」

「いいえ。一端火のついたあの女《ひと》の気持は、初恋を裏切った憎い男を地獄の底まで呪ったんですの。島へ渡った二人はもう昔の恋人ではありません。女王様と奴隷ですわ。あたしの口から申すのも可笑《おか》しなもんですが、お金持のお坊ちゃんで育ったエミリオですもの、島の非衛生的な生活と劇《はげ》しい労働で、半年経たぬ間に、兄の健康はすっかり蝕まれてしまいました。兄が一眼妹に会いたいという便りを持参した人達に連れられて、あたしがこの島へ渡った去年の十二月には、兄はもう枕も上らぬ重病人でした。せめて島の外で死にたいという兄の切なる願いを、島の方々が同情して下すって、今年の二月、筏で島から遁がして下すった後の話は、あなたの御存知の通りです。でも、エミリオは可哀そうなことをしてしまいました」

ミチリナの歔欷《すすりなき》が私の胸を抉《えぐ》るようにつづく。

『鉄の処女』

「さア出ろッ！」

と、先刻《さっき》の監視共に小突かれながら、半ば朽ちかけた階段を昇って階上の一室へ入ってみると、椅子に冷然と腰を卸しているカルメンの他に、ミチリナと、土耳古人のアブヂュルが監視共に囲まれて立っていた。ミチリナは私を見ると、人懐ッこい微笑みを唇に浮べたが、それも一瞬に消えて、直ぐ哀しげな表情に変った。

それにしても手提ランプの灯に照し出されたこの室内の光景！

壁に立てかけた幅広の首斬刀《くびきりとう》、首断鋸《のこぎり》、首切台の数々は、肉汁と血潮を吸い飽きたかのように、どす黒く錆びついている。夥しい鉄の棘《いばら》を植えた座椅子、鉄爪を並べた寝椅子、海老責めの拷問台。手枷、足枷、首枷、首締金《くびじめがね》などもゴロゴロと転がっている。

「船長。今からお前さんの結婚式を挙げるんだが、その前に一言、訊きたいことがある」

カルメンの言葉に私は耳を信ずることが出来なかった。

俺の結婚式？　花嫁は誰だ？

「土耳古人のアブヂュル・ベン・ドリンめが、陰謀の発頭人は自分だ、船長の知ったこッちゃない、と主張するんだがねえ……」

私の瞳はアブヂュルの上へ飛んだ。

私が一切を引受けて死にます。あなたは生き長らえて島のために再起を計って下さい。

彼の眼が、そう語っている。気の毒な混血児のコルニッシュは、汽艇《ランチ》と共に海底へ送ってしまった。その上、アブヂュルを犠牲にすることが、どうして出来るものか！

「アブヂュルの野郎、騒ぎで脳天がどうかなったんだ。碌でもねえ譫言《うわごと》を喋舌るにもほどがあらア。発頭人は俺《おい》ら一人きりだッ！」

私は故意《わざ》と声を荒げて怒鳴った。

「無論そうだろうと、あたしも思った。アブヂュルは犬小屋へ連れてお行き！」

何か叫ぼうとするアブヂュルが無理無態に追い立てられて去ると、カルメンはミチリナの方へ振り向いた。

「今から船長さんの御婚礼なんだけど、貴女、どうお思いになる？」

「御婚礼ですッて？　まア、どなたと？」

「ミチリナさん。あなたとでは不可ません？」

「……!?」

ミチリナは顔を赧《あか》らめて眼を伏せた。

「御返事のないとこをみると、御承諾なさいませんのね。あたしアあなた方、恋人同士でらッしゃるとばかり思ってたんですが、さきほど幽閉室のお睦じいお物語も、友情だけのことだったのですか。しかし、お友達ならお友達として、船長さんの結婚式に列席して下さいね」

ミチリナもそうだろうが、私はカルメンがどういう積りなのか解釈に苦しんで唖然とするばかりだった。

「さア用意！」

とカルメンが命令すると、監視が二三人、室の隅へ足を運んだ。そこは私の背後なので、思わず振返ってみた私は、恟乎として、息の根が止まったような気がした。

そこには婦人の形をした人間大の鋼鉄人形があった。中世紀、死刑に使用した『鉄の処女』なのだ。

鉄の処女と結婚！　死！

監視が天井の梁からぶら下っている綱を引いた。滑車がギーギーと無気味に鳴って、鉄の処女の前半身が徐々に巻上げられた。

やがてパクリと口を開いた鉄の処女の内部は、恰度《ちょうど》人間一人の躰をすっぽりと呑み込む広さがあった。だが、鱗のように錆びついた内部には、強大な鉄の棘が、犠牲者の両眼、頸部、心臓、肺、鼠蹊《そけい》部を一刺しに狙っているのだ。

「船長。お前さんは今から鉄の処女と結婚する光栄を持っている。異議はあるまいね？」

そういうカルメンより、私の視線はミチリナへ走った。鉄の処女はどんなに彼女を驚かせたのだろう。監視に助けられてやっと立っている彼女は、圧倒的な苦悶に耐えようとするように、必死の色がそのまま顔に凍りついているのだ。

「ふふん。別に異議というほどのものでもないが、ちょっくら訊いておきたいことがある。鉄の処女ッて、こちらのお人形のことだろうね？　まさかお前さんじゃなかろうね？」

「知れたことさ」

「そんなら大賛成だ。相手がお前さんだと、悪魔でない限り御亭主は勤まらないからね」

「馬鹿めッ！　世迷言《よまよいごと》はそれッきりかい？　いい加減に盃事《さかずきごと》に移ったらどうだい。愚図愚図してるのア見っともないよ」

「あッはッはッ。こっちから催促したい位のものなんだ」

私は大股に鉄の処女の前へ進んだ。

鉄の処女の最後

鉄の棘をじッと見つめてから、私は潔く鉄の処女の中へ入った。

二十八年の生涯の回想が怖ろしいスピードのフラッシュ・バックとなって、目まぐるしく脳裡に明滅し始める。十五年間の日本時代。五年間のスペイン時代。五年間のモロッコ時代。そして三年間のヘレナ丸時代。——

「船長、乗せちゃいけねえよ。あの女にゃ悪魔めが憑いてけつかる！」

ヘレナ丸の甲板で頻りに諫めたガウデロ。スータの人殺しの巣で哀れな最期を遂げたピカッソ。私までがとうとう悪魔の捕虜になってしまったのだ。

「左様なら……。左様なら……」

絶え入るようなミチリナの声が聞える。

「左様ならミチリナさん」

恰度その時だった。裏山で怪鳥が消魂しく鳴き立てる声に混って、タタッ、タタタッ、と機関銃の鳴りはためく響が起った。おやッと思う間もなく、わあッという凄まじい鬨《とき》の声が孤島の夜空へ轟き渡る。

島の夢を破られて誰よりも驚愕したのはカルメンと監視だった。彼女と彼等があたふたと廊下へ走り出た時、階下から口々に叫ぶ監視達の喚きが衝き昇って来た。

「お嬢さアん。四五十人の一隊が島を襲撃に来ました。お邸《やしき》やお父さんが危険ですから、直ぐお出で下さアい。籠城にはお邸より適当なところはありません！」

「相手は誰だ？　何者だッ？」

「それが判らないんです。とにかく直ぐお出で下さいッ！」

どやどやと人々が梯子を降りて行った後は、まるで今までのことが夢としか思われない。たった二人きり残された私とミチリナは、お互に空洞《うつろ》のような眼で瞶《みつ》め合っていたが、そのうちにミチリナが、

「あッ！」

と叫んで眼を真ん丸に見開いた。

監視が立去る際、綱を放したとみえて、鉄の処女の扉《ドア》は静かな歩みを進め、死魔《しま》の口をやがて閉そうとしている。

いよいよ俺の最後だ！

観念の眼をつむろうとすると、

「早く……早くッ！」

と叫びながら、ミチリナが綱の端へ獅嚙《しが》みついていた。惘然《ぼうぜん》としていた私は、ハッとして我に返ると、全身の力を奮い起し、カタパルトで発射された飛行機のように、鉄の処女の半ば閉された狭い口から躍り出た。床上にぶッ倒れて、乱れ打つ動悸を夢うつつのうちに、どの位の間聞いていたろう、やがて鉄の処女の扉《ドア》がガチャリと死の口を塞いだ。

助かった、生きている、という実感は早速のことに浮かんで来なかった。

「よかったわよかったわ！」

と、涙をボロボロ滾《こぼ》して泣いているミチリナと手を取合って、いつまでもポカンとしていると、

「やア船長が生きてた、生きてたぞッ！」

と叫んで、手を叩きながら躍り上っている兵の姿が見えた。その兵の顔を、私はじッと瞶めてそれが誰なのか、頻りに思い出そうと焦った。私が飛び上ったのはかなり暫くの後である。

「ああガウデロ！　お前こそ生きていたのかッ！」

スータの人殺しの巣でモール人の凶弾に倒れたとばかり思っていたヘレナ丸の操舵手が生きていたという事実は、私自身が生きていたことよりも不思議な気がした。

「俺ア生きてたとも。あの時は土人共を騙くらかして死んだ振りをしとっただけでさア。人殺しの巣でいくらじたばたしたところで、鉄砲に敵いッこねえからね。もっともピカッソは可哀想に本当に殺《や》られましたよ」

「それからどうしたんだ？　きょう島を襲撃したなアお前達か？」

「そうなんだ船長。話せば長げえことなんだが、俺ア船長も殺られたと諦めて、あれからモロッコの義勇軍に逆戻りしたんだ。島にいちゃ判るめえが、それからが大変なんで、この七月、俺《おい》らの隊がモロッコ北岸のメリリアでスペイン政府打倒の火蓋を切り、二十日にはスータまで占領しちゃった。俺らの隊は船長も知ってるエリテラ中佐が隊長だが、スータにゃ、ドン・フランシスコ・フランコ将軍が総大将で頑張ってござる。本隊はもう本国へ攻め入ってるし、それに呼応してブルゴスからはエミリオ・モラ将軍、バレアリック諸島からはゴーダット将軍などの軍勢も起ち上ってる」

「ふうん、そんな騒ぎか！」

「その話は後でゆっくりするが、俺らスータの番兵を命ぜられて行ってるうちに、人殺しの巣で土人共をギュ

ウといわせてみると、船長がアイオタへ囚われて行ったと判った。そこでエリテラ中佐にお願いして今夜襲撃したッてえ訳さ」

「有難い！　ガウデロなればこそだ。義勇軍時代からヘレナ丸時代の友情を忘れずにいてくれたお前に、俺アいくら感謝しても感謝しきれない」

「あッはッはッ。その礼にゃ及ばねえ。ヘレナ丸ッていえば、あの晩、俺ら昔の仲間を酒場で拾ってヘレナ丸を海の真ん中へ持ってッちゃった。いずれにしても危険《あぶね》えと思ったからねえ。今じゃ俺らの軍隊のために、ジブラルタル海峡を飛び廻ってるんだが、今夜俺らを運んでくれたのもヘレナ丸よ」

夢に夢みる気持で聞いていると、兵が二三人入って来た。

「おお、ガウデロ。行政官と綺麗な娘ッ子は、短銃で立派な最後を遂げていたぜ」

「監視共は武装を解除して一纏めにしておいた」

「今から祝盃を挙げようじゃないか。行政官の邸の台所にゃ素晴しい酒がどっさりあったぜ」

「うん、みんな御苦労。あとから直ぐ行く。先へ行って一杯やっててくれ」

兵が出て行くと、ガウデロがニヤニヤと笑った。

「船長、このお嬢さんは……？」

「この間ヘレナ丸の甲板から」

「ああ あのドブンのお嬢さんか。尽きせぬ不思議な縁という奴だなア。あッはッはッ。さアみんな、お祝に邸の方へ行こうじゃねえか！」

ガウデロに促されて、私はミチリナを助け起すと、その手を執って歩き始めた。

燃えろモロッコ

奇怪な乞食

「旦那様《セニョール》、日本《ハポン》のマッキー様でございましょう?」

　往来の日除けの下へ持ち出した卓子《テーブル》に坐って、所在なさにキルシュ酒を舐めたり、洋盃《カップ》を指の先でグルグル廻したりしていると、薄汚いムーア土人の若い乞食が近づいて、慇懃に小腰を屈めながら、スペイン語で私にこう訊ねた。

　スペイン領モロッコのスータも、この裏街あたりは、年中陽の目の見えない泥溝《どぶ》のようなもので、流れ寄るのは人間の屑、咲き乱れるのは毒々しい悪徳の華ばかりだ。

　この酒場アコのホールから往来の椅子へかけて、釜の中へ入ったように暑い七月上旬の午下り、各自《てんで》にど強《ぎつ》い地酒を胃の腑へ流し込みながら、勝手な太平楽を並べ立てている輩もバーバリー人、ムーア人などの土人を始め、スペイン人、ポルトガル人、トルコ人など、どの髭面も赭面《あかづら》も碌でなしの無頼漢《ならずもの》、どうせお座へ出せた代物ではないのだから、乞食がノコノコやって来たって別に仰天するほどの話でもないが、この乞食に関する限り、私は不審を抱かずにはいられなかった。

　ボロボロの薄汚い土人服《アッパ》に垢のついた顔――見かけこそ立派?な乞食だが、広い額、隆《たか》い鼻、引締った唇――整った顔立ちには乞食らしくない品の良さが潜んでいるし、また嗜みのいい流暢なスペイン語などは、いくらここがスペイン領にしたところで、教養のない土人の乞食風情が口にし得べき訳のものではないのだ。

　彼が私を「日本人の牧」と知っていることも不審の一つである。数年前、私はモロッコのスペイン義勇軍にいたが、スペイン本国が共産派の天下になってから見込みのよくない義勇軍は真先に解散されてしまったので、それまで「外人部隊に日本人《ハポネーゼ》あり」と、少しは人に知られた中尉の私も、昨日に変る何とやらで、すっかり尾羽うち枯らしてしまい、一ケ月ほど前、昔の古巣のこのスータへ、秘密の使命を帯びて渡るまでは、スペイン本国の東西南北を旅烏で渡り歩いていたのだ。このスータに旧知の人は少し位あるにはあっても、乞食の世界に友人のあろうはずはない。

「俺がマッキーとどうして判った?」

「スペイン領モロッコで、日本《ハポン》のマッキーといったら、泣く子も黙ります」

「煽《おだ》てるなッ!」

「いいえ、全くの話でございます。あの頃このスータの町では、外人部隊のマッキー中尉と喧嘩する奴は、死神に取ッ憑かれた不幸者だというのが、専らの評判でございました。全く旦那様《セニョール》の短銃《ピストル》は百発百中、話に聞いただけでも怖ろしい位でございました」

厭《いや》にお土砂をぶッかけやがると睨みつけたが、浮薄な色は黒い顔のどこにも現われていなかったし、口調にしても真摯な懐古的、詠嘆的なだけに、眼の前で褒められた本人の私は、擽《くすぐ》ったくなって始末に困るのだ。

「貴様、何か用があるのか?」

「はい、実はお願いがあって参りました」

さてこそ! と私は、鼻の先でふふんと嗤《わら》った。モロッコでは「首を寄越せ」だって、その「お願い」の部類に属するのである。

「いってみろ!」

「旦那様《セニョール》は、サリニ町を御存知でございましょうか?」

それはスータの西北部にある屋敷町だ。

「うん、知ってる」

「そこのある人が、内密《ないしょ》で旦那様《セニョール》にお眼通りしてお願いしたいことがあるというんで」

「何者だ?」

「身分の卑しい者でございますが……」

「誰でもいい。会いたいというんなら、会ってやろう。土人か?」

「はい。あそこに橄欖屋敷《オリーブニユムバ》と呼ばれている家がございます。当人はそこの主人で……」

「よし俺が行ってやる。いつがいい?」

「今夜お越し下さいましょうか?」

「承知したと先方へ告げろ」

土人乞食は嬉色を浮べて叮嚀に頭を下げると、人眼を避けるように顔を伏せて立去った。橄欖屋敷《オリーブニユムバ》がどんな家か、そこの主人が何者か、そして私にどんな用事があるのか、そんなことは私の与り知ったところではない。ただ私は、相手が土人ということに、興味と必要を感じて会見を承諾したのだ。このとき私は、道の向う側の軒下に立って、じッとこちらを瞶《みつ》めている土人に気づいた。可怪《おか》しな野郎だと思う間に、向うもそれと悟ったものか、こそこそと通行人の影へ隠れてしまったが、背の箆棒《べらぼう》に大きい奴ということが私の印象に残った。

故国の麗人

急に夥しい人々の足音や、蹄の響が聞えてきた。狭い石畳の道へ飛び出した街の人々が、家の壁にへばりついて眼を瞠《みは》る中を、隊商《カラバン》の群がぞろぞろと進んで来るのだ。砂漠の騎乗者達は、移動するお花畠のように、綺羅《きら》びやかな色彩に包まれていた。晴れの道中には、どの隊商《カラバン》も惜し気なく一張羅を着飾るのが常だが、それにしても今ここに見る一行は、軍隊的によく訓練された態度や隊伍、素晴しい調度や装具から見て、よほど身分のある人を主人と仰ぐに違いない。灼熱の陽光が白雲の切れ間からさんさんと降り濺《そそ》ぐ中に、駱駝の飾りや土人の衣服、鉄砲、佩剣などが、一入《ひとしお》の美しさを添えている。さほど珍しくないはずの私も、さながら夢の国に遊ぶような気持で、恍惚とこの南国絵巻に見入るばかりだった。

ところが、列の中央に、ふと私の瞳を吸い寄せて放さぬものがあった。悠容と行く駱駝の背に、白衣の麗人が坐っているのだ。彼女の宝石を鏤《ちりば》めた黄金《こがね》の頭飾りからは、幾条《いくすじ》かの金線が燦然と光芒を放って、そこにはこの世のものと思われない美しさがあったが、それにもまして私の魂を揺すぶったのは、特に私にだけ注がれている彼女の喰い入るような眼の色だった。それは棚引く霞のような綾羅《うすもの》の被衣《シャリ》に蔽われていたが、私には無限の哀愁と無量の深みを帯びているように思われた。私は二十七歳の今日まで、嘗てこんな瞬間を知らなかった。たとえ、これから将来《さき》二十七年の生涯があろうとも、二度と再びこんな瞬間があろうとも思えなかった。

夢に夢みる気持の私は、しかし次ぎの瞬間、電撃されたように突立ち上った。

「牧さんじゃありません？　助けて！」

思いがけない日本語が、麗人の口から流れ出たではないか！　私を知っている故国の麗人との奇遇！　遠い異郷で聞く懐しの日本語！　時といい所といい、これは何と驚くべき事実だろう！　私の脳裡を疑惑や感激が、怖ろしい音を立てて流れた。

彼女はまだ何か叫びつづけようとした。しかし、それを遮るように、彼女の駱駝に附添っていたムーア土人の一人が、鋭い奇声を放つと見る間に、傍にいた土人の群が一斉に腰の偃月刀《ダガス》を抜き忽ち麗人の周囲に警護の人垣を築いたのだ。そして驚いたことには、次の瞬間、命令を発した土人が私の胸板に鉄砲《ブンジュク》を擬して、獲物を狙う禿鷹のような眼を光らせているのだ。

何たる無法！　何たる兇暴！

やるかッ！　と呟いて、ツと身を屈めるなり、ポケットから摑み出した私の自働拳銃が、プスッと鈍い音を立て、銃口から白煙がパッと散ったが、相手の鉄砲《ブンジュク》が轟然と唸って、陽光を物凄く切る火の箭《や》が飛んだのと、いずれが先か誰にも判らなかった。

息詰まる緊張の中に、私の耳はヒュッと掠め去る弾風を聞き、私の眼は空を摑んで大地へ匍《は》う土人の姿を見てとった。総ては一瞬の間の出来事で、私自身、自分のしたことを省みる余裕など更になかった。

「鉄砲《ブンジュク》の名人《ブア》モブクが殺《や》られたッ！」

「神様《アラー》！　彼奴《あいつ》はモブクを殺しましたッ！」

「彼奴《フエ》を殺せ《クーワ》ッ！」

隊商《カラバン》の群から、嵐のような怒号が捲き起った。きらきらと陽に光る偃月刀《ダガス》の林、襖のように並んだ鉄砲《ブンジュク》——街路に溢れた土人共は全部が全部、憎悪と敵意に燃えて、蟻の子も逃がさない包囲陣を張った。

酒場アコの客達の間にも、虻《あぶ》のような唸りが渦巻いていた。異変に仰天して、街へ駈け出す者もあった。

麗人の安否もさることながら、ここはひとまず逃げることだ！　と気づくと、突嗟に私は酒場のホールへ躍り込んで、水すましのように卓子《テーブル》の間を縫って走った。追撃ちをかけた銃弾が、私の前後左右で凄まじい音と砂煙を揚げた。その度毎に、狼狽《うろた》えて逃げ遅れたホールの人々が

「神様《アラー》！」

と魂切《たまぎ》るような悲鳴をあげた。

裏口を飛び出して庭へ躍り出ると、私は衝当《つきあた》りの物置小屋の背後《うしろ》へ抜け、一間《けん》ほどの土塀を身軽に乗り越えて、緑に萌える樫の樹の繁みをくぐり、もう一度同じような土塀を越すと、三方から高い建物の背中で袋のように塞がれた小庭に出ていた。左手に高く、露台付《バルコンつき》の窓が大きく開いている。進むとすれば、その一途だ。

窓までは、たっぷり三十尺もあろうか。側壁は、粗く切出した大きな石が積んである。

拳銃をポケットへ蔵《しま》い、靴は躊躇せず脱ぎ捨て、猿《ましら》の

ように壁を攀《よ》じ昇ると、私は露台《バルコン》の欄干を跨いで、長方形の窓の中へ飛込んだ。振返ってみると、一入高くなった割れ返るような騒ぎや銃声など、手に取るように聞えるくせに、追跡者の姿が一つも見えないのが不思議千万だった。

　家の中は留守かと思われるほど、森《しん》と静まっていた。この家を巧く辷り抜け、街の雑踏に紛れ込んだなら、どうにか虎口を脱することが出来ようか。

　椅子や卓子《テーブル》に衝突《ぶつか》りながら、私は部屋を横断《よこぎ》って扉口《とぐち》へ進んだ。開いてみると、明るさに馴れた眼の前に、閉め切った暗い部屋が立ち塞がった。足許に気を遣い遣い、手探りで進むと、更にまた扉《ドア》の向うに暗い部屋が続いていた。

　奇怪な家だと思うと、私は少々うんざりして棒立ちとなった。恰度そのとき扉の軋る音がして、同時にパッと天井の電燈が点った。

　向う側の扉口に、溢るるような灯影を浴びて、眼付の凄い額に刀痕のある四十歳前後のムーア土人が立っていた。

月の部落《ムエツ・キアロ》

　悄乎《ぎょっ》とした私の右手は、即座にポケットの短銃に走った。

「騒ぐなッ！　そこに凝乎《じっと》してろッ！　俺は追駈《おっか》けられてるんだ。グウとでも吐《ぬ》かすと、貴様の体は鉛玉で撃抜《ぶちぬ》いてやるぞッ！」

　鋭い私の威喝を、土人は瞬きもしないで聞いていた。柄こそあまり大きくないが、身分のある者とみえて、真紅の頭布《ターバン》にダイヤの留針、白絹の肩衣《ヅエラバ》と土人服《アッバ》に自らなる威厳を具えていた。落ち凹《くぼ》んだ眼は黒炭のように黒く光り、取りつき難い冷たさを深く蔵《かく》して、東洋人のような硬い表情が、感情の失せた木彫の面を聯想させる。

「まア、椅子におかけなさい」

と土人は、他意なさそうに部屋の中央へ進んだ。

「あなたは、どこからこの部屋へお這入《はい》りになりました？　呆れた方だ。いや呆れたといえば、あなたは豪いことをなすった。あなたは月の部落《ムエツ・キアロ》随一の豪の者モブクを殺っておしまいになりましたね」

「月の部落《ムエツ・キアロ》!?」
嫌に落着き払った土人も薄気味悪かったが、月の部落《ムエツ・キアロ》と聞くと、更にぐッと私の胸を衝くものがあった。
月の部落《ムエツ・キアロ》――モロッコでこの名を聞かない者、聞いて怖気《おじけ》を慄わない者は一人もなかった。アフリカ随一の獰猛果敢なムーア族のこの部落民は、スペインの軍隊に手を焼かせる唯一無二の存在だった。人々は、スペインの討伐軍二万が全滅した二年前の悲劇を忘れないだろう。その慓悍無比な殺戮者が月の部落《ムエツ・キアロ》の土人軍なのだ。

精力的な体軀、怖ろしく強い自尊心、頑迷で執拗で、腸《はらわた》の底まで滲み透った強烈な復讐心――人々は彼等を豹《チユイ》や蛇《オムソト》よりも怖がっていた。事実、彼等の使用する「片割れ月《ムエツ》」の旗印や、左の二の腕に施した「片割れ月《ムエツ》」の入墨を見ると、この界隈では悪魔の標識として畏怖した。

そこの酋長《サルタン》の顔を見た者や、また彼等の部落が一体どこに、どんな構えを持っているか、それを知っている者もあまりなかった。町の人々の中には、彼等の住居が、町から駱駝で一週日の行程を要する山奥にあるのだと、見て来たような風説を撒く者もあったが、事の真偽は誰にも判らなかったし、判っても見に行こうという人はなかった。

嘘のような話だが、今では駐屯軍も討伐しない代りに、あまり暴れさせないように、看視しているという始末なのだ。

こうした部落の一英雄を射殺したという事実は、私にとって大きな驚きばかりでなく、極めて警戒すべき危険を孕んでいたが、特に私のモロッコへ背負って来た秘密の使命というのが月の部落《ムエツ・キアロ》を懐柔して味方につけ、その土人軍を、現スペイン共産派政府打倒の第一線に押出させようという重大な密謀だっただけに、私はまるっきり希望を見失った形で、悲運に茫然とする他はなかった。王党派の同志に申訳ないことながら、私を知っていて私の知らないあの日本娘を中に挟んで、私と月の部落《ムエツ・キアロ》は倶《とも》に天を戴くことの出来ない仇敵となってしまったのだ。

折柄階下に人々の靴音が乱れ起ったので、土人は耳を澄ますように、ギロリと眼を光らせた。やがて白い頭布《ターバン》に白い土人服《アッパ》の巨人が入って来た。先刻《さっき》酒場アコの前で、私と奇怪な乞食の対談を窃み見ていた男なのだ。
「何だ《エコ》? ヌヅンヅ」
と土人が訊ねた。
「大変でございます。どさくさに紛れて、あれ《フロ》を奪い盗られたというんでがす」

「あれ《フロ》を？」

「へえ」

あれ《フロ》とは何か私には不明だが、二人の瞳が意味ありげに絡み合っていた。

「彼奴の仕業だろう！」

「無論そうでごぜえましょう」

巨人のヌヅンヅは見たところ大剛の感じだが、話し振りや態度、私の顔を見て気まり悪そうに苦笑するところなど、極めて朴訥で稚気愛すべき男のようだった。

ヌヅンヅが立去ると、土人は長い間何か思案していたが、急に例の冷たい眼をあげて
「セニョール・マッキー。お願いがあるんですが、聞いて下さらないでしょうか？」

と猫撫で声を出した。突然名を呼ばれた私は、思わずキョトンとして相手の黒い顔を瞶めた。マッキーさん！ 私の知らないこの相手は、始めから私を知っていたのだ！

「君は誰だ？　一体、何者だ？」

と私は、堪り兼ねて叫んだ。よくお願いにぶつかることよりも、この男の正体の方が私には不審だった。

「そうでした。私はまだあなたに自分を紹介していませんでした」

そういってニコリとするでもなく、例の通りの無表情で、彼は土人服《アッバ》の左袖を無造作に捲《まく》り上げた。銅色《あかがねいろ》の二の腕に黒々と刺青《ほ》ってあるのは――なんと片割れ月《ムエツ》ではないか！

月の部落《ムエツ・キアロ》の月の酋長《ムエツ・サルタン》⁉

サッと背筋に冷たいものを感じて、私の全身は一遍に硬直してしまった。

覘《クーエ》けば殺《クーワ》せ

予期しない羽目から月の部落《ムエツ・キアロ》の英雄モブクを射殺《いころ》し、活路を求めて飛込んだ処が月の酋長《ムエツ・サルタン》の隠れ家では、虎口を逃れて虎穴に入ったも同然、我ながら笑止千万な話だった。こうなればモロッコの「お願い」が飛び出して来ても、ちっとも不思議ではない。

「願いとは？」

と訊ねた私には、旧《もと》の平静さがすっかり戻っていた。

「助力して頂きたいのです。日本《ハポン》のマッキーと見込め

ばこそ、押してお願いするのです」

「モブクの仇敵《かたき》の俺に？　月の酋長《ムエツ・サルタン》！」

彼の眼が生物《いきもの》のように気味悪く動いたが、どんな観相の大家にしても、この男から想念の閃めきを読み取ることは出来まいと思えるほど、黒い顔面筋はピクリともしなかった。

「セニョール・マッキーは、私を人間違《ひとまちが》いしておられる！」

「君は、月の酋長《ムエツ・サルタン》でないというのか？」

「私は月の酋長《ムエツ・サルタン》です」

「……!?」

「しかし現在、月の部落《ムエツ・キアロ》は私の掌中にないのです」

「というと？」

「私は前の酋長フエラギの伜ピスルという者ですが、十五年前、部落を今の酋長ケワニに奪われてしまったのです」

そういう事情があるなら、モブクを殺した私に彼が怨みを含まないのも当然であろう。

私も噂話で、月の部落《ムエツ・キアロ》にむかし確執のあったことは聞いていた。それは、野望を抱いたケワニという男が、酋長フエラギを毒殺して、当時十歳の後継者ピスルを追放し、まんまと部落を奪い取ったという悲劇だった。

「御覧下さい。当時十歳の私は、旦《あ》けても暮れても復讐に憂身を窶《やつ》し、惨めな復讐の悪鬼となり果てたせいで、この十五年間に他人《ひと》の二倍も歳をとりました」

私は感に堪えて吐息した。十五年間、復讐のみに生きてきたピスルの苦悩は、大きな石臼のように、彼の青春と感情を微塵に磨り潰してしまったらしい。土人の年歳《とし》は一体に推定し難いものだが、それにしても十歳のピスル少年が十五年後、こんなに老けて四十歳前後に見えるのは、実際彼自身のいう如く、一年に二歳《ふたつ》ずつ歳をとったせいに違いない。彼の無表情にしたところで、忍苦と忍従、呪詛と憎悪の悪魔的生活から生れた哀しい名残りであろうか。

「セニョール・マッキー。私に助力して下さるでしょうか？　私は亡父《ちち》の無念を霽《は》らしたいのです。月の部落《ムエツ・キアロ》を取戻したいのです」

「……」

「夜となく昼となく、私はケワニをつけ狙ってきましたが、忠実な下僕のヌヅンヅ以下僅かな人数では、岩に嚙みつくようなもので、まるッきり歯が立ちませんでした」

「しかし、僕に何が出来るだろう？」

「日本《ハポン》のマッキーならでは出来ぬことが沢山あります。第一、今夜ケワニのいるところは、セニョール・マッキーのほか誰も知りません」

「え？　何？　俺がケワニの居処を知っているというのか？」

私は呆れて二の句が出なかった。居処どころか、私はケワニその人すら知らなかった。

「御存知のはずです。酒場アコで先刻、乞食からお聞きになったでしょう！」

「そうか。俺に会見を申込んだ奴がケワニか！」

人情や義侠もさることながら、ピスルに加担することは、私の使命達成の上に好都合だった。この男が、やがて月の酋長《ムエツ・サルタン》に返り咲く日があれば、彼の援助と好意によって、私の秘密の仕事は無論順調な進展を見せるに違いない。第二には、あの日本娘の消息を知ることも出来よう。助けて！　あの一言は私の耳にこびりついて片時も放れないのだ。

「よろしい。僕は全力を尽して君を助けよう。希望ならば、たった今からでも月の部落《ムエツ・キアロ》へ出立しよう」

「いや、月の部落《ムエツ・キアロ》へは、いくらセニョール・マッキーでも御案内する訳に参りません」

「なぜ？」

「部落には、法典《コーラン》の次に大切な掟があるからです。仲間以外の人間で、あの部落を生きて出た者は一人もありません。覗《クーエ》けば殺《クーワ》せ！　というのが、その掟です」

「す、すると、あの日本娘も生きて帰れないのかッ？」

私は急き込んで椅子を進めた。怖ろしく排他的で反抗心の強いことは判っていたが、部落にそんな掟のあることは始めて聞いたので、私の驚きも生やさしいものではなかった。

奇態なことに、この時ピスルの顔が微かに紅潮して瞳がギラギラと火のように燃えたが、唇は固く結んだまま、一語も答えようとしなかった。

橄欖屋敷《オリーブニユムバ》の殺人

晩の八時頃、私とピスルは後部の席、ヌヅンヅは助手席に運転手と並んで、四人の自動車は酒場アコの背部に並ぶ細民街《スラム》を大きく廻り、町の西北端へ全速力で走った。郊外へ近づいて、屋敷町へ入り、荒廃した広場の小さい松林の傍まで来ると、ピスルは手を挙げて自動車を停めた。私たちは三人がここで降りて、星明りの松林を抜け出る前に、自動車が音もなく元来た道へ辷り去るのが判った。

私は小首を傾げて、ピスルは今夜これから捕えるケワニを自動車で運ばないでどうする積りなのだろうかと審《いぶか》った。

黙々と動く三人の足は、高い白壁の塀の前で停まった。

「橄欖屋敷《オリーブニュムバ》ちゅうと、ここでがすだ」

とヌヅンヅが言った。塀の中には、繁った橄欖《オリーブ》の林や高い屋根などが黒々と聳えていた。

鋲を飾った大きな門は、貝のように閉じられていた。

「どうして門が開いてないんだろう？　セニョール・マッキーとの会見は今夜のはずだのに」

ピスルは独語《ひとりごと》のように呟いて
「セニョール・マッキー。いよいよあなたを煩わさなければなりません」

と高い塀を見上げた。

私は足音を忍ばせて、塀の角へ進んだ。高さはやはり三十尺もあろうか。遠く夜目には白堊の壁と見えたが、手探りで検《しら》べると、昨日私が攀じ昇ったピスルの家の壁と同様、荒切の石板を丹念に積み重ねたものだった。得たり畏《かしこ》しとばかり、手をかけ素足をかけ、私は蝸牛《かたつむり》のように、一寸ずつ一尺ずつ昇り始めた。

「たはッ！　呆れたこんだ！」

と呟いて、ヌヅンヅがピスルに叱られているのが聞える。

漸くのことで塀の天辺へ辿り着くと、私は平蜘蛛のように身体《からだ》を伏せて、じッと邸内の様子を窺った。夜の色に塗り潰された庭園は、橄欖《オリーブ》の樹が点綴して、その間に白いテラスや、小池を取巻く低い生垣などがあった。

二十間ほど向うに、ふと一人の男が、生垣の傍を逍遥しているのが見えた。咥《くわ》えている煙草の火影で、歩く道筋が知れる。

私は息を深く吸込んで、降るように美事な星空を仰いだ。南十字星《サザン・クロス》が神秘的な瞬きをして、下界の秘密を覗いている。風はなかったが、夜露が降りていて、思いのほか涼しい夜だった。

男がこっちへ背を向けた隙に、私は邸内へ辷り降りようと決意した。塀の内側は泥塗の土塀で、手懸りも足懸りもなかったが、倖いにも大きな橄欖《オリーブ》の樹の強靱な枝が、眼の下へニュウと腕を延ばしていた。猿のような敏捷さで枝に飛び移ると、するする辷り降りて、私は音もなく地上へ降り立った。

それから塀の根元をコソコソと匍って、門まで来ると、私は巨大な門《かんぬき》を外して、外に待っている二人を密《そっ》と呼び入れた。

三人は亡霊のように藪の中を縫って、目指す男に忍び寄った。男は中肉中背で、いくらかガニ股のように見受けられる。ピスルの合図で、これが我々の相手のケワニと判った。

先頭に立つ私が五六間の近距離に近づいた時、ケワニは新しい煙草に火を点けようとしてマッチを擦った。閃光に活々《いきいき》と浮出た彼の顔は、精悍な気が眉宇に漲り、隆い鼻、締った唇などに古代希臘《ギリシャ》の武神像を見るような力強さがあった。不思議なのは、彼が思ったより若々しく見えることで、一瞬にして消えた火明りの中では、どうしても二十代の青年らしい風貌だった。そしてその顔を、私はどうも見たことがあるように思ったが、それがどこでいつ見たものか考えつかなかった。

彼は楕円形の生垣の周囲を、何か思案に耽りながら廻っているのだ。

三人はじッと蹲って、息を殺しながら、ケワニが再び近づくのを待った。ピスルは土人服《アッパ》の隠しから、罎《びん》のようなものや短銃を取出した。ヌヅンヅはズック製の砂嚢《すなぶくろ》を取出してから、袖を捲り上げて、松の樹のような腕をさすった。

息苦しいような緊張を破って、突然邸内の方から軽い足音が聞えてきた。すらりとした女の姿が、影絵《シルエット》のように小径《こみち》に浮かび出た。ピスルか、ヌヅンヅか、密かに吐息した者があった。私達から十間余りのところで、女はケワニと出会った。

「何か御用《ケ　マ　ス　キ　エ　レ》でしょうか、お嬢さん《セニョリータ》」

とケワニが、洗練されたスペイン語で言うのが聞えた。その声も、私は聞いたことがあるように思った。女の声は極く低かったので瞭乎《はっきり》しなかったが、これも語韻がスペイン語らしかった。

「行先《デスティノ》？　さア、それが判らないのです。本来なら、今夜ここへ来訪されるはずなんですが、何しろあの騒ぎでしたからね」

とケワニが言った。心なしか、女は深い吐息をしたように思われた。

「しかし御安心なさい、お嬢さん《セニョリータ》。私の部下は今、全力を挙げてあの方の行方を捜査中です。お嬢さん《セニョリータ》をあの方の手へ安全にお渡しするのも近々のことでしょう。さ、外へ出てはいけません。居間でゆっくりお休み下さい」

「どうも有難う《ムチャス グラチアス》！」

と女の声が始めて聞きとれた。その声にも、どこか聞き憶えがあるように思ったが、突嗟のことに声の主は思い浮かばなかった。

向うの二人が左右に別れると、こっちではピスルがコソコソと藪の奥へ姿を隠した。

ケワニが次第に近づいた。

機会《チャンス》だッ！　と私が思った刹那、眼潰しの砂嚢を真一文字に飛ばせて、濛々たる砂煙の中へヌヅンヅが豹のように躍り蒐《かか》って行った。全く、感嘆の声を放ちたいほど手馴れた鮮かさだった。

これがモロッコ

不意の襲撃でさすがにケワニも、声を立てる暇がなかったらしい。動物の啼声に似た、ゲッというような悲鳴が一ト声聞えたばかりで、あまりドタバタと足音も乱れず、砂埃りが淡らぐ頃には、ぐったりと伸び切ったケワニの体は、ヌヅンヅの太い腕の中に他愛もなく眠っていた。

ピスルが小径から、何か白い物を抱えて来ると思ったら、近づくにつれてその荷物が先刻の女の体と判明した。キャッと微かな悲鳴は聞えたが、これもヌヅンヅ同様、怖ろしく素早い襲撃で眠らしたものとみえる。女の顔から取除く際、麻の半巾《ハンカチ》から、微かにクロロフォルムが匂った。騒がせずに連れ出すには、これもまた止むを得ないことだろう。

星明りの中で、女の顔は優れた花のように白かった。艶々しい緑の黒髪、薄く閉じた眼瞼《まぶた》、品のいい鼻、形のいい紅唇——一ト目見ただけで、私はブルブルと慄えた。紛う方なく、これはあの日本娘なのだ。昼間酒場アコの前で、駱駝の背から私に、助けて！　と絶叫したあの娘なのだ。まさかこの娘が、誘拐者のケワニと親しそうに話をしようとは思わないので、先刻《さっき》は気づかなかったが……。

私が感慨に耽る間もなく、邸の窓が幾つも明るくなって、扉《ドア》の軋る音、興奮した叫び、騒々しい足音などが、夜の静寂《しじま》の中に雑然と高くなった。

植込の中から、斜めに玄関を睨んで待つと、鉄砲《ブンジュク》を持って飛出した奴があった。ブスッと射った私の一発で、その奴は頭顛倒《ずでんどう》とばかり引繰返《ひっくりかえ》った。二人……三人……出る奴出る奴みんな脚を狙って、一人も玄関の石段を降ろさせなかった。八連発の短銃を射ち尽した時、

「玄関から出るなッ！　殺られるぞッ！」

と喚く声が聞えた。

「旦那様《セニョール》の短銃《ピストル》、ぶッ魂《たま》げましただ。鉄砲の名人モブクが殺られたのも、不思議はねえだて」

と唸って、ヌヅンヅがまたピスルに叱られた。

敵の怯む隙を窺って、三人は門を走り出た。来た道とは反対に、先頭のヌヅンヅは右の方へ折れて行く。頑丈なヌヅンヅはともかくも、大きな荷物を抱えた柄の小さいピスルは、ヨチヨチと足取りも危険《あぶな》ッかしく、見た眼が焦れッたいので、その荷物は奪掠《ひったく》るように私が受取って走った。

足の裏に触る土質が変って、ザクザクと沈む白砂の道を、喘ぎ喘ぎ突走る私は、しかし何かしらほのぼのとした明るい温かいものが、胸一杯に膨れてくるのを感じた。助けて！　その熱望に今こそ応えつつあるのだ、という満足感と幸福感とが、繊細な娘の体から、電流のように私の両腕へ流れ込むのだ。


背後の夜空をつん裂いて、頻りに銃声がした。鋭い喊声も追ッ駈けて来た。相手は名にし負う月の部落《ムエツ・キアロ》の土人共だ。

波の音が聞えた。潮の香りが高かった。いつしか我々は浜辺へ来ていた。眼の前の泡立つ寄波《よせなみ》の磯に、小さい黒い汽艇《ランチ》が一隻横たわっていた。私はヌヅンヅに続いて、膝頭を没する水の中へ飛び込んだ。背後の銃声が激しくなった。汽艇《ランチ》の舷《ふなべり》を打ち抜《ぶ》いて、水夫の一人を水の中へ顛落させたりした。

予め手筈で待ち兼ねていたものか、汽艇は我々が乗組むと、推進器を物凄く回転させて、我々が危くぶッ倒れそうなほど、辷り出たら篦棒な速力で疾走し始めた。白い砂浜の上を間もなく夥しい人影が埋めたが、見る見るうちに磯は遠ざかって、今は人々の喚きも全然聞えず、時折り吐き出す銃口の火も狭霧《さぎり》にぼやけて見えなくなった。

ピスルがヌヅンヅに命じて、ケワニをぐるぐる巻に縛らせている間、私は自分の膝の上に寝かした娘の寝顔に恍惚《うっとり》と見惚《みと》れた。年齢《とし》はやっと十八九だろうか。初々しいあどけなさが、整った顔立ちをこの上もなく崇高なものにしている。そのくせ一方には、慄いつきたいようだ

魅力がどことなく潜んでいた。

ある瞬間、彼女の眼がパッチリ開いたように思った。ハッとして見直した時には、桜貝のような瞼は軽く閉じられて、スヤスヤと軽い寝息さえ聞えた。

それにしても、美しい可憐なこの同胞は、どういう訳でモロッコくんだりに来ているんだろう？　どうして私の姓を知っているんだろう？　滲み出る懐かしさもさることながら、若い女の身空で……と思うと、竦然《ぞっ》とする一方、こうしてひとまず救い出し得た喜びにホッとするのある。

海原遠く辷り出た汽艇は、右へ大きく半円を描いて、町の東南に当る村落の磯へ舳《へさき》を向けた。近づくにつれて、浜辺の小高い棕櫚《しゅろ》林の丘に、宮殿のような邸《やしき》の外郭が、狭霧の夜空を区切ってそそり立つのが見えた。邸の円屋根や小塔は、羽根のような棕櫚の頂上よりも高く、ぼんやりと潤んでいた。

汽艇《ランチ》は形ばかりの入江に入って、粗末な小さい桟橋に横付けにされた。そこには五六人の土人が控えていて、汽艇《ランチ》からケワニや日本娘を受取ると、用意の担架に乗せて邸内へ運んだ。ピスルはその間、成功を喜ぶでもなく、不平を鳴らすでもなく、堅く口を緘《とざ》して、彼の顔はいつもながら仮面そのものの冷酷と冷淡を示していた。

私達はテラスのついた庭を横断り、石の階段を踏んで、豪奢な邸の中へ這入った。

三階の小さい一室でその夜、私は不思議な今日一日を回顧して、仲々寝つかれなかった。しかし考えてみるまでもなく、ここは戦慄と怪奇、夢と幻の暗黒大陸アフリカのモロッコだった。他の土地では見られない、世の中の有りと有らゆるどんな出来事でも、ここでは朝飯前に、何の変哲もなく起り得るのだ！

身心の疲労で、やがて私はぐっすりと夢路に這入った。明日の日に、どんな運命が待っているとも知らず。

麗人柳眉《りゅうび》譜

真暗な寝室で眼を覚ますなり、私は体を硬くして息を凝らした。まるで猫が板でも引掻くような物音が、窓のヴェネチア風の鎧扉《よろいど》で断続的に聞える。誰か窓の外から侵入しようと試みているらしい。

私は枕に頭を埋めて眠った風を装ったが、薄眼は窓に集中して少しも油断しなかった。

やがて窓の鎧扉が静かに開いて、青白い月光と一緒に、影のような人がそッと忍び入った。鎧扉は再び中から閉められた。暗い部屋の中を、侵入者は擦り足で扉《ドア》の方へ進むらしい。

私は山猫のように素早く、寝台《ベッド》を蹴って扉口へ飛ぶと同時に、壁のスイッチをパッと捻った。灯に照らし出された室内の光景！

何という驚愕だったろう。私の前には、水色のアフタヌーンに包まれたあの日本娘が立っているではないか！

彼女も私に劣らず驚いたとみえ、あッと微かに叫んで、霑《うるお》いのある黒瞳《くろめ》を大きく見開き、両手を背後へ廻したまま、一歩二歩後退りして、卓子《テーブル》の縁にやっと体を支えられたのだ。暫くの間、私も彼女も言うべき言葉を知らず、喰い入るように瞶め合って微動《みじろぎ》もしなかった。

「お嬢さん、どこへいらっしゃるんです？」

と私は、絶えて久しい日本語を遣った。

「それを聞いて、どうなさるお積り？」

返事も懐かしい日本語だった。ああ、涙ぐましい響の日本語だった。たとえ彼女の美しい声に、幾らか刺を含んだような冷たい調子が潜んでいようとも、数年振りに感激を以て聞く日本語だった。

「昼間お眼にかかりましたね。僕は……」

「牧武夫さまでしょ。存じてますわ」

「お嬢さんは？」

「……」

「お名前をお聞かせ下さい」

「あたし春川富士子」

「モロッコへ何しにいらしたんです？」

「……」

「お一人旅なんですか？」

「……」

どういう訳か、相見た最初の瞬間にこそ、彼女の瞳は親愛の閃きを見せたが、それは一瞬に消えて、心なしか、ひどく警戒と敵意に燃えているように思われる。これは私にとって、言いようのない寂しさだった。

「窓の露台《バルコン》へ、どこからお昇りになりました？　ここは三階ですよ」

「あたしは隣の部屋から来たんです。隣室の窓からこの露台へ、欄干《てすり》が渡してあったんです。直径一寸ほどの鉄棒ですわ。それに吊り下って来たんです」

「無茶ですね。地上七十尺もありますよ」

私は彼女の無暴に舌を捲いた。

「あたしだって怖かったわ。もうとても二度とは出来ません。でもあたし、どうしてもこの邸《うち》から逃げ出したかったんです」

「なぜ逃げようと仰有《おっしゃ》るんです？　逃げてどこへ行こうとなさるんです？」

「……」

「私に一部始終をお話し下さい」

「牧さん、念のためお伺いしますが、昨夜橄欖屋敷《オリーブニユムバ》へ、あなたもいらしたんですね？」

「そうですとも！」

「判りました」

心外にも、私に投げつけた彼女の瞳は、侮蔑的の色で一杯だった。

「さアお話し下さい！」

「話したくありません。話す必要もなくなりました」

「いや、あなたは話す義務があります。酒場アコの前で、駱駝の上から僕に、助けてと仰有ったし……」

「日本《ハポン》のマッキーと見込んだからこそ、お願いしたんですわ」

「それが今では、見込み違いだったとでも仰有るんですか？」

「そうですとも！」

彼女は不快そうに眉根を寄せて叫んだ。あまりにも断乎たる返事に私は啞然とした。

「富士子さん。あなたは僕を誤解していらっしゃる。異郷で会った懐かしい同胞じゃありませんか！　僕はどこまでも、あなたの味方です」

「白々しい詭弁はおよしなさい！　男らしくもない、卑怯じゃありませんか！」

「詭弁？　卑怯？　僕の誠意が判って頂けないのでしょうか？」

「誠意か好意か存じませんがもう沢山と申し上げたいくらいですわ」

何という怖るべき喰い違いだろう！　彼女か私か、どちらかが悪夢でも見ているに相違ない。私は途方に暮れて、大きく吐息した。

「富士子さん。我々の話は、もう一度始めから出直さなければいけません。僕には何が何だか、さっぱり判らないのです」

「恥を知りなさいッ！　あなたなど、日本人の面汚しよッ」

裂帛《れっぱく》の叫びだった。

ワナワナと華奢《きゃしゃ》な体が慄えて、眼頭にキラリと露の玉が浮かんだと思うと、忽ち涙がボロボロと美しい彼女の頬を滾《こぼ》れ落ちた。

これでは諒解を求めるより、喧嘩別れをした方がずっと手ッ取り早い状態だ。胸の塞がる思いをして、私は智慧もなく、大きな溜息を幾つも床の上へ落しているばかりだった。

折柄、階下に人の足音がしたので、私は思わず振向いて耳を澄ました。これはしかし、飛んでもない油断だった。鋭く風を切る音を聞いて、ハッとした途端に、ガンと一発、私は後頭部を殴られた。うんと気張って、自分では何糞と踏張る積りだったが、脳髄《あたま》の中は火の棒でも突刺されたようで、部屋がくるくる廻ると思った瞬間、眼の前がすっかり真ッ黒になって、不覚にも私はバッタリと絨氈《じゅうたん》の上へぶッ倒れてしまった。

寝室の怪奇

床の上で気がついて最初に見た物は、眼の前に転がっている妙な革袋だった。開いてみると、黄金製のマホメット像が出てきた。これで富士子がボインと私に喰らわせたのであろうか。彫像は長さ五寸ぐらいで、重さは小さな砲弾ほどもあった。片手に剣、片手に法典《コーラン》を持ったマホメットの像である。

辺りを見廻したが、富士子の姿は無論室内になかった。私はクスクス笑い出した。無暗に可笑しくて堪らなかった。日本《ハポン》のマッキーが、女の子にまんまとしてやられたこと、彼女が無茶苦茶に私を誤解していること、それからさすがに大和撫子《やまとなでしこ》だけあって、彼女が怖ろしく気の強いことなど、みんな何もかも愉快になってきた。

腕時計を覗くと、まだ暁方の四時だった。とにかく彼女の安否を確かめようと、手にしたマホメットの黄金像を自棄半分《やけはんぶん》、床の上へ投《ほう》り出して、さて起上ろうと片膝を立てた瞬間、ああ何たる怪奇！　天井の電燈がパッと消えて、私の体はフワリと宙に浮き上り、続いてグングングングンと真暗な地の底へでも引き摺り込まれるように沈んで行くのだ。

回教の神の怒？　罰？

サッと頭に浮かんだのが、その事だった。慌てふためきながら、一度投《ほう》り出したマホメット像を闇の中にまた拾い上げて、粗略な取扱いを詫びようとしたが、ギーギーと物の軋む音、ズシリズシリと物の揺れ動く音、ガタンガタンと物の鳴る音などが混然《ごっちゃ》に入混って、異変は一向に納まろうとしなかった。

狼狽しきった私には、珍事の性質が全然判らなかった。あれよあれよ！　とキョロキョロするのが精一杯で、その他に何かあったとすれば、地震だ、難船だなどと、取りとめもない想念の断片が、閃光のように脳裡に明滅したに過ぎなかった。

随分長い時間と思ったが、実際には一二分後だったろうか、ドシンと物凄い地響を感じて、マホメット像を抱いたまま、一二尺も体が天井の方へ投げ出されてから、やっと異変が終った。

「これがモロッコだ！」

と気がついてみると、不思議に気持は落着いてきた。暫くの間ポカンとして、暗闇の中に端座していたが、まだ眠くて堪らないので、私は寝床へ藻繰《もぐ》り込むなり、前後も忘れてグウグウと眠った。

何時間経ったろうか、唐突《だしぬけ》に真闇《まっくら》の中で
「何誰《アイナ・ラキ》ですか？」

と頻りに叫ぶ土人語を聞いて眼が覚めた。声は私の直ぐ背後で喋舌《しゃべ》ったように近かった。

「僕はタケオ・マキだ」

「ああ、日本《ハポン》のマッキーさんですか！」

巧みなスペイン語に変った。昨夜捕まったケワニらしかった。

「君はどこにいるんだ？」

「隣の地下牢です。右手の壁の上の方に、油絵の額が懸っていたことを御存知でしょうか？　その背後に鉄格子の嵌《は》まった小窓があるんです。それでお互の話声が聞きとれる訳です」

「隣の地下牢だって？　僕は三階にいる！」

「はッはッはッ。セニョール・マッキー。眼をハッキリとお覚ましなさい」

と隣の男は止度もなく笑いつづけた。

「あなたの部屋も私の部屋同様、吊部屋なんです。判り易くいうと、エレベーターの箱みたいな部屋です。三階にも、二階にも、一階にも、そして地下牢にもなるんです。論より証拠、あなたの部屋は、先刻地下まで降りたところじゃありませんか！」

「おいおい、本当の話かい？」

と私は呆れた。壁際へ匍って行って、スイッチを捻ってみたり、扉《ドア》を押してみたりしたが、すべては無駄だった。モロッコの怪奇に吊部屋は考えられよう。しかし、何のためにピスルは私を地下牢などへ幽閉したのか？

「セニョール・マッキー。お気の毒に堪えません。彼奴は怖ろしい悪党です。残忍非道な彼奴はあなたを利用して私を捕えることに成功すると、不用になったあなた、モブクの仇敵のあなたを手ッ取り早く地下牢へ片付けてしまったんです。日本《ハポン》のマッキーに限らず、どんな豪の者でも、水と食物のない地下牢では、十日も経たないうちに温順《おとな》しく眠ってしまいますからね。これはケワニの常套手段なんです」

「ケワニ？　ケワニとは何だッ！　ピスルといえ！　ケワニは昨夜、僕らが捕えた奴だ」

貴様こそケワニだろう――と私はせせら笑いたかった。

「まだそう思い込んでおいでですか？」

「君は誰だッ？」

「私はピスルです」

「ピスル？　はッはッはッはッ。二人ピスルか前の酋長の伜のピスルだというのか？」

「そうです」

私は微苦笑を禁じ得なかった。

「何とでもいえ。貴様がピスルで、昨夜僕と一緒に貴様を襲撃したのが、今の酋長ケワニだとでもいう積りか！」

「そうです。その通りです」

「調戯《からか》うのはいい加減にしろ！」

「ああ、セニョール・マッキー。あなたは何も御存知ないのだ！　狡猾なケワニにすっかり騙されて、まだ反対《あべこべ》のことを信じていらっしゃるのだ！　お人がいいからなア！」

と隣室の声は、泣くが如く愬《うった》うるが如く、絶望的な呻きに変った。

「セニョール・マッキー。あなたはケワニに踊らされて、重大な失敗をなさいましたぞ。あなたは私のみか、私がせっかく救い出したセニョリータ・フジコを、また元の悪魔の手へ引渡しておしまいになりました。物の間違いとはいえ、あなたに用事があって、わざわざスペイン本国から、このモロッコへいらしたセニョリータ・フジコをですぞ！」

意外な話に、私は自分の耳を信ずることが出来なかった。彼の語調には惻々と胸を衝くものがあって、虚偽の響は微塵も籠っていなかった。

「君のいうことは真実《ほんとう》か？　回教《アラー》の神に誓って答えて

くれ！　君の本当の名は何だ？」

隣室の男は暫し沈黙した。遠くの神の座《ミハラブ》に向って敬虔な礼拝をしている気配が、森とした空気の中に感じられた。

「偉大なる神様《アラー・アクバル》！　どうぞセニョール・マッキーにお告げ下さい。昨夜捕えられ、今ここにお祈りする哀れな男こそ、月の部落《ムエツ・キアロ》の前の酋長フエラギの独り息子ピスルでございますことを！」

解ける謎

そう聞けば、なるほど真先に頷けるのが、年齢と人相の相違だった。ピスルと自称した前の男が、一年に二つずつ歳をとったなどと言ったのは空々しい詭弁だし、人相が心をありのままに映し出す鏡ならば、表情を忘れた気味の悪いあの男の面貌こそ、悪徳と悪業を重ねたケワニに相応《ふさわ》しい。昨夜マッチの火で垣間見《かいまみ》たに過ぎないが、歳も若いし、人相もいいし、隣の男をピスルと考える方が遥かに自然と思われる。とはいえ、総ての疑念が氷解した訳ではない。いや、疑念の方が却て多いくらいだ。


私は貪るように、彼の解答を抽出さずにはいられなかった。

「まず第一に、君はなぜ僕に会見を求めたのか？　それを聞こう。橄欖屋敷《オリーブニユムバ》の主人の君はマッキーに乞食の使者を送ったはずだ」

「ケワニが偽ってあなたにお願いしたのと同一の理由です」

「ケワニに対する復讐の援助か！　判った。しかし、なぜケワニは自分をピスルと偽って、僕を手先に使ったのか？」

「セニョール・マッキーの短銃《ピストル》が怖いのです。私があなたを味方に引入れることを怖れたのです」

「あれだけ勢力のある男にしては不思議じゃないか！」

「要するに、私がセニョール・マッキーの短銃《ピストル》で、彼奴を射殺してもらうことは構いませんが、彼奴は私を殺してしまえない事情があるんです」

「事情とは？」

「部落の秘密ですから、あまり語りたくありませんが、実はマホメットの黄金像に絡まる重大事件です」

マホメットの黄金像と聞くと、私も黙ってはいられなかった。

「ピスル君、そのマホメットの黄金像というのは……」

「お、お待ち下さい、セニョール・マッキー。この話は、いずれ詳しく申上げる時がありましょう。今はどうかお許し下さい」

　私は不満だったが、彼の好まない話題に強いて拘泥することも出来なかった。

「じゃピスル君。セニョリータ・フジコが、橄欖屋敷《オリーブニユムバ》へ行くまでの仔細を聞きたい」

「昨日私が伺ったところによりますと、あの方がスータの港に着いて、埠頭に群れていた土人の隊商《カラバン》に、日本《ハポン》のマッキーにはどこへ行ったら会えるかと訊ねたのが禍いして、お為ごかしの親切から無理矢理に駱駝の背へ乗せられてしまったんだそうです。でも利巧な方だから、途中で可怪しいと気づいたところへ、酒場アコの前で日本人に会ったから、てっきりセニョール・マッキーと気づいて救助を求められたというんです。そこへ突発したのがあの騒ぎです。その混雑に紛れてセニョリータ・フジコを、私や私の部下が救い出しました。あなたを追うのに急で、お嬢さん《セニョリータ》の方がほんの瞬時お留守でしたので……」

「君もあそこにいたのか？」

「ええ、あなたにもお目にかかりました」

「どこで？」

「酒場アコで」

「あッ、あの乞食が君か！」

「そうだったか！」と私は何度も頷いた。

「隊商《カラバン》の行列には普通ケワニは加わりませんが、積荷を一通り見る習慣から埠頭へ行っていて、彼奴、柄にもなくお嬢さん《セニョリータ》を見染めたのですね。それから部落へ連れて行って、結婚する積りになったものとみえます。回教徒として許された四人の妻の中、彼は三人しか持っていないので、まだ一人余裕がある訳です。これはあなたなどに蛮風と見えましょうが……」

「ピスル君。実は先刻、僕はセニョリータ・フジコに会ったんだが、ひどく僕を恨んでいる様子なので不思議に思ったんだが、君の話で漸く訳が判った」

「私には大体の見当がつきますし、あなたの人柄も知ってますが、お嬢さん《セニョリータ》は一端逃れることの出来たケワニの魔手へ、誘拐して再び連れ戻したあなたを、少からず誤解されたでしょう。昨夜捕まる前、橄欖屋敷《オリーブニユムバ》の庭で、私に頼りとあなたに会わせてくれと強請《せが》まれた位ですからね」

「彼女が僕に用というのは何だろう?」

「秘密の使命じゃないでしょうか? 立入ってお伺いしなかったんですが……」

「ところで、彼女は今どうしてるだろう?」

「そのことです、セニョール・マッキー。ケワニはお嬢さん《セニョリータ》を部落へ連れて行くでしょう。あるいはもう出発したかも知れません。あの方を部落へ入れてしまっては、もう連れ戻すことが出来ないのです。どうか一刻も早くそこを出て、あの方を救い出して下さい」

「出ろといって、この地下牢に出口があるのか?」

「私はあなたの部屋へ這入りたかったのです。この棕櫚屋敷《ピーアンニユムバ》は昔コプト人の僧院でしたが、それを改築して別荘にしたのが私の亡父なのです。絨氈をめくって御覧になると、部屋の中央に一枚の敷板があって、それを外すとまた同じような敷石が発見《みつか》ります。その下が抜け道になって、海岸の洞窟へ通じているんです。但し三百足ほど行ったところで、地下道が左右に別れますが、間違えずに右の方へ曲って下さい。左の道は、この邸の一室へ通じているのです」

事態がこうなった以上、残念ながら使命達成と完全に背馳《はいち》するが、彼女を救い出すのが先決問題だ。私は勇躍して絨氈をめくった。なるほど、部屋の中央に二尺平方位の敷板があり、その直下に同大の敷石が発見った。

「あったあった! ピスル君、僕は出発する。月の部落《ムエツ・キアロ》へは、どういけばいいのだ?」

「馬をテツアンへ飛ばして下さい。あの田舎町で、跛《びっこ》のアリといえば、誰でも知ってるムーア土人の爺さんがいます。きっとお役に立ちましょう。爺さんの方では、セニョール・マッキーをよく知っています。娘があなたに助けられたことがありますから……」

「娘を助けた?」

「スペイン人の宣教師のところへ、女中に這入っていた爺さんの娘のルヨが、主家の花瓶を壊して追い出されたのを、あなたが弁償して、代りに詫びておやりになったことがあるでしょう。五年ほど前のことです」

しかし私には全然記憶になかった。

「それはともかく、ピスル君、暫く我慢していてくれ。彼女の次には誓って君を救い出すから!」

私はマホメットの黄金像を抱えて、もう石の階段へ半身を降していた。

即製酋長

狭い地下道は、冥府《よみじ》から筒抜けて来たような冷たい湿々《じめじめ》した空気が、闇の中に茫莫と拡がって、気持の悪い蜘蛛の巣は、絶えず私の顔を舐め廻した。匍うような二《ふた》重腰《えごし》で歩いても、私は幾度か低い天井に頭をゴツンと衝突《ぶっつ》けたし、一度などは辷って泥濘《ぬかるみ》の中へ四ん這いに転がってしまった。

私はマホメットの黄金像を左手に抱え、右手では絶えず側壁を探って歩いた。こうすればピスルの注意した通り、間違いなく海岸の出口へ辿り着くことが出来るはずである。

やっと地下道の分岐点へ来た。右へ！　右へ！　痛くなった腰をさすりさすり、私は一年も歩き続けたと思うほど進んだ。

と、何としたことだろう！　行手を遮って私の前進を阻む障碍物に衝突《ぶつか》ってしまった。触ればボロボロと崩れ落ちる岩、埋高《うずたか》く積み上って、除けても除けても除けきれない砂利の山がそれだった。

「ケワニが塞いだのだろうか？」

落胆《がっかり》すると、急に張り詰めた気が緩んで、私はくたくたと地上へ座ってしまった。この上は、元の地下牢へ退くか、邸内に通ずる左の道を進むか——この二つより方策はなかった。進むも退くも、帰するところは同じ絶望なのだ。どうせそうなら、いっそ左の道へ進もうと、私は勇を鼓して逆行し始めた。

左の岐れ道は直ぐ発見った。軽い傾斜を描いて、この道は昇りになっている。今度は幾何《いくばく》もなく石の階段に衝当った。階段の頂上には、木の羽目板が載っている。右の片隅に凸出《とっしゅつ》した釦《ボタン》を強く押すと、弾条《ばね》仕掛の羽目板はギーと軋んで上へ跳ね上り、大きな口をパックリと開いた。

警戒しながら上へ昇ったが、部屋は地下道同様、墨を流したような暗闇なので、相変らずの手探りを続けねばならなかった。

ところが、何たる不運！　延した手に何か触ったと思う間に、家の静寂を破る凄まじい響が起った。戸棚の上にあった硝子《ガラス》の花瓶を、床の上へ落してしまったのだ。反射的に腰の短銃を探ったが、落したか忘れたか、そこにないのだ。堪え難い数秒が流れた。ドヤドヤと廊下を蹴って押し寄せる夥しい足音を、私は息を呑み体を凍らせて空しく待つほかはなかった。

　大きく吐息して戸棚に倚りかかったとき、扉《ドア》が荒々しく開いて、電燈がパッと点いた。長い間、闇黒《あんこく》の地下牢や地下道に馴れていた私に、この光の洪水は、針を眼玉に突刺したようで、意地にも眼を開いていることが出来なかった。空襲された無防備都市のように、私はむざむざ敵の狙撃に曝さなければならないのだ。万事休矣《ばんじきゅうす》！

　歯をバリバリ嚙み鳴らして、冷たい運命に直面していた私に、今度は何という驚くべき奇蹟が起ったろう！　蜂の巣のように、私の体を鉛玉で撃ち抜くかと思った奴らが、

「偉大なる神様《アラー・アクバル》！」

　と高らかに唱名して、べたべたと冷たい床へ膝を落すのだ。案外な様子に憑《つ》まれた形で、そっと薄眼を開けると、鉄砲《ブンジュク》を持った七八人の土人が、頻りに私を礼拝しているではないか！

　奴らは気が狂ったのか、それともこちらの脳天が可怪しいのかと、私は暫しの間ポカンとして、繰返し繰返し恭々《うやうや》しく礼拝しつづける彼らを、活人画のように眺めていた。先頭に座った髭面の大男が、やがて声高に何か経文を誦し始めた。他の者が直ぐこれに和した。何という馬鹿げた風景だろう！　極度の緊張から一時に解放されて、私は危くゲラゲラ笑い出すところだった。

　しかし間もなく、私は胸に捧持していたマホメットの黄金像に気がついた。そうだ、このせいだ！　と判ると、急に私の胆ッ玉は風船のように膨れ上った。

「こら、心して答えろ、神様《アラー》は日本《ハポン》のお嬢さん《セニョリータ》の居処をお訊ねなさる！」

　厳然たる私の第一声がそれだった。

「神様《アラー》！　誓って嘘は申し上げませぬ。日本《ハポン》のお嬢さん《セニョリータ》は、月の酋長《ムエヅ・サルタン》が月の部落《ムエヅ・キアロ》へ連れて参りました」

　一番前の髭ッ面が、恐怖の色を満面に浮べて答えた。

「それはいつごろだ？　馬か駱駝か」

「はい、夜の明ける二時間ほど前、馬でお出かけになりました」

「今は何時だ？」

「日の暮にまだ二時間もございましょう」

「よしッ！　神様《アラー》は直ちに御出発だ。廏から鉄砲玉のように速い、十日も駛《はし》り続ける馬を曳いて来いッ！」

「はい、畏りました」

　私自身すら信じ兼ねるようなことが、嘘でも冗談でも

なくまざまざと私の眼の前に事実となって繰り展げられるのだ。何が痛快といって、世の中にこれほど痛快なことはない。私は私自身が神様《アラー》になったように大得意だった。

土人の案内で玄関へ出ると、光沢々々《つやつや》しい白い毛並のアラビア馬が、昂然と頭をあげ、活々と眼を輝かして待っていた。鹿のように細い前肢を揚げて敷石を爬《か》く毎に、胸の逞ましい筋肉が漣《さざなみ》のように躍動している。一ト眼で惚々するような駿馬《しゅんめ》だった。背には黄金の象眼を施した赤革製のアラビア鞍があった。

どういう積りか、土人共はケワニの服装を持って来た。神の使者にボロボロの背広は不適当と思ったのか知れない。土人に近づくには好都合だろうと、私もそれを着用した。滴るような真紅の頭布《ターバン》には、中央に片割れ月《ムエツ》の金具が黄金色に燦然と輝いている。緋の縁をとった肩衣《ヅエラバ》、クリーム色綸子《りんず》の土人服《アッバ》――馬上には堂々たるマッキー酋長が出来上った。

馬は駈け出した。土人共は土下座して、

「偉大なる神様《アラー・アクバル》！」

と唱和して見送った。

スータの町に差しかかる頃、私は短銃《ピストル》を持っていないことに気づいたが、霊験あらたかなマホメット像に、どんな武器も及ばない絶大の信頼を懸けていた。

土人娘ルヨ

スータからテツアンへ十二里――。

オリーヴの並木道や、焼けつく砂原の道を、駿馬は砂塵を蹴立てて矢のように疾駆したが、目ざすテツアンへ着いた頃には、濃い夕闇がうら寂しく丘の上の田舎町に拡がっていた。

跛のアリ爺さんは、ピスルの言った通り直ぐ判ったが、その陋屋《ろうおく》を場末の裏小路に訪れた私は、重病の床に横たわる爺さんを発見して途方に暮れなければならなかった。

「なに？　日本《ハポン》のマッキー様が、月の部落《ムエツ・キアロ》へ行かっしゃるちゅうだか？　月の酋長《ムエツ・サルタン》達は、昼前二十騎ばかりで駈けて行った。部落境までに追ッつければいいが……」

私の来訪を聞くと、彼は苦しそうな嗄れ声で言って、枕頭に集った親類縁者の人々を見廻した。

「ルヨ！　ルヨはどこにおる？」

「ここだよ、お父つぁん」

人々の後ろから、伸び上って私を凝視していた大柄の娘が、爺さんの前へ黒い健康そうな顔を突き出した。

「お前、日本《ハポン》のマッキー様を憶えとるか！　月の部落《ムエツ・キアロ》へ俺《おら》の代りに、お前ご案内せい。それが御恩報じの一つじゃ」

「それはいいが、お父つぁんの病気は……」

「俺のことは心配せず早く行け、道は俺が教えてやる。お前、十歳《とお》の時、俺と山奥の池《ムト》へ行って、魚《サマキ》を獲ったことを忘れはせぬだろう。あの池の縁へ出たら、空の三ツ星さまを目印に……」

と言いかけて、ふと人々を憚かるように、娘の耳にひそひそと囁きかけた。

「判ったか、ルヨ。急いで行くだ！」

戸外へ飛び出した白衣のルヨは、間もなく栗毛の逞ましい馬を引っ張って来た。

病床のアリ爺さんに心を残しながらも、私とルヨは馬を南方へ飛ばせなければならなかった。

途中で断れ断れに聞いたところによると、彼女の父はピスルの亡《き》父フエラギの腹心の部下で、ピスルの失脚後はこのテツアンに移り住み、伯楽に身を転じて、何かと旧主の遺子のために忠誠を尽してきたのだそうだ。

ルヨ自身は、小娘時代をスータの女中奉公などに送ったが、近年は老衰の父を案じて、テツアンへ戻っていたという。

紫天鵞絨《びろうど》の夜空には、銀砂子を撒いたような星が一ぱい明滅していた。テツアンからラッシュまで二十里――その三分の二行程から左に折れて、私らの馬首はリップ山脈の峻嶮へ向った。

二十数里を疾駆した馬は、疲れを知らぬ機械のピストンのように、正調な蹄の響を夜空に高く冴させていたが、乗っている私に却て激しい疲労があった。

「ルヨ。僕は少し休みたい」

私はとうとう馬を降りて、夜露の光る草原に寝転がった。南国の土の香りが身に沁みるように高い。ルヨが案じ顔で覗き込んだ。

「旦那様《セニョール》。ご気分でもお悪いので？」

「いや、疲れたのだ。ルヨは馬に強いな」

「馬は私どもの足も同然でございます」

眼は円《つぶ》らで鼻筋が通り、唇は厚く、首の太く艶《あで》やかなルヨは、銅色の顔に純白の美しい歯を見せて笑った。

「ルヨ。僕らは月の部落《ムエツ・キアロ》へ入る前に、酋長の一行に追いつくことが出来るだろうか？」

堪え難い私の焦慮と苦悩は、そのことだけだった。一行を月の部落《ムエツ・キアロ》の中へ一歩でも踏み込ませたら、富士子を奪還する機会は永久に去ってしまう。覗《クーエ》けば殺《クーワ》せ！　鉄の掟の前には、部落の境界が生死の別れ目なのだ。

「旦那様《セニョール》は、なぜ月の酋長《ムエツ・サルタン》を追ッ駈けるのです？　ピスル様の仇を討つためですか？」

私はアリ爺さんの家で、ピスル監禁の一条は手短かに告げておいたが、充分の暇がなかったので、まだルヨにも富士子の一件は話してなかった。しかし今といえども、悠々閑々と説明する気持になれなかった。

私はたとえ五分でも仮睡《まどろ》んで、くたくたに疲れた心身に新たな英気を取戻したかったが、傍近く座ったルヨは妙に興奮して、涯しのない饒舌で私を悩ました。

「旦那様《セニョール》に助けて戴いた時、私は十三でしたわ。あれから五年間、私は夢にも旦那様《セニョール》を忘れたことがありません。親切で情ぶかくて強い、旦那様《セニョール》！　でも、私の夢に出ていらっしゃる旦那様《セニョール》は、こんな月の酋長《ムエツ・サルタン》みたいな服装《みなり》じゃなくて、スペイン義勇軍の粋な軍服姿ですわ。旦那様《セニョール》、私は今日ほど忘れられない日は、生れて始めてですの。父が重い病気の床にいる悲しい日、そして日頃の念願が叶って、旦那様《セニョール》に会うことの出来た嬉しい日……」

ルヨの燃ゆる瞳、厚い唇、白い歯列《はなら》びが渾然として情熱の塊りのように見えた。土人娘の恋？　熾烈で盲目的で、無思慮で無分別な土人娘の執念深い恋？

私はあたふたと起上って馬に乗った。

「ルヨ。月の部落《ムエツ・キアロ》までどの位あるだろう？」

勉めて話題を転換する一手だった。

「部落の見える峠《キリマ》に着くのは、今から夜通し駈けても、多分明日の晩でございましょう」

「一刻も早く俺は奴らに追いつきたい。ルヨ、お前が十歳のとき魚《サマキ》を獲った池《ムト》というのはどこだ？」

「この山を越えると、山裾にその、池《ムト》がございます。その池《ムト》へは、是非お星様のあるうちに辿り着かねばなりません。さもないと、方角を見失ってしまいます。月の部落《ムエツ・キアロ》は、その池《ムト》から三ツ星様を右に見て、五つの峠《キリマ》を越さねばならないのです。いいえ、五つ目の峠《キリマ》の頂上が、月の部落《ムエツ・キアロ》の境目なのです」

「五つの峠《キリマ》？　まだ遠いんだなア！」

「旦那様《セニョール》。近ければ、いくら馬を飛ばしても、月の酋長《ムエツ・サルタン》に追ッつけますまい」

「うん、それもそうだ」

月の出が迫ったものか、森の小径に濺《そそ》ぐ葉洩れの光が頓に青白さを増した。

山向うの池《ムト》！

五つの峠《キリマ》！

夜鳥の夢を驚かせながら、私らの馬は猛然と驀進し続けた。月の部落《ムエツ・キアロ》へ！

ああ！　五の峠《シンコ・キリマ》

一の峠《ウーノ・キリマ》で夜が明けた。千古の大森林と美しい羊歯《しだ》で蓋《おお》われたこの山は、朝霧に濡れて輝かしい日の出を迎えた。二の峠《ドス・キリマ》を越えて、蔓草の一ぱい繁った森の中を、潺々《せんせん》と渦巻き流れる川を渡りながら、私らは頭の頂度真上に赫灼《かくしゃく》たる太陽を頂いていた。

「ルヨ。どうして我々は、奴らの背後《うしろ》姿を見ることが出来ないんだろう?」

　川を渡り終ってから、氷のように冷たい清水をガブガブ飲んで、私は気違いになりそうな焦躁と不満を爆発させた。十時間の差を追い縮めることが、簡単に出来ることでないと判っていても、愚痴を滾さずにいられないのが人間の弱さだった。

　私の激越な語調に、茱萸《ぐみ》の実を摘んでいたルヨは、自分の責任とでも考え違いしたのか、鈴を張ったような眼に一ぱい涙を溜めていた。土人女を嘘つきで、反抗心が強くて、自制心のない野獣的なものとばかり思っていた私は、あまりの可憐《いじ》らしさに、二の句を継ぐことが出来なかった。

　三の峠《トレス・キリマ》の頂上には、一つの小ッぽけな祠が建っていた。まるで鳥小屋のような恰好で高さも幅も一尺位、前の方が開いていて、何か獣の毛が二抓《つま》みほど納めてあった。ルヨは岩の上に咲き乱れた菫《すみれ》のような蔓草の花を、二つ三つ手折って供えると、両手を空に上げたり下げたりして一心にお祈りした。

「何を神様にお願いしたのだね、ルヨ」

と訊ねたが彼女は頬を染めるだけで、何とも答えなかった。

　男の私でさえ、くたくたに疲れているのに、彼女はそんな気振りも見せず、いつでも私の視線を笑顔で迎えてくれたり、水を汲み果実を摘んで私を慰めたりした。月の酋長《ムエツ・サルタン》の一行に追いつくどころか、彼らの通過した痕跡も探り得ない焦慮は依然たるものだったが、私はルヨの純情にほろりとして、不平を一切言動に示さなかった。

四の峠《クアトロ・キリマ》を越え、漂石や枯木で一杯になった沼沢地の小径を辿りながら、私らはやっと乱れた無数の蹄の跡を発見けて歓呼の声をあげたが、同時に夕陽を西の山の端《は》に焦立たしく見送らねばならなかった。

私らの前には、もう五の峠《シンコ・キリマ》が一つ残っているのみだった。しかも五の峠《シンコ・キリマ》から一歩下は、もはや月の部落《ムエツ・キアロ》ではないか！

殆んど飲まず食わず、休息なしの強行軍に、心身は極度に参ってしまった。もし馬が顛倒して投げ出されたら、私は起上ることが出来なかったかも知れない。元気だったルヨも、今は色が青ざめ、言葉も少くなっていた。けれどもなお二人は行かねばならない！

「ルヨ。峠《キリマ》までだ！　急いでくれ！」

「旦那様《セニョール》。短銃《ピストル》の用意はよろしゅうございますか？」

その短銃《ピストル》は昨日からないのだ。しかし懐ろには、どんな武器にも優るマホメットの黄金像がある。私に何の怖れがあろう！

五の峠《シンコ・キリマ》の登り坂で、私らはラスト・スパートに移った。思ってもみよ！　峠《キリマ》の上には、地獄の門が魔の口を開いているのだ。

馬は傷ましいほど疲憊《ひはい》していたが、乗手の期待に応えて嬉しい位よく駛ってくれた。

松林地帯を過ぎると、径は竹藪や、十尺も延びた羊歯の中を抜けて絶壁に差しかかった。右側、遥か下方に微かな水音が聞える。渓流が何百尺か下に横わっているのだ。

「旦那様《セニョール》。ホラ！　駒の足音が！」

と唐突《だしぬけ》にルヨが言った。ハッとして馬を停め、全身の神経を両耳に集中すると、遠いせせらぎの底に聞える、聞えるのだ！　夥しい微かな蹄の音が！

「ルヨ！　ルヨ！」

その他に何も言えなかった。言おうとすれば、わアッと怒鳴り出したか知れない。二十数時間の死闘が、やっと酬いられるのだ。

私は無茶苦茶に馬腹を蹴った。

径は絶壁から尾根に移り、それから灌木の林が続いた。そこを駈け抜けると、眼の前が急にぐッと闊《ひろ》がって、岩石の転がっている小さい原ッぱへ出た。馬は、天空に聳え立つピラミッド型の巨大な雲母片岩の下で停まった。

「あッ！　旦那様《セニョール》！　ここが峠《キリマ》ですッ！」

と、ルヨが慄えて絶叫した。

「えッ？　峠《キリマ》ッ？」

　この巨大な雲母片岩が峠《キリマ》の標識だろうか？　魂が抜け去ったというのは、こんな時のことかも知れない。言葉もなく、身動《みじろ》ぎもせず、作りつけた木像のように、いつまでも私はぽかんとしているのみだった。

　事実、ここここそ境界線に違いない。眼の下の山肌には一木一草もなく、山峡《やまあい》に広く横たわる月の部落《ムエツ・キアロ》の夜景が墨絵のように美しく見える。黒檀のような手を差し延べて、高い夜空の星を指さすのは、マホメット教寺院特有の長尖塔なのだ。縞瑪瑙《しまめのう》の珠のような円屋根も幾つかあった。ぐるりと町を取巻く高い城壁と、点々とつづく窓の灯と……。

　ああ、月の部落《ムエツ・キアロ》！

　聞耳を立てると、山麓に戛々《かつかつ》と馬蹄の響が微かに聞える。ほんの一足のところで、私は長蛇を逸してしまったのだ。

　更に耳を澄ませば、あるかなきかに富士子の歔欷《すすりなき》が聞えるような気がする。切々たる幻の哀調は、私の心臓に鋭い刃を立てて、ぐいぐいと抉るのだ。

　一度逃れた魔の深淵へ、故意ではないにしろ、彼女を無慙に突き落したのは、愚か者の私ではないか！　どうして哀れな私の王昭君《おうしょうくん》をこのまま見殺しに出来よう！

「ルヨ。大変お世話になった。有難う。どうか、ここからお前は引返してくれ」

「旦那様《セニョール》は？」

「俺は降りる、月の部落《ムエツ・キアロ》へ！　……」

　わッと泣き出して、馬上から彼女は私に獅噛《しが》みついた。

「いけませんッ！　旦那様《セニョール》！　月の部落《ムエツ・キアロ》へ降りると、誰でも殺されますッ！」

「ルヨ。俺は行って死ぬのだッ！」

　ルヨは濡れた瞳で、長い間じッと私を瞶めた。

「旦那様《セニョール》、そんなら……」

「帰ってくれ、ルヨ」

「ルヨも行って死にます！」

　ルヨは真ッ青で、思い詰めた眼眸《まなざし》が凄いほど据わっていた。

「いけない、ルヨ。お前は父の待ってるテツアンへ帰れッ！」

　振払って馬を進めるのをなんと彼女も追い縋って来るのだ。

「待って下さい旦那様《セニョール》。ルヨは旦那様《セニョール》と御一緒なら……」

言葉半ばに、巨大な雲母片岩の蔭から、バラバラと現われて、私ら二人を取巻いたのは、鉄砲《ブンジュク》を肩に、偃月刀《ダガス》を腰にした十人ほどの土人兵だった。

運命の三日

土人兵たちは暫くの間、私の顔と服装を穴の開くほど見較べていた。彼らにしてみれば、たった今しがた、美しい犠牲者と部下を随えた真物《ほんもの》の酋長を部落へ見送ったところだのに、顔だけ違った酋長がまたしてもやって来たのに面喰《めんくら》ったものらしい。

やがて頭株の一人が進み出た。

「どこへ行くだ《ウメグニグワゼ》？」

「月の部落《ムエヅ・キアロ》！」

「どこから来ただ《ウメトカ》？」

「スータ」

「何用があるだ《フアニア》？」

「神様《アラー》の御命令《レテ》で」

土人がニヤニヤと笑って、背後の仲間を振返った。仲間の間からも、クスクスと失笑の声が湧いた。

彼らに笑われたのは心外千万だったが、私には例の最後の切札マホメットの黄金像があるので、少しも怯まなかった。むしろこうなれば、此奴《こいつ》らの毒気を一ト思いに抜いてやるのが得策と気づいた。

「さア、俺は月の部落《ムエヅ・キアロ》へ行くぞ。神様《アラー》は、この俺に、月の部落《ムエヅ・キアロ》へ行けと仰せられるのだ」

そういって、懐ろの黄金像を取出すと、私はこれ見よがしに右手高く差し上げた。

土人共は、恂乎《ぎょッ》としたように揃って振り仰いだ。どうだ、参ったか！　と私は頗るつきの大得意だった。

ところが、なんと、また頭株の一人が急にゲラゲラと笑い出すと、それが口火になって、残りの全部もどッと爆笑した。その笑いというのが、間の抜けた素頓狂《すっとんきょう》な馬鹿笑いで、阿呆が笑い薬でも服《の》んだように、止度もなく笑いつづけるのだ。

予想を裏切られ、自信を根底から覆えされて、私はひどく失望すると同時に、棕櫚屋敷《ビーアンニユムバ》の霊験と対比して、不審に堪えられなかった。相手はあれもこれも、同じ月の部落《ムエヅ・キアロ》の土人ではないか！

「さア、神様《アラー》で夫婦が月の部落《ムエヅ・キアロ》へ行かっしゃるちゅうだ。みんな、お供しろ！」

「おい来た」

「ルヨも行って死にます、か」

「ヘッヘッヘッ。畜生ッ！」

土人共の下品な揶揄《やゆ》が癪だったが、今更どうにも仕方がなかった。私は木偶《でく》に等しくなったマホメットの黄金像をコソコソ懐ろへ蔵うと、前後に二人ずつの土人兵に護衛されながら、ルヨと並んで山を下った。

短銃もなく、黄金像にも頼れなくなった今は、裸一貫で死魔にぶつかるほかはなかった。

土塀を廻らした町の入口には、見上げるような鉄門があった。松明の火に照されて、歩哨の土人兵が五六人立っていたが、護衛の兵から何か聞くと、此奴らも無遠慮に馬鹿笑いをした。

門内の道には石が敷いてあった。両側の家々は窓の灯も明るく、賑かな談笑の声も洩れていた。町の中央に、胸壁へ望楼のある大きな宮殿があった。これがいうまでもなく月の酋長《ムエツ・サルタン》の住居《すまい》だった。

宮殿の前の広場へ進みながら、ルヨが、

「旦那様《セニョール》！」

と呼んだ。

「何だいルヨ！」

と問い返したが、ルヨは私の顔をまじまじと瞶めたきりで、何も言わなかった。顔を見たら何もいえなくなったのか、それとも顔を見るために呼んだのかも知れなかった。覚悟の上とはいいながら、さすがにルヨの顔色は紙のようだった。

円柱を飾った石の階段の下で馬に別れると、私らは玄関を上った。廊下には松明の火が燃えていて、床には磨き石が張り詰めてあった。左右の部屋々々は、原始的なものではあったが、吃驚《びっくり》するほど立派だった。

廊下の行詰りで、護衛兵は立ち停まった。右手を見ると、途方もなく天井の高い広間があって、数百の蠟燭が煌々《こうこう》と白昼のように輝いていた。処々の円柱が半分明るく、半分暗いのも、ひどく異国的でまた神秘的だった。

真正面の王座に、従者を随えて豪然と構えている男の姿が眼についた。私は護衛兵を突き退けて、つかつかとその前へ進んだ。不意の闖入者の異様な服装を見て、みんな驚愕の眼を瞠ったが、相変らずの無表情は王座に座った男ケワニだけだった。

「君は酷い男だ。僕を橄欖屋敷《オリーブニユムバ》で働かせながら、お礼に棕櫚屋敷《ビーアンニユムバ》へ幽閉したじゃないか」

「ふん。棕櫚屋敷《ビーアンニユムバ》を出て来たか！　日本《ハポン》のマッキーだけのことはある！」

　とケワニは蛇のような冷たい眼をキラリと光らせた。

「しかしマッキー。あまりお調子に乗らぬことだ。ここは棕櫚屋敷《ビーアンニュムバ》と、少しばかり場所が違う」

「うん、その通りだ。スータとここでは、君の態度からして大ぶ違っている。いや、名前からして違った。君はスータでは、慥《たし》か前の酋長フェラギの伜ピスルと言ったはずだ」

「ふふん」

　珍らしく笑ったのかと思ったら、ケワニの小鼻が少し動いただけだった。

　広間の出入口へ、ドヤドヤと土人兵が集って来た。命令一下、不敵の侵入者を取って抑えようという身構えだ。

「ところで、マッキー。何しに来た？」

「何しに来たはないだろう！　スータで別懇にした間柄じゃないか！　僕は君のお客さまだ」

「お客さまか、ふん！」

　回教によると、いくら仇敵同士でも、先方がお客で来た以上、三日の間はそれ相当の待遇をしなければならない。しかしケワニにとっては、マホメットの訓えを破るくらい何でもないことなのだ。もし彼が鼻の先で憫笑《びんしょう》して、土人兵に右手を挙げてみせれば、忽ち私の体へ鉛玉が流れ込むだろう。

「マッキー」

「何だ？」

「法典《コーラン》のお客さまは三日限りだ。承知か？」

「無論！」

　ケワニは傍らのヌヅンヅに、

「二人を客間へ案内して、三日の間は、いうがままの贅沢と勝手をさせてやれ」

　といって、今度は私に残忍な焔の燃える眼を注いだ。

「マッキー。三日経つと、月の部落《ムエヅ・キアロ》にも変ったことがある。宮殿の前の広場で二人の男女の焚殺《ひあぶり》があるし、宮殿では日本《ハポン》のお嬢さん《セニョリータ》の結婚式が盛大に挙行されるのだ！」

後宮《ハレム》の麗人

法典《コーラン》によって保証された安全にしてかつ運命の三日間――。

　その三日の間に、雪崩《なだれ》のような悲運を、私一人でどうして喰い止め得よう！　沈思黙考の第一日。焦躁懊悩の第二日。そして、おいおい泣いて、同時にゲラゲラ笑い出したいような三日目がやって来てしまった。

取乱さないのはルヨだった。苦悩に喘ぐ私を眺める彼女の眼は、私より年若のくせに、母の如く姉の如く優しかった。

「旦那様《セニョール》は一体、何をそんなにお苦しみになりますの？　日本《ハポン》のマッキー様が、死ぬことをそんなに怖がっていらっしゃるのは、可笑しいと思います」

三日目の朝、彼女は焦慮する私の神経を鎮めるように、そう言った。彼女自身は、喜んで死を迎える法悦に浸りきっているかのようにみえた。

「馬鹿なッ！　ルヨ。俺は死を怖れて泣くんじゃない。仕事をし残して斃《たお》れるのが残念なのだ。俺には大きな仕事があったんだ！」

「仕事？」

この世に恋より大きなものがあるのでしょうか？　と言いたげなルヨの瞳だった。

「旦那様《セニョール》。そのお仕事というのは、日本《ハポン》のお嬢《セニョリータ》さんを、この月の部落から救い出すことでございますか？」

私がこの三日間、看視に幾度も「日本《ハポン》のお嬢《セニョリータ》さん」の居間を訊ねたので、ルヨは若い女の敏感さから大体のことを察したとみえる。返事の代りに、首を振ってみせたが、彼女は悲しそうに眼を伏せてしまった。

午後の看視にヌヅンヅが来た。

「旦那様《セニョール》。本当にお気の毒でごぜえますだ。儂《わし》アどういうもんだか旦那様《セニョール》が好きで堪らねえ。気前はいいし、腕前は美事だし、旦那様《セニョール》ほどの男を見たことがねえ」

人の好いこの巨人は、心の底から同情するように、こう言った。

「ヌヅンヅ。僕も君が好きなんだ。君は正直で情ぶかい。おまけに人並すぐれた力持ちだ。月の部落《ムエツ・キアロ》一番の勇士と思う」

「旦那様《セニョール》……」

私の褒めたことが、よほどうれしかったとみえ、ヌヅンヅは感激の色で頬を染めた。少し人は悪いと思ったが、私は椅子から立って、扉口にいる彼の肩を叩いた。

「いや本当の話だ。僕はモロッコのスペイン義勇軍にいた時にだって、君ほどの勇士は一人も見なかった」

ヌヅンヅは嬉しそうにニコリとした。私は巧みに機会の神の前髪を摑んだ。

「ところで、僕は君に一生の願いがあるんだが、君、諾《き》いてくれないか？」

ヌヅンヅは当惑したように、私の顔を瞶めた。願いの内容に不安を感じたのだ。

「ヌヅンヅ。僕は今日の夕方、宮殿の広場で焚殺になるんだから、最後に日本《ハポン》のお嬢さん《セニョリータ》にさようならを言いたいんだ。これが日本《ハポン》の習慣《ならわし》なのだ。それを親しい人に言わない者は、死んでから神様《アラー》のお傍へ行くことが出来ない」

「へい。なるほど！」

「僕に五分ばかり暇をくれ。僕はお嬢さん《セニョリータ》のところへ行って、直ぐ帰って来る。君に迷惑は一切かけない。日本《ハポン》のマッキーは名を惜しむ男だ。嘘は言わぬ」

「へい……。でも……お嬢さん《セニョリータ》は後宮《ハレム》の中にござらっしゃるだで、男は一人も……」

「なに構うものか。僕は酋長のお客さまだ。三日の間は勝手なことをしていいはずだ。ヌヅンヅ。君はケワニに叱られるのが困るんなら、そこで五分ばかり眼を閉《つ》むってくれ。叱られたら、見ていませんでしたと言えばよかろう。僕は今夜死んだら、神様《アラー》にお眼にかかって、ヌヅンヅは神様《アラー》の次ぎに偉い人間でございますという積りだ」

私は客間を出て、コッソリと廊下を忍び歩いた。曲り角で振返ってみると、善良なわが巨人は、本当に両眼をキュッと閉じていた。

後宮《ハレム》は客間から近かった。私は大胆に各室を覗いて歩いた。白衣に白い被衣《シャリ》の女達が、あッと驚きの声をあげたり、媚笑しかけた顔を慌てて硬ばらせたりした。一番外れの部屋に、富士子が窓際の椅子に体を埋めて、中庭の噴水を悄然と眺めているのが見えた。

「富士子さん！」

「あッ、牧さん！」

「申訳ありません。僕は責任を痛感して、全力を尽しましたが、遂に及びませんでした。しかし棕櫚屋敷《ビーアンニュムバ》の僕は、悪徳なケワニの笛に踊った哀れな傀儡《かいらい》だったことを、信じて頂けますまいか？」

「もともとあたしは、見ぬあなたを信じてモロッコへ渡ったのです。あなたにお眼にかかったら、もっともっと信じなければならないはずでした。一時の興奮から錯誤に陥ったのが、お互の不幸だったのです。しかしこんなお話が、今更どうなりましょう。あたし、すっかり諦めています」

「会ったことのない僕を信じて下すった？　それはど

ういう意味でしょう?」

彼女は胸のポケットから、一通の書状を取出して、無言のまま私に渡した。

愚姪《ぐてつ》春川富士子を御紹介申上候《もうしあげそうろう》
同人は長らくミラノにおいて音楽修業に精進致しおり、今般暑中休暇にてマドリードへ帰省仕候処《つかまつりそうろうところ》、予てより祖国の名の下に大陸雄飛を企図さるる貴殿の熱烈なる心酔者に有之《これあり》、是非一度拝眉の栄を得たしなどと、常常口癖のように申居候《もうしおりそうろう》が、倖い小生より貴殿宛お送り申上度きマホメットの黄金像有之候《これありそうろう》間、本人の強《た》っての希望に任せ持参致させ申候《もうしそうろう》。愚考するに同人は、往きに一人にて渡るジブラルタル海峡を、感激を以て二人にて帰る所存に非ずや、呵々、存外気丈の大和撫子一輪、終生の好伴侶たり得ば幸甚に奉存候《ぞんじたてまつりそうろう》、せっかくの御奮闘偏えに祈上候《いのりあげそうろう》

一九三七・七・三　　山田甲平

牧　武夫殿

山田氏はマドリードに堂々たる貿易商を営んでいるが、仕事の方は万事使用人委せで、自分は若い者を世話したり、天下の形勢を論じたりするのが、飯よりも好きな太ッ腹の志士だった。私もここ二、三年面会の機を得なかったが、浪人中はずっと同氏の義侠的仕送りを受けていたほどだから、今度鬱勃《うつぼつ》たる野心を抱いてモロッコへ来るについても、志を同じゅうして王党派に心を寄せる同氏の許へは、月の部落《ムエッ・キアロ》懐柔の秘密を、細大洩らさず報道しておいたほどだ。しかし平常《へいぜい》、婦女子の話題を快しとしない同氏に、こんな姪のあったことは、私の始めて知ったところである。

山田氏の手紙で、大体の事情を呑み込むことが出来たが、ただ一つ同氏がマホメットの黄金像を、大切そうになぜ私に呉れようとしたのか、その真意がさっぱり判らなかった。棕櫚屋敷《ピーアンニュムバ》の霊験も消えて、今は木偶も同然のあんな黄金像を――。

焚殺地獄《ひあぶり》

「山田の小父さんが、マホメットの黄金像を私に下すったのは、何か特別の理由があったんでしょうか?」

「あれは叔父が、マドリードの古道具屋で発見けて買

ったんだそうです。牧君が月の部落《ムエヅ・キアロ》に接近するには、何かと役立つことがあるかも知れないッて、言ってましたわ」

「ところが、何の役にも立ちませんでした」

「まア！　無駄でしたの？　お仕事も？」

「富士子さん、僕には二つの嘆きがあります。一つはあなたを死地に陥れた苦悩、他の一つは志を得ずして仕事半ばに倒れる悲憤です。スペイン本国の共和政府を打倒して、右翼政権を樹立するためには、まずモロッコへ火を放《つ》けて、革命の口火を切るのが第一ですから、同志と共にモロッコへ渡り、僕は月の部落《ムエヅ・キアロ》を抱込んで、テツアンやスータを攻略する任務を帯びたんですが、仕事の端緒《いとぐち》も摑まないうちに、しかも月の部落《ムエヅ・キアロ》で、武運拙《つたな》く最後を遂げるのが残念で堪りません」

「お祭し致します。でも、それが運命なのでしょう」

「富士子さん、これがお別れです」

「あたしも今はただ静かに死を待つのみですわ」

「あなたも⁉」

私達は、最初にして最後の力強い握手を交して別れた。

客間へ帰ってみると、愛すべき巨人は、まだ眼を閉むっていた。

大陸の落日は釣瓶落しだ。日が西空の山の端に傾いた。と思うと、紫紺の宵闇が忽ち部落を押し包んだ。贅を尽した夕食後、ケワニが従者を随えて客間へ現われた。

「マッキー。法典《コーラン》の諭《おし》え通り、お客の接待は無事に終った。今度の接待は覗《クーエ》かば殺せ《クーワ》という部落の掟だ」

万策は、すでに尽きた。運命の神やマホメットの黄金像が外方《そっぽ》を向いた以上、言うこともすることもなかった。私たちは屠所の羊の如く、宮殿前の広場へ曳かれて行った。

山のように積み重ねた茅《かや》と薪の山、二本の磔台《はりつけだい》が私たちを待っていた。

「旦那様《セニョール》、儂は、いやはや、お気の毒で堪らねえだ」

私を磔の台木に乗せながら、頻りに鼻を啜ったのはヌヅンヅだった。

この巨人は、ルヨを縛るときにも、何か慰めの言葉を与えていた。

床几に腰かけたケワニを中心に、鉄砲《ブンジュク》や偃月刀《ダガス》を持った土人兵の群、町から見物に集って来た老幼の男女が饗宴にうつった。此奴《こやつ》らは焚殺を肴に、酒を酌み交す所存なのだ。松明に照らし出されたその風景は、まるで地獄絵巻そっくりだった。

銅鑼《どら》、太鼓、笛の伴奏で、歌をうたう奴、輪を描いて踊を踊る奴らもいた。

　磨ぎすましたる大鎌のよウ
　旗のしるしが自慢でよウ
　月の部落《ムエツ・キアロ》の若い衆はよウ
　いくさと女が好きだよウ

　殺伐な空気の中で淫卑な笑いが爆発したが、私には笑いごとではなかった。これが最後だと、いくら自分で自分に言い聞かせてみても、すっかりと諦めきれない口惜しさが胸に一杯だった。

「さア、火を放けろッ!」

　とケワニが命じた。声に応じて、二人の兵が松明を以て磔台に駈け寄った。

「牧さん、お後から参ります。さようなら!」

　富士子の悲痛な声が聞えた。ケワニの背後に、後宮《ハレム》の女と並んで、両手の中へ顔を埋めている傷ましい姿が見えた。救助することも出来ず、この麗人を異郷の土にするのかと思うと、私の胸は張り裂けるようだった。

「さようなら。富士子さん」

「旦那様《セニョール》。さようなら!」

　ルヨは、この期に臨んでも微笑んでいた。わざわざ殺されに連れて来た不憫さに、また新たな悲しみが私の胸を締めつけた。

「さようなら、ルヨ」

　松明の火は、茅や薪にうつされた。炎々と燃え上る焰の舌は、ちょろちょろと足許を舐め始めた。濛々たる黒煙は既に鼻口を蓋って、筆舌に尽し難い息苦しさを感じた。焰の吐く唸りに混って、歓呼とも絶叫ともつかぬ人々のどよめきが湧いた。

　いよいよ最期だ!

　私も今は哀しく、観念の眼を閉じるほかはなかった。

片割れ月の紋章

　この時、どこからともなく、割れんばかりの怒鳴り声が降《くだ》って来た。

「焚殺を直ぐやめろッ! 神様《アラー》はお怒りだぞ偽りの酋長を頂く部落には、神罰が下る! 部落の神様《アラー》は、疾《と》っくの昔から偽物と変ってるぞ。いや、始めから偽者の酋長めが、偽物の神様《アラー》で部落の衆を騙していたのだ。毎日毎晩、部落の衆は偽物の神様《アラー》を拝まされていたのだ。それでも部落に、神罰が下らないと思うかッ！」

広場の人々は一斉に頭の上を見廻した。宮殿の真正面の高い露台《バルコン》に、真紅の頭布《ターバン》、白衣、白髪白髯の老人が神々しく立っているのだ。

「あれア前の酋長フエラギ様の姿だぞ」

「フエラギ様は十五年前、死んだでねえか」

「そんなら、フエラギ様の幽霊だ」

広場の人々は、ガヤガヤと騒ぎ出した。それを押えるように、老人が張りのある若々しい声で絶叫した。

「部落の本当の神様《アラー》は、他のところにいらっしゃる。いま奉戴している方が、日本《ハポン》のマッキー様だ。そのマッキー様を焚殺にして、部落に罰が当らぬと思うかッ」

老人の声の下から、

「あッはッはッ。マッキーは酋長の服を着たり、真鍮の神様《アラー》を持ったりして、月の酋長《ムエツ・サルタン》の真似をしたがる狂人《きちがい》だよ！」

と怒鳴った兵があった。三日前、五の峠《キリマ》で私を嗤った兵の一人だった。今にして思えば、彼らは酋長服の私を頭から狂人と思い込み、黄金像などは碌々見もせずに偽物と決めてしまったものとみえる。老人は更に怯まず、

「馬鹿をいえッ！　ケワニが神の座《ミハラブ》に飾りつけて、みんなの眼を欺いていた偽物を、団栗《どんぐり》のような眼をして、よッく見てみろッ！　この偽物には第一、片割れ月《ムエツ》がないぞッ！」

と叫んで、大地の上へカラカラ何か投り出した。手に取って見た兵の一人が、

「あッ！　これは真鍮だ！　それに片割れ月《ムエツ》の旗印がないぞッ！」と喚いた。遽《にわ》かに人々の間に、不平と非難の真剣な声が高くなった。部落の人々にとって、全智全能の神様《アラー》は、言うまでもなく部落最高の絶対的存在であり、酋長は単に神様《アラー》の下僕《しもべ》に過ぎなかった。

いつものように冷然と構えていたケワニは、この時、

「ヌヅンヅ。あの老爺《じじい》を撃てッ！」

と命じた。ヌヅンヅは、ケワニと露台《バルコン》の上とを等分に眺めていたが、どう思ったものか、困惑したような視線を私の方へ寄越した。

「フエラギ酋長のいうのが本当だ。ヌヅンヅ。偽物のケワニ酋長を取ッ摑まえろッ！」

と私は怒鳴った。それで決断がついたか、ヌヅンヅはケワニの腕をムンズと摑んだ。

「このヌヅンヅが部落の衆に代って、部落の神様《アラー》の行《ゆく》衛《え》を訊くだッ！」

ケワニに返答はなかった。相変らずの無表情だが、肚の中で狼狽しきっているのは無論のことだ。

「それじゃ今まで、俺たちを騙くらかしとっただか！」

「なぜ黙っとるんだ？　この罰当りめッ！」

広場の人々は激昂して、ケワニの周囲へ殺到した。

いつの間に露台《バルコン》から降りたか、白衣の老人は磔台へ飛んで来て、偃月刀《ダガス》でルヨと私の縄を切ってくれた。

「セニョール・マッキー。私です。ピスルです。あなたがテツアンのアリ爺さんに、私の急を告げておいて下すったので、爺さんの仲間に私は救い出されました。それから棕櫚屋敷《ビーアンニユムバ》の番人に、あなたのことを聞いてみると、マホメットの黄金像を持っていらっしゃることが判ったもんだから、占めたと思いましてね、先刻この部落へ着くなり、この宮殿の黄金像を調べてみたんです。すると、果して真鍮の偽物でしたから驀然《まっしぐら》に露台《バルコン》へ飛び出したのです」

鬘《かつら》と附け髯を取り去るとピスルの若々しい顔が現われた。

「おお、ピスル君！」

夢見心地の私は、眼をパチクリする他に能はなかった。

「セニョール・マッキー。部落の神様《アラー》が酋長の手で売り飛ばされるなんて、恥かしくて語りたくなかったんですが、実は二三年前、スペイン本国の古道具屋で、片割れ月《ムエツ》の紋章の入ったマホメットの黄金像が転々としている噂を耳にしたので黄金像紛失事件を私が脅迫の種にしたんです。そこでケワニは、私が黄金像を入手したものと感違いして、私を殺さずに生捕りたかったんです。殺しては黄金像の在処《ありか》が判らなくなると思ったんですね」

それからピスルはルヨに
「安心するがいい。アリ爺さんの病気は、大変見直してきたそうだ」と囁いた。ルヨは嬉し泣きに泣いていた。

僅かの間に、広場の様子は一変していた。今まで暴威を逞しゅうしていたケワニは、急に囚われ人となり果てて高手小手に縛られた。神様《アラー》に関する不正不信は、酋長といえども断じて許されないのだった。広場の人々は、私たちの周囲に集まって静粛に何物かを待つもののようだった。私はそれと気づくと、咳《がい》一咳して、一場の演説を試みた。

「愛する月の部落《ムエツ・キアロ》の諸君！　部落の神様《アラー》は悪者の酋長のために、いつの間にか僅かな金に換えられて、心ならずも暫く故郷《ふるさと》の部落を離れ、お傷わしい漂泊《さすらい》の旅をなさいましたが、部落の繁栄と諸君の幸福を片時もお忘れにならない神様《アラー》は、諸君を愛するが故に、一日も早く部落へ帰りたいと、ある日本人《ハポネーゼ》に仰せになったのです。それでその人は、姪のこのお嬢さん《セニョリータ》とマッキーに、部落まで神様《アラー》のお供をするようにと命じました。悪者のケワニのため、途中いろいろ困ったことが出来ましたが、ルヨの案内で部落に着き、ピスル君の働きで、ここにこうして、諸君の神様《アラー》を諸君にお届けすることの出来たことを、心から喜びたいと思います」

「万歳《ファンボー》！　万歳《ファンボー》！」

　一同の歓呼の声は、天にも轟くばかりだった。私は懐ろのマホメットの黄金像を取出してみた。台金の中央に、片割れ月《ムエツ》の紋章がくッきりと浮き出ているのを、私は始めて見た。私は恭々しく両手で頭上高く差上げた。

「さア、昔から月の部落《ムエヅ・キアロ》をお護り下さった諸君の本当の神様《アラー》は、ここにこうしてお帰りになりました」

　地に立てる者は、みな一斉に跪いた。

「偉大なる神様《アラー・アクバル》！」

　唱名の声は、町の周囲の山々に谺した。

燃えろモロッコ

　今までの処刑場は、そのまま祝宴場と変った。人々は飲んで歌ったり、歌って踊ったりして飛切りの上機嫌だった。部落の神様《アラー》の御帰還は、彼らにとっては何者にも換え難い喜びだったのだ。私、富士子、ルヨの三人は、今度こそ本当のお客様だった。神の使者の私たちには、無論部落の掟など適用されなかった。

「セニョール・マッキー。何か私に出来るお礼をさせて下さい」

　今は部落の酋長となったピスルが、繰返し繰返し言った。私はたった一ト言、

「兵隊三千！」と答えた。ピスルは快心の笑みを洩らして、

「いよいよやりますか！　スータの酒場アコでお眼にかかった時、セニョール・マッキーをモロッコで見るようじゃ、打倒人民戦線軍の戦争が近いわい、と睨んだんですがね」

　と言った。私はルヨを指さした。

「ピスル君。ルヨは僕の可愛い妹だ。勇ましくて優しくて、日本《ハポン》のお嬢さん《セニョリータ》に遜色がない。君、貰ってくれ！　いい妻になれる娘だ。部落の良き母になれる娘だ」

「有難く頂戴いたします」

言下にピスルは承知した。ルヨは顔を赧《あか》くして眼を伏せたが、異存のありそうな様子は更になかった。私は隣に座った富士子に、

「僕、痛い結納《ゆいのう》を慥かに頂きました」

といった。彼女は怪訝そうな顔をした。

「痛い結納？」

「どかんと、ここへ頂きました」と私は後頭部を押えた。

「あらッ！　もう殴《ぶ》ちませんわ。おほほほ」

彼女も薄く頬を染めて笑った。かくて夜の灯はますます明るく、月の出を待って、更に酒が弾んだ。

モロッコの北東部メリラで同時に打倒人民戦線の火の手を揚げる同志との連絡を保ちつつ、一九三七年七月十日の朝まだき、テツアン及びスータ攻略の意気物凄く、威風堂々と月の部落《ムエツ・キアロ》を出発した土人軍三千の先頭に立って、私は、

「燃えろモロッコ!!　燃えろモロッコ!!!」

と日本語で、力強く叫んでいた。

髑髏笛《どくろぶえ》

囚人の群

　メリラの回教礼拝堂《マスヂド》に近い土人市場《スク》の前で、百に余るリフ土人の囚人の群が、外人部隊の兵に護送されて行くのに衝突《ぶつか》ると、木下は通りかかりの足を休めて眼を瞠《みは》った。元来が暢気《のんき》な男なので、普断は滅多にむつかしい顔をしないのが特徴だったし、現に今が今まで尾羽打ち枯らした浪人者《ろうにんもの》の境涯もケロリと忘れ、気楽なジャズを唇に乗せながら、街から街を彷徨《うろつ》いていたのだが、囚人の行列にはさすがに胸を衝かれて腕を組み、彫の深い男らしい顔を哀愁に曇らして、張りのいい眼に暗澹《あんたん》たる色を浮べていた。

　囚人達は劇《はげ》しい労役の帰途であろう。膏汗《あぶらあせ》と埃に塗れたどの面も、極度の苦痛と疲労とで精根も尽き果てたかのように生色がなく、鳶色の土人服《ツエラバ》に鉄の首枷《くびかせ》と手枷《てかせ》を嵌《は》め、足にはみな鉄鎖を重々しく引摺《ひきず》っていた。石敷道を鳴らす鉄鎖の響も物哀しく、モロッコの夕陽が地上に投げる影法師も痛々しかった。

　街の両側には足を停めた通行人、家の中から飛出して来た土人などが並んでいた。囚人達は時々、それら同国人の顔から顔へ弱々しい視線を送った。まるで屠所《としょ》へ曳かれ行く羊のような眼の色で見る者に熱い涙を誘わずには措《お》かなかったが、傍観者は哀れな同国人へ救助の手を差し延べることはおろか、同情の言葉一つかけることも出来なかった。

　だが木下は、四辺《あたり》の土人の眼に、悲惨な同胞に送る哀《あい》愍《みん》の情と、無慈悲な圧制者に注ぐ悲憤の色が、烈々たる焔のように燃え盛っているのを見てとった。あれもリフ土人、これもリフ土人と思えば、周囲の土人の胸中に奔《ほん》騰《とう》する血の流れの音が聞えるような気もした。

「歩きやがれッ《ハルラーア》！」

　唐突《だしぬけ》に鋭い罵声が聞えた。それは人間に向って使うべき言葉ではなく、アラビア驢馬《ろば》を駆使する掛声だった。

　声の主は白服の将校で、手の鉄鞭を一人の老いた囚人の背へ鋭く飛ばしていた。囚人はヒイヒイと声を立てて泣き喚きながら、必死に歩こうと焦っていたが、重い足が鉄鎖に自由を奪われて、膝がガクンと折れたと見る間に、瘦せた軀を朽木《くちき》のように石敷道へ投げ出した。

「畜生ッ！」

将校は口汚い怒罵《どば》と一緒に、鉄の鞭を情け容赦もなく老囚人の背へ飛ばした。老囚人は懸命の勇を揮って立上ろうとしたが、やっと片膝を地上に起したのが精一杯の努力で、やがて平蜘蛛《ひらぐも》のように地上へ匍《は》ってしまった。

「彼奴《きゃつ》に回教《アラー》の神の呪いあれ！」

ふと木下の耳に呟きが聞えた。振向いてみると、眼光の鋭い、三十歳ぐらいの土人の乞食《こじき》が唇をキュッと嚙みしめていた。

「起きろッ！」

将校は狂人のように怒号して、続けざまに鉄の鞭を空《くう》に鳴らした。大波のように揺れていた老囚人の肩から、次第に力が抜けて行った。鞭が土人服の次に皮肉を破り、柘榴《ざくろ》のように口を開《あ》いた筋肉から血が飛沫《しぶ》く頃には微動《みじろぎ》もしなくなった。それでも乱打は続いた。

街は死のような沈黙と化した。囚人の行列は無論停止し、街の人々も石のように動かなかった。

だが次の瞬間、街の人々をどえらい興奮が襲った。

「おい！　可哀想じゃないか！　やめろ！」

群集を掻きわけて将校の前へ進み出た一人の異邦人が、凛然《りんぜん》とそう言い放った。

木下だった。

ゴメヅ大尉

不意の出来事に一ばん吃驚《びっくり》したのは、どこの誰よりも将校自身だった。鞭の手を休めて振返った彼の顔には、あり得べからざるものに接する人のような疑惑が濃く浮んでいた。

「なんだ貴様！　キノシータじゃないか！」

「久しぶりだったな、ゴメヅ！」

三年前、スペイン領モロッコ駐屯の外人部隊で共に少尉だった二人の男は、薄暮の色に包まれた街頭で睨み合った。そのどちらにも旧友をなつかしむ親愛の情はなく、仇敵を見るかのような憎悪が二人の面上に溢れていた。

木下は昔からゴメヅが嫌いだった。日本人を白人より劣等な民族と頭から見下す傲慢《ごうまん》無礼、いかにも英国型らしい端麗さの中で冷く光る眼の色、普断は取り済まして人道主義だの人類愛だのを振り撒く癖に、いざとなるとどんな残忍非道な真似でも思いきってやってのける似而非《えせ》紳士道、殊勝な仮面の下《もと》にあらゆる偽善と悪徳を秘めている陰険な性格——土人達が厄病神のように怖れ戦《おのの》くこの男を、木下は別の意味から憎んでいた。

「貴様、いま俺に何といったのだ?」

「可哀想だから、鉄の鞭を勘弁してやれといったんだ」

「何の権利で?」

「権利? ゴメヅ。こいつは権利の問題じゃない。貴様の十八番の人道主義の問題だ」

「黙れッ!」

ゴメヅは大喝して、憎々しげに木下を睨んだ。リフ土人の討伐戦で、銃丸に下半分もぎ取られた右耳まで真ッ赤に染っていた。

「地獄野郎めッ! 時と場合と、手前《てめえ》の身分を考えろッ! これが判らぬかッ!」

ゴメヅが傲然《ごうぜん》と肩章《けんしょう》を叩いた。

マドリッドに赤色《せきしょく》政権が樹立されると同時に、日本人の木下は未練気もなく職を抛《なげう》ったが、英人のゴメヅは勤続して今日に到った。昇進の跡を肩章で見ろというのだろうか。素浪人《すろうにん》の貴様とは身分違いだとでも言う積りなのだろうか? 木下はじろりと一瞥を投げたが、聊《いささ》かも動揺の色はなかった。

「ゴメヅ大尉。圧迫と暴力だけが支配者の執るべき政策でもあるまい。囚人はよぼよぼの老人だ。許してやれ。ゴメヅ大尉ともあろう者が、大人気《おとなげ》ない話ではないか!」

「貴様、まだ吐《ぬ》かすかッ!」

声より先に、鉄の鞭が唸って木下の左頰へ飛んだ。熱鉄を浴びたような痛さが全身を駈け抜けた。思わず押えた手に、ぬらぬらと粘ッこいものが触れた。

土人の乞食

なんたる無法! まさかと思った油断から不意撃《ふいうち》を喰った木下は、クワッと眼を剝いた。

「ゴメヅ。それが俺の忠告に酬いる挨拶か」

「まだ不服なら、しょッ引いて行って、納得の行くまで御馳走してやろうか!」

鞭を持つゴメヅの右手が再び動いた。と、電光石火のように鉄鞭の下を潜った木下が、砲弾のように飛込んで行ったと見る間に、足払いの早業が一瞬間に見事きまって、ゴメヅの大きな図体《ずうたい》は他愛もなく、地響うって大地へ転がった。

観衆の全部は、呼吸も忘れたように凝視していたが、このとき期せずしてドッと歓声をあげた。長く鬱積していた溜飲が一ぺんに下りたように、歓喜と感謝の迸《ほとばし》りだった。

滑稽なのは兵達で、彼らは始めから、まるで狐に憑《つま》まれたように眺めていたが、隊長が投げ出されても指一本動かそうとしなかった。観衆の中から囁きが起った。

「平常《ふだん》が平常だからな！」

ゴメヅの鉄の鞭を奪取した木下は、阿修羅のようにゴメヅの背中へ振下ろした。観衆の中の剽軽《ひょうきん》者が、

「一つ《ウーノ》、二つ《ドス》、三つ《トレス》、四つ《クアトロ》、五つ《スインコ》……」

と勘定し始めた。群集の背に隠れて拍手した者もあった。剽軽者が十五まで数えたとき、

「旦那《セニョール》、潮時が肝腎です。早いとこ、お引取りなさい！」

と木下の耳許で囁く声があった。ちらと見ると先刻《さっき》、老囚人を乱打するゴメヅに、

「彼奴に回教の神の呪いあれ！」

という呪詛を送った土人乞食だった。

なるほどと気づくと、木下は靴を飛ばしてゴメヅの背中を蹴ったのを最後に、水すましの如く群集の中を駈け抜けて、土人市場の横露地へ姿を消した。

群集は彼の後ろ姿を見送ると、次に視線を地上に横たわるゴメヅと老囚人に移し、それから夕空高く聳ゆる回教礼拝堂の光塔《マナーラ》を振り仰いだ。その尖端には、聖なる新月章《ヒラール》が夕陽を吸って黄金《こがね》いろに輝いていた。

「偉大《アラー》なる神様《アクバル》！ あの日本人《ハポネーゼ》は神様《アラー》の息子でございましょうか？」

「神様！ 有難《ハムヅクラー》うございます。有難《ハムヅクラー》うございます！ あれは三年前、物凄くよく切れる日本《ハポン》の偃月刀《ダガス》を水車のように振廻すところから、外人部隊でセニョール白刃《ラ・スパタ》の異名を取ったお方でございます。神様はあの方を、われわれリフ土人の味方に、この地上へお送り下さったのでございましょうか？」

髭の中でそう呟いた老人達は、やがて左手で額と唇に礼儀的に触れ、光塔の新月章に心からなる礼拝を送った。

ミチリナ

どこをどう走ったか、まるッきり覚えがなかった。ミチリナ！　ミチリナ！　熱病やみのようにそう言いつづけながらミチリナの部屋へ風のように飛び込んで、そこで始めて木下はホッと熱い吐息《といき》をした。

「まア！　キノシータ。どうなすったの？」

夕食後の一と刻《とき》を軽い読書に過していたミチリナは、顔色を変えて立上ると、木下を椅子に坐らせて、頬の血を半巾《ハンカチ》で拭った。

「ミチリナ。僕は直ぐ軀を隠さねばならない。暫しのお別れを述べに来たのだ。何しろ喧嘩の相手が不味《まず》かった」

「まア喧嘩？　いやね、誰《だ》アれ？」

「外人部隊のゴメヅという大尉なんだ、僕は駐屯軍のお尋ね者になってしまった。彼奴《あいつ》は兵を動かして僕を追跡するだろう」

「あら、ゴメヅ大尉？」

「知ってる？」

「ええ、名前だけ」

ミチリナの美しい瞳に微妙な光が交錯したが、木下はその意味を捕捉することが出来なかった。そんな暇もなかった。彼は手短かに顛末を物語って慌しく立上った。

「まア、直ぐにいらっしゃるの？　どこへ？」

「答えようがない。鼻の向いた方と言おう」

「キノシータ！　あなた、きっとあたしのところへ帰って来て下さるわね？」

ミチリナの眼に、涙が浮んだ。小麦いろの豊頬、品のいい鼻、おらんだ苺《いちご》のような唇、真珠のような歯ならび——純情可憐の愛人に自分の軽挙から嘆きを見せたと思うと、木下の胸を一抹の悔恨が掠め去った。

「神の御名《ビスミラー》に賭けて！　せいぜい半歳、長くて一年だ。心配しなくてもいいんだよ」

「ええ、あたし心配しません。だって、あたし、このまま永劫《えいごう》の別れになりそうな気はちっともしないんですもの」

涙を湛えた眼でミチリナが笑った。悲しさを隠す寂しい笑いだった。天にも地にもたった一人ぼっち、身寄のうすい彼女を召使いの土人共に委せて去る木下の心の中でも、悲しみが渦巻いて流れた。

黒檀《こくたん》の卓子《テーブル》と椅子、チークの本箱と化粧箪笥《だんす》、大きなピアノ、臙脂《えんじ》の窓掛、鳶色の絨毯《じゅうたん》——一つ一つに思い出の籠る室の調度を、木下は始めて見るように貪《むさぼ》り眺めた。いつの日に再び見ることが出来るかと考えると、何度見ても見たりないような感傷に溺れるのだった。

「最後に、一つ頼みがある。僕はもう、世話になったアキスコ夫人に別辞《わかれ》を述べる暇さえない。ミチリナから僕のお詫を伝えて欲しい」

「ええ、判りました。今夜にも参ります」

アキスコ夫人は王党派時代モロッコ総督だったアキスコ氏の未亡人で、木下をわが子のように可愛がり、彼が浪人すると広い邸宅へ引取って寄食させている特志家だった。半歳前彼が始めてミチリナと会い、忽ち相思の仲となった元も、彼が夫人に連れられてある夜会へ行ったのが機会《きっかけ》で、それ以来恋の二人を慈愛ぶかくいたわってくれる、いわば二人にとっては結びの神同様の恩人だった。

「では……」

執った手を強く握り、潔く別れを告げようとすると、先刻は悲しまないといったくせに、矢庭にミチリナが木下の広い胸に顔を埋めて歔欷《すすりなき》を始めた。

「彼に神の平和がありますように《ラーマト・ウラーヒ・アラーヒム》！　キノシータ。御無事《バシラマ》でね！　御無事《バシラマ》でね！」

意外な条件

臭い汚い土民街を、木下は一時間も彷徨《うろつ》いた。狭いくるくるとうねった迷路の同じところを五へんも歩いた。

街角の一軒の家で土間に蓙《ござ》を敷き、オリーブ色の灯りの下で、薄荷《はっか》のはいった緑茶や得体の知れない粘土汁のようなものを飲んでいた五、六人の髭ッ面が、迂散臭《うさんくさ》そうに木下を眺めて、五へん目に、

「旦那《セニョール》。ダイヤでも落したんですかい？」

と下品に笑い興じた。

だが、調戯《からか》ってくれるのは、まだいい方だった。一時間も歩いたのに、土人街で見る顔という顔は彼の見知らぬものばかりだったし、眼という眼は異端者にでも投げつける冷い色ばかりだった。

木下はリフ族の老囚人を庇ったために陥った苦境を、リフの土人街で好意的に救ってもらおうと思って来た。それに大きな侮辱で躍起となったゴメヅ大尉が、部下の

中隊を叱咤してメリラの街という街に張り廻らす蜘蛛の巣のような警戒網のうちたった一ケ所の破れ目は疑いもなく土人街だった。極端な圧制に表面は鳴りを鎮めている土人達も、足を一歩この界隈へ踏み入れると、歪曲された彼らの性質の底にとぐろを巻く怖しい反動的、反抗的な忿懣が、機会ある毎に爆発するのを、異国人なら誰でも知っているので、ゴメヅ大尉といえどもこの土人街へ、行方不明になりそうな少数の兵を派遣するはずはなく、木下の潜入など想像もしないだろう。そこがこっちの倔強な狙いどころなのだったが、さてこの現実をどうしよう？　土人街では誰一人その日の事件を知った風もなく、彼を認めてくれる者もなかった。当分の間は身を隠すことはおろか、悪くすると、今宵一夜の宿にすらありつけそうもなかった。

小さい泥溝《どぶ》の上に、半ば朽ちた板が渡してあった。その上に立って、紫天鵞絨《ビロード》のような夜空に瞬く星屑をぼんやり眺めていると、不意に傍らの土小屋から木下に呼びかけた者があった。

「旦那《セニョール》。先刻はどうも……」

暗いカンテラの光りの中へ眼を据えてみると、土間に雑然と積み上げた藁の上から、襤褸々々《ぼろぼろ》の土人服を引っかけた、昼間見かけた土人乞食が起上って、木下の前へつかつかと進んで来た。

木下の胸には、急に嬉しさがこみ上げてきた。相手が乞食だろうと、当座の危急を免れるのに、贅沢を言っている場合ではなかった。

「おお君は……」

「何をしておいでなんで？」

白い歯を見せて軽く笑った。額の広い、鼻の隆《たか》い男で、鋭い眼光、濃い眉、引締った口許などに精悍《せいかん》な気が漲っていた。

木下が簡単に意中を語り、何分の援助を依頼すると、乞食は力強い声で答えた。

「へえ。ようござんす。この土人街の名に賭けて、旦那《セニョール》の身をお匿《かくま》い申しましょう」

「だが旦那《セニョール》」

「有難う。恩に着るぞ」

乞食は穴の開くほど木下の顔を熟視して、声をグッと潜めた。

「それには、たった一つの条件があります」

「うん、その条件を聞こう」

「旦那《セニョール》はメチリナという娘を御存知でしょうな！」

思いがけない愛人の名を、意外な男の口から聞いて、木下は愕乎《ぎょっ》とした。

「知ってるとも」

「条件というのは他でもござんせん、旦那《セニョール》をこの土人街へお匿い申すについては、ミチリナとすっぽりと手を切ると、旦那の口から一と言、誓って頂きてえんで……」

木下の全身で、血が怖しい音を立てて逆流し始めた。

リフの戒律《タブウ》

「なぜだ！　訳をいえッ！」

声を荒らげた木下の眼は、疑惑、敵意、憎悪など、複雑な焔に燃えていた。

乞食は驚く色もなく平然と答えた。

「彼女《あれ》の母親はスペイン人でしたが、父親てえのは我々とお仲間のリフ土人でござんす。もっとも二人とも、今はこの世におりませんがね」

正確にそれと聞くのは始めてだったが、大体のことは察しがついている。ミチリナの容貌は一と眼見た感じが黒ダイヤの舞姫ジョセフィン・ベーカー酷似《そっくり》で、ただあれほど色が黒くなく、情熱的な淫蕩、蠱惑《こわく》的な妖艶、あくどい下品も欠いていたが、混血児たる風貌は蔽うべくもなかった。恐らく彼女にも血の呪いと嘆きがあったのであろう、彼女はリフ土人に関する話題を極度に嫌った。彼女の澄んだ美しい眼が時に寂し過ぎる色に沈み勝ちなのも、民族的の哀愁が血から滲み出るせいかも知れなかった。だが木下にとっては、彼女の混血など、問題ではなかった。

「だから、どうしたというんだ？」

「母親が誰であろうと、父親がリフ土人である以上、彼女も仲間の掟に背くこたア出来ません」

「仲間の掟？」

「へえ、リフの男はどこの国の女とでも結婚出来るが、リフの女はリフの男以外に亭主を許されません。御存知でしょうがこいつア昔から厳重な戒律なんで……」

木下は、うウむと唸った。

「旦那《セニョール》。あッしは旦那《セニョール》が先刻、土人市場の前で、われわれ土人仲間に示して下すった御好意を忘れちゃおりません。だから事と次第によっちゃ、骨が舎利《しゃり》になっても旦那のお軀を守って進ぜましょう。だが、あれとこれとは話が別でさア。好意は好意、掟は掟。理解がつきましたかい？」

夜の角笛《つのぶえ》

「御存知かどうか知らねえが、ミチリナには二つ違いの姉がありましたが、悪魔みてえな白人に騙されて、去年のこと、冷くなって海に浮びました。眼も当てられねえ惨めさでござんした。だからこそ、ミチリナの上には仲間の者の眼が厳しいんでさア」

その秘密は、木下が始めて耳にしたものだった。ミチリナに限らず、アキスコ夫人にしても、現在や未来のみ語って、過去の一切、殊にミチリナの父親については、意識的に避けて語らない傾向があった。彼がミチリナについて知っている過去といったら、幼い頃から母子《おやこ》三人マドリッドに住み、三年前に母を失ってから、一人の姉と共にこのメリラに移り住んで、その姉を昨年病気で亡くしたということだけだった。近代的な教養、秀れた気品、裕福な境涯などから、由緒ある名門の出と想像したが、その実際は不明だった。

「旦那《セニョール》。御返事はどうでござんす？」

泥溝の澱んだ水の色へ眼を落して、木下の返事を暫く待っていた乞食が、痺れを切らして顔を上げた。

「瞭乎《はっきり》といいおう。ミチリナと別れる事は絶対に出来ない！」

見ている間に、乞食の面から微笑の影が消えて、眼が爛々と輝いた。

「ふん。いい気腑《きっぷ》だ！」

木下の胸へ憤怒の塊りがぐいと衝き昇った。いくらリフの同族にもせよ、薄汚い乞食風情の口に上る愛人の名を、木下は我慢に我慢して聞いていたのだったが、乞食の蔑笑的な態度には思わずカッと逆上した。

「舐めた物の言い方をやめろ！　貴様、俺を見損ってるんじゃないか？」

洋袴《ズボン》の衣嚢《ポケット》へ手を落した木下を、乞食はじろりと眺めてニヤリと笑った。

「ふッふッふッ。三年前、アフリカでは一ばん強い新月《ヒラール》部落の土人軍が、討伐に出掛けたスペインの外人部隊を二千人、殆んど全滅させて鼻を明かしたことがありましたッけ。あの時ゼルタ山を死守して、新月《ヒラール》部落の豹どもを手古《てこ》ずらせ、外人部隊中で生き残ったのは旦那《セニョール》の小隊だけでした。ねえセニョール白刃《ラ・スパタ》。どうも見損っているのは、あッしの方じゃなさそうですぜ！」

土人乞食は、急に太い右手を空へ上げた。すると、どこからともなく、夜気を突ん裂く角笛の音《ね》が一と声高く響いて、惘乎として木下が眼を瞠ったときには、道という道、路地という路地へ飛出した土人共のエボナイトのような腕が頭上高く林立した。

「旦那《セニョール》がお太陽《ひ》さまのいねえ頃、リフの土人街を彷徨いて身ぐるみ掻ッ払われねえのは、セニョール白刃《ラ・スパタ》だからでさア。ここも潮時が肝腎でござんす。まア一応お引取りを願うとしましょうか。ついでにいっときますが、今ごろから情人《いいひと》のとこへのこのこ出掛けて行っても無駄ですぜ。今のあッしが手をあげた合図でミチリナはメリラの街から追放されるんです。何でも新月《ヒラール》部落の酋長《ムアレー》が所望しとるとかいうこってすから、メリラを追出されたミチリナは今夜のうちにもエルリフ山脈の山ん中へ運び去られるかも知れません。じゃ、セニョール白刃《ラ・スパタ》。またお眼にかかりましょうや」

唖然として眼ばかりパチクリする木下に、喋るだけ喋ると乞食は、土小屋の藁の中へさッさと戻って行った。道や路地に溢れ出た土人共も、ぞろぞろと小屋の中へ姿を消した。

新月《ヒラール》部落

奇怪な乞食の言葉は嘘ではなかった。

夜更けてから、夜盗のようにミチリナの邸へ忍び入った木下が、召使いの老土人夫妻及び女中の三人から聞いた木下が、不意に闖入《ちんにゅう》した荒くれ土人の群に、ミチリナの身柄が荷物のように運び出されたということだった。

「何も泣くこたアねえ。困ったお嬢《セニョリータ》さんだ！　新月《ヒラール》部落へ行って栄燿栄華が心のままだというのに、まるで地獄へでも送られるような騒ぎをなさる！」

荒くれ土人共の言葉で、彼女の行先がエルリフ中の新月《ヒラール》部落であることにも疑いの余地はなかった。

新月《ヒラール》部落！

この名はモロッコでは、悪魔か外道《げどう》の同義語《シノニム》だった。

リフ族のこの土人らは、不死身な体軀、怖しく強い排他的な反抗心、頑迷で執拗で、野蛮で野卑で、アフリカでも随一の殺伐な気性や獰猛剽悍《どうもうひょうかん》さ——討伐に決して成功したことのないスペイン駐屯軍では、彼らのことを「火のついた油鍋」にたとえたり、「毒蛇」や「豹」と呼んだりして、しかるべく敬遠するのが常だった。

「部落中の奴らを一人残らず狩り集めて、首と胴とを斬り離さんことにゃ、どうも討伐は巧くいかんですわい」

　駐屯軍の隊長は、そういって事務を引継ぐのが慣例になっているほどだった。

　その討伐戦では、木下にも苦しい思い出があった。友軍の全部が殲滅《せんめつ》された後、孤立したゼルタという山の一角に立て籠った彼の小隊は、糧道を絶たれて食うや食わずの一ケ月、土人軍の執拗な夜襲をその都度、ものの見事に撃退して一歩も退かなかった。これにはさすがの土人軍も閉口したが、とりわけ陣頭に立って水車《みずぐるま》のように振廻す木下少尉の軍刀に、味方が草ッ葉のように薙《な》ぎ倒されるのを見ると、土人共は、その軍刀に眼に見えぬ魂の存在を感じ、「日本《ハポン》の偃月刀《ダガス》」と畏怖するようになった。セニョール白刃《ラ・スバタ》の異名を彼らが木下に冠《かぶ》せたのも、それからのことだった。

　だが、そうした因縁つきの相手だけに、ミチリナ奪還は絶望的だった。第一、その部落へ足を一歩踏み入れることからして、部落以外の人間には不可能だった。エルリフ山中で行方不明になった旅人や隊商は無数だった。

「部落の土を汚されるな！」

それが回教の法典《コーラン》の次に大切な彼らの掟だった。

とはいえ、哀れなミチリナを魔の手に放任することは、木下の絶対に忍び難いことだった。閉じた瞼には、悲嘆の涙に暮れる彼女の幻が映った。澄ました耳には、切々たる彼女の悲鳴が聞えるような気がした。朝に夕に屋根裏の木下は、心臓を鋭い刃でぐいぐいと抉《えぐ》られるような苦悶の中に暮した。

　七日目の夜、アキスコ夫人の許から使者が来て召使の土人夫妻に、夫人の邸宅へ張込んでいた兵が昨夜限り撤退した旨を伝えた頃、屋根裏の隅ッこで埃に埋っていた古トランクの内容《なかみ》を何の気もなく開いた木下は、急に歓喜に満ちて躍り上ったのだった。

神《アラー》の使者《ワキル》

　美しい羊歯《しだ》で蔽われた森林、分け入るに難儀な松柏《しょうはく》の林、十尺も延びた羊歯の藪《やぶ》、岩石や枯木の埋まった沼沢地、岸辺に蔓草の一ぱい繁茂した谷川の流れ——幾つも山を越え、谷を渡って行くと、径《みち》は絶壁から尾根に移り、それから暫く灌木の林がつづいた。そこを駈け抜けると、眼の前が急にグッと闊《ひろ》くなって、谷底に並ぶ無数の木小屋が見えた。

新月《ヒラール》部落だと気づいたとき、灌木の中からバラバラと駈け出して、馬上の木下をぐるりと取巻いたのは、十人ほどの武装した土人兵だった。

しかし、木下の前へ立った彼らは、銅色《あかがねいろ》の獰猛な顔に忽ち困惑の色を浮べた。困惑は間もなく焦躁となり、やがて恐怖に変った。

彼らは幾度も眼を瞬いて木下を見直し、それからお互の顔を見合せた。

「あなたは何誰《どなた》さまでござりましょうか?」

番兵の頭《かしら》が恐る恐る口を切って馬上を見上げた。栗毛の逞しい馬の上には、雪のような白髪を頭に頂き、房々とした白髯《はくぜん》の老人が四辺を払う威風に包まれて乗っていた。

「神《アラー》の使者《ワキル》じゃ!」

老人が厳然といった。土人兵達は眼をパチパチして、もう一度老人を見上げた。

緑の下着《ジュッバ》、緑の革帯《ヘザーム》、緑の長上着《カフタン》、緑の上着《ツエラバ》——それらの各々に無数の緑玉石《サファイヤ》と真珠が鏤《ちりば》めてあって、午後の陽の中に燦然《さんぜん》と煌《きらめ》き、緑の頭巾《ターバン》の真正面には、新月《ヒラール》の聖章を型どったダイヤの留針が、眼も絢《あや》に輝いていた。

聖なる色の緑《フドラ》! 神《アラー》さまの色の緑!

説教では胼胝《たこ》の出来るほど耳にしていたが、眼《ま》の当り見るのは始めてのことだった。土人兵共は、手の鉄砲を投げ出すと、慌てふためいて土下座した。

「偉大なる神さま《アラー　アクバル》!」

「祝福を垂れ給え《ハヤ　アラ　サラート》!」

彼らが敬虔な態度で礼拝しつづけているのを見ると、木下は附け髯の中でニヤリと微笑を洩らした。計画の第一歩は、見事に成功した。

彼はこれらの緑の聖服を、ミチリナの家の屋根裏の古トランクから発見した。どうしてそんなところにあったか判らなかったが、これらの緑服が回教徒にとってどのように聖なるものかは知っていた。苦肉の計略は、そこから生れた。

土人兵の一人が、怪奇な髑髏笛を口に当てて、長々と合図を鳴らした。暗い陰惨な響が山々や谷々に谺《こだま》した。法螺貝《ほらがい》の音から陽気さ、暢気さ、明るさを抜き去ったようなその響は冥界の幽魂を呼び招くかのような無気味さに、聞く者の背筋をぞくぞくさせるのだった。

　木下は以前の討伐戦以来、この髑髏笛を知っていた。新月《ヒラール》部落の土人兵は、この髑髏笛さえあれば決して敗戦の憂き目を見ないという堅い迷信を持っているのだった。

　髑髏笛に呼び醒された部落の狼狽は、山上から手に取るように見えた。小屋から飛び出す老若男女、兵舎から繰出す兵隊の群、空を衝く狼火《ろうか》、鳴り響く鐘、鬨《とき》の声――まるで蜂の巣を突ついたような騒ぎだった。

「神さまは思召《おぼしめし》により、わしを新月《ヒラール》部落へお遣しになった。酋長《ムアレー》は誰じゃ？　案内せい」

　木下は厳かな造り声でいった。

「酋長《ムアレー》はアブデル・アレクと申しまする。御案内申し上げまするから、どうぞこちらへお越し下さいまするよう！」

　番兵の頭が、使い馴れない言葉を子供の片言のように述べ立てた。

教長《ムアッチン》の宣礼《アザーン》

　部落中の人間が道の両側へ土下座して、

「偉大《アラー》なる神《アクバル》よ！」

と唱和しながら、緑衣の聖者を奉迎した。不敵な木下は何喰わぬ鹿爪《しかつめ》らしい顔で馬上に揺られていたが、ともすると自分が本当の神の使者のような瞬間の錯覚に微苦笑を禁じ得なかった。

　部落の中央に堂々たる石造の御殿があった。御殿の前には大きな広場があり、広場の右手には青空に聳ゆる光塔《マナーラ》と円屋根《クッバ》の寺院があった。光塔の尖端には新月《ヒラール》の聖章、御殿の正面にはやや膨らみの大きい新月《ヒラール》の標章が飾ってあった。

　石の円柱を飾った正面玄関の下へ、部落の酋長《ムアレー》が白衣の土人服、深紅《しんく》の頭巾に包まれて出迎えたが、こちらと申合せたように酷似の白髪白髯の老爺《ろうや》だったことが意外だった。

「ようこそ《ラヘイゲス》！　手前がアブデル・アレクでございます」

　老酋長《ムアレー》はよく聞きとれないような低い声で呟いて、慇《いん》懃《ぎん》に一礼した。木下は鷹揚に会釈を返したが、ミチリナを誘拐したのが、こんなよぼくたの老爺だったことに、身慄いするほどの憤怒を感じた。

「あなた様は、神さま《アラー》の御使者《ワキル》でござりまするとか……」

「御仁慈《ビスミラー》に在す神《アラーマン》の御名にかけて《アラーミン》！」

それと見せるために木下は、非信者ながら、長いモロッコ生活で耳から入った回教徒的アラビア語を、記憶の底から苦悩しつつ手繰り出さなければならなかった。

「有難いことでございます。では早速ながら恰度礼拝《サラート》の時刻でござりますし、部落の者に御使者《ワキル》様を拝ませてやりとうござりまするから、お疲れではござりましょうが、どうぞ教長をお勤め下さりまするよう！」

思いがけない申出に、木下はヒヤリとしたが、寺院の住職《アホン》に案内されて二階の露台に立った頃には、度胸を定めてすっかり落着き払った。住職《アホン》の儀礼と少しぐらい違っても何とか言い抜けが出来ようと図太く構えたのだった。

部落の人々は、ぞろぞろと詰めかけて広場を埋め尽した。

やがて住職《アホン》が、音の澄んだ鐘を壮厳に鳴らした。人々の囁きや呟きはピタリとやんだ。鐘の音が余韻を残して消える頃、木下は肝ッ玉の太いところを見せる宣礼の吟誦を、軍隊の号令で鍛えた声で音吐《おんど》朗々と始めた。

「神《アラー》は偉大《アクバル》なり。余《アシュ》は告白《ハツ》す、神《イラ》のほか《イラーハ》に神《イル》は《アラー》なく《ワ》、マホ《アシュ》メッド《ツインナ》は神《モハメッド》の予《オン》言者《ラスル》なりと《アラー》。ああ偉大《アラー》なる神よ《アクバル》！」

それはメリラ、テツアン、スータなどの回教礼拝堂における宣礼の吟誦を憶い出して、勇敢に真似てみたものだった。

広場に土下座して繰返し繰返し頭を大地に擦りつけていた群集は、教長の吟誦に答えて、

「神《アラー》のほか《イラー》に神《エルイラー》はなし《アラー》！」

と一斉に力強く唱和した。

それから広場の土人服は、一糸乱れず立ったり坐ったりして、最後の祈りの手を頭上高く突出した。礼拝は無事に終了した。

ほッとして再び玄関へ戻ると、酋長《ムアレー》が、

「有難いことでござりました。どうぞこちらで御休息を！」

と先に立って案内するのだった。

計画の第二歩も、どうにか成功した。残る一つが難物だが終極の目的だけに大事をとる必要があった。急ぐこ

とはない落着け！　と木下は、自分で自分の心に言い聞かせながら、磨き石の廊下を歩いて行った。

正体暴露

だが、老酋長《ムアレー》に続いて酋長《ムアレー》の居室へ一歩足を踏み入れた木下は、驚愕《おどろき》の余りにあッと声を立てるところだった。いかにも蕃族《ばんぞく》好みらしいアラベスクな装飾の部屋の中央で、朱塗りの椅子に踏ん反り返っている白い軍服の先客が、なんとゴメヅ大尉ではないか！　不吉な予感にヒヤリとしたのはこの瞬間だった。

夢にも信じられないことが、余りにも皮肉な現実となって眼前に横わった。額や首筋に、絆創膏《ばんそうこう》を貼りつけた滑稽な姿が、笑いごとではなく、悪魔の彫像のように見えた。

しかし見破られる惧《おそ》れは絶対にあるまいと思い返して、木下は悠然と椅子についた。

木下の身体を頭の天辺《てっぺん》から足の爪先まで、小姑《こじゅうと》のような眼で長い間舐め廻していたゴメヅ大尉が、やがて鼻をふんと鳴らすと憎々しげに叫んだ。

「ちぇッ！　化け損《そこな》いの狐め！　尻尾を隠すことを忘れてけつかる！」

ドキリとしたが、迂闊に相手にはなれなかった。素知らぬ顔を装う一手だった。

「俺がいなかったら、貴様の化け狐も正体を現さずに済んだろうに。この間だいぶお世話になったから、今日その返礼をしてやろう。貴様、髯と着物で隠し忘れたものが、たった一つある。宣礼の声だ。あの銅羅声《どらごえ》は三年前、練兵場で聞き飽きるほど聞いた声だ！」

ハッとして唇を噛んだ時には、不意に延びたゴメヅ大尉の手に、顎《あご》の附け髯を奪い取られていた。

「酋長《ムアレー》、御覧の通り、此奴《こいつ》は回教の神の名を騙る偽者ですよ。此奴の誠の名はケンジ・キノシータ。日本人《ハポネーゼ》の白刃《ラ・スパタ》といったら御存知でしょう。新月部落《ヒラール》には、仇敵同然の奴ですよ」

部屋へ入るなり啞然として二人の賓客を見較べていた老酋長《ムアレー》は、ゴメヅの言葉に急に我に返って、慌しく卓上の鈴《ベル》を鳴らした。

「こいつは白刃《ラ・スパタ》じゃ。神《アラー》の名を騙る不埒者《ふらちもの》じゃ。牢屋へ押し籠めろ！」

数人の兵が入って来ると、老酋長《ムアレー》は低い声でブツブツと命じた。

今までの苦心もすっかり水の泡と消え果てた。泣くにも泣けない木下の心境だった。

「畜生！　ゴメヅめ！　憶えてろッ！」

憤激の余り躍り蒐《かか》ろうとしたが、束になった兵に遮断《さえぎ》られて、拳もゴメヅに届かなかった。

「曳かれ者の小唄か。今うちにせいぜい、叩けるだけ頬桁を叩いておけ。遺言があったら、聞いておいてやろう。あッはッはッ」

ゴメヅの嘲罵を背に浴びながら、木下は兵の逞しい腕に引摺られて行った。

死の宣告

裏山の洞窟へ頑丈な丸太格子を嵌めた大時代な牢屋に木下は苦悶の数時間を送った。

何という惨めな失敗！　ゴメヅ大尉が新月《ヒラール》部落を訪れた理由は？　古来の戒律《タブウ》を破って、ゴメヅを賓客に迎えた老酋長《ムアレー》の意向は？　自分の行手に待ち構える運命は？　哀れなミチリナを悲嘆の底に沈めた今の境涯は？

それからそれへと続く想念の一つ一つが、気違いになりそうなほど焦躁と憤激にのた打ち廻らせた。

彼はどんな不幸をも宿命《メクトウブ》と軽く諦めてしまう回教徒《モスレム》ではなかった。しかし谷間の部落を夜の色がすっかり押し包んで、中天にかかった美しい月が山や谷を銀鼠《ぎんねず》色に彩る頃には、好むと否とに拘らず、彼も一切を宿命《メクトウブ》と片づけなければならなかった。

後ろ手に縛られた木下は、御殿の裏の大きな古沼のほとりへ引き出された。周囲を蓊鬱《おううつ》たる老樹の森に取り巻かれ、堤《どて》には蔓草が青々と茂って、水は千古の謎を秘めたかのような不思議な色に澱んでいた。

「キノシータ。酋長《ムアレー》は変った行事が二つあるんでホクホクしてる。一つは今夜の死刑、一つは明晩の結婚式だそうだ」

老酋長《ムアレー》と並んで沼の岸に立っていたゴメヅが、躁《はしゃ》いだ声で木下を迎えた。自分が今から虐殺されることはともかく、明晩に迫ったミチリナの結婚式というのが悲しかった。

「貴様は何のために新月《ヒラール》部落へ来たんだ？」

此奴のために何もかも目茶苦茶だと思うと、木下は餌《え》物《もの》を前にした猛獣のような衝動にふるえた。ゴメヅは愉快そうに笑い出した。

「判らないだろう。あッはッはッ。酋長《ムアレー》が帰順を申し出たんで、俺が条件の取り決めにやって来たんだ。こいつは、どうして素晴しい昇進もんだよ。嫉《ねた》め嫉め！」

帰順などとは頑迷不敵な新月《ヒラール》部落に想像し難い事実だったが、眼の前のゴメヅが想像を超越した存在である以上、そうと信ずるほかはなかった。

老酋長《ムアレー》が例の低い声で呟き始めた。

「白刃《ラ・スパタ》、神を冒瀆し、掟を破って部落の土を汚したお前は、罪の贖《つぐな》いをせにゃならぬ。わしはお前に一つの刑罰を与える。わしがここで一から十まで数え尽すと、お前はこの古沼の中へ突き落されるのだ。沼に落ちたお前は、真ッ直ぐにあの中の島めがけて走らねばならぬ。ここから中の島までは、沼の底に石ころの道が築いてあって深さもやっと腰までじゃ。但し後ろへ引返《ひっかえ》すことは絶対に許されない。岸辺で鉄砲を持った五十人の兵は、囚人がこちらに顔を見せた途端、一斉に狙撃するのじゃ。躊躇することもお前の不ためとなろう。沼の中には無数の鰐《わに》が棲んでおる。そこでお前は水の中を一散に駈けて、無事に中の島まで辿り着けばいいのじゃ。お前の罪はそこで許される」

木下は愕然として眼を瞠った。それは死の宣告に等しい言葉だった。

岸は粘土の崖になっていて、水面まで五、六尺もあろう。突き落されたら、匍い上ることも出来ない。沼の中央に小さな島があったが、そこまでの距離は、たっぷりと一町もあった。石ころの道が沼底に造られているにもせよ、水の深さが腰までにしろ、後ろ手に結えられた不自由な身で、無数に棲むという鰐の凄じい口を、どうして免れることが出来よう？　しかも引返せば、銃弾で蜂の巣のように撃ち抜かれる！

月下の死闘

太い吐息が木下の口から流れ出た。

降るような月光が、昼間のように、下界を明るく照していた。奇妙な懸声の号令と共に、酋長《ムアレー》、木下、ゴメヅ三人の両側に、五、六十人ほどの土人兵が並んで、立射《たちうち》の姿勢をとった。

「素敵な観物《みもの》じゃないか！　そこにもある、ここにもあるッてえアトラクションとは、ちッと代物《しろもの》が違う。おい名優！　しっかり演出してくれよ！」

　ゴメヅが木下の耳の傍で上機嫌に囁いた。彼は半ば囚人の逃走に備え、半ば嫌がらせの揶揄《やゆ》を愉しもうとするかのように、意地悪く木下の傍らを離れなかった。

「酋長《ムアレー》！　頼みだ。ミチリナの安否だけ教えてくれッ！」

　木下は切ない声を振絞ったが、酬いは老酋長《ムアレー》の冷い一瞥だけだった。

　岸のあちこちで、髑髏笛が鬼哭《きこく》のように鳴り響いた。それが開始の合図だった。

「では用意！」

　老酋長《ムアレー》の呟きが、低いが荘重に耳を衝いた。

「一つ《ウーノ》！　二つ《ドス》！　三つ《トレス》！」

　怖しい瞬間だった。今まで緊張しきっていた気持が、潮《うしお》の引くようにすッと失せて、その代りに何とも名状し難い恐怖が夕立雲のように拡がってきた。

「四つ《クアトロ》！　五つ《スインコ》！　六つ《セース》！」

　木下は暗い水面を睨んで唇を噛んだ。倒れかかった身体の支柱を立て直そうとするように、

「みっともない、恥じろッ！」

と咽喉《のど》の奥で自分を叱咤したが、たとえようのない強烈な無念さに、混乱から逃れることが出来なかった。

「七つ《シエーテ》！　八つ《オーチョ》！　九つ《ヌエブエ》！」

　消塊《けたたま》しい音を立てて、木下の全身を血が奔騰した。故国の母、アキスコ夫人、ミチリナの顔が眼前に明滅する。

「十《デイエス》！」

　背中に強い衝動を期待した木下は、その瞬間、

「わあッ！」という魂切《たまぎ》るような人の悲鳴に仰天《ぎょうてん》した。何か白い塊りが沼の中へ転落して行ったのも見えた。

「酋《ムア》、酋長《ムアレー》！　何をするんだッ！　間違えてくれちゃ困るじゃないか！　おい！　助けてくれ！　早く助けてくれッ！」

　濡鼠になって沼の中に立ったゴメヅ大尉が、気違いのように喚き立てた。

「間違いじゃない。沼の中を中の島まで駈けるのは貴様じゃ。リフ族の娘ミチリナの姉エミリアを騙し、無惨な死に方をさせたのは貴様だ！　リフの一族に残酷な鉄の鞭を加えた悪魔も貴様じゃ。そして他愛もない帰順の計略にまんまと引ッかかって地獄の部落へ来た愚か者も貴様じゃ。生命には生命を！　リフ族の復讐は地獄の底までも続く。さア走って鰐と競争しろ！　それとも鉛丸《なまりだま》で軀をぶち抜かれたいか？」

低いが肺腑を抉るような老酋長《ムアレー》の声だった。ゴメヅの面上には、狼狽、驚愕、困惑、恐怖などの色が一瞬の間に錯綜したが、老酋長《ムアレー》の鋭い眼光に絶望的なものを感ずると、くるりと振返り、水煙を上げて沼の中を駈け出した。

木下は自分の立場をすっかり忘れ、死魔と人間との月下の悪闘を喰い入るように眺めた。水中の驀進《ばくしん》――だが、これほど怖るべき熱演がどこにあったろう?

「うむ!」

老酋長《ムアレー》の微かな呻きが聞えたとき、水面のあちらに、快速艇のように水を切って進む黒いものが夥しく見えた。

道程の半ば頃まで駈けたゴメヅが、急にバッタリと水中へ倒れた。必死に藻掻《もが》いて立上ろうと焦るようだったが、彼の軀は次第々々に水中へ沈んだ。そして人間の声とも思えぬ奇怪な悲鳴を水面に残したまますずるずると水中に没し去った。

髑髏笛が再び周囲の森に呀した。

「セニョール白刃《ラ・スパタ》。いろいろ話があるのじゃ。さアあちちへ行こう」

手の縛《いまし》めを解いてくれながら、自分に微笑みかける老酋長《ムアレー》を、木下は呆然と瞶《みつ》めるばかりだった。

血の呼ぶ声

「何から話したらええか……」

木下を連れて居間へ戻ると、老酋長《ムアレー》は端緒《いとぐち》を探るかのように暫く白髯を撫した後、ポツリポツリと語り出した。

「ミチリナの母親というのは、緑の聖服が家宝に伝わるほどスペインでも有名な名家の令嬢《セニョリータ》で、容姿の優れた慎ましい婦人だったのじゃが、モロッコへ旅行に来たばかりに、ある土人部落の酋長《ムアレー》に見染められ、暴力で誘拐されて、閨宮《ハレム》に幽閉される身となったのじゃ。婦人はそこで酋長《ムアレー》との間に二女を儲けた。いうまでもなく、エミリア、ミチリナの姉妹なのじゃが、いつまで経っても彼女の悲嘆が消えんので、一つには哀れを催し、一つには非を悟った酋長《ムアレー》は、母子三人を部落から自由の天地へ解放したのじゃ。それは姉が五つ、妹が三つの時だった。母子三人は海を越えて、首府のマドリッドへ行った。それから十余年あまりは何事もなく経過したのじゃが、母親を喪って孤児となると二人の身の上が不安なので、酋長《ムアレー》の息子というのがいろいろと手を廻し、アキスコ夫人——あんたが母親のように思っておられるあのアキスコ夫人、あの方がミチリナの母の友人なので、あの人を通してあの人の住むメリラへ移住させることに成功したのじゃ。言い遅れたが、酋長《ムアレー》は五年ほど前亡くなって、その息子が当代の酋長《ムアレー》を継いでいたのじゃ。当代の酋長《ムアレー》は兄弟運に薄く、兄や弟を次々に喪って、酋長《ムアレー》を継いだ時には、エミリア、ミチリナしか血に続く者がなくなったのじゃ。血？　血？　これほどミチリナ母子の呪ったものはなかったろう。ミチリナ姉妹《きょうだい》の胸には、母に譲られた血の呪いが渦巻いていたに違いないのじゃ。だが、若い酋長《ムアレー》ほど血に対する親わしさを感じた者もなかったろう。彼はメリラへ乞食姿で現れて、それとなく二人の姉妹を垣間《かいま》見るのを、こよなき愉しみとしていた」

木下はメリラの土人市場《スク》の前で見た乞食、土人街で会った逞しいあの乞食の姿を憶い出して、心に頷くのだった。

「エミリアが白人に欺かれて哀れな最期を遂げたとき、酋長《ムアレー》は悲嘆と憤怒に堅く復讐を誓うと同時に、残されたミチリナを護るためには、生命や全部落を投出しても構わないと思ったくらいじゃ。ところが酋長《ムアレー》は間もなく、そのミチリナも異邦人を恋人に持つことを知った。エミリアの一件があっただけに、酋長《ムアレー》は警戒を怠らず、その人物如何を厳重に試験していたのじゃが、過去の一切は、白刃《ラ・スパタ》の名が示す通り勇しいものじゃし、リフ族に対する限りなき愛もあり、メリラの土人街で脅迫されてもビクともせぬ胆ッ玉もある。更にミチリナを新月《ヒラール》部落へ引き込んで試してみれば、彼女のために惜しげなく生命《いのち》を投げ出そうと、人も怖れる部落へ乗込んで来る度胸と誠実とを示す。ミチリナを幸福にし得る男は、世界中にこの日本人《ハポネーゼ》だけと判ると、血の呼ぶ声と肉親愛の前には部落も戒律《タブウ》もない、酋長《ムアレー》は喜んで結婚を許そうと決心したのじゃ。セニョール白刃《ラ・スパタ》。あんたとミチリナの結婚式は明晩この部落で盛大に挙げるんじゃ」

老酋長《ムアレー》が卓上の鈴を振ると、次の間から、投げられた花束のように木下の胸へ飛び込んで来たものがあった。

「キノシータ！　よかったわ！　いい兄なの！」

ミチリナが嗚咽するのだった。

「よかったね、ミチリナ。よくお礼をいおう。兄さんはどこだ？　早く会いたい！」

ミチリナの手を執って腰を浮かした木下の耳へ、唐突に凄じい爆笑が轟《とどろ》いた。

「セニョール白刃《ラ・スパタ》、いやだなア。まだ判りませんか？

白髪と白髯はあんただけの専売じゃありませんや」

老酋長《ムアレー》の白髪と白髯がすっぽり抜けると、そこにはメリラの土人街で会った逞しい例の乞食の顔が莞爾《かんじ》と微笑んでいるのだった。

めくら蜘蛛《ぐも》

盲目《めくら》娘

「よしッ！　もう一ぺん言ってみろッ！」

唐突《だしぬけ》に鋭い呶鳴り声が身近に聞えた。

　夏の灯の下にはフランス人や土人官吏《マンダラン》、中流以上の安《あん》南人《なんじん》など相当の賑いを呈していたが、レストランの空気は、閑寂な風趣に充ちた伝統四千年の安南の旧都順化《ユエ》に相応《ふさわ》しい静けさに包まれていただけに、酒の酔に乱れたその銅羅声《どらごえ》は、まるで花園を荒す獅子の咆哮のように思われた。

　ウィスキーをチビリチビリ舐めていた私が吃驚《びっくり》して振返って見ると、人々の視線を一身に吸い集めた声の主は、広い肩幅をこちらへ見せて、仁王立ちに立ちはだかっている大兵《たいひょう》なフランス人の壮漢で、長い赤毛の髪のひどく縮れていることが眼立つ特徴だった。

「何べんでも申します。これは私の妻です。あなたは何をなさるんですッ？」

　酔漢の前には、身だしなみのいい安南人の若夫婦がいた。恐怖に慄える妻を庇うように抱きながら、インテリらしい若い夫は静かな語調で抗議を申込んだが、椅子の中から相手を見上げる眼はさすがに深い憤りを湛えていた。

「ふん、安南人《アンナミット》の女は、同時にフランス人の奴隷だといえッ！」

　青年紳士は土色に変った唇をピクピク痙攣《ひきつ》らせたが、纏《まと》った言葉を口にすることが出来なかった。

「奴隷の分際で主人の贈物の接吻《べーぜ》を拒絶した女も女なら、俺に恥をかかした貴様も貴様だ！　よく聞け！　今は退役したが、爆撃中隊のジャン軍曹は、決して返礼を忘れねえ義理がたい男という定評があった。一昨年も去年も土人共の百姓一揆に、頭の上から一キロの爆弾を万遍なく振舞ってやった俺なんだ。貴様も俺の返礼が欲しいというのか！」

　途端に消魂《けたたま》しい悲鳴が、若い夫人の口を衝いて出た。

酔漢の振上げた麦酒罎《ビールびん》が、彼女の夫の頭上で凄まじい音を立てて割れ、みるみるうちに噴き出した血潮が端麗な彼の顔を醜く染めたのだ。征服者と被征服者の反目嫉視《はんもくしっし》する植民地の珍らしくもない風景とはいえ、弁《わきま》えのない突然の乱暴に、ホール中の人々は愕乎《ぎょっ》として一斉に腰を浮かし、一瞬、死のような静寂が四辺《あたり》の空気を支配した。

観衆が救われたようにホッとしたのは、生きた色のない若い夫人が、椅子から転げ落ちた夫を助け起して、あたふたと逃れ去るのを、この無法者が冷然と見送ったことだった。

「地上の爆弾だ。あッはッはッ！」

肩を揺すぶって不敵に笑った酔漢は、じろじろとホール中を睨《ね》め廻した。冷い一瞥を浴びた人々は、射竦《いすく》められたように椅子に戻った。彼の瞳は私の近くで、この騒ぎをよそに始めから椅子に着いたままの若い安南娘の上に停った。

「ふん、可愛い顔をしてけつかる！」

娘の前へ進んで、淫らな視線で無作法に娘の肢体を舐め廻した揚句、彼はニヤニヤと笑った。癖の悪い酔ッ払いの常で、手当り次第に絡みつく男と見える。

「こら娘、その黒眼鏡を外せ！　そいつが気に喰わん！」

娘は仏像のような柔和な丸顔に黒眼鏡をかけ、よく似合う空色の絹の安南服に形よく身を包んでいたが、眼が不自由とみえ、不意の呼びかけに吃驚して手探りに杖を探るのが可憐《いじら》しかった。狼狽《うろた》えたその態度《ものごし》に不具者特有の暗さがないのは、秀れた縹緻《きりょう》のせいであろう。

酔漢はなおも執拗《しつこ》く娘を調弄《からか》おうとしたが、ふと投げた眼が私に衝き突《あた》ると、両腕を腰に預けて小首を傾げながら、しげしげと私に気味のよくない酔眼を据えるのだった。

おやおや、今度はこの俺が因縁をくっつけられる番か！　と私はうんざりしたが、心に警戒を怠らず、眼は故意《わざ》と卓上の洋盃《コップ》に避けて、さり気ない様子を装った。

悪党ジャン

「お前《めえ》、サトウじゃねえか！」

と酔漢がいった。呆れて瞠《みは》った私の眼に、人相の悪い髭ッ面がニコニコと笑み崩れているのが映った。額に刻み込まれた印象的な半月型《みかづきがた》の傷、濃い太い眉、隆《たか》い鼻、大きい下品な口、四角い顎《あご》――線の太い逞しい顔が巴里《パリ》時代の悪友「縮れッ毛《グラン・フリゼ》のジャン」と判ると、私も思わず立上った。

「おお、お前か！　珍らしいな！」

「全くだ。ええと、四年……いや、五年ぶりだ。俺がなつかしの巴里におさらばをして、地球の果てのようなこんな植民地へ流れ込み、航空隊の生活をやらかしたのが丸四年、足を洗って商売替《しょうばいがえ》をしてから、そうだ、早いもんでもう直き一年になる。まア、ゆっくり呑みながら話そう」

ジャンは椅子に着く前に、割れるような声で酒を注文した。傍若無人、不遜きわまる粗野な態度に、懐旧の情は瞬時に消え、私はホール中の針のような視線を身体《からだ》一杯に感じて自ら顔を火照《ほて》らした。

八年前、当時十九歳の私は希望《エスポアール》で胸を一ぱいに膨らまして巴里を訪れたが、巴里は結局私の希望を風船玉のように叩き潰してしまった。長い間、熱病患者みたいに、ツグジ・フジタのような素晴しい名を夢みていた画家志望の私が、喘ぎ苦しんだ果てに押し流されたところは、惨めな幻滅と傷ましい自棄《やけ》のどん底でしかなかった。シャンゼリゼエやサン・ミッシェル、あるいはボエシーの画商街だけ知っていた私は、いつとなく淫売婦の巣サン・ドニやピエルモンタン、悪党のとぐろを巻くラップやムフタールなど、華かな巴里の夜の裏街を彷徨《うろつ》くようになった。操縦士くずれの縮れッ毛《グラン・フリゼ》のジャンという無頼漢《アパッシュ》と、絵かきくずれのジュウジツ・サトウが煮込みの兎肉をつつきながら、アルマニャックの灼《や》けつくような酒を呑んで肝胆《かんたん》相照らしたのも、恥かしながら巴里の掃溜《はきだめ》ラップ街の居酒屋《ビストロ》だったのだ。

若気の至りとはいえ、翻然と悔悟した今となっては、私にとってその頃の回想は古傷を突き刺されるように痛かった。

「実に愉快だ。さア呑めサトウ。お前、何という不景気な面をしてやがる！」

とジャンは飛切の上機嫌だったが、腸《はらわた》の底まで浸《し》み透った悪党の性根がまだ抜けないとみえ、先刻からの苦々しい振舞といい、四辺《あたり》かまわず喋《しゃべ》り散らす此奴《こやつ》の話題といい、私には迚《とて》も我慢の出来ないものだった。此奴の口から流れ出るのはお天狗《オルグイユーズ》アンリー、重懲役《レクルジオン》ポオル、博奕《カジノ》のジョルジュなどと二つ名のある不良《ジゴロ》、女蕩し《マクロ》、宿なし男、さては描きぼくろ《グレン・ド・ボエテ》のミミ、玉葱《オニヨン》シュザンヌ、見世物《バルトウズ》ジュリイなどと、碌《ろく》でなしの辻君《ピエルウズ》、不良女《ジゴレット》、街の牝鶏《プウル》の名ばかりで、あたかも巴里の下水の泥溝《どぶ》どろを白日の下《もと》に曝け出すような不体裁に、その言葉の一つ一つが、私の腋の下に冷汗を流させ、詮方なしの苦笑を唇に乗せるのだった。

「時にお前は何しに来たんだ？　お前に安南の順化《ユエ》で会おうたア思わなかったぞ！」

ひとりで喋舌るだけ喋舌ると、彼は不思議そうに眼をパチクリして私を見直した。自責と慚愧《ざんき》から解放されて、私は救われたようにホッとした。

「二年前から河内《ハノイ》の叔父の材木店で働いてるんだが、仕事の都合で少し暇が貰えたから、今日は順化見物に来たんだ」

「そうか。それア好都合だ。お前に折入って頼みてえことがある。俺の宿へ来ねえか。俺も海防《ハイフォン》から昨日順化へ来たばかりなんだ。途徹《とてつ》もねえ話がある。お前、片棒かついでくんねえ！」

ジャンは残りのコニャックをガブガブと呑んで帰り仕度を始めた。そのとき、美しい安南娘が杖をついて私の傍を通りながら、

「イケナイ！　イケナイ！」

と日本語で呟いた。絹の水色の上衣《うわぎ》、橄欖《かんらん》色の裙《はかま》、前結びにして両端を長く垂れた黄いろい単衣《ひとえ》染の帯――きりりとした安南服の中に、清楚な美しさと不可解な謎を感得して、私は彼女のすんなりとした姿が扉《ドア》から外の闇の中へ消えて行くのを唖然と見送った。

「あの娘、呪《まじな》いみてえなことこ言やがったな。ど盲目《めくら》だけでなく、頭のネジもちと狂っとるらしい。惜しいもんだて！」

ジャンがゲラゲラと笑って立上った。

謎の譫言《うわごと》

銀鼠《ぎんねず》色に光るフォン・デヤン河の流れ、土人街と仏人街を繋ぐ成泰《タイン・タイ》帝橋、黒々とつづく土人街の城壁、榕樹《ようじゅ》の梢を抜く王宮の甍《いらか》、街を囲む三つの丘――星空の下の順化の夜景は、しっとりと潤いがあって、漫《そぞ》ろに故国の京都を思わせた。

夜風に吹かれながら宿へ戻ると、ジャンは酔を忘れたように鹿爪《しかつめ》らしい顔をして、

「おいサトウ。今更いうまでもあるめえが、俺《おい》らお互に道徳《リウ・ド・ヴエルチユ》の街に育った男たちだ。病人ならこそ衛生が要る。

悪党ならこそ掟が必要だ。お前、無頼《やくざ》の掟を破って、俺を裏切るようなこたアあるめえな?」

と私に射るような瞳を注いだ。

仕方がなく、私はひとまず頷いてみせた。

大体、その日私が順化《ユエ》を訪れた目的というのは、父の旧友フュイ・バイ・カン氏をその寓居に訪ねることだった。昔から名の高い安南独立運動の大立者《おおだてもの》カン氏は、明治四十一年に日本へ亡命して以来、三度三度の訪日の度毎に宿をしたのが私の家、万事万端世話をしたのが私の父という深い関係があったので、私が印度《インド》支那へ渡るにつけ、父は是非とも同氏を訪れるようにと固く私に命じたのだが、根が気紛れ者の私のこと、父の旧友とはいえ、お偉い人の前で窮屈がるのは余りぞッとしないので、二年間も放ったらかしにしておいたが、今朝になって叔父から暫くの休暇を貰ってみると、どういう風の吹廻しか、急に順化見物を思い立ち、やっと父への義理を果そうと、順化へ着く早々、同氏を訪問したのだった。

大正の末年、上海《シャンハイ》の仏租界で逮捕され、河内《ハノイ》の中央監獄に終身禁錮となった独立運動の英雄カン氏は、頗る人望家だったので、安南全民衆の要望により、特に釈放されて順化に移り、フランス官憲の厳重な監視の下に、現在は仏人街に軟禁されているのだった。

ところが、当て事と何とやらの諺《ことわざ》どおり、同氏を訪問して父の久闊《きゅうかつ》を叙し、御高説を拝聴したうえ御馳走になって、名所案内人でもつけてもらおうと思った私の虫のいい願いは、堂々たる体軀、禿げ上った頭、磨かれた黄色い象牙のような顔、まだ黒い薄い八字髭——支那の老大官のような風丰《ふうぼう》のカン氏から、

「ニッポンのサトウ・サクエモン? 知らん、儂《わし》は知らんな!」

という味も素ッ気もない意外な一言で、ペシャンコに潰されてしまった。

父の名を知らないカン氏は耄碌《もうろく》したのか、義理知らずなのか、それとも私の父が何か感違いでもしているのか、としたら、父が世話をした亡命の志士はカン氏ではなかったのか——レストランであれこれと思い惑った揚句、遂に順化の街が不快になった私は、明日は朝から西貢《サイゴン》あたりへ旅立とうと思い決めたところだったので、思いがけなく悪党のジャンに出ッ会《くわ》して得体の知れない相談を持ちかけられても、煮えきらぬ返事をする外はないのだった。

「よし! じゃ、コッちへ来てくれ!」

私の心中を知る由もないジャンは、椅子から立上って、私を次の室へ案内した。何の変哲もない普通の部屋だが、年齢四十歳ぐらいの逞しい土人が一人、ぽつねんと椅子に腰かけているのが奇妙だった。

「此奴《こいつ》は俺の下男なんだが、少し脳の味噌の足りねえとこへ持ってきて、山奥で神隠しに遭って今朝帰ったばかりッてえ代者《しろもの》なんだ」

紹介を俟《ま》つまでもなく、私らの存在を無視して空洞《うつろ》のような眼を空間の一点へぽかんと預け、だらりと開いた口から、繰返し繰返し、

「めくら蜘蛛……青くて美味《うま》いよ……どぶウん……」

と妙なことを口走る土人の様子は、何のことはない狐憑《きつね》き酷似《そっくり》だった。

神隠しの怪

私は土人の痴態そのものより、こんな土人を見せるジャンの真意に不審を抱いた。

「ジャン。無頼の掟とこの土人と、どう連関《つながり》があるんだ?」

「無頼の掟は、お前と俺を繋ぐ鎖よ。この土人に連関のあるのは、これなんだ」

ズボンのポケットへ手を突込んだジャンが、やがて拡げて見せた掌《て》の上に大豆大《だいず》のダイヤが三つ、電燭を吸って煌々《こうこう》と輝いた。

「実は俺《おい》ら思うとこがあって、去年の秋から貿易商に宗旨替《しゅうしがえ》をしたんだが、俺のとこで使ってるこのチュクという抜作《ぬけさく》下男めが先月、ダイヤを一つ持ってやがるのを、俺が偶然発見したのが事の始まりだ。どこにあったと問い訊《ただ》したところ、順化から五十里《り》ほど山奥へ入ったチュクの故邦《くに》の洞窟に、こんな硝子玉《ガラス》アいくらでも転がってるという御挨拶なんだ。御本尊、ダイヤと硝子玉の区別もつかねえうっそりなんだから、話も楽に運ぶ。暇をやるから故邦《くに》の洞窟へ行って、その、硝子玉を拾って来いと吩咐《いいつ》けると、十日ばかり経って持って来たのが、真物《ほんもの》のダイヤ一箇だ」

「たった一箇かい?」

「うん。俺も変だと思ったんだが、先刻もいった通り、此奴は間抜けなんだから、てんで数の観念なんて念頭にねえ。ダイヤを拾って来いッてんだから、一つ拾えばそれでいいと思う奴なんだ」

「だがジャン。お前、掌《て》にダイヤを三つ載せてるじゃないか！」

「そうよ。昨日俺がこの順化《ユエ》へ出張《でば》って来たのは、第二回目にチュクを派遣した結果を一刻も早く知りてえし、その結果によったら、その足で俺も直ぐ洞窟へ行こうと思い立ったからなんだ。三つ目のダイヤは、今朝チュクが洞窟から持って来たッてえ訳さ」

「ふうん。今度も持って帰ったのは一つきりか？　お前のこッた、抜目はなかろうに」

「お手の筋。口を酸《す》ッぱくして、ありッたけ持って来いと馬鹿念を押したんだが……」

不意に人の足音が聞えたので、私たち二人が愕乎《ぎょっ》として振返ると、背後から十五、六歳の土人の少年が、案内も乞《こ》わずにのこのこ入って来た。丸い顔立ちは愛くるしかったが、ずば抜けて色が黒く、それに大人並に白い頭帕《ターバン》を頭に巻きつけているのが、ひどくお愛嬌だった。

「この餓鬼はこの街に住んでるチュクの甥《おい》で、唖《おし》の、ど聾《つんぼ》なんだ。抜作下男の介抱にゃ打ってつけの野郎だから自由に出入りさせとる」

ジャンは再び自室へ私を導いて行った。

「ところでジャン。俺に頼みとは？」

「お前の前だが、本来ならこんな儲け仕事に人手を借りる俺《おい》らじゃねえんだが、手ッ取り早いとこぶちまけると、この事件にゃ少しお気持のよくねえ怪談が絡みついていやがる。先刻《さっき》は言わなかったが、実は宝探しに俺らチュク一人やった訳じゃねえ。俺ら仕事の都合で手が抜けねえので、仲間のフランス人を第一回目にゃ一人、第二回目にゃ二人も同行させたんだが、二度とも奴ら神隠しに遭って未だに戻って来ねえし戻った抜作めはまるで狐憑きの態《てい》たらくさ」

ジャンは眼《ま》の当り化物でも見たように恐怖の色を満面に浮べた。

「めくら蜘蛛、青くて美味いよ、どぶウんッてえのは何のこッた？」

「ちぇッ！　知るもんか！　俺アどういうもんか、蛇や蜥蜴《とかげ》より蜘蛛が一ばん大嫌いなんだ。八本の脚でのそのそ歩きやがるとこを見るてえと、竦然《ぞっ》とするんだよ。この抜作め、碌なことを言いやがらねえ」

ジャンは忌々《いまいま》しそうに舌を鳴らした。

「だがサトウ。洞窟は宝石蔵だ。お前、獲物を山分けッてえとこで助《す》けてくんねえ！」

密林の旅

鬱蒼として千古斧鉞《ふえつ》を入れざる大密林の中に天幕《テント》を張ったのは、順化を発《た》ってから五日目の夕方だった。一行は私とジャン、相変らず狐憑きそのままだが道案内の用の足りるチュク、彼の甥という唖の無名少年、それに順化で狩り集めた十人の土人たちだった。

始めジャンから目的が洞窟の宝石蔵と聞いたとき、私は一も二もなく大乗気になったが、チュクの気味のよくない呟き、神隠しの怪奇に聊《いささ》か二の足を踏んだのも事実だった。だが、若者の血を躍らせるのは、冒険味の勝った旅にまさるものはない。ダイヤの好ましい光もさることながら、行手に横わる怪奇の正体を覗き、敢然とその怪奇に衝突《つきあた》って危険を突破するスリルに誘惑され、私たちはあの翌日、仕度もそこそこに順化を出発したのだった。

安南山脈の険を奥へ奥へと進んだ旅の五日は、悪党の癖に存外と腰のないジャンが、むろんそのために私を共同者の一人に引張り込んだのだが、余りに神経的に洞窟の怪奇を気にするのや、例の奇妙な呟きをのべつ幕なしに口走るチュクが相手なので、尠《すくな》からず私も腐らせられたが、ただ唖の少年がどういうものか、影法師のように慕って私に随従し、忠実忠実《まめまめ》しく奉仕してくれる誠意や、邪気のない彼の可憐さが私にとって唯一の愉しさだった。

唖の彼に言語の世界はなかった。だが彼は万国の唖に共通する身振り手真似で、声のない声を伝え、聞いた。

前の夜のキャンプで、私は彼からめくら蜘蛛の話を聞くことが出来た。私がお手のものの絵を描いて示すと、彼は頻りに合点《がてん》して、めくら蜘蛛は視力を欠くため獲物に近づくことが出来ないが、何か本能的に妖しい力を具えていて小虫などを口の前までおびき寄せ、何の苦もなく餌食《えじき》にしてしまうという意味を語った。

だがチュクの言う「青くて美味いよ」と「どぶウん」それから神隠しだけは手際よく絵にすることが出来ず、草の葉の青い汁を玉蜀黍《とうもろこし》の図に塗って見せたり、石を河の中へ投げ込む絵を示したり、紙上の人間を忽ち塗り消してみせたりしたが、彼は怪訝《けげん》な面持でその絵と私を見較べるばかり、この方は私の好奇心を満足させるに到らなかった。

神隠しとめくら蜘蛛、要領を得ない「青くて美味いよ」と「どぶウん」――と、そういうものに対する危惧とは別に、無雑作に妙な旅に飛出した私に一抹の悔恨が萌《きざ》すのは、順化《ユエ》のレストランで見た盲目《めくら》娘の、

「イケナイ！　イケナイ！」

と呟いた一言が耳に甦える時だった。そしてめくら蜘蛛という言葉を聞き、不具の少年を見るにつけ、聯想から私は日に十遍も盲目娘の幻聴に悩まされ、その度毎に我とわが心の弱さに苦笑したが、旅に出てから、ふた言目には、

「何しろお巡り《セルゴ》だって憲兵《ガルド》だって、眼に見えるもんなら世の中に何一つ怖いもののねえ俺らだが、胸倉をとッ摑むことの出来ねえ相手と蜘蛛だけは苦手だよ。度胸のいいお前が力だ。確乎《しっかり》たのむぞサトウ！」

などと弱音を吹くジャンほどでないまでも、旅の前途に暗澹《あんたん》たるものを感じて、不覚な戦慄に怯《おび》ゆる瞬間もないことはなかった。しかしそれほど幻聴に悩む一方、彼女の清楚な幻影が、彼女の素性や正体に対する臆測に頭を持上げる暇を少しも与えず、ふと私を甘美な夢の中にふんわり包んでしまう瞬間のあるのも不思議だった。

こうして五日間の旅は、ともかくも平穏無事だったが――。

少年の遺品《かたみ》

「おいサトウ起きろ！　大変だ！　土人共が夜のうちに一人もいなくなったぞ！」

その翌朝早々、私はジャンの消魂《けたたま》しい呶鳴り声に呼び起された。

「土人共がいない？」

「うん。俺もつい今しがた眼が覚めたんだが、隣の天幕が余りひっそり閑《かん》としてるんで、覗いてみると奴ら影も形もあれアしねえ」

「子供は？」

私の念頭に真ッ先に浮んだのは、なぜともなく唖の少年のことだった。

「いねえ。チュクまで消えちまやがった。みんな逃《ず》らかりやがったんだ。そうよ、逃らかりやがったんだよ」

ジャンが神隠しという言葉を私に言い出してもらいたくない肚と判ったのは、妙におどおどしたその眼の色で知れた。私にしてもそう思いたくない心は一緒だった。現に私もジャンもお互の姿を眼《ま》の辺り眺めている以上、

余計な妄想を逞しゅうして、自分で自分の妄想に畏怖することはないのだった。

　それにいよいよ私たちの目ざす洞窟が間近になった昨夜、土人の中から、これ以上お伴することは出来ないと申出る者があったので、理由を訊いてみると、行手は四方湿地林に取囲まれている禁断の土地で、犯す者は生命の危険や不吉な災厄を免れることが出来ないからと答えるのだった。湿地林には瘴癘《しょうれい》の気が籠っているから、土人共が昔から戒律《タブウ》として出入りを禁ずるのに不思議はないが、しかしチュクは二度も出入りしたではないかと反問すると、だからこそ神隠しに遭ったり狐憑きになったりすると慄え上って、給料の倍増しを餌《え》に彼らを納得させるのに大骨を折ったような始末だった。

　だから一旦は私たちの勧告を納《い》れた彼らが、夜明けの冷気に胆を冷して無我夢中に逃げ返ったと見るのが私の結論だった。

　ところが、天幕を基地としてそのまま残して密林の中を二時間ほど分け進んで行ったとき、私とジャンは別の恐怖に慄然としなければならなかった。

　天を摩《ま》する菩提樹《リム》、麻栗樹《チーク》、紫檀樹《チャツク》、榕樹《バンヤン》などの巨木大樹が枝に枝を交錯して繁茂し、籐《とう》や蔦《つた》の蔓《つる》が幹から枝へ縦横に絡みついて陽光さえ遮り、地上には垂れ下る気《き》根《こん》、隆起する樹根が尺余の落葉の間に蟠居《ばんきょ》して、数歩前の透視を阻むような大密林の中で、不意に私らは何ともかとも形容し難い嫌な叫び声を聞いて愕然と頭上を振仰ぎ、そして遥か百尺もあろうかと思われる灰白《かいはく》色の真直ぐな麻栗樹《チーク》の梢に、チュクの縛りつけられている無惨な姿を望見したのだった。絶叫が彼の悲鳴だったことは言うまでもない。

　無言で私の手に武者ぶりついたジャンの顔は、まことに悲壮そのものだった。

　チュクが私らの行手にいたことは、尠くとも彼だけ逃走を企てたものでないことの証明であり、とすれば人間業でないある種の力を頭から否定することも憚られた。しかし自分が遭難の当事者でない限り、人間は信じ難い怪奇にもっともらしい理窟をつけたがるもので、今度は私が事もなげに、

「モイ土人の仕業だ。ここらは彼奴《あいつ》らの棲家だからな」

と言った。

　仏領印度支那の奥地では、北から東京《トンキン》山地に土《トウ》族、苗《メオ》族、羅々《ロロ》族、猺《ヤオ》族、蛮《マン》族など、安南山地にはモイ族、カー族、フォン族、老檛《ラオス》山地にはタイ族などの未開人がい

たが、中で最も獰猛剽悍《どうもうひょうかん》な蛮族はモイ族だった。野蛮で迷妄な彼らは未だに山林沼沢や大樹などの妖精を信じて、そのためにどんな残忍な真似でも平気でやってのけるのだった。

しかし、だからといって、私はモイの蛮族を、必要もないのに地上百尺の樹梢《じゅしょう》にチュクを縛りつけた下手人と信じた訳ではなかった。それどころか心では、この危害を神隠しの一種に結びつけて、背筋に冷いものを感じているのだった。

「そうだ、モイだ、モイの仕業だ！」

ジャンは自分で自分に言い聞かせるように独りで合点して、堪《たま》り兼ねたようにポケットのウィスキー瓶を取出すと、ガブガブと胃の腑へ流し込んだ。せめて酒の元気でも借りなければ遣切《やりき》れない気持なのであろう。そこで私も誘われたようにポケットへ手を落したが、ふと覚えのない妙なものに手が触れたので、慌てて取出してみた。

それは銅貨を五十枚ほど密封したような、莫迦《ばか》に重い細長い包みだったが、包み紙の上に匍《は》っている下手糞《へたくそ》なフランス字が、まず私の眼を奪った。

わたくしのカタミと思って、かならずハダミはなさず持っていて下さい。

チュクの甥

ムッシュ・サトウ

魔神群像

唖の少年が文字を解することは、私にとって非常な驚きだったが、私はまた彼の稚《おさな》い純情をこよなく愛し、包みの内容が何にせよ彼の希望どおり、ポケットの奥へ秘蔵することに決意した。

ところで問題は彼に関する限り、好意を寄せた私に遺品を置いて行く余裕のあったことから見て、チュクと違い、逃亡したのだという推定が可能なことだったが、そんな詮議は二の次として、私たちはチュクを助けるかどうか、助けるならどうしたらいいかという先決問題について相談した。そして地上百尺の高所へ登る術に自信のない二人は、可哀想だが見捨てる他はないと一決して、追い立てられるように前途を急ぎ始めた。一刻も早く目的の洞窟へ入ってポケットを宝石で膨らまし、一刻も早く順化《ユエ》の街へ戻りたいという考えの他に全くのところ二人の胸には何もないのだった。

密林は次第に湿地帯に移って、落葉の上に印《いん》した足跡に忽ち水が湧き、進むにつれて密生した草木の蔓が網を張ったように跋扈《ばっこ》して、遂に泥濘が脛《すね》を没するようになったが、前に来たチュクの一行が雑草の中や湿地帯に遺した痕跡を辿って、一時間ほどの悪闘の後、正午ごろ二人は漸く待望の洞窟に到着することが出来た。

秘密の洞窟は巨大な岩石の間に、繁茂した蔓草に大きな口の半ばを鎖《とざ》されていた。

「とうとう辿り着いたぞ！」

二人は見合ってニコリとした。旅の苦悩が大きかっただけに、嬉しさは一入《ひとしお》だった。

片手に懐中電燈を照射し、片手に山杖を握り締めて、先頭の私は無頓着に中へ入って行った。洞窟の側面は雑草の延びるに任せた岩肌で、足下《あしもと》が堅い岩角なのが歩みよかった。

ものの二十間《けん》も行くと、奇怪にも前方に白光が射し、やがて薄暮の色に包まれた二十畳《じょう》に余る広場へ出たが、その途端、私はあッと仰天《ぎょうてん》して立ち竦んだ。

見よ！　広場を取巻く四つの側壁を埋めて、なんと無数の怪奇な木像が羅列しているではないか！　真正面には五面十臂《び》、三つの眼を持つ破壊神シヴァが、人間の髑髏《どくろ》を数多く繋いだ首飾を懸け、大蛇《おろち》の聖帯《せいたい》を腰に巻いて牡獅子と猛虎の上へどッかと鎮座し、その右には黒色神《こくしきしん》で四臂を持つ保持神ヴィシュヌが、無限の表徴たる千頭《せんとう》蛇《じゃ》セシアのとぐろの中に胡座《あぐら》し、更に一臂にソマ酒の盃を執る雷霆《らいてい》の神インドラが二臂に虚無の空間を支え、残る一臂で悪魔アイを刺殺する姿が続き、シヴァの左には四臂にゴバルダーン山を支持する英雄児クリシュナが、巨大な口から千頭蛇アナンダを吐出すのや、総身真紅《しんく》で二面七臂三脚の火の神アグニが猛焔の中に矗乎《すっく》と立つ姿など、それからそれへと褪せた彩色の魔神の群像が、名状することの出来ない妖気を醸《かも》し出しつつ朽ちもせず、古代の秘密を無言に物語っているのだった。

「神の像の眼はみんなダイヤだ！　悪魔の眼はみんな紅玉《ルビー》だ！　この金翅鳥《きんしちょう》は無垢の黄金《こがね》だぞ！」

などと頓狂な声をあげていたジャンが、そのうちに、

「おいサトウ、見ろ、めくら蜘蛛だッ！」

と叫んだが、ぶるぶると身体を慄わすその怖がりようは尋常一様のものではなかった。

見ると暗黒の悪魔ヴリトラの木像の下に、胴体は拇指頭大、全身に金色《こんじき》の光沢を持った紫黒色《しこくしょく》の無気味な蜘蛛

がいたが、なるほどどこにも眼の痕跡さえなく、四辺に発散する胸をむかむかさせるような毒々しい臭気が、羽虫をおびき寄せる妖気なのかと、ひんやりさせるのだった。チュクの言う、「めくら蜘蛛」は無論これに違いない。

だが危害を我々に加える様子のないめくら蜘蛛より、私の興味は木像の群にあった。今は宝石にさえ魅力を感じない私は、所詮一介の美術書生に過ぎない。

正しくこの洞窟は驚異の秘庫で、世の中には誰一人、安南山脈の奥に、こんなにも秀れた古代占婆《チャンバ》族の魔神崇拝《ディモノラトリィ》の遺物ヒンヅーの遺跡のあることを知った者はいないのだ。

素晴しい発見を世の中へ送る感激にわくわくしつつ、木像の一つ一つを貪り眺めていると、不意に、

「あッ！　噛《や》られたッ！」

というジャンの絶叫が私の耳を衝いた。驚いて振返ると、ヴィシュヌの前で、眼玉のダイヤを剥がそうとしたジャンが、右の手首にめくら蜘蛛を噛みつかせたまま、ぐったりと崩折れるところだった。彼が蜘蛛に噛まれたことに宿命的なものを感じ、大の男を昏倒させるめくら蜘蛛の猛毒に私は慄然としたが、更にまた愕然としたのは、唐突《だしぬけ》にシヴァの台座を観音開きに開いて躍り出た裸体のモイ土人二人が、ジャンの身体を抱き上げると、再び元の場所へ素早く姿を掻き消したことだった。

それまで木像の鑑賞に急で気づかずにいたが、よく見るとどの木像にも夥しいめくら蜘蛛が吸いついている。私は竦然《しょうぜん》として、シヴァの台座の下へ突進した。

「青くて美味《うま》いよ」

前方の薄明りをめがけて、頭を二、三度岩角に衝突《ぶっつ》けながら、十間ほど無鉄砲に驀進《ばくしん》して外へ飛び出すと、昼なお暗い密林の中に十坪ぐらいの古沼が広がり、その水面は永遠の謎を秘めるかのように蒼黝《あおぐろ》く澱んでいた。

岸の大きな岩盤の上に、いくつか人影が見えた。近づいてみると、順化《ユエ》の街で私に素気ない応待で失望を与えたカン氏そっくりの老人が、白衣の土人着で端然と扣《ひか》え、口に訳の判らぬ呪文を唱えながら、蜘蛛の毒で紫色に変ったジャンの身体を菩提樹《リム》の葉で繰返し撫で擦《さす》っているところだったが、順化のカン氏と異り、この老人は盲目《めくら》で、二つの眼は貝のように閉じているのだった。

老人の他に土人が五人いた。その中の一人は若い娘で、やはり粗末なクリーム色の土人着を無雑作に纏っていた。その容貌は順化のレストランで見た盲目娘と瓜二つだったが、これは盲目どころか、鈴を張ったように涼しい眼が、小麦色の肌と共に驚くばかりの美しさなのも不思議だった。娘も他の土人達も、腰に一様に小さい円筒形の紙包みをぶら下げていた。それは啞の少年が遺品《かたみ》として私に呉れたものと同じだった。

　全身紫色だったジャンの身体に次第に生気が甦って、右足だけに紫黒色が残ると、盲目の老人は何か陶器の破片でジャンの右足の蹠《あうのうら》をスッと切った。すると真ッ黒い毒血がさッと迸《ほとばし》り出て、それで忽ち楽になったものか、ジャンがむっくり半身を起した。

　夢の国の出来事でも眺めるようにポカンとしていた私は、ハッと気がついて、

「どうも有難う！」

とジャンに代ってお礼を述べたが、誰一人返事をせず、振返ろうともしなかった。

　土人の一人がジャンに土器を渡すと、ジャンは土器に盛られた青いジャムのようなものをガツガツと食べ始めた。緑玉石《サファイヤ》か南国の海のように、澄んだ美しい青色だった。

「青くて美味いよ！」

とジャンが呟いた。途端にチュクの譫言を思い出した私は、なぜともなく背筋を氷の棒に貫通されたように竦然とし、青いジャムに唆《そそ》られていた食慾を一ぺんに消された。

「どうだジャン。すっかり気分はいいか？」

私が声をかけたのに、ジャンは聞えないのか、素知らぬ顔だった。見馴れた彼の悪相さえ、まるッきり人が変ったように別のものとなっているのも無気味だった。

青いジャムを食べ終ると、ふとジャンが立上った。足の痛さも感じないようにすたすたと歩いて、天寿で朽ち倒れて大蛇《おろち》の如く横わる榕樹の巨木の上に匍い上った。巨木は太い幹の三方の一を地上に預け、梢を古沼の中へ水面に平行に遠く差し延べていた。

　真意を測り兼ねて茫然と眺めるうち、ジャンは幹の上を静々と歩き始めた。やがて突端まで進んだ彼は木像のように動かなかったが、それも一瞬、足許を浚《さら》われたようにふんわりと空に浮いた彼の身体は、真ッ逆様に古沼の中へ落ちて行った。そしてさッと上った水の飛沫と波紋が次第に納まると、水面は太古から何事もなかったよ

うな寂然《せきぜん》たる無表情に戻るのだった。

その黙劇《パントマイム》を現《うつ》つ心もなく眺めていた私は、

「ジャンは一体、何をしてるんです?」

と訊ねた。娘の背後に蹲《うずくま》っていた土人が、

「どぶウん!」と呟いて顔をあげたのを見ると、地上百尺の麻栗樹《チーク》の樹梢に縛りつけられているはずのチュクだった。私を見てニヤニヤと笑った彼の顔には間の抜けた緩みが微塵《みじん》もなく、勇気と分別で固まった四十男の精《せい》悍《かん》な相貌があるばかり、これまでの彼が、含むところがあって阿呆《あほう》を装ったのは、この一瞬に判った。

「ムッシュ・サトウ。ジャンは死にました」

と娘が流暢《りゅうちょう》なフランス語で答えた。

「自殺ですか?」

「いいえ、殺されたのです。全安南民衆の怨みで復讐されたのです」

安南の英雄

私には訳が判らなかった。第一、ジャンを殺すのなら、毒蜘蛛に嚙まれた彼を呪文で癒《なお》す必要はないし、また彼の投身が他人から強制されたものでないことは、私の目撃で確実なことだった。

娘は静かに語り出した。私達は自ら岩盤上に円陣を作って坐っていた。

「あの男は爆撃中隊にいた頃、苛斂誅求《かれんちゅうきゅう》に苦しむ土民の陳情団に残酷な爆撃を行ったり、威嚇の盲爆で殆んど二ケ村の村民達を全滅させたりして、天人《てんじん》ともに許すことの出来ない安南国の敵なのです。ムッシュ・チュクが半馬鹿を装って下男奉公に潜入したのも、今日の復讐のためでした」

「ダイヤで釣ったと仰有《おっしゃ》るんですね?」

「そうです。ムッシュ・チュクはジャンをすっかり丸め込む技能もあり、麻栗樹《チーク》の樹を百尺も登って、自分で自分の身体も縛りつける勇気もある方です。安南独立運動中、一番の豪傑なのです」

「お嬢さん、あまり褒めないで下さい。私はあなたのお父さんの指令で踊った単なる役者に過ぎないのです」

チュクが擽《くすぐ》ったそうに笑った。

「ムッシュ・サトウ。これからあなたの歓迎宴を催しますから、簡単に経緯《いきさつ》をお話ししましょう。あなたがまず順化《ユエ》のカン氏を訪ねて無駄足をお踏みになったのは、どうにも致し方のない間違いでした。というのは、順化のカン氏は本当にサトウ・サクエモン氏を存じ上げないからです。あとでそれと聞いたカンの娘のキムというのが、詳しくその間の事情をお話ししてお詫びしようと、あなたを探し求めてレストランで追いついた時は、ジャンの乱暴騒ぎでその機会がなく、そしてあなたはジャンと同行なさるような気配が見えたので、聞き囓りの日本語で忠告したのです。

ところが、計画どおりジャンは山中へ来るが、私共の張った網の中へ思いがけなくあなたも飛び込んでいらしたと判って、こちらの一同は吃驚しました。ジャンは憎い敵、あなたは懐しい恩人の御子息、とにかくあなたに間違いがあっては申訳ないと、ムッシュ・チュクや唖の少年はじめ、一味の土人共の心配は一方《ひとかた》ではありませんでした。ついでに申しますが、今朝みんな土人が申合せて逃亡したのは、ジャンがいよいよ私共の袋網の中へ確実に入ったので、いつまでも随従する必要がないからです。

その際、唖の少年があなたに遺品《かたみ》として残したのは瓶入りの水銀で、御存知ないか知れませんが、毒蜘蛛は本能的に水銀を怖れて避けるのです。洞窟の毒蜘蛛の巣でジャンが嚙まれ、あなたが安全だったのは、その水銀のお陰です。それから、めくら蜘蛛に嚙まれたジャンを一度助け、更めて死の国へ送ったのは、彼に死を与える者がめくら蜘蛛ではなく、神に誓いをかけた全安南民衆でなければならないからです。

青いジャムを食べたジャンは、中に混ぜられた印度大麻《ハシッシュ》で精神機能を半ば喪いました。というより、人間の原始的本能を覚醒されたといった方がいいかも知れません。無論こちらから、ここにいる盲目《めくら》の老人、あたくしの父が暗示を与えますが、ジャンは覚醒されて鋭敏になった本能で、全安南民衆の呪詛を一身に集めている自分の立場を知り、人間本来の相《すがた》である善の性に返って、悪びれた色もなく底なしの沼へ我とわが身を投げたのです。神隠しに遭ったといわれる他の仏人同様！」

「ところで、貴女《あなた》はどういうお方です？」

私が堪り兼ねて質問すると、チュクが、

「カン氏の令嬢でキムと仰有いますが、仏人の眼を昏《くら》ますために、よく臨機応変の変装をされる、安南独立運動の烈女です。レストランでは黒眼鏡をかけた盲目娘、旅の道中では煤と椰子《やし》の油で変装した唖の少年でした」

と口を挟んだ。

「ややッ！　そうか！」

膝を叩いて私が素頓狂《すっとんきょう》に叫ぶと、盲目《めくら》の老人が始めて口を利いた。

「おお懐しい。サクエモンさんの声を久しぶりで聞いた気がする。お変りはないかな?」

「あなたは僕の父を御存知ですか?」

「御尊父のお世話を受けたカンは儂ですじゃ。あんた、よく来て下すったなア！」

「す、すると順化《ユエ》のカン氏は誰です?」

「あれはランスの総督府からカンと思い込まれとる果報者ですわい。ふッふッふッ」

みんなクスクス笑い出した。

「十年前に視力を喪った儂は、フランス政府の暴力に追われて、今でこそ洞窟にいるめくら蜘蛛同様、積極的の運動に乗出すことが出来ず、悪虐暴戻《ぼうれい》な仏人をここへおびき寄せて僅かに余憤を霽《は》らすしかない境涯に沈んだが、独立運動の火だけは消さぬように、各地の同志と連絡して人知れずこんな蛮地で苦労しとります。この安南はいま儂の眼同様、暗黒ですじゃ。この国を開眼《かいげん》して光明を仰がせるのは、ミカドの国以外にない！　亜細亜《アジア》の盟主日本が支那大陸に聖戦の秋《とき》、重慶政府に武器を売るブローカーのジャンを眠らせたり、部下のモイ土人を使って安南行《ゆき》武器輸送列車の転覆を計ったりするくらいが、この老人の精一杯の御助力じゃが、興亜の精神は一つですじゃ。儂も視力をなくしてから、必死の修養でめくら蜘蛛の念力に近いものを感得することが出来た。これからもっともっとお手伝いしますじゃ」

カン氏の言葉は火のような熱を帯びていた。急に空を蔽う葉の繁みから、銀箭《ぎんせん》のような陽光が洩れてきた。まるで明日の亜細亜の快晴を祝《ことほ》ぐかのように——。

女面蛇身魔《ラミア》

恐怖の響尾蛇《がらがらへび》

招かざる客を相手に、愚にもつかぬ論争の火華を散らしたので、小屋の中の空気は不快極まるが、外は何と雄大な水郷アマゾニアの夕景だろう！　牧は二人の客を離れて、瞳を遠く小屋の外へ投げた。

幹流の全長三千八百五十哩《マイル》、広袤《こうぼう》二百七十二万五千平方哩、無数の大小河川、湖沼、無限の盆地、涯《はて》知らぬ樹海を擁するアマゾン河が悠々と流れる彼方《かなた》、椰子《やし》の葉蔭にいま真紅の太陽は沈まんとし、ここ密林の中は、空を摩《ま》する樹梢《じゅしょう》の塒《ねぐら》に戻った夥しい鸚鵡《パパガヨ》の群の囀り、樹枝《じゅし》を飛ぶ群猿《マカコ》の声、草の葉にすだく名も知らぬ虫の音《ね》、沼地の蛙の合唱、時おり遠く大地を震わす斑豹《オンサ》の咆吼《ほうこう》など、それら一大交響楽の中に、万象は夕べの帳《とばり》に包まれようとしている。

夕餉の仕度に忙しい印度人《インディアン》共の忠実々々《まめまめ》しい動きを掘立小屋の入口に立って、牧が漫然と眺めていた時、数人の印度人を供に、不意に訪れたのが、ラリイ・ヒル及びヘレン・カアクと名乗るこの二人の英人だった。

ラリイは遥々《はるばる》英京倫敦《ロンドン》から、今朝この土地へ着いたというだけあって、長の旅にも拘らず、きちんとした十八、九歳の少年らしい旅装に身を固めていたが、二十四、五歳のヘレンは、アマゾンの上流マロアの町に、長くいたと言うだけあって、ヘルメット型の婦人帽、純白半袖のシャツ、水色の乗馬ズボン、長靴、腰の拳銃嚢《のう》、何から何まで、男のように凛々《りり》しい扮装《いでたち》だった。

ヘレンの方は殆んど口を利かなかったが、ラリイは入って来るなり、牧を捕《とら》えて、

「マキ。僕は神に復讐《ヴエンデッタ》を誓う！　お前は僕の兄を殺したのだッ！」

と、籔《やぶ》から棒の仇敵《かたき》呼ばわりをした。牧が若い血を燃《もや》して、勢いの赴くところ、時余の激論を闘わしたのに不思議はない。

ラリイの言分は、こうだった。

彼は大戦下の倫敦の叔母の許で、去年の暮まで安らかな学生々活を送っていたが、叔母の死を見送って一人ぽっちになったので、血縁といっては天にも血にもたった一人しかないブラジルの兄を、遥々訪ねて来てみると、アマゾンの上流マロア界隈に大きな土地を所有し、手広く護謨林《セリンゲーラ》を経営して、大変に成功しているはずの兄が、一ケ月ほど前、忽然と行方不明になっているという驚くべき事実を、兄の秘書だったというミス・ヘレンの口から、今朝聞かされたが、事実は恐らく衆評の一致する通り、彼の兄はこの頃マロア近在を、恐怖のどん底に堕《おと》している毒蛇に嚙まれ、どこか人里を遠く離れた密林《マト》の中に、無残な死体を人知れず横えているのだ。とすれば、マロアで噂の高いマキが、手を下さずともその下手人で、兄はマキの放った毒蛇に斃《たお》されたものに違いない――というのだった。

当時マロア附近には、頻々と毒蛇が出没し、生命を喪った者は、土着の印度人ばかりか、多数の白人も混っていたので、騒ぎは一方《ひとかた》ならぬものとなったが、この辺りには何十年にもない椿事《ちんじ》なので、その原因につき、いろいろと臆測を逞しゅうして、デマを飛ばす者が多かった中で――一般に信じられていたのは、土着の印度人が英国系アマゾン護謨会社《ラバー・カンパニー》の急激な発展を憎んで、報復的に毒蛇を放ったのだ、という説だった。その会社はアマゾン下流のパラに本拠を置き、近頃はまるで野火の拡がるように、アマゾン流域の大部分を、その勢力下に呑食《どんしょく》したので、土地を失くした土着の大小地主、森林を追われた蛮人の群は、会社に対し、噂を裏書するに足る悪意を、十二分に抱いているのだった。

が、中には穿ち過ぎたことを言う奴があるもので、毒蛇を放つ御本尊は、サンパウロのブタンタン血清研究所から、アマゾンの密林の奥へ、のこのこやって来た日本人に違いない、毒蛇の研究では世界一といわれるブタンタン研究所の先生《メヂーコ》だから、何百何千と毒蛇を、狩り集めている、そいつが逃げ出して人に嚙みつくんだ、いや血清を売りつけたいために、わざと毒蛇を撒き散らすんだ――などと、それからそれへ、いつからとなしに、聞くに堪えない荒唐無稽な流言が、拡がり始めた。

単なる噂だけなら、苦笑に紛らして済ませるが、こんな風に行方不明の兄を毒蛇騒ぎに結びつけて、乱暴な難癖をつけられては放任も出来ず、口を酸《す》ッぱくして相手の蒙《もう》を啓《ひら》こうと努めたものの、少年の曲った一本気を、真ッ直ぐに捻じ向けることが出来ない今となっては、勝手にしろと呟くほかはないのだった。

主人と客の論争を、始終気遣わしげに眺めていたパンチョが、石油洋燈《ランプ》に灯を入れようとした時、森林の夕闇を縫って、不意に何ともかとも言いようのない犬の悲鳴が、遠くの方から聞えてきた。

「ありゃッ！　旦那様《シニョール》、犬のやつめ、響尾蛇《カスカベール》に噛《や》られたんじゃございますまいか？」

そう呟いて、牧を振返ったパンチョの老いた顔には、すっかり血の気が失せていた。

奇怪な口笛

印度人共が、幅広い山刀《ファコン》で急造した掘立小屋は、椰子の丸太と、椰子の葉の屋根と壁、同じ葉の敷物という原始的なもので、室隅《へやすみ》に取入れた大樹の切株に載せてある顕微鏡《ミクロスコープ》、切片截断器《ミクロトーム》、雑然たる丸型瓶《コルベン》、盃《ベッヘル》、皿《シャーレ》、試験管《ロール》などの硝子器具《アパラートス》、各種の試薬《レアゲンツ》の瓶の並列などの文化的なものと、ひどく不釣合な対照を、暗い灯の下《もと》に展《ひろ》げていた。

室の中央に、たった一つしかない、名ばかりの椅子にヘレンが座り、牧とラリイは室の隅から引きずり出したトランクに、どっかと腰を下していた。

白印混血児《カボクロ》のパンチョが、不安そうに小屋の入口に立つと間もなく、森の中から、白いフォックス・テリヤが、絶入《たえい》るような悲鳴をあげ、跛《びっこ》を引きながら、よろよろと戻って来たが、掘立小屋へ入ると直ぐ、七転八倒の苦しみを始めた。

「旦那様《シニョール》。やっぱり響尾蛇《カスカベール》に噛《や》られましただよッ！　早く薬を！　薬をッ！」

パンチョが、オロオロ声で叫ぶ。矢庭に立上った牧は、ラリイを突飛ばすように、その腰の下のトランクを奪い、馴れた手つきで、素早く血清を注射器に吸わせたが、もうその時には、犬は物凄く膨れた黒い舌を、口いっぱいに吐出し、麻痺した四肢をダラリとパンチョの腕の中に延べて、呆気《あっけ》なく最後の息を引取ってしまった。

「おお神様《デウス》！　こいつは畜生の浅間《あさま》しさに、毒蛇の尻尾の鈴に、気がつかなんだのでございます！」

パンチョは、サンパウロから連れて来た愛犬の冥福を祈るかのように、寂しく眼を閉《つむ》った。

「畜生に限ったことはない。人間だって噛《や》られる。マロア界隈で、百人も噛られた毒蛇騒ぎは、みんな響尾蛇《ラトル・スネーク》の仕業というじゃないか！　僕の兄も、この響尾蛇《ラトル・スネーク》に嚙られたんだ。しかもマキの響尾蛇にだ！」

牧を睨むラリイの瞳には、敵意と憎悪がまだ焰のように燃えていた。それが牧の胸の残り火に、また油を注いだ。

「アマゾンには、エラプス属とクロタリネー属の毒蛇が各々十二種、合計二十四種も棲息している。中でも沢山《どっさり》いるのは斑紋蛇《ジャララカ》、銭型蛇《ウルツー》、珊瑚蛇《コブラ・コラール》などだ。行方不明だから毒蛇に嚙み殺された、嚙ったのは響尾蛇《ラトル・スネーク》に違いない、その響尾蛇はマキのものだ——そういう独断的《ドグマチック》な論理《ロヂック》は、他人迷惑だ！」

こんな子供を相手に！　と牧は聊《いささ》か大人気なさを悔いたが、ラリイの方は激情に溢れて、唇を醜く痙攣《ひきつ》らせた後、吃驚《びっくり》するような大声で喚いた。

「僕は倫敦にいる頃から、日本人が大嫌いだった。カンタベリーの大僧正《だいそうじょう》を始め、日本ぎらいの人間は、英国中にうようよしてる。侵略《インヴエジョン》を原則《プリンシプル》とする国ニッポン！　正義《ジャスチッス》を蹂躪《じゅうりん》して恥じない日本人《ジャパニーズ》！　僕は始めてお前という日本人に会って、墓場の底まで日本人を呪う気になった。覚えておけ、僕は復讐《ヴエンデッタ》を神に誓う！」

腰の革嚢《かわぶくろ》を探って取出した拳銃を、ラリイはピタリと牧の心臓に突きつけた。

「よし、僕のいう日本人と、君のいう日本人と、同じかどうか知らないが、僕は飽くまで日本人だ。動かぬ証拠があったら、僕はいつでも君の復讐を笑って受けよう！」

牧は眉毛一つ動かさず、平然と答えたが、灼《や》くような視線は、ラリイのそれと火華を散らすように衝突《つきあ》った。

息苦しいような数秒が流れた。

ふと、死の沈黙を破って、シュウシュウと、嗄《かす》れた鈴を鳴らすような音が響いた。と、

「アッ！　旦那様《シニョール》！　響尾蛇《カスカベール》がッ！」

と、パンチョが絶叫した。愕乎《ぎょっ》として振り返ると、小屋の入口に、緑がかった黄褐色の体に濃い褐色の菱形斑紋を無気味に並べた一米《メートル》ほどの蛇——紛れもない恐怖の響尾蛇《カスカベール》が、凄い鎌首を持ち上げ、尻尾に繫がる十数個の環《かん》を鳴らしながら、のろのろと匍《は》っていた。

新たな死の沈黙が、また小屋中を支配した。出入口の一つしかない小屋の中、どこから逃れ得る術《すべ》があろう？

響尾蛇《カスカベール》は、やがてニュウと鎌首を上げた。見る見るうちに、ぷくんと膨ませた頸部《けいぶ》の凄まじさに、真正面から狙われた牧は、見馴れた蛇ながら、思わず慄然とした。

響尾蛇《カスカベール》の猛悪な攻撃体勢は、数秒続いた。右か左か、瞬間に体を開くことだけ考えながら、牧が喰入るように響尾蛇《カスカベール》の動静を注視するうち、奇怪にもヒュッヒュッと二声、低い鋭い口笛が耳を衝いた。と、鎌首を一つ大きく振った響尾蛇《カスカベール》は、サッと牧に飛びかかる――と思いのほか、くるりと方向を転じて、小屋の出口から、鎌首を振り振り、尾端の鈴を伴奏に、ニョロニョロと出て行った。

悪魔の煙草《マリヒュアナ・トバーコ》

森林《マト》の中へ逃れ去ろうとする響尾蛇《カスカベール》は、傭ってある十二人の印度人《インディアン》に命じて、直ぐ捕獲させたが、牧の心を捉えて放さないのは、災厄を逃れ得た喜悦ではなく、最期の瞬間に聞いた二声の謎の口笛だった。その口笛は、気のせいばかりではなく、音の発した位置から考えて、慥《たし》かにヘレンの紅唇《こうしん》から洩れたものに違いない。ラリイとの口論で顧《かえりみ》る遑《いとま》のなかった沈黙の麗人に、牧が異常な関心を抱いたのは、その時からだった。

パンチョが、一人の印度人《インディアン》を引きずって来て、

「旦那様《シニョール》。お吩咐《いいつけ》どおり、カロスを引張って参りましたが、うちの蛇箱には、錠にも蓋にも変りはございません。今の響尾蛇《カスカベール》は、此奴《こいつ》が逃がしたもんではございますまい」

という。印度人《インディアン》のカロスは、黒い木彫の面のような顔をキョトンと曝し、愚鈍そのものの無表情で、棒のように立っていた。

「そうか。今のはお前じゃなかったのか。だが、カロス、今度また蛇を盗み出して、マロアの町で売ったりすると、もう一遍この煙草を吸わせてやるぞ！」

そう言って牧は、洋袴《ズボン》の衣嚢《ポケット》から、銀の紙巻煙草入《シガレットケース》を取出すと、パチンと蓋を開いて、印度人《インディアン》の前へ突きつけた。すると、カロスのあれほど硬ばりついた無表情が急に崩れて、何とも名状することの出来ない恐怖と嫌悪の色を、サッと面上に漲らしたと思うと、ベッタリと膝を土間へ落し、まるで米搗《こめつき》ばったのように頭を下げ続けた揚句、

「御許し下せえまし《デスクウパ・メ》御許し下せえまし《デスクウパ・メ》！」

と言って、風のように逃去ってしまった。

その奇怪な光景を、唖然と見送ったラリイとヘレンのうち、口を切ったのは、珍らしくヘレンだった。

「一体、その煙草、何ですの？」

牧は、彼女を仔細に観察する機会を得たことを喜びながら、彼女をまじまじと正視しつつ、不必要なほど長々と喋《しゃべ》り出した。

「僕がサンパウロのブタンタン血清研究所から、このアマゾンの奥地へやって来た主要目的というのは、毒蛇の捕獲ではなく、広く植物界に蛇の解毒剤を求めてみようということなんです。天の配剤は頗る微妙ですから、マラリヤの流行地に規那《キナ》の樹がある如く、毒蛇の棲息するところ、未発見の妙薬がないとも限らないからです。こっちへ来て、僕はまるで植物学者のように、種々の植物を手に入れました。小屋の後の物置には、採集した植物が山積しているんです。中にはいろいろ珍しいものがあって、例えば近づいた生物を毒気で傷つける毒林檎《チエッチエン》、天然蠟燭《ろうそく》といわれる石鹸樹《ウクウーバ》、阿片《アヘン》より強力な麻酔薬リヤンバ、千里眼の通力《つうりき》を得られるというヤエーなどありますが、この煙草に巻いたマリヒュアナ草は、丈が二呎《フィート》あまり、小筒状の葉と、撒き散らしたように小さな白い花を持っていて、見かけは何の変哲もありませんが、その効力たるや実に恐しいばかり、この煙草を三服喫《す》えば、早い話が悪魔を腹中へ送ったのと同一なんです。カロスの奴、一ぺんで懲々《こりごり》したもんでしょう。あッはッはッ」

牧の笑いは、そのまま唇に凍りついてしまった。何という瞳の色だろう！　十秒も瞶《みつ》めているうち、牧は心が支柱の足を浚《さら》われて、ふんわりと宙に浮上るように感じた。それはまるで美しい生物のように、声のない甘い言葉を囁きかけ、形のない蜘蛛の糸を絡みつけて、底になぜか一抹の暗い、ひんやりとした冷たさがあるのを心得ながらも、知らず知らず引寄せられて、魂までとろとろに蕩《とろ》かされそうに思うのだった。

牧はこういう妖しい美しさの瞳が、何かに似ていると思った。が、その何かの正体に思い当ることは出来なかった。

「その煙草、あたしに下さらない？」

「遺憾ながら、国法で禁じられてるんです」

「だからこそ、魅力があるのよ」

不敵といえば言えよう。艶然と笑ったその笑顔は、網膜に灼けつくように印象的だった。

仇敵の危難

復讐と再会を誓ったラリイと、牧の胸に謎と夢とを遺したヘレンの両人が、供の印度人《インディアン》共に松明《たいまつ》を点させて、密林《マト》の中を、汽艇の繋いである河岸《かし》へ去ったのは、それから間もなかった。

「彼奴《あいつ》ら、悪魔に取ッ憑《つ》かれとるのでござりましょう」

珈琲《コーヒー》を啜る主人の前で、お仕着せに貰うピンガ酒の大盃を、大切そうに舐めていたパンチョが、去った客に劇《はげ》しい呪詛を浴びせ続けた。人と争った後の寂しさ！

赤道直下、熱帯地の夜の快い空気こそは、密林生活の一ケ月間、牧にとって一ばん嬉しいものだった。昼間の劇しい暑熱は、夕暮を境に嘘のように消え去り、あとはただ、天鵞絨《ビロード》のような感触の夜の美《うる》わしさだけが残る。ほのかに甘い爽々《すがすが》しさが、夜の空気の味であろうか。呼吸しているだけで、たまらなくいい気持なのである。

それが今宵は牧に、鉛よりも重苦しい空気に思えるのだった。

ふと、ヘレンの幻影が、牧の胸に浮んだ。それは夕べに眼の前を、ついと掠め去った鳥影のように淡いものだったが、不思議な魅力のある眼、謎の口笛が、妙に彼の心にこびりつくのだった。口笛といえば、ヘレンが立去る間際、そッと、

「さっきの口笛、貴女《あなた》でしたか？」

と、訊ねてみたのに、彼女は平然として、

「いいえ！　なぜ？」

と答えた。牧は嘘を吐《つ》く麗人に、玉虫色の美しさがあると感じた。

牧が椅子の中で、他愛もない物思いに沈んでいると、マロアの町へ使いにやった印度人《インディアン》が、帰着の報告をしたついでに、

「旦那様《シニョール》。いま途中で会いましただが、お客様の一行は深青蕃社《レルダばんしゃ》の方角へ曲って行きましただ。どういう訳でござえましょう！」

と言った。牧は不審に打たれた。

「パンチョ。深青《レルダ》蕃社というと？」

「ここから一里《り》ほど奥におる、恥知らずの蛮人《ボーグレ》共でございます。近頃アマゾン護謨会社《ラバー・カンパニー》に一ばん手剛《てごわ》く楯ついて、処きらわず毒蛇を撒き散らすのは、奴らの仕業と皆いうとります。誰彼の見境なく、手当り次第の乱暴を働

きますが、手前《てめえ》らが死ぬことだって、俺の番だよとばかり、平気の平左《へいざ》でござります。深青草《レルダ》の葉の煎じ汁で、面《つら》を地獄の鬼みたいに塗っとりますが、それは奴らは、この草が万病に効能のある霊薬だと、昔から言い伝えとるからでござります。おお、そう言えば、カロスめは、深青蕃社《レルダ》の出でござります」

その危険な深青蕃社《レルダ》へ、癪に触るラリイの一行が踏み迷って行ったのを、牧はいい気味だと思った。が、直ぐその後から、居ても立ってもいられない焦躁に襲われた。自分ながら奇怪に思ったのは、救助に赴かずにいられない気持が、忘れられぬヘレンよりも、なにか憎いラリイに対して、濃く湧いたことだった。

「パンチョ、カロスを呼んでくれ！」

「へ？　カロスを？」

ピンガ酒でいい機嫌になっていたパンチョは、怪訝《けげん》そうに眉を蹙《しか》めて立上った。

間もなく、カロスが不安そうに、小屋の入口に黒い顔を突出した。

「入れ、カロス。お前、どうして深青蕃社《レルダ》を飛び出したんだ？」

「飛び出したんじゃねえ、追い出されましただ。尻に茨《いばら》の鞭を百喰《くら》った揚句のこって、へえ、莫迦《ばか》を見ましただ。二年前のことでがすだ」

「何故追い出された？」

「アララの野郎の薯の粉《ファリンニャ》を一袋、野郎の眼の前で気がつかねえように、巧くこっそり持って帰った積りでございますだが、野郎、どういうもんだか、あとで気がつきやがったんで、へえ」

「眼の前でこっそり持って来た？」

「へえ、そこは俺《おら》でごぜえますだ」

ケロリとしたカロスの様子を、噴出《ふきだ》さずに眺めるのは、並々でない努力を要した。

「お前、蕃社へ戻りたくないか？」

「ひえッ？　蕃社へ？　それアもう……。でも、薯の粉《ファリンニャ》を倍増しにして持って行かんことにゃ、駄目でごぜえますだ」

「直ぐ行こう、カロス、仕度しろッ！」

カロスより先に、頓狂《とんきょう》に叫んで躍り上ったのは、パンチョだった。

「莫、莫迦なことを！　旦那様《シニョール》、それア不可《いけ》ませんぞ！」

敵を愛せよ

「どうも旦那様《シニョール》が、さっき令嬢《シニョリータ》を眺めなさる眼つきが、臭い臭いと儂《わし》ア睨んどりましたが、旦那様《シニョール》、女子《おなご》ちゅうもんに油断なりませんぞ。この世の中で、悪いことをやらかすのは、みんな男でござりますが、蔭で糸を操るのは、みんな女子でござります。女子が悪魔でないにしても、悪魔は女子の胸の中に棲んどるのでござります。現に一昨年《おととし》、旦那様《シニョール》が日本《ジャポン》からブラジルへござらっしゃる、ほんの少し前、儂は一粒種の倅《せがれ》を、チリーのサンチャゴで、哀れな死様《しにざま》をさせちまいましたが、その原因《もと》というのも、倅が南米を股にかけて歩く曲芸団《シルク》の阿婆摺《あばず》れ女の手練手管に騙されたからでござります。しがない儂がこったで、遠いチリーくんだりまで、倅の死骸を引取りに行ってやることも出来ず、親切なお人の計らいで、骨《こつ》と便りだけ送ってもらいましたが、儂が口から言うのも可笑しゅうござりますが、それあ温順《おとな》しい素直な倅で、教会《エグレージャ》中の褒め者でござりました。あんなによく出来た倅を騙すなんて、女が悪魔でのうて、どうして出来ましょう。旦那様《シニョール》、後生でござります、深青蕃社《レルダ》へ出かけるなんて、そんな無鉄砲なこたア、やめて下さりませ！　まして、あの連中は、旦那様《シニョール》の敵《かたき》同然の奴らでござります」

只管《ひたすら》主人の身を案ずるパンチョの切々たる忠言は、言葉の一つ一つが牧の胸を衝いたが、飽くまで思い立った彼の心を翻すことは出来なかった。

ヘレンはともかくも、ラリイの身を救い出さずにいられないのが、牧の心中だった。日本人の自分を罵倒した憎い敵だが、相手はまだ少年のことだし、敵にせよ味方にせよ、他人の危難を黙って眺めたり、日本人に対する怖るべき誤解を、誤解のまま放任するが如きは、外地にいる誰もが夢寝《むび》にも忘れない「日本人の名において」断じて忍び難いと思うのだった。

「敵だから救ってやりたい気持——判ってくれるだろうか、パンチョ」

「そ、そ、そんな莫迦な気持ッて、あるもんじゃござりません」

善人なおもて往生す、悪人をや——牧は、パンチョに判ってもらえそうもない東洋の聖《ひじり》の言葉を、寂しく口の中で呟いた。

「パンチョ。とにかく俺は行く。二人を助けるだけでなく、蕃人《ボーグレ》共に毒蛇を撒き散らす無茶をやめさせたり、奴らが先祖代々からの病気に対し、どんなに驚くべき良薬を持っているか、それを探索したい肚もある。道中は俺とカロスと、荷物運びの驢馬《プール》だけで沢山だ。俺は金と食糧を、蕃人共に贈ろうと思う。奴らだって、まさかその上、俺の生命《いのち》まで取ろうとは言わないだろう。俺はお前を連れて行こうとは思わないんだ」

「旦那様《シニョール》は何を仰有《おっしゃ》ります。儂は手前の生命《いのち》が惜しけれア、安穏無事なサンパウロの研究所から、斑豹《オンサ》や鰐《ジャカレー》のおるアマゾンの奥地へ、旦那様《シニョール》のお伴をして来るようなこたア致しません。思いやりのある、判りのいい旦那様《シニョール》でござりますが、お若いだけに、玉に疵は根の深い強情だ。ようござります。旦那様《シニョール》がそれほどまで仰有るなら……」

ピンガ酒の盃《グラス》を置いて立上ったパンチョは、小屋の外へ出ると、大声で土人小屋へ何か命令を下した。

仕度は忽ち調えられた。五頭の驢馬《プール》に、菜豆《フエジョン》、薯の粉《ファリンニャ》、小麦《ツリーゴ》、米《アローズ》、乾肉《カールネ・セーカ》、塩鱈《パカリヤ》、塩《サーウ》、砂糖《アスノカル》、ピンガ酒、グアラナ酒など、貯えの殆んど全部が満載された。

驢馬《プール》が頸《くび》の鈴を鳴らしながら出発したのは、密林《マト》では深夜のような八時半だった。

煌々《こうこう》と輝く松明を手に、牧、パンチョ、カロス始め五人の印度人《インディアン》は口々に、

「ウオーイ、ウオーイッ……」

と懸声をかけて、斑豹《オンサ》や大蜥蜴《ラルガット》を警戒しながら、密林《マト》の小径《こみち》を辿って行った。

勝手を知っているカロスが道案内とはいえ、密林の道中は決して生やさしいものではなかった。迂闊な草に手を触れると、忽ち水ぶくれになったり、頭上から尖った木の実の弾丸《たま》を喰《くら》ったり、また草木の棘《いばら》と思ったのが、怖ろしい毒虫だったりする危険があった。

カロスは懐しの蕃社へ帰る喜びから、密林《マト》に小径が尽きると、青竜刀のような山刀《ファコン》を元気よく揮って、灌木や雑草の生い繁った中に忽ち小径を開いた。靴よりも堅い彼の素足にも、時たま棘が刺さることがあると見え、そんな時には眼を剥いて、

「ふわア!」

と素頓狂《すっとんきょう》に叫びながら、山刀《ファコン》の尖端《さき》でガリガリと穿《ほじ》くり出すのだった。

深青蕃社《レルダ》へ! 夜の密林行《こう》は勇しく続けられた。

密林《マト》の女王《ライーニャ》

倍増しの薯の粉《ファリンニャ》で、無事に帰参を許されたカロスは、飛切の上機嫌で飛んで来て、蕃社の入口の叢林の中に待っていた牧の一行に、

「旦那様《シニョール》。酋長はお土産物持参の旦那様《シニョール》を、お客様として待遇《もてな》すといっとりますだ。蕃社じゃ、いま酒盛の真っ最中でごぜえますだが、英人のお客二人は、無事でごぜえますだ。だけど、あの二人は可怪《おか》しな奴らで、旦那様《シニョール》のとけえ来とった時にゃ、少年《がき》の方が勢いよく呶鳴って、女の方はむっつりしとったのに、蕃社じゃ、少年の方が悄《しお》れ返って、女の方がゲラゲラ笑っとりましただ。これア一体、どういうこってごぜえましょう？」

と、牧にだって判断し兼る奇妙な報告をするのだった。

時刻は午前零時に近かった。

夜眼で瞭乎《はっきり》とはしなかったが、葉洩れの星明りで見ると、原始林の内部を截《き》り拓《ひら》いて、小さな木小屋を雑然と建て並べたのが、蕃社の全貌だった。酋長の家といったところで、四方を椰子の丸柱や二つ割で囲み、屋根には木《こ》ッ葉《ぱ》を積み重ねただけのもので、他の小屋よりいくらか広いだけが取柄だった。

入口から一歩踏込んで、木小屋の広い土間を覗き込んだ牧は、もう少しであッと叫ぶところだった。天然蠟燭が一つしか点っていない、薄明りの土間に円陣を描いて、胡坐《あぐら》を組んでいる十数人の印度人《インディアン》の顔という顔は、絵具で塗ったように真っ青だったし、正座に坐っているヘレンが、囚われ人のようにもなく笑み溢《あふ》れているのに、同じ境涯であるべきはずのラリイが、これは打って変ったように悄然《しょうぜん》と、彼女の傍に蹲《うずくま》っているのだった。

牧は唖然として立竦《たちすく》んだ。

「先生《メヂーコ》！　お前さん、何だって深青《レルダ》蕃社へのこのこやって来たんだ？　あたいを見損《みそこな》って、助けに来た積りなら、お前さんもいい気なもんだ。ほッほッほッ！」

それがヘレンの第一声だった。牧は鼻柱を殴られたように愕然とした。人柄ばかりか、言葉まですっかり伝法《でんぼう》に変って、これが自分の掘立小屋で見た無口の令嬢《シニョリータ》とは、迚《とて》も信じられない位だった。

牧は、道化師《どうけし》に過ぎない自分の立場を、瞭乎と知った。

「酋長。あたいの勧告状を無視して、アマゾンから立退かない日本人の先生《メヂーコ》というのは、此奴なのさ。どうせ

遣《やっ》つけるお客さんなんだから、あたいが今日下調べに出かけて、地理を探っておいたんだが、こうして火取虫みたいに、向うからお土産持参で飛び込んでくれたんだから、世話はない。身ぐるみ剝いで、料理しちゃうがいい。世の中には、飛んだ剽軽者《ひょうきんもの》もあったもんだねえ。ふっふッふッ！」

ヘレンの笑い声に応じて、鳥の羽を烏帽子《えぼし》のようにかぶった壮年の酋長が、薄明りの中で、禿鷹の嘴《くちばし》のような段鼻の下の鰐口《わにぐち》を、凄く歪めて笑いながら、

「へえ。何事も女王様《ライーニャ》の仰有る通りに致しますだ」

という。

物音に愕乎《ぎょっ》として振り返った時には、山刀《ファコン》を持った蕃人共《ボーグレ》に退路をすっかり塞がれてしまった。少しも気づかなかったが、ずっと前から一行は、蕃人共《ボーグレ》の包囲網の中を歩いていたのか知れない。一杯喰わせたカロスを探したが、その姿はいつの間にか、四辺《あたり》から消えていた。地団駄《じだんだ》を踏んでも追っつかない今となっては、潔く度胸を定《き》めるほかなかった。

牧は五日ほど前、一通の脅迫状を、掘立小屋の扉口で拾ったことを思い出した。それには「即刻アマゾニアより退去せよ――マロアの女王」と誌《しる》してあった。ヘレンの今の言葉でみると、マロアの女王というのが彼女の別名らしかった。現に酋長も女王様《ライーニャ》と呼んだ。

ヘレンが女王様《ライーニャ》？

牧は自分達の身の危険より、彼女の正体に好奇心を強く牽《ひ》かれて、彼女と酋長の間に無遠慮に座を占めながら、

「ミス・ヘレン。貴女は一体、どういうお人なんです？」

と訊ねた。洒蛙々々《しゃあしゃあ》として一向に悪びれた色のないことは、却ってヘレンや蕃人共《ボーグレ》を唖然とさせたほどだった。

「判んないだろうさ。ほッほッほッ！」

ピンガの酒盃《さかずき》を干しながら、彼女は、

「お前さんとは敵《かたき》同士の間柄さ。お前さんに退去命令を送る女――それで判るだろう！」

と附け加えたが、牧には何とも解釈が出来かねた。

牧の右に坐って、棒状に固く練り固めた煙草の葉を、山刀《ファコン》で根気よく削り、玉蜀黍《ミーリヨ》の皮の白く乾燥したので巻いていた酋長は、一本巻き終る毎に、ヘレンに恭《うやうや》しく捧げたり、自分で喫《ふ》かしたりした。

土間の空気から、この木小屋の主は酋長にもせよ、蕃社を支配する者は、疑いもなくヘレンだと知った牧は、沈黙の令嬢《シニョリータ》、饒舌の莫蓮女《ばくれんおんな》、密林《マト》の女王《ライーニャ》、マロアの女王《ライーニャ》

――想像もしなかった多角的な彼女の姿に、ただ驚嘆の舌を捲くのみだった。

　ところで、忘れていたラリイは、と見ると、これはまたどうしたというのか、気位の高い英人気質《ジョンブル》を丸出しにして、威猛高《いたけだか》に日本人を罵倒したあの権幕は泡沫のように消え、先刻《さっき》から口を半ば開き、焦点を失ったような眼を、空間の一点にぼんやり据えている様子には、唯事でないものが感じられた。

「ミスタ・ラリイ。君は一体、どうしたというんだ？」

そう質問したのに、ラリイは返事は愚か、見向きもしなかった。牧は感情を喪失したような少年を捨てて、再びヘレンに訊ねた。

「ミス・ヘレン。ラリイは全体、どうしたんです。莫迦に元気がありませんね？」

「死刑の宣告を受けて燥《はしゃ》いでる奴は、まアお前さん位のもんさ」

「ラリイは殺されるんですか？」

「そうさ」

「いつ？」

「今から！」

「誰に？」

「あたいに！」

怖るべき言葉を、この美しい女王《ライーニャ》は、微笑を唇に乗せて洩らすのだった。

毒蛇の眼

酋長が煙草の棒を削りながら、牧に話しかけた。

「お前、女王《ライーニャ》様のお言葉を嘘と思うと、罰が当るだ。女王《ライーニャ》様と俺《おら》が蕃社との因縁から、説き聞かせてやろう。三月前に、天も地も裂けるような大雷《おおかみなり》があったので、何が神様のお怒りに触れたのかと、俺《おら》が蕃社の一同が、大きな息もせず竦《すく》んどると、その晩、天から降ったように、ふらりとやって御座らしゃったのが、この女王《ライーニャ》様だ。俺は始め、こんな大暴風雨に、普通《なみ》の女子《おなご》が一人で歩ける訳がねえと思ったので、てっきり神様のお使女《つかわしめ》と心得ただが、マロアの町へ三度ばかし出て、町の様子をちッと知っとるアララの野郎が、あのお方はマロアの町では、誰も彼も女王《ライーニャ》様と呼んどるちゅうたので、ここでも女王《ライーニャ》様とお呼び申すことにしただが、いっそ魔法使《ロビスオーメン》とお呼び申した方がええちゅうことが、直ぐに判っただ。

女王様《ライーニャ》は俺がこの眼の前で、消え残りの火の中へ、ざあッと水をぶッかけただが、なんとその水が、めらめらと燃え上ったでねえか！　それから黒い砂を、そこへぶッかけるちゅうと、その砂までが音を立てて燃える。お終いに、どえれえことにゃ、女王様《ライーニャ》は、怖しい毒蛇を懐ろから取出して、口笛一つで御意のままに躍らしただ。俺《おら》が蕃社では先祖代々、蛇神様をお祀りして畏《かしこ》み怖れとるのに、その蛇神様を女王様《ライーニャ》は平気でお使いなさる。何たる偉いお方じゃと、俺達は眼の玉がでんぐり返るほど吃驚仰天《ぎょうてん》して、それから後というものは、何によらず、女王様《ライーニャ》のお吩咐には背かぬことに決めただ」

酋長の敬虔な面持には、更に偽りの色がなかった。

過去の世界で、蛇がどんなに崇拝されたかは想像に絶しよう。それが礼讃よりも、畏怖の念に端を発するとすれば、その毒蛇を自由に駆使するヘレンの行為が、未だに原始的水準を幾何《いくばく》も脱しない深青《レルダ》蕃社の蛮人の胆を、どんなに縮み上らせたか、それも想像し得られよう。ガソリンや火薬で、幼稚な蛮人《ボーグレ》を丸め込んだヘレンの悪智慧もさることながら、彼女が蛇を使うという話に、牧は響尾蛇《カスカベール》に襲撃された掘立小屋の口笛を思い出し、背中のぞくぞくするような気味悪さを感じた。

ヘレンがニヤニヤ笑い出した。

「マキ。ついでに面白い話を聞かせて上げよう。近頃アマゾニアの大部分に翅《はね》を延ばしたアマゾン護謨会社《ラバー・カンパニー》が、まるで戦車のように、行手に立塞がるものは何物でも蹂《ふみ》躙《にじ》って突進する蔭に、このあたいが采配《さいはい》を振《ふる》って、深青《レルダ》蕃社の蛮人《ボーグレ》を手下に、方々へ毒蛇を撒き散らし、地主共をすっかり脅えさせて土地を二束三文に買上げながら、一方では、土地を失った土人共が復讐《しかえし》に毒蛇を撒き散らすのだと、抜目なく宣伝している活躍ぶりの素晴しさ。それから、マロアに大きな土地と、護謨林《セリンゲーラ》を所有していたラリイの兄が、あたいに飽くまで反抗して、権利の譲渡を承諾しないところから、お手のものの響尾蛇《カスカベール》であっさりあの世へ送った鮮かさ。一々数え上げたら際限《きり》のないくらい、凄腕を揮って来たあたいなんだ。どうだい、日本の先生《メヂーコ》、そう聞いてこのあたいに二度惚れし、一と苦労してみたいッてえ度胸があるかい？　ふッふッふッ！」

今は牧の体のどこに、恋心が残っていよう！　だが、彼はヘレンを熟視するうち、

「あの眼だ！　あの眼だ！　毒蛇の眼だ！」

と心の中で呟いた。ひんやりと冷たさを感ずるヘレン

の眼を、始めて見た時に、何物かに似ていると思ったのは、いつも手近にあったために思い出せなかった毒蛇の眼だと、そのとき瞭乎《はっきり》と気づいたのだった。

「マキ。蛇殺しのお前さんと、蛇使いのあたいは商売敵、立退命令を送ったのはそのためなんだが、それはそれとしてお互いに商売は蛇なんだ。その蛇を、あたいがどう使うか、ラリイと組ませて、踊らせて見せよう」

糞ッ！　見ていろ！　ラリイを殺させるものか！　と言いたそうに、牧は瞳をきらりと光らせた。

ヘレンは口笛をヒュウヒュウと鳴らし始めた。すると、彼女の膝の横にあった布片《ふきん》の下から、一匹の響尾蛇《カスカベール》がニョロニョロと匍い出し、尾端の鈴をカスタネットのように鳴らしながら、鎌首を振り立てて暫く踊り続けたが、やがて口笛の音が消えると同時に、とぐろの中から毒液嚢《のう》を拡げて膨らんだ頸をニュッと立て、次の命令を待つものの如く、血の気の失せたラリイの顔を、無気味に凝視するのだった。

土間の中は寂然《しいん》とした。合図はいつか？　ヘレンの紅唇に全部の瞳が集った。

と、突如、風もないのに、天然蠟燭がふッと消えた。不意の出来事に、一同があッと声を呑むうち、何物かドサリと土間を打つ音が聞え、続いてシュウシュウと響尾蛇《カスカベール》の鈴が物凄く鳴り響いたが、奇怪にもその鈴の音が次第に衰え、やがて土間の中は以前の静寂に戻った。誰も声を出す者はなく、動く者もなかった。

女王《ライーニャ》の最期

土間の中に再び灯が点った時は、響尾蛇《カスカベール》の影は消え、ラリイには何の異状もなかったが、蛮人《ボーグレ》共は土間の真ん中に、見たこともない一匹の大きな黒蛇が、腹をぷくんと膨らましている奇異な姿を、啞然として眺めた。

牧を睨みつけたヘレンの顔は、凄いほど蒼白だった。

「マキ。味な真似をおやりだね。さすがに蛇の先生《メヂーコ》だけのことはある。お前さんが、毒蛇を呑込む黒蛇《ムッスラーナ》を抛り出そうとは思わなかった。だが、子供のときから長い曲芸団《シルク》生活で、女面蛇身魔《ラミア》のアンという芸名を謳われ、南米中を股にかけた蛇使いのあたしに、煮湯を呑ませたお前さんが、どういう運命を辿るか、充分覚悟の上のことだろうね？　さア酋長。此奴を逃さないよう、木小屋の内外を固めろ。あたいが煙草を五服喫い終るのを合図に、此奴を毒蛇窖《どくじゃぐら》の中へ抛り込め！」

ヘレンが女面蛇身魔《ラミア》のアンと名乗ったとき、牧の背後で、パンチョが、あッと微かに唸った。チリーのサンチャゴで、彼の悴に敢《あえ》ない最期を遂げさせたのが、南米に名の高いこの女面蛇身魔《ラミア》のアン事ヘレンだとしたら、それはまた、何という奇縁だろうと、牧は一瞬の感慨に誘われた。アンは酋長の捧げた煙草に火を点けた。いつ、酋長の命令が下ったか、土間の蛮人共は磨《と》ぎ澄ました山刀《ファコン》の林を築いていた。

牧はラリイとパンチョを背後に庇いながら、腰の革嚢から引抜いた拳銃を構え、女面蛇身魔《ラミア》のアンの口許を、穴の開くほど睨み続けた。そのアンは、静かに煙草を口へ持って行った。一服！　紫煙が霞《かすみ》のように流れ出た。二服！　三服！　ふと彼女は、手の煙草をポトリと落して、まるで大理石の塑像のように動かなくなった。と見ると、牧は快心の笑みを洩らし、土間の中を一わたり見廻した。

「こらッ！　みんな、よく聞けッ！　お前らのいうこの女が魔法使《ロビスオーメン》なら、俺はそれ以上の魔法使《ロビスオーメン》なのだ。お前らは、俺の黒蛇《ムッスラーナ》がこの女の響尾蛇《カスカベール》を呑込んだのを、たったいま見ただろう。それでも嘘と思う奴は、俺が今からその女を俺の命令のままに動かすのを、よく見ていろッ！　この女は今、俺の第一の命令どおり、恭順を誓っているんだッ！」

牧の奇怪な宣言を、蛮人共はキョトンとして聞いた。

「さア、女面蛇身魔《ラミア》のアン、笑え！」

彼女の様子を熟視しつつ、牧は厳かに第二の命令を下した。今まで微動もしなかった彼女が、いかにも嬉しそうに、この時ニッコリと笑った。蛮人共は、自分達の手から山刀《ファコン》が落ちたのも知らず、団栗《どんぐり》のような眼で、微笑む女王《ライーニャ》に見惚《みと》れた。

「さア、女面蛇身魔《ラミア》のアン、苦しめ！」

暫くの後、牧の三度目の命が下った。すると今まで、あれほど嬉しそうだったアンが、急に面上に朱を注ぎ、いかにも苦しそうに唸り始めて、その間《かん》に時々、

「きゃあッ！」

と、腸《はらわた》を断つような悲鳴をあげ、立ったり坐ったり、転がったりして身を踠《もが》いた。

四度目に牧は、

「さア、女面蛇身魔《ラミア》のアン、今度は息の続く限り、どこまでも走り続けろッ！」

と命じた。その言葉の通り、アンは脱兎の如く、土間

から戸外の闇の中に飛び出して行った。まるで嘘のような事実を、眼《ま》の当り眺めた蛮人共は、黒い面上に感激、驚嘆、畏怖の色を湛《たた》え、べたべたと土下座して平伏した。

「ミスタ・ラリイ。パンチョ。俺は彼女《あれ》に悪魔の煙草《マリヒュアナ・トバーコ》を喫わせてやった。彼女は息の続くだけ走ると、やがて昏睡状態に陥るんだ」

牧が笑顔で振り返ると、魂を失った人のように呆然と坐っていたラリイとパンチョの二人は、ヘレンの後を追って小屋から飛び出した。

灯を吹消した後の闇黒《あんこく》の中で、手早く酋長の巻く煙草の葉を掏《す》り替え、まんまとアンに悪魔の煙草《マリヒュアナ・トバーコ》を喫わせた牧は、その後に来る麻酔、恍惚、興奮、狂暴、昏睡の五期の中毒症状を、カロスで実験済なだけに巧みに利用して、無智の蛮人を騙し終ったことに、子供の悪戯《いたずら》のような愉快さを感じた。

「旦那様《シニョール》！　アンは毒蛇窖へ陥ちて死にました」

帰って来たパンチョが、そう報告する。

「ミスタ・マキ。僕の誤解と無礼とをお許し下さい。貴方《あなた》は生命《いのち》を投出して、僕を救って下さいました。しかも貴方を侮辱し、貴方を仇と狙っている僕をです。僕は始めて真の日本と、日本人の姿を見たと思いました。僕は終生、貴方の御恩と、日本人の精神を忘れることが出来ません」

ラリイが眼に涙さえ浮べて感謝した。顔を見るまでは、日本と英国の歴史から説き起して、英人が日本人にどの面をさげて侵略《インヴェジョン》などと言うのかに至るまで、滔々《とうとう》数千言の雄弁を試みようと待ち構えていた牧は、淡泊が日本人の持前なのであろう、

「判ってくれれば、それでいい」

としか言わなかった。

呪教十字章

正宗の名刀

「ミスタ・ホワードを怒らせた日には、旭商会倫敦支店《うちのみせ》なんか、一ト堪《たま》りもなく、ぶッ潰されてしまう。心がけて、御機嫌を取結びたい位なのだ。それが幸運にも、正宗の短刀を君が持ってると聞くと、ホワードの大将、是非欲しいと言い出した、願ってもない好機《チャンス》じゃないか！　大将、武器蒐集の大家で、邸には大英博物館《ブリティシュ・ミュジアム》や、ヴィクトリア・アンド・アルバート博物館の武器庫《ぐら》ほども、世界各国の武器が集っている。無論日本の名刀も数々揃え、中に二本、正宗もあるそうだが、骨董屋《こっとうや》の出物でないところに、君の正宗の魅力があるんだ。大将、千磅《ポンド》まで出そうという。一万七千円！　莫大な金儲けだよ、君！」

簾月《れんげつ》のような頭の地肌と、赤い酒鼻の頭に汗の玉を浮べた赤木支店長は、クレブネーの一本に火を点け、貝のように黙りこくってしまった相手を、ジロジロと眼鏡越しに瞶《みつ》めながら、焦立《いらだ》たしそうに、紫煙を吐いた。

「何しろ、先方《さき》は大したものだ。紳士録《フースフー》を繙《ひもと》いてみたまえ。ミスタ・レイ・ホワードは、一八八二年、ヨークシャ州マリファスト村の貧しき農家に生れしが、幼時より才気と覇気《はき》あり。二十歳の時、志を抱いてアフリカに渡り、刻苦精励三十年莫大なる産をなし、五十歳にして、倫敦《ロンドン》に錦を飾る。蓋《けだ》し、立志伝中の一偉才たり。職業――貿易商。ホワード商会本店――倫敦《ロンドン》市ストランド街。支店――本国に三十、アフリカ各地に五十余。家族――ジェーン嬢、十九歳。現住所――クラアヂス三番街。サウス・ケンシントン及びベイスウォタアに別邸あり。……こうあるだろう。こんな素晴しい人の申出を、断り続けるなんて、君は……実に篦棒《べらぼう》な……莫迦《ばか》だよッ！」

最後の怒罵を、赤木氏は、嚙みつかんばかりの形相で、吐き出した。五日間掻き口説《くど》いても、うんと言わない部下に、慄えるほどの憤りを覚えるのだった。

「さっき秘書から電話で、今夜八時に、ホワードの大将、君に会いたいと、言ってきた。今から暇をあげる。正宗を持って、本邸へ行き給え。これは最後の命令だ」

相手が椅子から立って、慇懃《いんぎん》に一礼したので、やっと納得がいったかと、支店長はホッとした。此奴《こいつ》ほど、始末の悪い部下はないと、腹も立ったが、此奴のお蔭で、ミスタ・ホワードに接近できることは、甚だ愉快に思うのだった。

悪魔《デヴィル》ホワード

都心ヴィクトリア街の商会から、西南の場末、パレス街のアパートに帰った山田幸平は、二階の窓からぼんやりと空を眺めた。いつも厚い雲の壁に蔽われた空が、きょうはカラリと晴れ上って、白雲の一片が、テームスの流れの上に、ふんわりと浮いている。

チェコ問題当時と異り、今度はミュンヘン人も、チエンバレン英首相の洋傘《コウモリ》を見ることが出来そうもない。独逸《ドイツ》人引上げの最後の船は、明日《みょうにち》出るという。いよいよ独逸と戦争だ——そういう不安、焦燥、恐怖に戦《おのの》いている苦熱の下界に較べると、空は余りに、皮肉な長閑《のどか》さだった。

時計を見ると、もう七時だが、日の永い倫敦では、まだ明るい午後だった。そろそろ出かけようか、と腰を浮かしたとき、扉《ドア》を開けて、ゲオルグ・ランクが颯爽《さっそう》と入って来た。

ドイッチェ・マイヌンク紙の倫敦支局に勤務している、この独逸青年とは、アパートの顔馴染から、今では心の友となっているのだったが、この一週間ほど、駈け違って、一度も会うことが出来なかった。

「ヘル・ヤマダ。いよいよ僕は明日、本国帰還だ。尊敬する東洋の友と、名残を惜しむ時間を持ちたいが、今夜は大使館へ行ったり、支局の後始末で、手が引けない。明日の午前、君は僕のために、いくらか時間を割《さ》いてくれないだろうか？ 僕は君と話したいのだ」

「敬愛する隣り組《ナッハバールシャフト》のためなら、一日中でもいい。僕は間もなく、外出しなければならないが、その用達《ようたし》が済むと、もう倫敦に用がなくなる。近い内に、僕も本国帰還なのだ」

聡明で理智的なランクの眼に、劇《はげ》しい驚愕と疑惑の色が溢れた。簡単な挨拶で帰る積りらしかった彼は、急に椅子を引寄せて、幸平の正面に腰を下した。

「話したまえ！」

たった一語に、無限の友情と熱意が籠っていた。幸平は懐中から、白鞘《しらざや》の短刀と、一枚の紙片を摑み出して、卓上に置いた。

「問題は、これだ。二年前、僕が日本を発《た》つ際、父親は先祖伝来の、このマサムネを呉れた。昔から日本人は、刀《シュワート》を魂《ガイスト》と考えている。異郷にあっても、日本魂《ヤパン・ガイスト》を忘れるな、という心尽しなんだ。ところがうちの支店長が、この短刀《ドルヒ》のことを倫敦のさる富豪に話したとみえ、富豪は、支店長の口を通じ、五百磅《ポンド》で売れと言い出した。僕は拒絶した。すると、毎日百磅ずつ値上げして、今日は支店長が、何んでもかんでも、千磅で売ってこいと命令したんだ。僕はこれを、甘受すべき埒外《らちがい》の不法と思う」

ランクは、白鞘の短刀を抜き、燦然《さんぜん》たる光芒を放つ刀身を、恍惚と眺めた。相州《そうしゅう》物特有の身幅広く、重ね薄めの刀身は、地は青黒く、刃は白く研ぎ澄まされて、大乱《おおみだれ》の刃文《はもん》も冴え、力と品と美とが、渾然《こんぜん》と凝結して、見る者の魂を天空へ飛ばさずにはおかなかった。

「僕は、日本一の刀匠《シュワートシュミード》の作品が、千磅では安過ぎる、というのではない。また、この小刀《ドルヒ》に偏狂的に執着して、手放すのを好まぬ、という訳でもない。ただ、僕の先祖のサムライが、魂《ガイスト》と考えて代々護り伝えたこの刀、いま僕が自分の魂と信じているこの刀を、無理解な富豪の、道楽半分の陳列棚へ、土人の蛮刀と一緒に並べるに忍びないのだ。この刀だって、夜泣きするだろう。刀匠《シュワートシュミード》マサムネは、八百万《やおよろず》の神々に祈念しつつ、血を吐くような精進の後、神の魂《ゴッテスガイスト》を、日本魂《ヤパン・ガイスト》を、この短い刀身に打ち込んだのだ」

刀身を鞘に納めて、ランクは頷いた。友の言葉に対する深い理解と感激の色に、頬が紅潮していた。

「富豪の勢力が、支店長を支配するので、支店長は、暴戻《ぼうれい》な権力を、僕の上に行使する。とはいえ、卑屈なまでに拝英、親英的な支店長にとって、気の毒なのは、マサムネの所有者が、選《よ》りに選って、臍曲《へそまが》りの山田幸平だったことだ。僕は、英国に在住しながら、紳士の仮面の下に、老獪《ろうかい》、残忍、貪慾と、悪徳の限りを尽す英国、日本曠古《こうこ》の聖戦に、東亜の天地において、あらゆる不逞な敵性を示す英国――この英国が嫌いなのだ。況《いわ》んや、相手の富豪は、うちの商会と取引の後で、納入の品物に難癖をつけ、故意《わざ》と問題を捏《で》ッち上げて、いざといえば奴が糸を引く仲裁々判で、泣寝入りさせる卑劣漢なのだ。また金というものに、絶大な自信を持つ彼は、結局は札束で片づくさ、と嘯《うそぶ》いたそうだ。この侮辱を、僕は笑ってうけた。なぜなら、富豪は間もなく金《ゲルド》で征服できないものの存在を、見せかけられて、思い知るに違いないからだ。また支店長は明日、卓子《テーブル》の上の、この辞表を眺めながら、意地《スタルハイト》に非常な自信を持つ山田幸平が、富豪の邸で、いかに振舞ったかを知ると、あるいは卒倒するだろう。さて僕はそろそろ、出かけなければならない。レイ・ホワード氏に敬意を表して、彼にこう告げるために——豚に真珠を与えても、仕方がありません。山田幸平は、百万磅でも、お前なんかにマサムネを売らないのだと」

　立上る幸平と同時に、ランクは椅子を蹴った。内に悲壮な決意を蔵しながら、さのみ興奮するでもなく、唇に微笑を浮べて、静かに語る東洋の青年の態度は、いたくランクを感動させた。

「日本人、ここにあり！　ヘル・ヤマダ。君の話は、僕の魂を衝いた。いま故国の軍隊は、僕の帰りを待っている。間もなく、爆撃大隊の中尉は、ドウバア海峡を越えながら、機上で君の話を、感激を以て思い出さずにはいられないだろう。日本人を理解する最初の人間は、独逸人だからだ。ところで、君は相手の富豪を、レイ・ホワードといった。『悪魔《デヴィル》ホワード』のことなら、僕も君にうんと語りたいのだが、今は、お互にその暇がない。大した相手とだけ、君の注意を促しておこう」

　ランクの大きな手が、幸平の手を固く包んだ。

哀愁の夜曲《ノクターン》

　室《へや》の四方を埋めた飾り戸棚には、夥しい武器の数々が陳列されてあった。豪商が金に飽かせた蒐集品《コレクション》だけに、反りの大きいアフガンの刀、物凄い支那の青竜刀、刃の波うつマレイの短刀、印度《インド》や土耳古《トルコ》の蛮刀《シミタ》、希臘《ギリシャ》の古剣、アラビアの剣、スペインの細剣《ラピーア》、独逸の剣《クリンゲ》や刀《デーゲン》、さては北米印度人《インディアン》の戦斧《トマホーク》、アフリカ土人の投槍《リンゴオ》、亜米利加《アメリカ》印度人《インディアン》の投槍《アサガイ》、濠洲土人の樫棒《シレイラ》などに至るまで、世界各地の各種武器が各時代を通じて、見事に並んでいた。

　その中には、日本刀が大小、約五十口《ふり》ほど混っていた。豪奢な天鵞絨《ビロード》敷き、金銀の函に納められた晃々《こうこう》たる刀身、綺麗な塗の黒鞘、赤鞘、鮫《さめ》鞘、さては鍔《つば》、小柄《こづか》、目貫《めぬき》などが、まるで宝石商の陳列窓のように美しく、飾ってあったが、よく見ると、どれも刀身の地金は色が黒く光沢《つや》が上ずって、一種の小さい地肌があり、沸《にえ》と匂《におい》で出来た刃文の線は、太くて力がなく、茎《なかご》の異様な黒さなどで、みんな鈍刀《なまくら》と判った。

開け放した扉《ドア》の向うに、小さい室が見えた。鳶色の綴錦《つづれにしき》を垂れた壁の下に、緑色の深い肱掛椅子と、二脚の小型の椅子があった。

その室の向うの部屋あたりから、先刻《さっき》からピアノの微かな音が、流れて来た。曲は、ショパンの夜曲《ノクターン》で、甘美な旋律には、繊細な感傷の戦きが溢れ、青白い月光に濡れて立つ、麗人の嗚咽《おえつ》を聞くような、切々《せつせつ》と幸平の魂の底に浸み透るものがあった。

夜曲《ノクターン》が終って、ピアノの音が、ハタとやむと、扉口《とぐち》に重々しい靴音を響かせて、肥満した老人の姿が現われた。

「やア、ミスタ・ヤマダ。よく来てくれた」

椅子につくと、ホワード氏は、初対面の挨拶もそこそこに、ダンチッヒをめぐる欧洲の緊迫した情勢について、愛想よく喋《しゃべ》り始めた。髪こそ銀白色だが、皺ひとつない顔は、頬が福々しく垂れて、壮年者のように脂ぎり、広い額、隆《たか》い鼻、太い猪首、小山のような体軀に、逞しい精力が充ち溢れていた。

「時にミスタ・ヤマダ。例のマサムーネの短刀《パンヤード》のことじゃが……」

話が一段落つくと、ホワード氏は幸平の顔を穴の開くほど眺めた。

「そのことに、つきまして……」

幸平は、電撃されたように緊張して、予て用意してきた言葉を、咽喉《のど》まで出しかかったが、ホワード氏は、軽く手で制した。

「他人を仲介とした交渉では、お互に相手を歪めて眺め勝ちじゃ。あんたも、儂《わし》を誤解しとりはせんか。世間では、レイ・ホワードを、思い立ったことは、何でも遣り遂げる強情な男だ、と言うとる。したいことは、何でも通してきた勝手な男と、儂も思っとる。だが、それもこれも、正義と理窟に叶った場合だけじゃ。儂は権柄《けんぺい》ずく、意地ずく、金ずくで、あんたのマサムネを手に入れようなどとは、夢にも思わん。レイ・ホワードは、正義と人道を愛する。時局柄、マサムネの話は、一応打切り、あんたの誤解を解くために、儂はきょう御足労を願ったのじゃ」

奇妙な標章《マーク》

ホワード氏の笑顔を、幸平は、きょとんと眺めた。渾《こん》身《しん》の力を籠めて衝突《つきあた》った鉄の扉《ドア》が、見当違いの暖簾《のれん》だったかのように、張りつめた体中の力が、すうッと、一ぺんに抜けてしまった。支店長の口を通して想像したのと違い、率直に自分の非を認めて、豪放に笑うホワード氏の恬淡《てんたん》な態度には、人間的な好さと、大いさが掬《く》みとれた。幸平は軽い気の毒さと、非常な好感を抱いた位だった。

「ミスタ・ヤマダ。儂はあんたの、物を恐れざる直情《しんじょう》と、冒険を生命とする勇気とを尊敬する。レイ・ホワードを向うに廻して、一歩も退かぬ男は、この倫敦に、沢山はおらん。青年は須《すべから》く、かかる意力を持つべし。儂は心底から、あんたに惚れ込んだのじゃ。そこで実は一《いっ》夕《せき》、晩餐を共にして、大いに歓談する積りだったんじゃが、残念なことに、この時勢で何かと儂も忙《せわ》しい。それは、それで後日に譲り、お礼心というほどのことでもないが、実は今夜、アフリカの友人達が、この倫敦へ来て、風変りな祝宴を張るというので、儂のところへ、案内状をよこした。あんた、儂の代りに出席してくれんか？　先方へはうちの自動車《くるま》で送る」

返事を待たず、立上ったホワード氏は、

「風変りな饗宴なのじゃ。御覧、お客の胸につける標章からして、この通り変っとる」

と言いながら、ポケットから取出して、幸平の胸へ、妙なものを着けた。それは、燐寸《マッチ》の燃殻を、縦に四本、横に三本、組合わせ、赤糸で十字に結えたもので、胸には安全ピンで留められた。

「アフリカは、怪奇と夢幻、謎と神秘の暗黒大陸じゃ。そのアフリカ風の宴会じゃから、何から何まで、意外ずくめかも知れん。が、ちっとや、そっとの事で吃驚《びっくり》すると、日本人の名に関わる。宴が果てるまで、この十字章《クロッス》を胸から外さぬ人には、後に賞金も出るはずじゃ。ミスタ・ヤマダ。あんたなら、その賞金を獲得する自信が、十分あるじゃろう」

「御期待が、そこにあるのでしたら、私こそこの標章を胸から、最後に外す人間です」

「儂はその言葉と、成功を確信する」

このとき、ふと外《そ》れた幸平の瞳に、隣室の扉口から覗く令嬢の姿が映った。白い頸《くび》や腕、乳色の胸、その周囲にかけた、夜光珠《ダイヤ》の下飾《さげかざり》をつけた白金《プラチナ》の鎖などが、純白の寛服《ガウン》と、いい対照をして、大理石の塑像のように美しかった。幸平は、一瞬、感に堪えて眼を瞠《みは》ったが、彼の心臓に終生消えそうもない烙印を押したのは、ショパンの夜曲《ノクターン》の主に相応《ふさわ》しい、神々《こうごう》しい清楚なその姿と、水のように澄んだ彼女の瞳の色だった。

死神《オグウン・パダグリス》

明るい夜の街は、蒸風呂のように暑い家を抜け出した人々で、ごった返していた。どの広場も、街路も、涼をとる人々が、落着かぬ面持で、喘ぐように流れていた。白と、黄と、紅《くれない》の光の宝玉《ほうぎょく》のような都の夜の灯——この絵のような美しさも、戦火に脅えて、間もなく暗黒と陰影の街に、塗り潰されるだろう。

車はオックスフォード街から、北に入って、サフロン丘《ヒル》で停った。そこは「大陸《コンチネント》」と呼ばれる外人街ソホーで、この辺りには独逸人、伊太利《イタリー》人が住んでいた。

運転手の指示どおり、幸平は、赤煉瓦に蔦《つた》の絡んだ家の扉口に立って、呼鈴《ベル》を押した。行先が、堂々たるホテルでない不審は、そこから案内人に連れられて、会場へ赴くのだ、という運転手の説明で、解消されていた。

二十歳くらいの黒人が、扉《ドア》を開き、黒い顔を出して、何やら訳の判らぬ言葉を喋舌ったが、その眼が、幸平の胸の標章に落ちると、遽《にわか》に驚愕《おどろき》の色を満面に泛べて、獣物《けだもの》のような鋭い叫び声をあげた。その声に応じて、扉《ドア》から現われたのは、四十年輩《ねんぱい》で、右頬に醜い傷痕を匍《は》わせた黒人だった。この男の驚きも、並々ではなく、幸平の姿を、ギョロギョロ見上げ見下してから、ブロークンな英語で呟いた。

「お入りなせえまし《カーミエン》、旦那《スア》」

風変りな招待と、十分に心得て来たので、アフリカ黒人の出現には驚かなかったが、聊《いささ》か意外なのは、人の住んでいる気配のない、幾つかの室を通り抜け、最後に、台所の粗末な木の腰掛に、坐らせられたことだった。この台所も、流しはカラカラに乾き、ストーヴの中は、蜘《く》蛛《も》の巣が一杯だった。

「旦那は、どういう積りで、ここへござらしゃっただか、まず、それから伺いますべえ」

頬傷が、幸平の前へ突ッ立ち、腕組をして、詰問の口調でいった。黒人は二人とも、白麻の服で、黒檀《こくたん》のような顔の中に、眼ばかりギラギラと光っていた。

「招待されたから来たんだ」

「俺《お》らは、旦那とは、縁も由縁《ゆかり》もねえだし、恩も恨みも持っていねえだ。俺らと関係《かかわり》のねえ間は、旦那が何をさっしゃろうと、差出口は金輪際《こんりんざい》、きかねえ積りだのに、旦那は何だって、俺らの邪魔をさっしゃるだ？」

低い声音《こわね》だが、穏かでない顔色だった。

「君らの邪魔というと？」

「白《しら》ばっくれるのは、よしてもらいますべえ。旦那、悪いこたア、言わねえ。胸のその標章を、外《はず》さっしゃれ！」

幸平は、ニヤニヤ笑った。こんな見え透いた手で、胸の標章を外す訳はなかった。

「会が果てたら、むろん外すよ」

「お前さん、何も知らねえだな！」

「何を知ればいいんだ？」

「その標章を、何だと思わっしゃる？」

「饗宴へ招待の印だろう」

「そうだ。それに違えねえ。だけんど、血の饗宴《フィスト・オブ・ブラッド》と心得て、ござらっしゃるか？」

「血の饗宴《フィスト・オブ・ブラッド》？　あッはッはッ」

型破りの招待が、すっかり気に入って、幸平は咽喉仏を見せんばかりに哄笑したが、頬傷は、野獣のような唸り声をあげた。

「人の忠告は、素直に諾《き》くもんだ。詰《つま》らねえ意地を張っとると、お前《めえ》さん、厭でも応でも、オグウン・パダグリス様のお召しに、従わにゃならねえだぞ！」

「それは誰のことだ？　どこにいる？」

「オグウン・パダグリス様は、冥府《よみじ》の大神《おおがみ》ダンバラ様の御家来で、死人の幽鬼魂魄《ゆうきこんぱく》を統《しろし》めす、怖ろしい神様だ。生きながら人を喰う食人魔《イハラマ・ドダ》様、墓をあばいて、屍《かばね》を喰う食屍魔《イハラマ・ゴル》様の、一番上の兄者人《あにじゃびと》だ」

「結構々々！　是非その死神《オグウン・パダグリス》に会おう！　善は急げだ。早く会わしてくれ！」

念入りに風変りの招待が、ますます幸平の気に入った。第一会場が、怪奇なこの黒人の巣窟《そうくつ》では、後に何が飛出すかと、ぞくぞくするような猟奇心も、頻りに動くのだった。

歯を鳴らして唸りながら、頽傷がストーヴの中へ、手を突込んだと思うと、眼の前の壁が半分、ギーと軋《きし》んで、パックリと口を開《あ》いた。黒人に前後を護られて、中へ入ると、暗い吊洋燈《つりランプ》の灯の中に、長い廊下が坂となって、地底へ深く沈んでいた。

廊下の行詰りで、頽傷が妙な間拍子をとって、壁を七つ叩くと、その壁が、また音もなく、観音《かんのん》びらきに、二つに割れた。

第二会場は、天井の低い、細長く暗い部屋で、灯影《ほかげ》はどこにもなかったが、微かな仄明りの中に蠢《うごめ》く者をよく見ると、胡座《あぐら》を組んだり壁に凭《もた》れて腕組みしている四、五人の黒人だった。

部屋の奥に垂れた黒い布《きれ》を押し分けて、幸平は中へ押しやられた。第三会場には、極く小さな蠟燭の灯が、七つ正面にチラチラ瞬いていたが、部屋全体は薄暗くて、やはり様子はよく判らなかった。

幸平は、たった一人、そこに残された。

死の十字《クロッス・オブ・デッス》

次第に暗闇に馴れた眼を瞠ると、さすがの幸平も、思わず愕乎《ぎょっ》とせざるを得なかった。

真正面には、素晴しい緑色の波形布が、壁を埋めて垂れ下り、その前に、黒大理石の祭壇があって、黒檀と象《ぞう》牙《げ》で刻んだ、得体の知れない怪神《かいじん》の像が、幾つも立っていた。数えてみると、恰度灯影と同じ七つだった。

中央の魔像の下《もと》に、二つの髑髏《どくろ》があった。凹《くぼ》んだ空虚《うつろ》の眼窩《がんか》、尖った頬骨、剝き出した歯並、無気味に張った顎骨——陰影に包まれたその髑髏の横に、粗い木彫の男女の像が二つ、左の胸に鋭い刃を突出てて、横わっていた。そして、全身を黒衣で蔽った死神《オグウン・バダグリス》の像が、瘦せこけた両手を延ばし、錐《きり》のように尖った五本の爪で、その人形の頭を、鷲づかみに摑んでいた。

聖壇の前には、咽喉を切り、体を焼かれた黒山羊、白い牝鶏《めんどり》、雉鳩《きじばと》と、どぶ鼠の丸焼、翅《はね》を拡げた蝙蝠《こうもり》、生きたまま引裂いた青蛇、鰐《わに》の卵や蜥蜴《とかげ》の油揚、玉蜀黍酒《きびざけ》、椰子酒《やしざけ》、棕梠酒《しゅろざけ》、そのほか得体の知れないものが、どっさり供えてあった。これはなるほど、驚嘆すべき会場だった。これまで、どこに、これほど風変りな饗宴があったろう？　幸平は、自分にも解釈がつかない吐息をした。

頽傷が幸平の前へ、戻って坐ったのは、かなり長らくの後だった。

「神を怖れねえ者は、血の贄《にえ》を捧げにゃならねえだ。お前さん、その標章は、近寄るな《ビー・バック》、死人ここにあり《ヒャース・エ・コープス》、という死の十字と聞いても、まだ強情を張らっしゃるか？」

「おやおや、僕は死人かい？　あッはッはッ。生きた屍《しかばね》かな！」

奇怪な祭壇を前に、この位の威嚇《おどし》は覚悟の上だった。

「しぶてえ支那人《チャイニーズ》だ！」

頬傷は舌を鳴らした。支那人と間違えられているのか、と幸平はクスクス笑った。

「お前さん、何にも知らねえだで、一ト通り話してやるだ。よく聞かっしゃれ。アフリカのタンガンイカ湖を、真西に見下すウル・イムマンデスという山の中に、三十年前、平和と幸福しか知らねえ、俺《お》らの村があっただ。その頃、俺らの村の暮しは、思う存分、飲んだり、食ったり、眠ったり、猟をしたりして、楽なもんだったが、今はどうだと思うだ？　土人は赤ん坊でも、十志《シリング》の人《じん》頭税《とうぜい》、六志の地代、十志の公共事業費などを徴《と》られる癖に、碌々《ろくろく》食うことも出来ねえことになって、護謨《ゴム》林でこき使われる合間には、木の芽、草の根を探したり、馬糞《まぐそ》の中に、麦粒を拾ったりして、食うや食わず、死んだがましの境涯になり果てただ。それは何故と思うだ？　三十年前、白人の悪魔めが一人、村へうせて、他愛もねえ硝子《ガラス》玉、キャラコ、桜貝を餌に村から有りったけの黄金《こがね》や、象牙を持出し、揚句の果てに、酋長を騙し、村の護り神火の神《セラフウ》様の像を盗み出して、村にケチをつけたがためだ。火の神《セラフウ》様の胴体には、光る石――金剛石《ダイヤ》だの、燃える石――紅玉《ルビー》だのが、一ぱい詰っとっただ。そのため、酋長とその妻女は、一人の子供を残して、山の中の池で、哀れな死に方をしてしもうた。その子供が、大人になり、長年苦労の末、やっと今度、大神《ダンバラ》様に復讐の誓をかけただ。大神《ダンバラ》様は死神様《オグウン・パダグリス》にいいつけて、満願の七日目に角のない山羊――つまり人間の生命を召されるだ。七日前、酋長の息子の俺らが、仇敵《かたき》に送った死の十字は二つ――その一つが、今お前さんの胸にある。胸から死の十字を外さねえ間は、誰であろうとその人間は、死神様の呪いから、遁《のが》れることは出来ねえだ」

恐怖の饗宴

饗宴が、念入りに複雑怪奇な筋道を辿るので、幸平は半ば呆気《あっけ》にとられ、次の出来事への期待と、好奇心から、眼をぱちくりしていた。

　急にトン、トン、トン、トン、トン、トコ、トンと、七拍子の手太鼓が低く鳴った。祭壇の後ろの波形布が、ゆらりと揺れて、祭壇の横から出て来た白衣の影を見ると、幸平はあッと仰天して、もう少しで声を立てるところだった。麻の如く乱れた髪、吊上った眼、耳まで長く裂けた口、毒々しい緑色の顔！　鬘《かずら》をつけ、絵具で隈《くま》取った老爺《おやじ》の顔と判るまで、幸平は呼吸《いき》が出来なかった。

「この魔法使様は、ずっと昔、村から西印度のハイチへ行っとったホミン様という御仁《ごじん》だ。ホミン様が大神《ダンバラ》様、死神《オグウン・バダグリス》様に呪文を唱え奉る間に、死の十字《クロッス・オブ・デッス》を貰った人間で、死なねえ者は、ただの一人もねえだ。ふん、思い知るがいい、この図太い支那人め！」

　頬傷が魔法使の背後に、幸平と並んで座り、その後ろに、他の黒人らが居並んだ。また手太鼓が、七つ鳴った。

頬傷が低く呻《うめ》いた。

「うむ。月の出る時刻だて！」

　魔法使は、聖壇の前に正座して、奇怪な言葉を、虻《あぶ》が唸るように、低く緩かな調子で、唱え始めた。始めは、何を言うのか、言葉は一言も判らなかったが、そのうちに声が大きくなり、繰返し《リフレイン》になったので幸平は呪文の文句を憶えてしまった。

「オー、ヨソファ。オー、トモサ。オー、プラソラー。ウロロ、ヤバダ、トウグアビングイ」

　その一回毎に、跪座《きざ》している黒人らが、

「エイ、ワラ、オベアー！」

と合唱した。愉快になった幸平が、魔法使に随《つ》いて、呪文を途方もない声で唱えると、黒人らは驚愕の悲鳴をあげ、魔法使は振返って、幸平の顔を、毒蛇のように輝く眼で、ハッタと睨んだ。幸平は苦笑して、辺りを見廻した。前には怪奇な祭壇と魔法使、後には裸体に腰布の黒人——やりきれない彼らの体臭、祭壇の供物の異臭さえ辛抱すれば、身はアフリカにある思いがして、なかなか捨て難き饗宴だと、不敵の幸平はニヤリとした。

　やがて黒人らの随唱はやんで、呪文は急速調となり、それが、実に長くつづいた。そして、魔法使が静座したままの姿勢で、ピョンピョンと宙に躍り上り、次《つい》で立上って、祭壇の前の血の桶から、指で血の滴りを、自分の額に十文字に塗り、更に香炉へ香を盛んに燻《くす》べ、最後に鋼鉄の針を、ところ嫌わず、黒い両腕へ突刺した。すると間もなく、急に幸平は、嘔気を催すような重苦しさを胸に感じた。

幸平が、ホワード氏に不審を抱いたのは、この瞬間だった。いかに奇怪な、驚嘆すべき情景に接しても、まさかホワード氏ともあろう人が、陋劣《ろうれつ》な手段を弄《ろう》して、無《む》辜《こ》の人間を、底知れぬ恐怖の穽《あな》へ陥れようとは、夢にも想像しなかったが、不意に寂しそうなジェーン嬢の幻が、フラッシュ・バックとなって、眼先にちらついた途端、この呪詛の饗宴は、夢や虚事《そらごと》ではなく、自分は本当に祈り殺されるのだ！　という切迫した悔恨が、幸平の脳裡に油然《ゆうぜん》と湧いた。正宗の短刀に対する犬糞《けんぷん》的な復讐に、悪逆非道な悪魔《デヴィル》ホワードが、疑いもなく、この死の饗宴を与えたのだ！

幸平は憤怒に唇を噛んだが、もう彼の眼の前には、層畳《そうじょう》する暗澹《あんたん》たる黒雲が捲き起って、その中から、この宇宙に隠れ棲む一切の妖怪共が、朦朧《もうろう》と群り立ち、血の饗宴を祝《ことほ》ぐかのように乱舞し、跳躍し、名状することの出来ない不吉、凶悪な映像を狂い描いた。

頭の中は、次第に茫漠と痺れるようであり、時には灼熱の鉄棒で、掻き廻されるように乱れ騒いだ。幸平は、悲鳴をあげた、と思ったが咽喉は棒のように、舌は革のように硬ばって、嗄《か》れ声も耳には入らなかった。

何とか、魔神との死闘を遁れたいと、必死に喘ぎ踠《もが》いたが、奇態に指一本を動かして、胸の標章《マーク》を外すことすら出来ず、焦躁と絶望の中へ、ぐんぐん沈んで行くばかりだった。

「ウム、ウム、ブラヤー！」

幸平が、ぐったり倒れようとした途端、髪を振乱し、両眼を見開き開けッ放しの口に、牙のような乱杭歯《らんぐいば》を二本剝き出して、悪鬼羅刹《らせつ》そのままの魔法使が、パッタリと前のめりに、突伏したと思うと、息も絶え絶えに呻き始めた。

「おお、何たるこっちゃ！　ホミン様は、儂は殺される、と唸ってござる。呼び出された悪魔は、お前様には寄りつかず、跳ね返ってホミン様に取っ憑《つ》いただ！　あ、お前様は、神様でござらっしゃるだか？　さもなきゃ、神様がお前様と、一緒に住んでござらっしゃるに違《ちげ》えねえだ！」

頬傷が、幸平の前へ、ぱったりと両手を突いた。恐怖に脅えきった顔だった。

燦矢《さんたり》日本刀

「おやおや！　ヘル・ヤマダじゃないか！」

不意に飛込んで来て、怪訝《けげん》そうに眼を瞠ったのは、ゲオルグ・ランクだった。

「僕は社の支局にいて、ここからの情報を、刻々受取っていたのだがお節介《せっかい》な支那人《ヒネーゼ》が、まさか君とは思わなかった。君と判ったら、もっと早く飛んで来るんだった。さア、約束の朝だ。行って話そう。この隣が、僕の友人の家だ。もっとも主人公は、もう帰国したが」

ランクに助けられて、隣家に行くと、幸平は露台のある二階の一室に坐った。暁闇《ぎょうあん》の中に、大気は清々《すがすが》しく、庭の水蠟樹《すいろうじゅ》の葉に、露の玉が白々と光っていた。幸平の物語の後をうけて、ランクは諄々《じゅんじゅん》と語り出した。

「東アフリカのモンバサにいる友人から、宿望を抱いた黒人らを依頼されたとき、僕は正義感から、ソホーにいた友人、つまりこの家の隣家にある秘密の地下室へ、彼らを匿《かく》まって庇護したが、僕は彼らに接するうち、彼らの原始的宗教に、大いに興趣を唆《そそ》られるようになった。彼らのヴウドウ教は、むろん迷信に基く邪宗妖教《ズブルスチッチオン》の一種に相違ない。が、彼らの信ずる魔法に、何か一つでも、実在する不思議はないか、と期待したのだ。杓子定規《しゃくしじょうぎ》になって、味も素ッ気もない科学時代に、魔法妖術が使えたら、これほど愉快なことはないじゃないか！　以前妖気立ち昇る伝説の独逸ブロッケン山で、科学者らが、悪魔を呼び出すために、あらゆる試験をしたことがある。それは失敗に終ったが、不能ではなかろう、といった学者もある。呪教《ヴウドウ》の魔法使が、黒人に及ぼす影響は甚大で、死の十字《トーテンクロイツ》を貰った者は、満願の七日を待たず、忽ち息の根をとめるが、それは魔法で呼出された悪魔のなす仕業だという。ところで、倫敦へ来た黒人らから、死の十字《トーテンクロイツ》が二つ、ホワード父娘《おやこ》に送られた。娘の分は君が持ってるが、一つはホワード氏の手許に残った。しかるに、ホワード氏は、午前零時に死亡した、という情報がさっき新聞社へ入った。病名は脳溢血《ヒルンブルートウング》ということだが、これは何と驚くべき事実ではないか！」

幸平は愕然として、瞼に浮ぶジェーン嬢の幻を追った。倫敦の朝空へ、視線を送ったランクの胸には、爆撃大隊中尉の感慨が浮んだものか、暫く言葉が途断《とぎ》れた。

「だが、思うに、人間の意志は、いつも想像に屈服するようだ。笑うまいと努力すると、あべこべに堪らなくなって噴き出してしまう。それは笑うまいという意志が、笑いはしまいか、という懸念に打負かされるからだ。アリフカ通《つう》のホワード氏は、死の十字《トーテンクロイツ》を侮蔑し、無視しようと努めたのだが、やはり無気味さを消すことが出来ず、七日間という時日の切迫と同時に、矢も楯も堪らなくなって、愛嬢《フロイライン》ジェーンの分だけを、君に押しつけたのだ。そういう暗い懸念の萌《めば》えたことがすでに彼の敗北なのだ。彼を殺したのは、呪教《ヴウドウ》の魔法ではなく、意志を粉砕した彼の危惧の念なのだ。いかなる鉄人《アイアンマン》といえども、良心の描き出す恐怖の映像に敗れぬ鉄の意志《アイゼンウイル》を、持つことは出来ない。魔法使ホミンの死も、君が一向に死なないのを見ると、呪い殺さなければ殺される、という呪教《ヴウドウ》の掟が、彼を致命的な恐怖のどん底へ突き落したからだ。呪教《ヴウドウ》のゴテゴテとした、怪奇な道具立ては、恐怖と戦慄の念を駆り立てて、人々を死に追いやることは出来ようが、魔法でも魔力でもない点で僕を甚だしく失望させた。それにしても、君は魔法使が、何か香炉の中に投じて、燻べたことを憶えてるか？　あれは緑の煙を放つ、大麻《ハシッシュ》のような劇毒なのだ。免疫の土人はともかく、あれで伸びない君は、僕には魔法の存在よりも、奇異に思われる位だ。おや！　それはどうしたのだ？」

ランクは言葉を切って、幸平が懐中から取出した白鞘の短刀を瞶めた。鞘は奇怪にも、真ッ二つに割れ、刃には昨日見られなかった不思議な曇りが、棚引《たなび》く雲のように、揺曳《ようえい》しているではないか！　信じられない気持で、二人は長い間、厳粛な沈黙をつづけた。

「ああ、ヘル・ヤマダ。僕は日本の刀《シュワート》に、驚くべき魔力を始めて見た。意志も想像もない世界で、自ら働くものがあるなら、それこそ魂《ガイスト》の威力ではないか！　鞘の破れと、刃の曇りと――正《まさ》しく君は、魂の威力で、緑の妖気から救われたのに違いない。折れず曲らず、鋭利この上もない日本刀は、物理化学的に見ても、理想的の操作で作り上げられたという。パーリット組織の原料を、加熱してオーステニット組織に変え、冷却してマルテンシットから、トールスチット、ソルビッド組織にして、更に適量のパーリット組織を加えたのだが、科学的に考えるとここまで、鍛練、精錬された鉄の組織は、アルカロイドの有毒ガスを排斥して、更に寄せつけないのだそうだ。抜かずして敵を圧服する日本刀、一旦鞘走れば、どんな鬼神天魔をも斬り伏せる日本刀——その日本刀の威力に、君は救われたのだ！」

「ヘル・ランク。日本刀を理解する君は正に日本の知己《ちき》だ。僕は大空へ舞い立とうとする独逸爆撃隊《ボンベンシュワーデル》の中尉《オーベルロイテナント》に、心からなる贈物をしたいと思う」

幸平が、正宗の短刀を差出すと、ランクは夢の続きでも見るように暫く啞然としていたが、次の瞬間、躍り上って狂喜した。

「おお！　君は……百万磅《ボンド》でも手放さないマサムネを……。おお！　有難う《ダンケ・シェーン》！」

二人は、瞳をうるませ、感激の握手をした。

哀怨交響曲《パセチック・シムフォニー》

その日の午後、ヴィクトリア駅へ行って、ランクに「再会を期して《アムフ・ビイダーズエエン》！」と帽子を振った幸平は、夕方、一通の書状を受取った。

世間に対しては、悪魔のような父でも、あたしには、掛替《かけがえ》のない善良そのものの父でした。あたしは、父を尊敬し、愛しました。いくらか信頼しきれない、子としての悩みが、時にはありましたが。あたしの嘆きはわが子を幸福にするためには、他人に不幸を与えても悔いないという、父の考え方でございました。あたしの不幸の象徴《シンボル》を、あなたに恥じもせず、渡した父——それをどうして、子が平然と眺めていられましょう。死するも可、死せざれば修道院行と、私が決意したのは、実にその瞬間でございました。

でも、悪魔に魂を売った父を、聊かも疑うことなく、不幸の象徴を、平然とお受けになったあなたのお心を、神のそれかと存じました。あたしの終生、瞼《ひとみ》に忘れ得ぬ情景の一齣《ひとこま》も、実にあの瞬間でございました。神のようなお心のあなたは、哀れな尼僧を、偶《たま》には思い出して下さるに違いない、と思い、その想像は、あたしの将来を大変に明るくしてくれるのでございます。神さまが、あなたに、祝福を垂れ給わんことを——。

一九三九年八月二十九日

ジェーン・ホワード

コウヘイ・ヤマダ様

沙漠の旋風

奴隷の戦士《ヤヒル》

　黒ん坊は、真紅のモスリンの袖長な下着《グンバス》、金糸で刺繍した黒羅紗《ラシャ》の礼服《ジュバ》、金の房を飾ったピカピカの肩章《けんしょう》、柄《つか》に宝石を鏤《ちりば》めた銀鞘の偃月刀《シミタール》——という物々しい風態《ふうてい》。二条《すじ》の黒線を巻く白い頭巾《カフィー》と、白い土人服《アバ》のベドウィン人共に混って、まるで黒人帝王と言わんばかりのけばけばしさだ。遣り切れないのは、のべつ幕なしの、そのお喋舌《しゃべり》なので、

「貴様は、一体、何者だッ？」

と、堪《たま》り兼ねて、フランス士官が訊ねる。

「へえ、旦那《ムッシュ》、俺《おら》は、ここにござる酋長《シーク》の中の酋長《シーク》、ナシール・パシャの秘書官長でごぜえますだよ。生れはアフリカのウバンギ・チャリ。名前《なめえ》はアリフェヨ。去年まで郷里《くに》に居りましただが、縁あって、このシリアへ買われて参《めえ》りましただ。名義こそ、奴隷でごぜえますだが、アラブの奴隷は、七年の奉公で、自由にしてもらえます。でも俺は、沙漠の暮しがすっかり、気に入りましたで、俺が生涯の勤めは、ナシール・パシャに仕えることと決めましただ。ナシール・パシャは、羊五万頭、兵隊一万二千を持つ、酋長《シーク》の中の酋長《シーク》でごぜえます。酋長は来年、俺に嫁を持ってもいい、と許してくれましただ。俺は早速、郷里から阿母《おふくろ》とヂュマを、呼び迎えますだ。ヂュマは今年十七、ウバンギ・チャリ一番の別嬪《べっぴん》でごぜえますだよ。うんにゃ、広いアフリカ中を、鉄《かね》の草鞋《わらじ》で探し歩いても、あんな標緻《きりょう》よしは、ただの一人も発見《み》るこたア出来ねえだ。去年、サコト丘の麓で別れるとき、ヂュマは俺が首ッ玉へ噛りついて、別れが辛いちゅうて、おいおい声をあげて、泣きましただよ。あああ、あの時を思うと、俺は今でも、胸が潰れそうだ！」途端に、沙漠の住人、ベドウィン人共が、堰《せき》を切ったように、ゲラゲラ笑い出した。仏頂面《ぶっちょうづら》の酋長《シーク》までが、髭面を口にして笑う。

　フランスの中尉は、自分が侮辱されたかのように、顔

を真赤に染め、憤然として馬に飛乗った。部下の土人兵が二十人、拍車を鳴らして、遅れじとそれに従う。

「貴様の相手をしてると、日が暮れる。用件だけ繰返す。いいか、命令だ。スパイ嫌疑の日本人ササキが来たら、ふん縛って、駐屯軍の屯署へ連れて来い。命令に叛《そむ》く奴は、反逆者と認める。もう一度だけ訊くが、この部落に、ササキは慥《たしか》に来なかったのだな？　旋風《マジール》という綽《あだ》名《な》の不逞漢《ふていかん》だ」

「へえ、旦那《ムッシュ》、前に申上げました通り、この頃は影も形も、見せませんだよ。彼奴《きゃっ》は綽名の通り、旋風みてえな野郎で、今日はここにおっても、明日は百哩《マイル》の先の沙漠に飛んどりますだ。野鼠を原っぱへ、逃したも同然、旦那が彼奴を取ッ摑めえるのは、容易な業《わざ》じゃごぜえますめえよ。大体、あの野郎は……」

「ちぇッ！　よく喋舌る！」

士官は、うんざりして、鞭を振った。馬は砂を蹴立てて、一斉に走り出す。

まだ陽の光が淡《うす》れもしないのに、雲一つない紺碧の空へ、盆のような月魄《つきしろ》が浮んでいる。見渡す限り砂丘の波うつ沙漠の真ん中に、ベドウィン人の黒い天幕《テント》が四、五十かたまり、その中で一つ、特別に大きいのが、別に離れて張られてあった。その天幕《テント》の前に立並んだ土人達《アラブ》は、駐屯軍の一隊が、遠い砂丘の下へ姿を消すと同時に、銅色の顔を崩して、止度《とめど》もなく笑い出した。

「白人野郎は、他愛もねい獣物《けだもの》だ。嘘を教える沙漠の掟が、まだ呑込ねえとみえる」

「本国の敗戦で、奴らの影も淡いぞ！」

「日本人の追放より、奴らの方が先に、シリア沙漠から追い出されらア！」

「時に俺は今日、変った話を聞いてきた。旋風《マジール》が、三十哩《マイル》さきの陰謀部落《デリーレ》にいるッてさ」

「えッ⁉　旋風《マジール》が、陰謀部落《デリーレ》に？」

ざわめきを抑えて、鋭く叫んだのは、黒ん坊のアリフエヨである。フランス士官の眼前で見せた間抜けの表情が失せ、眼が爛々と輝き、声音も変り、黒い顔に精悍《せいかん》な気が漲る。黒ん坊には惜しい眼鼻立ちだ。

「名詮自称、陰謀部落《デリーレ》に、碌《ろく》な獣物は一匹もいねいが、その旋風《マジール》ッて野郎が、沙漠の風を吸わせておけねい代物《しろもの》だという、どえらい噂よ」

「それで？」

と、酋長《シーク》と黒ん坊が、異口同音に叫んだ。

「ルル姫の瞳《め》のために！　ああ、ドレーズ族の王様《サルタン》の姫君は、旋風《マジール》の穽《おとしあな》にかかって、近いうちに旋風《マジール》と結婚だ。野郎、ルル姫の弟御《おとうとご》を誘拐した挙句、それを枷《かせ》に、無理強いに結婚を納得させたという。いくら陰謀部落《デリーレ》の客人でも、子供の誘拐とは、沙漠の戦士にあるまじき、卑怯な振舞じゃねいか！　殊に彼奴は、これまで戦争《グラッズ》で、罪もない女子供を、何人も叩き斬った人非人《にんぴにん》だ！」

「よしッ！　野郎の血を、沙漠の砂に吸わせるのは、この俺だ！」

黒ん坊が、右手を宙へ延ばして、鋭く叫ぶと、三人の土人が、轟然《ごうぜん》と三発の空砲を放った。三発の銃声――それは、男の名と髭にかけた沙漠の誓だ。

「決闘の日は？　時は？　場所は？」

「今夜！　月の入り！　妖魔《マーリッド》の岩の下！　一人と一人の一騎討！　武器は剣《つるぎ》！」

鉄砲を打った三人が、黒い天幕《テント》の蔭へ飛込んだと思うと、忽ち馬を曳出して、ひらりと飛乗った。使者の馬は、砂塵を捲いて飛ぶ。

「ルル姫の瞳のために！」

行く者も、見送る者も、口々に叫ぶ。それは沙漠の流行語だ。顔被《リサーム》に隠れたルル姫の素顔を、だれも見たことはない。だが、一と目千両の瞳の美しさは、沙漠では、誰でも聞いて知っている。

沙漠の盗賊

月は西空の涯《はて》に淡れたが、降るような星の光が、沙漠を明るく照している。頬に、秋の夜気が清々《すがすが》しかった。馬はアラビアの駿馬、砂を蹴る蹄《ひづめ》の音も軽い。砂丘から砂海へ、砂海から砂丘へ！　天国は聖典《コーラン》と、美人の胸と、馬の背にあり――とマホメットは言った。まさに快適無類の騎乗、恍惚として、一時間も駈け続けたろうか。やがて、丘と丘の間に、一つの大きな岩が現われた。

「さて、ルル姫の瞳のために！　か」

と呟いて、馬から降りると、黒ん坊は、鹿爪《しかつめ》らしく腕組みをして、夜空を仰いだ。

いつ見ても、夜空の美しさ。深い紺青《こんじょう》の地に鏤《ちりば》めた無数の星屑は、見馴れた北斗七星も狼星《シリウス》も、手の届きそうなほど近く、大きく、爛々と光り燦《きら》めいている。素晴しく鮮かなのは、沙漠の空気が、乾いて透明なせいだ。

「旋風《マジール》！　陰謀部落《デリーレ》の旋風《マジール》！」

眼前の巨大な妖魔《マーリッド》の岩に向って、声をかけた。畳なら、十畳の間《ま》を塞ごう。草も苔もない。ざらざらの花崗岩《かこうがん》だ。

返事はなかった。凝然と佇立して、一瞬の瞑想に耽る。途端に岩蔭から、五つの人影が現われた。全くの唐突《だしぬけ》で、あッという間もない。不覚にも、前後左右を囲まれた。

「身ぐるみ、脱いで行けッ!」

と、口々にいう。どの面にも、髭が濃い。アラブの髭は、男と名誉の標章《しるし》だ。黒い駱駝《らくだ》の外套《アバ》を引ッかけ、旋条銃《ライフル》を革紐で肩から吊し、胸に弾薬帯を光らせている。

「ぐウの音《ね》も出ねえ、参りましただ。お前《めえ》さま方、どこの部落だね?」

諦めのいい黒ん坊で、却って相手が愕乎《ぎょっ》とするくらい、カラカラと笑った。絢爛《けんらん》な外套《アバ》を外しかかったのは、素直に身ぐるみ、脱いで行く積りと見える。

「陰謀部落《デリーレ》だ。旋風《マジール》の代りにやって来た。汝《うぬ》か、旋風《マジール》に決闘を申込んだ生命《いのち》知らずは?」

「えっへッへッ。そうでごぜいますだよ。旋風《マジール》ちゅう御仁《ごじん》は、強いだかね?」

沙漠の旅人を狙う、ベドウィン名物の盗賊と思ったのに、此奴《こいつ》らは、決闘の相手に、恥辱を与えようという、性質《たち》の悪い旋風《マジール》の廻し者なのだ。黒ん坊は無表情で、上衣《ジュバ》を脱ぎ、手は華美な佩剣《シミタール》の革紐に移る。

「うん。戦士《ヤヒル》の中の戦士《ヤヒル》、陰謀部落《デリーレ》の護り神だ。度胸がいい。腕前も優れとる。戦争《グラッズ》では、いつも素晴しい手柄を樹《た》て、この一と月に、羊三千頭を掠奪して来た」

「今夜はなぜ、ここへやって来ねいだね?」

「身のほどを知れ! 汝ら奴隷風情の素っ首に、眼をくれる旋風《マジール》と思うか!」

佩剣《シミタール》の次に、頭巾《カフィー》を取る。真紅の下着《グンバス》を脱ぎ捨てる。白い木綿の肌着と、股引《ももひき》だけが、黒ん坊の身体に残る。

「さア、身ぐるみ脱ぎましただが、お前さま方、どうか馬だけは、俺の手に残しといて、おくんなせえまし。あれア、ナシール・パシャ秘蔵の駒でがすだ」

酋長《シーク》秘蔵の駒と聞くと、五人が五人、貪慾の眼を光らせて、馬を振返った。瞬間、グワンという凄い音が、続けざまに三つ爆発して、三人のベドウィン人が脾腹《ひばら》や顎《あご》を押えて、大地に匍《は》った。他の二人が愕乎とした時には、鼻先へ黒ん坊の逞しい拳骨《げんこつ》が突出ている。

「お前さま方。動くと、ためにならねいだ。砂を舐めて、すやすや眠るのが好きなら、無理にとは言わねえが」

気魄に圧倒されて、二人の盗賊は、一遍に縮み上った。信じ難いような、電光石火の早業に畏怖して、黒ん坊の顔が、幾つにも見えたり、空いっぱいに拡がって見えたりする。蛇に見込まれた蛙同然、なされるがまま、旋条銃《ライフル》を奪取されるほかはなかった。

「旋風《マジール》に、言伝《ことづ》てをお願いしますだよ。火霊《ジン》部落のアリフェヨちゅう黒ん坊が、ぜひ卑怯者の旋風《マジール》に会いてえ、と言ったとね」

分捕った五挺の旋条銃《ライフル》を束にして、足許に置くと、アリフェヨは、悠々と身仕度に戻った。頭布《カフィー》、上衣《ジュバ》、佩剣《シミタール》——。


ヒュウ！

仆《たお》れている一人が、突然、鋭く笛を鳴らした。おやッ！ と振返ると、遠くで一発、奇怪な銃声！

アリフェヨは、五挺の銃を引っ抱え、ひらりと馬へ飛び乗った。砂丘に立って、瞳を凝らすと、来た来た！

三十騎に余る一団の戦士《ヤヒル》共が、星明りの沙漠を、南東の方から、弾丸のように驀進《ばくしん》して来る。

「陰謀《デリーレ》部落の遣り方だ。恥知らずの碌でなし共めが！

ふん、ルル姫の瞳のために！」

不敵に笑って、黒ん坊は馬腹を蹴る。

ルル姫の瞳《め》

中世紀がそのまま、この地球上に遺《のこ》したところ、それがアラビア沙漠で、怠惰と安逸と、闘争と苦難と——戦争《グラッズ》に生き、戦争《グラッズ》に死ぬのが、沙漠の男なのだ。男という男は、競って戦士《ヤヒル》となり、戦士《ヤヒル》は他の部落と、寧日《ねいじつ》のない戦争《グラッズ》をつづける。幾日となく、追いつ追われつの接戦、餓えを凌ぐ駱駝乳チーズと少量の水、砂の上の仮睡《まどろみ》、土の上の休息、そして夜となく、昼となく、戦争《グラッズ》のために戦い、愉しみ、苦しむ沙漠の戦士《ヤヒル》！ 戦争《グラッズ》は掠奪《グラズワット》だ。獲物は、羊、駱駝、馬だ。そして、堪《こら》えられない名声と、美女だ。しからずんば死だ！

異種族とはいえアリフェヨも、戦士《ヤヒル》の中の戦士《ヤヒル》とみえる。逃走の二時間、怯《ひる》む色もなく、疾風のような馬の上に蹲っていた。

馬蹄の響は、ひしひしと追い迫る。銃声は凄まじく、夜気をつん裂き、銃丸は、幾つも唸って、耳の傍を掠め去る。ふと、灼《や》くような痛みが、左の肩にあった。

やられたッ！ という感じより、追い詰められた！

という方が、より切実だった。不覚なのは、自分の部落に背を向け、ナシール・パシャの領土外へ、深く追い込まれたことだ。

　眼前の砂原に一群の天幕《テント》が、黒々と現われた。暗い灯《ほ》影《かげ》を乱して、右往左往する人影が見える。不意の銃声は、住民共を、天幕《テント》から追出したのだ。

　何者の部落？　敵？　味方？

　アリフェヨは、馬から飛降り、馬の尻に鞭を加えた。主なき馬は、灯のない方へ、驀地《まっしぐら》に駈け出す。自身は砂原を匍うように、黒い天幕《テント》へ近づいて、眼と耳に、全身の神経を集めた。旋条銃《ライフル》を担ぎ出す者、馬を曳出す者、喚く者、怒鳴る声、まるで地獄図絵だ。

　夜目にも、筋なしの頭巾《カフィー》で、ドルーズ人の部落と判る。敵に廻す怨恨はないが、さりとて、味方と頼む縁故もない。

　背後の敵は、いよいよ間近に迫った。天幕《テント》の軍勢も、勢揃いして、押出そうとする。進退まさに谷《きわ》まった。

　匍った。砂を掻いて、無茶苦茶に匍った。ふと眼前へ、黒い天幕《テント》が、壁のように浮び出る。アリフェヨは、我を忘れて立上ると、その壁にへばりついた。と、彼の体は、支えを失って、天幕《テント》の中へよろよろと転げ込んだ。


「あッ！」

　と、微かに叫んだ者がある。アリフェヨも、同時に叫んだ。洋燈《ランプ》の灯影の明るい中に、花のような波斯絨毯《ペルシャじゅうたん》を敷き、金や銀で縫箔《ぬい》をした絹の褥《ヂワン》の上に、淑《しとや》かに坐っていた一人の乙女が、こちらが気づいた時には、突嗟《とっさ》に白絹の顔被《リサーム》を、顔にぐるぐると巻いていた。

「無礼です！　出て行きなさいッ！　ここは女部屋《ハレム》ですッ！」

　低いが、犯し難い威厳の籠る声。高貴の育ちと人柄を偲ばせる。

「お姫さま、後生でござりますだ。お助け下せえまし！　俺は追われとりますだ！」

　アリフェヨは、砂の上に匍ったまま、繰返し繰返し頭を下げた。馬上にある時は、さほどでなかったが、ここまで逃れて、ホッとしたせいか、急に疲れが出て、おまけに左肩の痛みが、体中を火のように駈け廻る。

「高く大いなる神《アラー》より外《ほか》に、この世に力も権力もありませぬ。神《アラー》を恐れぬ振舞は、断じて許されないのです。まして、こちらは、嫁入りを十日後に控えた娘ひとりの女室《ハレム》、アラブの男なら、掟に恥じて、咽喉《のど》を突かねばなりません。異国人《ファインヂー》ゆえ、この上の咎め立ては、致しますまい。さ、あたくしが、十を数える間に、この部屋《ハレム》から立去りなさいッ！」乙女は、やおら立上った。すらりとした体に、深紅色《しんこうしょく》のバグダッド絹の外套を羽織っている。

「一つ《カアハッド》、二つ《イスナイン》、三つ《サラーサ》、四つ《アルバ》、五つ《ハムサ》！」

と、ゆったりとした歩調に合せて、涼しい声で数える。

急に外部が騒々しくなった。馬の嘶《いなな》き、拍車の音、佩剣の響、人声！

「六つ《シッタア》、七つ《サブア》、八つ《サマアニア》……」

万策は尽きた。起《た》ち上ろうとすると、アリフェヨの眼の前で、ダマスク革の紅靴《あかぐつ》が、八歩目にピタリと停った。紅靴を飾る碧色《あおいろ》の絹総《きぬぶさ》が、花の咲いたように美しい。乙女の眼は、黒ん坊の左肩の血を、凝視《みつ》めて動かない。

途端に、外から鋭く叫ぶ者がある。

「レバノン山中の藩王《サルタン》の中の藩王《サルタン》、アミル・イゼヂン殿の女室《ハレム》に、物申します。手前共は、陰謀部落《デリーレ》の戦士三十騎、不埒な黒ん坊を追って、只今ここまで参りました。黒ん坊は、我らの朋輩五人を仆し、五挺の銃を奪って逃げた悪党でござります。わが部落の戦士《ヤヒル》の中の戦士《ヤヒル》、日本人《ジャポネ》の旋風《マジール》と、十日の後、結婚式を挙げ、一家を立てるルル姫殿に伺いたいのは、その黒ん坊が、この女室《ハレム》に逃げ込んでいるか、否かでござります」

言葉は鄭重だが、底に劇《はげ》しいものがある。ここだ、ここに違《ちげ》えねえ、足跡が、この女室《ハレム》の前で消えとる――そんな呟きも聞える。

「ああ！　怖ろしいこと！　そんなことが……そんなことが……」

裂けた肌着の下から覗く傷口を、穴の開くほど熟視していた姫は、苦悩と惑乱の色を瞳に泛べて、ワナワナと慄えたが、間もなく、思い返したように、

「彼だ彼だ《ハダ・ホー》！」

呟きつつ、紅の外套を脱ぐと、アリフェヨの頭から、すっぽりと被せた。

「こちらは、レバノン山中の藩王《サルタン》の中の藩王《サルタン》、アミル・イゼヂンの娘ルルが、クエートから城に戻る道中の女室《ハレム》でございます。その女室《ハレム》に、男の方がいるかとは、近頃無礼《なめげ》なお言葉ではございませんか。ルルは、予言者の髭にかけて、申上げます。ここに、さような者は、断じていませぬと！」まことに毅然《きぜん》たる声と態度。

「失礼いたしました」

外では、銃声が三発。仇敵《かたき》を仆さねばやまぬ！　という、あの沙漠の誓だ。

「ルル姫の瞳のために！」「ルル姫の瞳のために！」

天幕《テント》の周りに、歓声が湧く。ルル姫？　ルル姫の瞳？　十日後、旋風《マジール》と式を挙げるというルル姫？　アリフェヨは、真紅の外套をはねのけて、姫を見上げた。

孔雀《くじゃく》色の絹の衣服、金剛石を鏤めた頭巾《カフィー》、白い手頸《てくび》と二の腕に嵌《は》めた宝石入りの腕環、雪花石膏《アラベスタ》のような二本の脚、黄金《こがね》の踝環《くるぶしわ》、そして何よりも、頭巾《カフィー》と顔被《リサーム》の間から覗く瞳《め》！　瞳‼　瞳!!!　なんという美しい瞳《アイン》だ！　化粧墨《コール》に隈《くま》取られ、大きく、切長で、澄み切った黒い瞳《アイン》！　ルル！　アラビア語の真珠《ルル》！　真珠《ルル》の瞳！　夜空の星にも優る魅力と神秘味とが、そこに充ち溢れている！　この瞳を見て、心を乱さない人があるだろうか？　狂えるように、ルル姫の瞳のために！　と叫ばない者があるだろうか？　沙漠中の砂が、男の鮮血で真赤に染まっても、この瞳のためなら、少しも不思議はない。

「黒ん坊さん、名前は？」姫が、そッと訊ねる。

「お姫さま。アリフェヨと申しますだよ」

黒ん坊は、ぐったりと、外套の下に隠れて、口の中で呟く。

「ルル姫の瞳のために！」

姫君と奴隷

「夜が明けました。昨夜《ゆうべ》は、よく眠れましたか？　傷の痛みは？」

隅ッこの絨毯の上で、アリフェヨは、眼を開いた。天幕《テント》の隙間から、縞になって流れ込む薄ら陽の中に、ルル姫の美しい姿が立っている。外はガヤガヤと騒々しい。出発とみえて、天幕《テント》の竿を外《はず》す音も聞える。

「お蔭さまで、よく眠れましただ。傷も血の出た割に、痛みが早う止りましただ。昨夜、お姫さまが、お薬《ダワ》を下せえましたせいで、ごぜえますだよ。御礼を申しますだ」

姫が、咽喉の奥で、クックッと忍び笑うのが、顔被《リサーム》の下から感じられる。人を悩殺するあの瞳も、晴れやかに笑っている。

「向うの隅に、仕度させておきました。早く食事を済ませなさい」

「へえ」遠慮もなく、食膳の前へ進んだ。

花模様の絹更紗《さらさ》を除けると、大きな円い鞣皮《なめしがわ》の食卓《ナータ》の上に、御馳走の数々が現われる。銀の大皿に盛ったパンの山、乾した棗棕梠《なつめじゅろ》の実、巴旦杏《はたんきょう》、乾葡萄《ほしぶどう》、串焼の羊肉、糖蜜入りの肉桂茶、醱酵させた駱駝の乳、黒珈琲《コーヒー》。

見ただけで、眼を剝き、舌鼓を打った。咽喉を、ぐびりぐびり鳴らす。だが、アリフェヨは、ふと姫を見上げた。

「俺が夢を見たでねえのなら、十日後、陰謀部落《デリーレ》の旋風《マジール》と、結婚さっしゃるのは、お姫さまのはずでごぜえましょう?」

「それなのに、旋風《マジール》の仇敵の自分を、一夜、女室《ハレム》に匿《かく》まい、朝食を馳走してくれるのは、なぜだ? と仰有《おっしゃ》りたいのでしょう?」

「そ、そ、そうでごぜえますだ」

「ほッほッほッ!」

美しく笑う瞳を、きょとんと見惚《みと》れたアリフェヨは、気をかえて、食事を始めた。

「お顔、洗いません?」

「一向に洗い栄《ば》えのしねえ面でがすだ」

姫の視線も無視して、食物を右手で摑むと、黒ん坊の礼法《エチケット》で、がつがつと食い、がぶがぶと呑む。見る見るうちに、器物だけ残して、みんな胃袋へ送り込む。

「さて、いかいお世話さまになりましただ。どれ、そろそろお暇《いとま》しますだよ」

「どこへいらっしゃる?」

「へえ、うちへ帰りますだ。俺はナシール・パシャの家来《けらい》でごぜえますだよ」

「今日から、ルルの家来です。ナシール・パシャには、身代金を送っておきました」

「おやおや! この俺がお姫さまの家来!」

「不服だというんですか? 五哩《マイル》四方、陰謀部落《デリーレ》の戦士達が、蟻も通さぬ網を張って、待伏せしているのです」

「も一度申しますだが、俺は陰謀部落《デリーレ》の旋風《マジール》と、仇敵でごぜえますだ」

「その通り。そして、あたくしは、旋風《マジール》の妻となるのです」

「俺には、お姫さまの心が分んねえだ」

「黒ん坊さん、名前は?」

「早や忘れさっしゃっただか! アリフェヨでごぜえますだよ」

姫の美しい瞳から、微笑の翳《かげ》が、すうッと消えた。塑像のように、長らく動かない。

逃れぬ運命

シリア沙漠を西へ三日、スイーダの東北部のレバノン山脈に分け入って、二日の旅。ルル姫と侍女を乗せた駱駝二十頭、貨物を積んだ駱駝三十頭を護衛して、駿馬にまたがる戦士五十騎が、三方を玄武岩や、熔岩の絶壁で囲まれた峡谷の中の宮殿に到着した。その中には、アリフェヨの黒い恍《とぼ》け顔も見られる。

三十万頭の畜群、六万の戦士《ヤヒル》、九つの村、数十平方哩《マイル》の耕作地を持つアミル・イゼヂンの宮殿は、三ツ葉型の高窓、露台、細く曲った欄干《らんかん》のあるアラビア型の城、コリント風の欄干、半円形の玄関《ドーム》、螺旋《らせん》状の大理石階段を持つルネッサンス式の城、この二つの堂々たる城の間に、噴水や樹立、花畠のある広い中庭を挟み、その周囲には、平たい屋根と、厚い壁の石造家屋が、幾百となく、雑然と建っていた。こんな素晴しい宮殿を、荒涼たるレバノンの山間に、誰が想像し得よう！

アリフェヨは、アラビア風の城の一室に閉じ込められて、夢うつつのような四日四晩を送った。どう考えても、合点の行かないのは、ルル姫の胸中である。姫は城の閨宮《ハレム》に隠れて、一度も姿を見せない。花婿の仇敵と知りながら、奴隷を軟禁の状態に優遇するのは、何故だろう？

五日目の午後、黒ん坊は、ダマスク風の広間へ呼ばれた。床は雪白《せっぱく》のタイル張り、豪奢な波斯《ペルシャ》絨毯を敷き詰め、中央には大理石づくりの噴水盤がある。ヴィクトリア朝風の卓子《テーブル》を前に、真紅の絹を、金糸で縁取った花嫁衣裳に包まれて、顔被《リサーム》をつけた姫が、千一夜物語の王女《サルタナ》のように坐っていた。

「黒ん坊さん、お気の毒だが今日はお前の首を貰う事になりました」

「おやおや、俺の死顔が見てえのなら、何もわざわざ手数をかけて、沙漠から連れて来るにも及びますめえ。斬りたての黒ん坊の首を、羊の頭と一緒に並べて、呪文でも唱えると、何か御利益でもありますだか？」アリフェヨは、動揺の色もなく、軽口を叩いたが、眼には鋭い光が潜んでいた。

「有態《ありてい》に言いましょう。黒ん坊さん、旋風《マジール》とお前とは、三発の銃声にかけて、決闘を誓った仇敵同志、旋風《マジール》が仇敵を仆さずに、あたくしと結婚すれば、二人は沙漠の笑われ者になります。お為ごかしに、城へ連れ戻ったのは、お前を遁《の》がして、旋風《マジール》の名を傷《きず》つけまいためでした。お前は今から、城の広場で旋風《マジール》と、誓の決闘を果さなければなりません。旋風《マジール》はアラビア随一の剣士、可哀想でも、お前の生命はないのです」

「ちょっくら、伺いますだがお姫さまは、旋風《マジール》に惚れてござらっしゃるだか？」

「ええ、処女《おとめ》の胸は秘密の墓場、というアラビアの諺《ことわざ》どおり、あたくしは長い間、旋風《マジール》の名に憧憬《あこが》れ、見ぬ恋に心を傷めて暮しました。三年前、あたくしは、地中海岸のベイルトに出て、日本人《ジャポネ》ササキの素晴しい噂を、始めて聞いたのです。ベイルト大学西洋剣術部《エスクリム》の主将、近代の名剣士――というのが、それでした。去年は、ペルシャ湾のクエートに旅行して、尽きせぬ縁《えにし》とでも申しましょうか、そこでやはり、アラビア沙漠で活躍している、ササキの話を聞いたのです。戦争の英雄、沙漠の旋風《マジール》――という名が、それでした。そして今年は、せめて一と眼、旋風《マジール》を見たいものと、やはりクエートの叔父の許へ出かけましたが、どうしたものか、旋風《マジール》の消息がさっぱり判らないので、落胆《がっかり》していたところ、思いがけなく、旋風《マジール》の求婚という、嬉しい父の便りに接しましたので、あたくしは喜び勇んで、長い道中を帰って来たのです。お前に沙漠で会ったのは、その途中でした。アラビア娘は、男の中の男、戦士《ヤヒル》の中の戦士《ヤヒル》に恋します。あたくしは幸福です」

「旋風《マジール》は、幼いお姫さまの弟御を誘拐して、それを人質に結婚の強談をやらかしたとやら、専らそんな噂でごぜえますだが……」

「旋風《マジール》の後楯《うしろだて》、陰謀部落《デリーレ》は、うちの五分の一もないくらい小さいのです。非常手段に出ないことには、話のつけようがありますまい。人は悪埒《あくらつ》と譏《そし》っても、あたくしは、機智と褒めましょう」

「戦争《グラッズ》で、罪もねえ女子供を殺しても！」

「たった一つの遺憾は、それなのです。去年までの旋風《マジール》は、そんな残忍な真似をする男ではなかったのに！」

姫は軽く吐息して、瞳を伏せる。

ふとアリフェヨは、四辺《あたり》のざわめきに、眼を移した。広間の出口という出口、窓という窓の外に、旋条銃《ライフル》を担いだ戦士が、三々五々、姿を現わした。

「あれ！　俺を袋の鼠にした積りだか？」

「逃れぬ運命と諦めなさい」

「まだ道がありますだ」

「どんな道です？」

「ここで今、お姫さまの咽喉首を取って抑えて、旋風《マジール》がやったように、人質としながら、城を抜け出すことでごせえます」

「面白いでしょう！」

姫が右手を挙げた。卓子越しに、自働拳銃《コルト》の銃口が、アリフェヨの心臓を狙う。アリフェヨは、ニヤリと笑った。

「お姫様。何でも賭けますだ。今日の結婚式は、取止《とりや》めとなりますだよ」

「あたくしも、賭けます。お前が決闘に勝ったら、生命は助けましょう。でも今日の結婚式は、必ず盛大に行われます」

剣士の死闘

中庭の花畠は、緋の虞美人草《ぐびじんそう》、薄紫の草葵《くさあおい》、白や黄の野菊、色とりどりの薊《あざみ》、シリア撫子《なでしこ》などで、絢爛たる色彩に燃えている。棕梠や柑橘《かんきつ》の樹立《こだち》、葡萄や素馨《そけい》の棚から、小鳥の啼声も聞える。

半円形《ドーム》の玄関の前に、王座を設け、そこに藩王《サルタン》の中の藩王《サルタン》、アミル・イゼヂンの老顔と、ルル姫の優姿が見える。庭を埋めて居並ぶ土人《アラブ》の顔という顔には、殺伐の気が溢れている。真正面の広場に、午後の陽を浴びて、西洋剣術《エスクリム》の、剣《エペ》を手に立つのは、黒ん坊のアリフェヨと、陰謀部落《デリーレ》の旋風《マジール》の二人である。

「黒ん坊。謝るなら、今のうちだ。今日の決闘には、お面《マスク》、籠手《ガンブラ》、お胴《ストロン》、具足《サンダル》を着けないから、攻め手《アタック》を喰うと、地獄直行だぞ！」

アリフェヨより、一と周囲《まわり》も大きい旋風《マジール》が、赭顔《あからがお》を光らせ、傲然と肩を聳やかしていう。濃い眉、平べったい鼻、唇の厚い鰐口《わにぐち》に、兇暴に近い、粗野な力が感じられる。

「俺の方から、言いてえことだ。俺は、虫けら同然の黒ん坊だが、人の道に外れたこたア、何一つしたこたアねえ。沙漠は、義理と侠気に生きる人間の住むとこだ。お前さんみてえな、人非人を許さねえとこだ」

「人非人だとッ!?」

威丈高《いたけだか》に怒号する旋風《マジール》、じろりと冷たく見上げるアリフェヨ。

やがて決闘開始の合図、三発の銃声が、山々と峡谷に

谺《こだま》した。審判役のドルーズ戦士が、

「見る眼を持つ者は、見よ！　聞く耳を持つ者は、聞け！　名誉と沙漠の掟に従い、二人の戦士は、今ぞ戦う。さア、予言者《テイバアハム・ビスム・エル・ナビー》の名において殺せッ！」

と高らかに叫ぶ。二人の剣士は、満場の視線を吸い集めて、さっと双方の構え《ミザンギャルド》に入った。忽ち二本の剣《つるぎ》は、珠を争う双竜白蛇《そうりゅうはくだ》の如く、戛々《かつかつ》と鳴って、空間に劇しく躍った。プリムの攻め手《アタック》に、プリムの防ぎ手《パラアンド》、スコンドの攻め手《アタック》に、スコンドの防ぎ手《パラアンド》、型の攻めは、型で防ぎ、単純攻撃《センブル》の次ぎには複合攻撃《コンポーゼ》、誘い手《ファイント》には逆撃《リポスト》と、一上一下、見る者の魂を飛ばせ、手に汗を握らせる大勝負となった。

「味をやるな、黒ん坊！」

「人非人には、惜しい腕だ！」

会話の隙に、焦立《いらだ》った旋風《マジール》は、体力に任せて、勝を一気に制しようと、嵩《かさ》にかかって、縦横無尽の乱撃に移った。アリフエヨは、圧倒されたように、ぐんぐんと後退した。が、恰度ルル姫の席の前まで来ると、必殺の剣をガッキと跳ね返し、焦慮する敵に立直る隙を与えず、手練の早業で、敵の剣をサッと捲き落した。捲落《デザルム》しは、西洋剣術《エスクリム》で、最も名誉な勝である。

「畜生ッ！」

猛獣のように唸った旋風《マジール》は、不覚に逆上したが、剣を拾うと、構えも忘れて、猪突《ちょとつ》の突きに出た。が、その盲進が、致命的の敗北となった。クウダレ——敵の前進に乗ずる急突の手——で、旋風《マジール》は、心臓をグサリと突き抜かれ、地響うって、大地へ斛った。

「黒ん坊、き、貴様は誰だッ？」

砂を搔いて、苦しそうに呻《うめ》く。耳の傍へ口を寄せて、黒ん坊が何か囁くが、声が低くて、誰にも聞えない。

「うむ！　そうか！　俺も巴里《パリ》で、剣術の師匠のところへ奉公した、憶えの腕前だが……」

「……」

「俺も貴様には、敵《かな》わん！　俺はマレイ半島……ペラ州の人間で……名は……うウむ！」

そこまで言うと、旋風《マジール》は血嘔吐《ちへど》を吐いて、息が絶えた。

平和と栄光

「黒ん坊さん。あなた、名前は？」

前の広間へ連れて来て、ルル姫が、あの美しい瞳を輝かして訊ねる。

「物忘れのいいお姫さまだ。何べん訊かっしゃる！　俺はアリフェヨでごぜえますだよ」

面倒臭そうに答えて、出口の方へ、すたすたと行きかけると、姫が鋭く叫んだ。

「ササキ！　日本人《ジャポネ》の旋風《マジール》ッ！」

黒ん坊が、振返って惘乎としたのは、姫の自働拳銃《コルト》が、顔被《リサーム》の上から、我とわが顳顬《こめかみ》を狙っていることだ。

「あたくしは、ササキを、情知らずと恨んで死にたくないのです。女室《ハレム》の一夜、アラビヤ娘が掟に背いて、あなたを喜んで神聖な賓客《ダクヒル》としたのは、傷口のある左肩の肌に、羊の脂と油墨が塗ってないこと、五人のベドウィン戦士を、たった一人で仆した腕前からみて、陰謀部落《デリーレ》の旋風《マジール》の卑怯な求婚に慊《あきた》らなかったあたくしは、あなたこそ、真実《ほんとう》の旋風《マジール》、真実の良人《おっと》と、一と眼で見て取ったからです。この確信は、馬鹿々々しい食事振りや、田舎言葉ぐらいで、ぐらつくはずはありません。さもなければ、恋に生きるアラブの娘が、どうして女室《ハレム》の一夜を許しましょう。フランス官憲はおろか、世界中の人は騙せても、ルルの瞳は騙されません。幾度も幾度も、本名を名乗らせようと思ったルルは、沙漠の天幕《テント》の中でも、あなたの口から、ササキの名を聞けば、あなたの胸に、直ぐ飛込んだのです。飛込みたくて堪らないルルでした」

美しい、大きなルル姫の眼から、涙の玉があとからあとから転び出た。黒ん坊は、拳銃《ピストル》を持つ姫の手を、そッと抑えた。

「姫。僕には、秘密の大望《たいもう》があるのです」

「知ってます。あなたには往昔《むかし》からシリアに伝わる秘文書を、探していらっしゃるのです。その秘文書には、シリアの地下に流れる悪魔の水――石油の十二の井戸の位置が、絵図面で誌《しる》されてあるのです」

佐々木の顔が、驚愕に歪んだ。

「どうしてそれを？」

「アラブの世界では、諜者《ちょうじゃ》が、夜の魔者《まもの》のように動いています。ササキのシリア潜入の目的を、フランス官憲は知らなくとも、ルルには、すっかり判っていました」

「御存知なら、なお結構。僕を行かせて下さい。僕は先を急ぐのです。詰らぬことで、僕は貴重な時間を潰しました。それも、旋風《マジール》の名を盗まれただけなら、相手にする積りはなかったのですが、日本人《ジャポネ》の名を、無恥な奴のために汚されるのが堪らなかったからです」

「石油の井戸の存在は、確実です。父は曾て、領地の悪魔の谿谷《ベトン・アルメ》で、地の割目に沿って、とろとろと軟かく、ぶくぶくと泡を吹いている土地を発見《みつ》け、そこを家来に掘鑿《くっさく》させてみました。すると、どうでしょう、瀑布のような響をたてて、悪魔の水が、百呎《フィート》も空中高く噴出したのです。それは、螺旋で取付けた油井筒《ゆせいとう》の蓋をするまで、三日三晩つづき、谿谷を黒い霧の幕、嵐の黒雲の如く蔽ってしまったのです。秘文書には、そういう井戸の在処《ありか》が、十二誌《しる》してあります。でも、この界隈で、あの秘文書を探す人は、誰でも虐殺されます。それは、石油が出るとなると、悪埒な白人共が殺到して来て、地上の楽園を荒らし、棲家も土地も滅茶苦茶にして、浄土《ジアンナ》が忽ち地獄《ヂアハンナム》になってしまうからです。ササキ。あなたは、それでも出かけますか?」

「断然！　僕ひとりの生命《いのち》が何でしょう！」

「何物にもまして、石油を重要資源とする祖国日本のために！　と仰有りたいのでしょう。ここも亜細亜《アジア》、白人を憎むあたくし共は、日本人を同胞の如く、懐しく思います。白人に断じて渡したくない石油も、日本人のためなら、住民は喜んで贈物とするでしょう。でも、その秘文書が、あたくしの父の手許にある、と判っても、あなたは、まだこの城から、出ていらっしゃるお積りですか?」

「えッ!?」

眼を瞶《みは》る佐々木の胸へ、姫の柔かい手が縋《すが》りついた。顔被《リサーム》が、するすると、ひとりでに解ける。何という美しい顔！　満月の美女だ。何という美しい瞳《め》！　真珠《ルル》の瞳だ。

扉口《とぐち》には、二本の金帯をつけた絹の頭巾《カフィー》をつけ、金銀で縁をとった黒い上衣《アバ》を来たアミル・イゼヂンの老顔が、笑み崩れて、

「平和と栄光《エス・カラート》、汝らと共にあれ《ウエス・サラム・アレークム》！」

と呟く。アラブの結婚曲を奏する芦笛《ネイ》と、絃楽器《ジザア》と、琵琶《アウート》の管絃楽が縹渺《ひょうびょう》と流れてきた。中庭では、夕陽の中に、篝火《かがりび》が烈々と燃え始める。踊り子が数十人、花畠の周りに流れ出た。

「ルル姫の瞳のために！」と、剣士が呟く。

「賭《かけ》は、やっぱり、あたくしの勝！」と、姫が微笑む。

五時間の生命《いのち》

代用花婿

「お婿さんは、何が好物じゃ？　お望みなら、何なりと、御馳走して進ぜよう」

「イワタは、あたしの拵えた料理なら、何でも喜んで頂きますわ。それが一番大好き！」

「ほほほほ。この娘《こ》は……」

母娘《おやこ》は、他愛もなく笑い興じていた。

三方の壁に渋い、高貴のペルシャ絨氈《じゅうたん》を垂らし、アラビア油燈で古風に照らされた客間の中央に、花嫁花婿を囲んで、老父母が夕べの食卓に就いていた。

「イワタ。馬鹿にお行儀よく、澄ましているのね。あたしと差向いのときには、お皿の十枚も空《から》にする癖に、今夜はちっとも食べないじゃない。柄にもない差恥屋《はにかみや》ね」

　花嫁のバデアが、妖艶な上体の曲線をくねらせて、岩田にしなだれかかると、途端に岩田の全身を戦慄が走った。何とか受答えをしようと焦ったが、焦れば焦るほど、痙攣《ひきつ》ったような咽喉《のど》からは、一語も言葉が出て来なかった。上気して何も見えない眼を空虚《うつろ》に瞠《みは》り、母娘の会話をぼんやりと聞き、空咳をしたり、生唾を呑込んだり、火の点いたキレアジが、一服も喫《の》まない間に、燃え尽きて灰の棒になったのを見ると、また次の一本を喫《す》いつけてみたり、吾ながら甚だ智慧のない話と思うのだった。

　よくないことには、バデアが余りに美しすぎた。アラブ女の豊艶な、放恣《ほうし》な、蠱惑《こわく》的なこの媚《なまめ》かしさはどうだ！　さすがに一世を風靡《ふうび》して、カイロ中の若者の血を奔騰《ほんとう》させた踊り子《アワリム》だけあって、灼《や》くような情熱を秘めた二つの黒い瞳、好ましい鼻の線、熟れた苺《いちご》のような赤い唇、豊満な肩から、剝き出しの双の腕へ流れた妖かしの線、ふっくらとした腰の張り、見るも涼しい水色の洋装、香袋《サシエー》を洩れる堪らない麝香《じゃこう》の香——まるで白日の下に咲き誇る、大輪の真紅のダリヤそのままの眩しい美しさではないか！

「本当に三国一の婿どのじゃ」

「ええ、この通り、温順《おとな》しい無口屋《むっつりや》ですけれど、それはそれはあたしを愛してくれますのよ。あたし、とても幸福ですわ」

母娘の饒舌は、絶間がなかった。

それにしても、男に較べ、女の度胸のよさ！　空々しいバデアの表情を、岩田は感に堪えて窃《ぬす》み見るのだった。

一時間前まで、二人は赤の他人だった。それが妙な羽目から、仮の花婿花嫁ということになり、連れ立って、この家へ来たのだが、五尺七寸、二十貫、柔道五段という大の男が、一ト堪りもなく縮み上っているのに、バデアが繊弱《かよわ》い女の身ながら、一人で二人分、立派に役割を演《こ》なしている大胆さ！

ふと隣室へ立って行ったバデアは、一杯の土耳古珈琲《トルココーヒー》を持って帰って来て、

「イワタ。飲みなさい」

と口まで運んで、子供に飲ませるように勧めた。素知らぬ顔も出来ず、ガブガブ飲み干すと、バデアが婉然《えんぜん》と笑った。

「お母さん、イワタは、あたしの言うことなら、何でも聞いてくれますのよ」

「本当に仲のいいこと！」

人のいい老母は、ただもう上機嫌だった。

そのまま隣室へ姿を消したバデアは、何をしているのか、長い間、戻って来なかった。傍に坐っていれば、悩ましい興奮に窮屈な思いをしたが、いなければいないで、手持無沙汰に当惑するのだった。

彼女の留守中、老母は次から次へ、岩田の故国日本の噂を聞きたがった。いい加減な返事をしながら、岩田は時計ばかり気にして、バデアの帰りを、今か今かと待っていた。

一時間も経《た》つと、心配が不安に変った。借りられた花婿のこと、この家の様子は、皆目判らないし、おまけに、自分の真正面に、木像のごとく端然と坐って、始めから一語も口にしないバデアの老父の盲目《めくら》姿を見ると、何かうすら寒い思いがして、座に居堪《いたたま》らない無気味さを感ずるのだった。

「お化粧にしては、馬鹿に長いじゃないか。ちょいと見て来ようか！」

ようやく不審を抱いた老母が、椅子から立とうとした。すると、唖《おし》かと思われた盲目の老父が、低い嗄《しわが》れ声で始めて呟いた。

「見に行っても無駄じゃ。まだ性根《しょうね》が腐っとる。彼奴《あいつ》は、毒薬を奪って、また逃げたのじゃ。それも、この偽者の花婿どのに、毒の珈琲を飲ませて行ったのは酷《ひど》い」

青い丸薬

老母と同時に、岩田はあッと叫んだ。偽者の花婿ということを、この老人は、どうして知っているのだろう? そして、何という怖ろしいことを言うのだ! 毒入りの珈琲! それは事実だろうか? とすれば、バデアは、なぜ自分に毒を盛ったのか! 頼まれた花婿の恩誼《おんぎ》こそあれ、自分は彼女の怨恨を買った憶えは、更にないではないか!

「お前さんは、剽軽《ひょうきん》なお人じゃ。娘に騙されて、空呆《とぼ》けた狂言を演《や》るにもほどがある。揚句の果に、毒を服《の》まされた。その毒は青い丸薬で、儂《わし》の家に数千年来伝わる古代埃及《エジプト》の秘薬じゃ。服んだ人は、これも同時に伝わる解毒薬を服まない限り、五時間の後には、息の根がとまる。儂のいうことに嘘はない。儂はカイロのハッサン、少しは人に知られとる法術者じゃ。近頃老衰して、視力を失ったとはいえ、まだまだ人に秀れた法力と霊感に恵まれとる」

白い埃及服《ガバリー》の老人を、岩田は唖然として眺めた。長身痩軀、顔の小さい、乾からびたような老爺《ろうや》だが、貝のように閉じた眼から、頬骨の辺りにかけ、気品に富む仙骨味が窺われた。カイロのハッサンといえば、誰知らぬ者もない埃及《エジプト》随一の魔術師だった。埃及在住の三年間、岩田は魔術師の数々の演技を見た。生きた鶏を呪文で殺す魔術、忍術、霊交術、透視読書術、千里眼、咽喉や心臓を短刀で実際に突刺しながら、一滴の血も出さない魔術——幾度も見た魔法を、岩田は人の眼を眩惑する単なる魔術として蔑視してきたのだったが、縹渺《ひょうびょう》たる風格の老人を、いま眼《ま》の当り眺めると、信ずることの出来ない不思議な言葉を、信ぜずにはいられない不思議な衝動を感ずるのだった。

「ミス・バデアの強《た》っての懇望にもせよ、申訳けのないことを致しました。お詫びします。ところで、珈琲のなかに真実、毒が入っていたのなら、僕に解毒薬を下さいませんでしょうか? 僕はミス・バデアに毒殺される理由を持っていないのです」

先ほどまでの、やり切れない緊張と興奮が去って、岩田は本来の自己を取戻すことが出来た。バデアの老母は、歔欷《すすりなき》を始めた。

「それが気の毒ながら、毒薬も解毒薬も娘がそっくり持ち逃げして、儂の手許には、もう何もないのじゃ。青い毒の丸薬が九粒、白い解毒薬は、たった一粒しか残っていなかったのじゃが」

岩田はペルシャ絨氈を敷き詰めた床が、ぐんぐん沈んで行くような気がした。眼の前が急に真暗《まっくら》となり、心臓は早鐘をつくように鳴った。名状することの出来ない絶望感に、絶え入るような吐息をしたが、ふと我慢の出来ない憤怒が、胸にこみ上げて来た。

「貴方《あなた》は酷い人だ。娘が毒薬を持ち出すのを、霊感で察知しながら、なぜ放任していたのです。僕に毒を服ませると判っていて、なぜ黙っていたのです？　殺人の罪は、貴方こそ負うべきだ」

老人は、水のように冷静に答えた。

「判ってもらえるかどうか知らんが、宇宙には精霊というものがある。この精霊には、精霊の法則があって、これは科学的、常識的な因果法則を超越して、世の中を支配しとる。人間が未然に察知したからといって、精霊の法則の前には、それがどう変ろう。人は誰でも、己《おの》が死の運命を弁《わきま》えとる。が、死を免れた人は、古往今来《こおうこんらい》、ただの一人もない。娘は先月、儂の留守中、家へこっそり忍び入って、母親を騙し、毒薬を少々持って逃げた。すると間もなく、埃及の大官が、次々に謎の毒死を遂げた。下手人は誰にもせよ、毒薬は正しく家伝のものと気づくと、おのれ不埒《ふらち》な不孝娘、七生まで家の閾《しきい》は跨がせぬぞ、と心に誓いながら、涙をうかべて詫びてくれば、連れて来た亭主の手前もあり、嬉し泣きに泣く婆さんもいとしゅうて、心を鬼に嫌とは言えぬ。慾目が先に立って、今度こそ改心したかと思う。こうなると、肉親には霊感が鈍る。役に立たぬ。知っていて、吾子に罪を犯させる親があろうか！　お前さん、娘に会って、白い丸薬を貰いなされ。さすれば、生命は助かろう」

老人は立上って、悄然《しょうぜん》と隣室へ姿を消した。老母の歔欷の声が嫋々《じょうじょう》と続いた。

「五時間というと、ちょうど夜中の十二時。ああ、今から三時間の生命か！」

椅子の中の岩田は、躰中の力が、一遍に抜けてしまったように感じた。

傴僂《せむし》の乞食《こじき》

ハッサンの家を飛出すと、新市街カメル街の大通りの、向い側に立っていた埃及人の青年が、あたふたと岩田の傍へ駈寄った。

「おい、イワタ。呑気《のんき》だなア。カフェ暁《ソボ》のボーイに聞いたんだが、君は麝香猫《シヴエット》のバデアと組んで、妙な逢曳《ランデヴー》をしていたというじゃないか！　僕は君の行方を尋ねるのに、汗だくだった。気楽な逢曳《ランデヴー》どころの騒ぎじゃない。事務所は大混乱なのだ。博士は誘拐されるし、秘密書類は盗まれるし……」

　岩田は愕然として眼を瞠った。同僚のカマル・ラダンの手に縋《すが》りついて、今にも泣き出しそうな顔をするのだった。

「ラダン。僕はバデアに騙されて、毒を服まされた。それなのに、恩師は誘拐される、研究所の生命ともいうべき研究書類は盗まれてしまう。何たることだ！」

「えッ!?　君、毒を服まされたと？」

　手短かに事情を聞くと、秀麗なラダンの顔は、愁に濃く曇った。薄い唇が、幾らか軽薄に見えたが、身嗜《みだしな》みのいい端麗さが、整った顔立を一層引立てていた。

「それは大変だ。じゃ、直ぐ病院へ行って、手当てをしてもらうがいい。実は僕は君と協力して、博士と書類の行方捜査に当ろうと思って来たんだが、君がそんな状態じゃ、僕一人で駈廻るほかはない。犯人は、君がリビア沙漠で拾って来たベドウィン人のイムシ一味じゃないかと思う。奴の前身は掠奪《りやくだつ》、強盗、掻ッ払いの名人だった。君を非難するんじゃないが、沙漠の研究所へ、徒党を組んで夜盗に押入ったベドウィン人のうち、大半は君の素晴しい腕前で片づけたが、逃げ遅れたイムシを助けて、特別に眼をかけていたのは君だった。あれが悪かったと思う」

　元来、二人の勤務する埃及沙漠研究所《エヂプシアン・デザート・インスチチウト》は、カイロからリビア沙漠に通ずる隊商路、ジャロのオアシスにあったが、今次の大戦でリビア沙漠にも戦火が拡大したので、所長のメーメッド・パシャ博士、その愛娘《まなむすめ》スウラ嬢、技師の岩田大造、所長秘書のカマル・ラダンなどの一行は、研究所を閉鎖して、一週間ほど前このカイロに帰り、カスレニール街にあった一軒の小さい空屋《あきや》に仮事務所を開いたのだった。

ところが今日の夕方、七人の壮漢が覆面で研究所を襲い、小使を縛り上げた上、事務所にいた博士を無理矢理に麻酔剤で眠らせ、自動車で誘拐する一方、金庫を破って、研究所の生命ともいうべき重要書類を、根こそぎ掠奪し去ったというのだった。

「そうか。イムシの仕業か！　彼奴、改心を誓って神妙に働くから、気を許したんだが、一昨日《おおとい》、使いに出たまま謎の失踪をした奴だ。古巣の沙漠が恋しくて舞戻ったのかと思ったのに、またそんな大それたことを遣らかしたのか！」

ラダンは手を挙げて自動車を呼ぶと、岩田にも勧めて同乗した。

二人は、何も話さなかった。別々の想念を追う二人を乗せて、車は灯《ひ》の明るい街の中を走った。カイロの銀座プラーグとエマーデルデンの十字路へ来ると、二人は車を捨てた。

「じゃ、後ほど！」

街の角で、漠然とした挨拶を交したきり、ラダンは右へ、岩田は左へと別れた。

途中で振返ってみると、同じく振返ったラダンと偶然に視線が会った。二人は慌てて廻れ右をして、真直ぐに歩いた。

腹中の毒薬は、まだ何の作用も起さなかった。暴風雨《あらし》の前の静けさか、服毒が嘘の事実だったのか——平静な気分を保つには、くよくよしないことだった。

人の流れ、灯の渦、そんなものは何一つ眼に入らなかった。一町《ちょう》ほど漫歩《そぞろある》いて、宝石商の前まで来ると、美しく飾った飾窓の下に佝僂《せむし》の老乞食が、嗄れ声を張り上げていた。

「一文《バクシーシュ》！　一文《バクシーシュ》！　お慈悲《フォア・ザ・ラヴ・オブ・ゴッド》でございます」

鬱金《うこん》色の着物に赤い帯、色の褪《あ》せた土耳古帽《タルボシ》、その上をぐるぐる巻いた汚い白布、赭《あか》ら顔を半ば埋めた白い髯《ひげ》、駱駝《らくだ》の瘤のように盛上った背中——気味のよくない姿だった。

その前で不意に立停ると、岩田は飾窓の硝子《ガラス》に鼻の頭を押しつけた。眼の前には数々の宝石が、夜空の星のように光り輝いていたが、岩田にはそれも全然見えなかった。

「失敗《しま》った、イムシ。一服盛られて、俺の生命は多分、今夜の十二時限りだ」

「おやおや、そいつは大変だ！」

「麝香猫《シヴェット》のバデア、知ってるか？」

「あれア現世天国《カルベ・ホーラム》ッて秘密倶楽部《クラブ》の女将《おかみ》で、倶楽部はカフェ暁《ソボ》の地下室でさア」

「亭主は？」

「現世天国《カルベ・ホーラム》の中では、男はみんな覆面なので、誰も面は見知らねえが、慥《たし》かK39号という看板《レッテル》でさア」

「K39号だと！」

思わず大声を出して、岩田はハッと息を呑んだ。

「彼奴だ！　彼奴だ！　よし、面白い！　俺は今から乗込むが、もしかの節には手筈通り、後は頼んだぞ！」

「へえ、それアもう！」

「丸薬に気をつけろよ」

「へえ」

岩田は何喰わぬ顔で歩き出した。傴僂の老乞食は、また嗄れ声で「どうぞ一文《バクシーシュ》」と呶鳴った。

ものの十間《けん》も来ると、岩田は吃驚《びっくり》したように立ち竦んだ。

頭の上から深い、黒い被衣《エレク》を垂れ、張りの大きい明眸《めいぼう》を見せて、その下から長い白の面紗《ベール》をかけ、鼻の上には黄金の丸管《ヤシマク》をつけて、白綾の寛衣《アバヤ》にすらりとした身体《からだ》を包み、恩師メーメッド・パシャ博士の愛娘スウラ嬢が、紙よりも青ざめ、塑像のように、岩田の眼の前に立っているのだった。

ニルの款待《かんたい》

埃及の夏を有産階級《バシャ・ベー》は、ニルの涼しい河辺に定着する豪華な楼船《アヴァニア》の中で送った。そこには善美を尽した客室、食堂、寝室、浴室などがあって、いわば水上の邸宅だった。

岩田を連れて来たスウラ嬢は、窓を開けた客間の椅子に対座していた。夜の更けたニルの水上には、真赤な月が懸っていた。濃紺の夜空と、銀蛇《ぎんだ》のようなニルの水面を、三角帆の河舟《フェルウカ》や棗椰子《なつめやし》の木立が影絵のように鏤《ちりば》め、舷側《げんそく》を洗う金波銀波は、船唄のように耳に快かった。

平生は水際に咲いた白い水仙の花のように、清楚な容姿と、温淑な気質のスウラ嬢だったが、今夜ばかりは、岩田がいくら事情を打明けて諒解を求めても、機嫌を直そうとはしなかった。

夕方、エルヒベー街にあるカフェ暁《ソボ》の卓子《テーブル》で、岩田が珈琲を啜っていると、ボーイが、お眼にかかりたいという御婦人のお客様がいらっしゃいます、と言った。スウラ嬢かと思って他意もなく頷くと、そこへ案内されて来たのが、二十五、六の見知らぬ美人だった。

　彼女の話を聞くと、さすがに岩田も吃驚した。簡単にいえば、十年前、彼女は世の中の小娘に有勝ちの、華かな踊り子生活に憧れ、無分別に家出したので、物堅い両親から到頭勘当されてしまった。結局それをいいことにして、この十年間は勝手気儘に振舞ってきたが、近頃、父が老衰して失明し、明日をも知れぬ病床に臥しつつ、たった一人きりの娘の名を呼び求めていると噂に聞いたので、いくら不孝はしても、そこは親子の仲、早速飛んで行こうと思ったが、二年ほど前、叔母に会ったとき、日本人の青年紳士と幸福な結婚生活に入っているから、どうぞ安心してくれるように、と出鱈目《でたらめ》を言った口の手前、良人《おっと》を連れずには帰宅出来ない羽目となってしまった。ついては無理な願いとは思うが、親への最後の孝行に、せめては喜ばせて死なせたいから、今夜ほんの二時間ほど、助けると思って仮の花婿になってはもらえまいか——それが彼女の、涙を流さんばかりの頼みだった。

　始めは冗談と思って聞き流していたが、彼女の態度には必死の色が見られたし、勧め上手につい乗せられて、軽卒な承諾を与えたのがこの椿事《ちんじ》の原因だった。

　彼は一伍一什《いちぶしじゅう》を物語ったが、どこで誰から聞いたものか、岩田が情婦のバデアとカフェ暁《ソボ》で逢曳し、更に彼女の実家まで自動車を飛ばしたこと、痴話喧嘩が昂じて岩田が毒を盛られたのだ、と信じて、スウラ嬢は一向に納得しないのだった。

「イワタ。事実を歪曲したり、捏造《ねつぞう》して誤魔化そうとなさるのは、日頃の貴方にも似合わぬ卑怯な振舞いでしょう。考えてみると、近頃の貴方の行動は、すっかり疑惑の黒雲に包まれています。貴方は父に信頼され、重要書類の保管方をくれぐれも頼まれていたではありませんか。その貴方が事務所を空け、愛人と勝手な真似をなさる間に、父は誘拐され、秘密書類は盗まれてしまいました。それで申訳けが立つでしょうか！　三年前、日本の大学を卒業した貴方が、洋行の途次、アレキサンドリアへ立寄った際、ふとしたことから父の知遇を得、学才を見出されて、父の助手となってこの方、貴方は父に吾子同様、愛されて暮したではありませんか！　またあたし達二人は、口にこそ出さないけど、お互の心と心は結びついていました。今日一日の行動を反省してみて、貴方は恩師を裏切り、スウラに背いたのでないと、良心に誓って申せますか？　先刻、貴方は街で、傴僂の老乞食と何やらひそひそ話をなさいました。ああいう階級にお知合があろうとは、昨日《きのう》までのあたしは、夢にも思いませんでした」

ヌビア人の黒ん坊女中が入って来て、冷たいレモン水を二人の前に置いて去った。洋盃《カップ》を満たした黄金の液体を、岩田は飽かず眺めて、強いて弁解しようとしなかった。

「お嬢さん、お許し下さい。僕が悪うございました」

「父の捜索に直ぐ行って頂けますか？　父を誘拐したイムシは貴方の下男でしたから、貴方なら勝手がよくお判りのことと思います」

岩田は黒ん坊女中のいる、隣室の気配に耳を澄ましました。

「ところが僕は、イムシの消息を、さっぱり知らないんです。それに僕は今、生命の危険に直面しています。失礼しましょう」

「悪者に誘拐された父の生命は、考えて下さらないんですか？」

返事はなかった。スウラ嬢の面紗《ベール》の下の両の眼に、涙が一ぱい溜っていた。

「イワタ。実はラダンが、あたしに求婚いたしました」

「心から、お芽出度《めでと》うを申上げます」

「あたしの口から、有難《カッタア・ケイラック》うという返事を期待して、そう仰有《おっしゃ》るの？」

「無論です。ミスタ・ラダンは、埃及蘇丹《そたん》きっての豪華の御曹子、剣橋《ケンブリッチ》大学出の秀才です。誠に結構な良縁と存じます」

長い沈黙と凝視とが続いた。

「イワタ。お帰り下さい。貴方に二度とお眼にかかる日はありますまい」

岩田は一瞬、悲痛な面持で俛首《うなだ》れたが、悪びれた色もなく立上ると、丁寧に一揖《いちゆう》した。

現世天国《カルペ・ホーラム》

明るい廊下の両側には、蜂窩《アパート》のような小部屋が並び、入口を塞ぐ黒い天鵞絨《ビロード》のカーテンから覗くと、椅子や寝台の上で、老若の人々が、阿片《オピウム》や印度大麻《ハシッシュ》、乾燥大麻《ヘムプ》などを喫いながら、過去に見残した恋愛の続きを夢に描いたり、物語の美女を幻に眺めたり、無残絵の幻影を空中に追って娯しんだり、天下を取って栄耀栄華を恣《ほしいまま》にする妄想に耽ったり――皆が皆、この世ながらの恍惚境に遊び呆けているのだった。

広間には、着飾った数十人の覆面の紳士達が、若い女を抱き、入乱れて踊っていた。この秘密倶楽部に籍を置く紳士達は、カイロで勢力のある政治家や百万長者ばかりだった。若い女達は、赤、青、白、緑、紫、さまざまな色の舞踏服を着て、繻子《しゅす》の半靴を穿《は》いていた。魂を蕩《とろ》かすような甘い楽《がく》の音《ね》、桃色の灯の半ソフトの照明、強烈な香料《アンバー》の香、催情的な脂粉の匂い――広間には、廃頽的な淫蕩の空気が澱んでいた。現世天国《カルベ・ホーラム》！ この世を愉《カルベ・ホーラム》しめ！ カフェ暁の地階《ソボ》で、邪悪の花が夜毎にひらく毒々しい花壇だった。

踊の仲間から一人の紳士が抜けて、折から廊下を通りかかった女将《おかみ》を呼びとめた。

「マダム、ちと内密に頼みがある」

「おやおや、誰方《どなた》でしたか。さアこちらへ」

卵色の夜会服を纏ったバデアは、愛想よく奥の一室へ案内した。寄木細工の床の上に、緋の絨氈を敷き詰め、四方の壁際に長椅子を並べた喫煙室だった。

「お頼みとは、女の子？」

「うむ」

「どの娘《こ》に、白羽の矢が立ちましたの？」

バデアは嬌声をあげて笑った。

「お前だ！」

「御冗談ばっかり！ こんなお婆ちゃんを調戯《からか》うのは罪ですよ。で、お見立ては？」

「見立ててくれたのは、お前じゃないか！」

黒い覆面が辷《すべ》り落ちると、岩田の逞しい顔が現われた。バデアは色を失って立上ろうとしたが、その手をぐいと岩田が抑えた。

さすがに会わす顔がないように、彼女は視線をチラと床へ落したが、直ぐ持前の太々しさを取戻したのだった。

「話は手ッ取り早い方がいい。お前さんの注文は何だい？ 生命の助かる解毒薬かい？」

「慥な証拠があって言うのだ。今日誘拐したメーメッド・パシャ博士を出せ！」

「そんなことかい。じゃ、隣の部屋だ」

彼女は岩田に手をとられたまま、突当りの扉《ドア》に進み、ポケットから出した鍵で、錠を開けた。そこはやはり大麻《ヘムプ》吸引室で、中央の寝台の上に、博士の横臥している姿が見えた。

「先生！」

返事はなかった。身動きもしなかった。ハッとして、進み寄ってみると、白く吊上った眼、だらりと開いた口――博士は死んでいた。悔乎《ぎくり》とした途端、力の緩んだ岩田の手を、素早く振りちぎると、バデアは脱兎のごとく室外へ躍り出て、ぱったりと扉を締めた。ハッと思った時には、懸金をカチャリと卸す音が聞えた。

扉《ドア》についている覗き小窓が、カラリと開いて、勝誇ったバデアの眼が笑った。

「馬鹿野郎！　ここをどこだと思ってる？　名こそ天国だが、その開かずの間《ま》から、地獄へは直通だ。心残りのないよう言っておくが、遺骸の方は、来年の今ごろになると、埃及第三王朝イワターメン王の木乃伊《ミイラ》てなことになって、お金と暇の沢山ある好事家《ものずき》に可愛がられるようになろう。ふッふッふッ」

覗き小窓がピシャリと閉った後にも、バデアの嬌声が高らかに聞えた。

扉のない三方の壁を「クレオパトラ舟遊《ふなあそび》の図」「ネロ皇帝豪遊の図」「羅馬《ローマ》歓楽の図」などの油絵の額が飾ってあった。見るともなく、それらに空虚の眼を投げているると、やがてドヤドヤと人の足音が入乱れて、用心棒らしい五人の無頼漢が、扉を開け、短銃《ピストル》をつきつけながら入って来た。その後ろには、またバデアの姿があった。

天国の地獄

「間もなく、亭主《うちのひと》が来る。それまでの繋ぎに、また花嫁御寮《ごりょう》が御出張だ。亭主は何でもお前さんに、少し文句があるそうだ」

喫煙室から長椅子を運ばせて、そこへバデアは腰を卸した。短銃《ピストル》の林に囲まれながら、岩田はニヤニヤ笑った。

「知らぬが仏とは、よく言ったもんだ。思えばお前は、可哀想な女だよ」

「ちぇッ！　生《なま》ア言ってる。可哀想なは、お前さんでございだ。遺言があるなら聞いてやろう。暇潰しと罪滅ぼしにね」

「辷り出しは堅い話だが、我慢して聞け。俺達の研究所の仕事は、早くいうと、埃及のリビア沙漠へ数十哩《マイル》に渉る水路トンネルを開いて、地中海の水を流し込み、低地に二万平方粁《キロ》の大湖水を作ることなのだ。この湖水が沙漠の真ん中に出来上ると、湖面から蒸発する水蒸気は、熱風《ハムシン》や砂嵐《ギブリ》に悩む埃及の気候と、年中一滴の降雨もない乾燥しきった空気を一変して、沙漠は忽ち沃野と化し、米、麦、綿、椰子、柑橘《かんきつ》、無花果《いちじく》、柘榴《ざくろ》、葡萄《ぶどう》などが、たわわに実り、カイロは立所《たちどころ》に繁栄の一大都市に発展する。人類学者の説によると、百年後には、埃及人の容貌はよほど柔和なものになるだろうという――つまり沙漠の鬼を追出して、明日の埃及を、明朗な楽園に変える仕事なのだ。しかし、この計画を喜ばない一部の人々がいる。それは他国の犠牲においてのみ、自国の利益を計ろうという狡獪《こうかつ》極まる老大国だ。その情報部は、沙漠の沃野化と国防の不安、綿花の増産による埃及綿価の下落を理由にして、金を餌に馬鹿者を使嗾《しそう》し、博士の身辺、及び地質図、測量図、計画図からなる重要書類の二つに、迫害の魔手を延ばしたのだ。ところで、金に眼が眩んで、この策動に狂奔した馬鹿者は誰か！　一身の利害を思って、国家の安危を思わぬ数人の埃及人共なのだ。ところが、岩田大造健在なる限り、断じて彼らの跳梁を許すものではない。かくて博士も書類も、大磐石《だいばんじゃく》のごとく安泰なのだ！」

「気違いさん、名演説々々！　博士は寝台の上で、永劫に安泰でありまァす」

バデアが拍手したが、岩田は構わず喋舌《しゃべ》りつづけた。

「僕は研究所における同僚にして、親友なるカマル・ラダン君に一ト目会って、僕の手柄話を話したいのだが、彼は博士令嬢スウラ嬢に求婚した幸福なりし一日のことも忘れて、今頃はカイロ中を東奔西走……」

岩田の演説は、そこで途切れた。部屋へ一人の覆面が入って来て、バデアと肩を並べた。背後《うしろ》に従った黒ん坊が、その覆面とバデアに、珈琲のコップを一つずつ渡した。

「イワタ。貴様、太い奴だ。俺に秘密書類の偽物を掴ませやがった。どこにある、吐《ぬ》かせッ！　言わぬと、博士同様の最期だぞ！」

覆面の激怒に、岩田は哄笑で酬いた。

「その博士は、実に気の毒なことをした。カイロの土人街で、メーメッド博士に瓜二つという評判のアブド老人は、ここにこうして永眠された。替玉と知らずに、今まで過ぎたのは、いくらか良心の破片《かけら》を持合わせたK39号が、老人の前へ一度も出なかったためだろうと思う」

岩田の笑いは、そのまま唇に凍りついた。バデアの細い手に抓《つま》まれた青い丸薬が、岩田の話に半ば茫然としている覆面の珈琲の中に、こっそりと辷り落ち、やがて、それとも知らぬ覆面が、顔の下半部の垂れをめくり上げて、咽喉の奥へすっかり流し込んだではないか！

「バデア。お前は今日、花婿に与えた毒薬を、御亭主にも進呈したのか！」

「お前さんには、敵討なるだろう。あたしを踊らせたのは、この人なんだからね。あたしアもう、人を踏みつけにして、他の娘に求婚するような悪性男、生かしておけなくなった！」

覆面は恟乎《ぎくり》として立上った。手から辷り落ちたコップが、床の上に砕け散った。

「バデア！　貴様、やったなッ！」

「ふん、よく今まで生かしておいてもらえたものさ。あたいも死ぬんだ！」

青い丸薬を、静かにコップに沈めたバデアは、悠揚と、雫《しずく》も残さず飲み乾した。頬は青ざめ、思い迫った二つの眼は、凄絶の極みだった。

光は東方より《ルクス・エクス・オリエンテ》

「畜生！　バデア！　白い丸薬を出せ！　たった一つあったろう！」

「毒を飲んだのは三人、丸薬は一つ——誰が飲もうというんだい？」

覆面はズボンのポケットから、短銃《ピストル》を取出してバデアの胸へ押しつけた。

「出せ！　早く出さんか！」

「ふッふッふッ！　毒を飲んだ人間に、短銃が何だい！」

覆面は短銃を床へ叩きつけると、バデアの胸倉を摑えて、内懐ろを探った。

「おい御亭主、K３９号。じたばたするのはよせ！　それほど丸薬が欲しければ、素晴しいのをやろう。もっとも、色は黒いんだが」

岩田はポケットから、丸い紙包みを取出した。その中からゴム毬《まり》ほどの黒い爆弾が現われると、短銃の林で岩田を囲んでいた五人の用心棒が、悲鳴を挙げながら、慌てふためいて扉から雪崩《なだ》れ出た。

恐怖に戦《おのの》き、騒ぎに動顛して、覆面もそれに続こうとしたが、岩田の巨大な腕がその肩へぐいと落ちた。

「K39号。貴様が情報局平人部《インテリゼンス・デパートメント・シヴィル》の外人間諜《かんちょう》だという事実は、先刻《さっき》、自動車の中で判った。貴様は報告書の一片を、手巾《ハンカチ》を出しながら俺の膝の上へ落したのだ。それは埃及人の貴様が、埃及の機密を暴いて、他国に売りつける世にも浅ましい商品なのだ。俺は異邦人ながら、涙を滾《こぼ》した。これは他国の出来事ながら、もしこれが自分の同胞の仕事だったら！　俺は戦慄を禁じ得なかった。そして、しみじみと思った。この世の罪悪のうち、国を売るほど極悪なものはないと。あらゆる犯罪人のうち、死刑に値いする最初の一人を選べと言われたら、俺は躊躇することなく、売国奴《ばいこくど》を指摘する。私欲のため国家を売り、恩師、同僚に背いたK39号のカマル・ラダン！　君の弁明を聞こう！」

岩田の手が宙に躍って、覆面が取去られた。青ざめきったラダンの眼が、世にも妖しく光った。垂れた両手がぶるぶると慄えた。土色の唇はワナワナと戦き、顔面筋肉は、醜く痙攣《ひきつ》った。突然、劇《はげ》しい戦慄が彼の全身を襲ったと見る間に、彼の両手は空《くう》をつかみ、ううんと一ト声唸った後、朽木を倒したように床へ匍《は》った。

「十二時五分前か！」バデアが、独言《ひとりごと》のように呟いた。

「イワタ。白い丸薬を飲んでおくれ。いくらラダンの吩咐《いいつけ》でも立派な心懸のお前さんを毒を服ませて殺しちゃ、あたい、死にきれない！」

「快く呉れるのか、バデア？」

「ええ、喜んで！」バデアは椅子に凭《もた》れて眼を閉《つぶ》り口の中で呟いた。

「お前さんの言った通り、バデアは可哀想な女だった。昔から持つ男、持つ男に、どんなに尽しても、あたいは幸福になれなかった。女の幸福は、頼りになる男、正しい男を持つことだ。お前さんのような、立派な花婿さんは、滅多にあるもんじゃないのに、ふん、罰当りのバデアは、逃げ出して来ちゃった。惜しいことをしたと思うよ」

翌日の夜、ニル河畔の楼船《アヴァニア》の中では、スウラ嬢と岩田とが、一通の電報を眺めながら、愉しい食卓を囲んでいた。

「ゲンキナリ　アンシンセヨ　メーメッド・パシャ」

発信局は、アレキサンドリヤだった。

「お父さんは、貴方のお友達の家で、随分御厄介になったのね」

「いいえ、大したお世話は出来ませんよ」

「父の身替《みがわり》になったアブドさん、本当にお気の毒でした」

「ええ、あれだけは僕の見込違い。まさか殺されようとは思いませんでした。罪は計画者の僕にあり、です」

「あたしを許して下さる？　何も知らずに失礼ばかり申上げたこと」

「詫びるのは僕の方です。昨日までここにいたヌビア人の黒ん坊女中、あれがラダンの廻し者だったように、研究所の中はスパイだらけ、イムシの他はどれが敵か味方か、さっぱり判りませんでした」

　ヌビア人の黒ん坊女中に代って、台所の調理役を臨時に買って出たイムシが、御馳走の皿を持って出て来た。背中に瘤はなく、白髯《はくぜん》も取れて、精悍《せいかん》な相貌の壮者だった。

「お嬢さん、イムシを褒めてやって下さい。一度は悪に染ったが、国のため死んでこそ、男の死華《しにばな》が咲くのだ、という僕の説教から、すっかり心を入替え、今度は抜群の手柄を樹てました。博士誘拐や書類掠奪の噂を、土人街で小耳に挟み、逸早《いちはや》く僕に知らせてくれたのも、書類と爆弾を背中に背負《しょ》って、偽の傴僂となり、いざといえば爆死する凄い役割を勤めてくれたのも、みんなイムシでした」

「有難うね、イムシ。あんたはイワタに会って、幸福になれたのね」

「へえ、わしがどうやら人並の暮しに入れたのは、この旦那のお蔭でござんす。でも、お嬢さんも、旦那に会って、幸福になれたのでござえましょう？」

　三人、どっと笑った。頰を染めたスウラ嬢は、岩田に情愛の籠った視線を送り、口の中でそっと呟いた。

「光は東方より《ルクス・エクス・オリエンテ》！」

蛇頸龍《プレジオサウラス》の寝床

蛇神《ナガ》の卵

「さて皆の衆！　ラオ・バハヅール・ナナン・チャンド博士は、身、王族《ラオ》、勇将《バハヅール》の出にして、家には巨万の財を擁し、徳の高きは聖人《リシ》に優り、智の深さは、四つの吠陀《ヴェダ》を渉猟したる教典博士《パンヂ》に劣らず、その積徳、善業《ぜんごう》の余映、輝けること、さながら日輪のようじゃ」

新嘉坡《シンガポール》セラングール路、パルマル寺院《ビハーラ》の広い境内には、灼熱の陽光がさんさんと降り濺《そそ》ぎ、焼けついた白い大地からは、燃ゆるような陽炎《かげろう》が、眼に眩しく立ち昇っていた。その境内いっぱいを埋めた、敬虔な印度教徒《ヒンヅー》らは、水を打ったように静まり返って、祭司《グル》の老人の物々しい言葉に、耳を澄していた。

「このたび博士、神々の啓示《スルチ》を受け、遥かに南の島々を歴遊されて、有難き大発見をなされた。それは即ち、あれじゃ」

祭司の老人が、右手を挙げて指さすのを合図に、本堂の前に張ってあった黄色の幔幕《まんまく》が、さッと切って落された。と、人々の魂を、一ぺんに天外へ吹飛ばしたのは、そこに、一ト抱えに余る途方もなく大きな卵が三十、緑の芳香草《クスクス》と聖草《ダーク》を褥《しとね》に、一つずつ白木の輦台《れんだい》の上に、ずらりと並んでいることだった。卵は光沢《つや》のいい灰色で、夥しい黒い斑紋に被われ、楕円の長径は約四呎《フィート》、周囲は三呎半位、容量は七、八ガロンもあった。

「皆の衆！　その昔、大自在天《マハー・シワラ》シヴァの神、世界を統《しろ》しめし給いし頃、印度《インド》と阿弗利加《アフリカ》は陸続きの一つの大陸じゃった。さればさ、神々の遺跡にして、印度洋の波の底、南海の島々の地中に遺《のこ》るものは、頗る多いのじゃ。この卵は、その一つ、畏《かしこ》くも、さる一小島の鳥糞《グアノ》の底深く埋もれ、在りし日のまま、数千数万年を閲《けみ》してきたが、なにを隠そう、この中の一つこそ、我ら人間が、神の中の神、師の中の師と頼み参らせる半蛇半人《はんだはんじん》の蛇神《へびがみ》シシヤ・ラガの御卵《みたまご》にして、他の二十九は、蛇神の眷族衆《けんぞくしゅう》の御卵なのじゃ。日ごろ繁栄蛇神《グッガ》に帰依《きえ》する者、贖罪女蛇神《マナサ》を崇拝する皆の衆！　蛇神の中の蛇神、蛇神をおがみ参らせよ！　蛇神はやがてこの御卵より甦らせ給う！　さらに、あらゆる罪障より逃れ、永劫の福祉を求めんとする者、喜びて蛇谷《ルムバ・ウラール》における二百十日間の苦行に赴き、御卵の孵化を祈願し奉る者は、わが前に進み出よ！　幸運の男は、たった二百十人――たとえ二百十一人目に並ぶとも、その男に千載一遇《せんざいいちぐう》の好機は与えられぬのじゃ」

　祭司《グル》の言葉を吹消して、人々の凄まじい喚声が、場内を圧した。選ばれた二百十人の中に、我こそ入らんものと、狂信的な印度教徒《ヒンヅー》らが祭司をめがけて殺倒したのだった。が、その中には、たった一人の異分子、英国秘密情報部《シークレット・サアヴィス》のフランク・ジョオジ・グラハムが、苦心して印度教徒《ヒンヅー》に化けていた。

「糞ッ！　選に洩れて堪《たま》るものか！　はるばる孟買《ボンベイ》から、この新嘉坡《シンガポール》くんだりまで来たのも彼奴《あいつ》を捕えたいためなのだ。獲物は大きいぞ！　蛇谷《ルムバ・ウラール》へ！　なんでもかんでも、蛇谷《ルムバ・ウラール》へ行って、あの日本人を引ッ捕えないことにゃ……」

　口のなかで呟きながら、いわゆる幸運の二百十人に洩れまいと、彼は人波を掻き分けるように、祭司《グル》の方へ突進して行った。

　グラハムはその朝、中央劇場《セントラル・シアター》出演の英人俳優に依頼して、特に入念に変装を助《す》けてもらった。黒く染めて、たくみに縮れさせた髪、油煙と油脂で塗り隠した顔や手足、白檀《びゃくだん》の粉を三本塗った額の筋――幸いなことに、眼玉は鳶色《とびいろ》だし、二十歳から十四年間の、長い印度生活のお蔭で、白い男服《ドーテイ》を引っかけてみると、どこにも隙のない印度人に化けることが出来た。

　なによりも気強く思うのは、暗黒街の顔役、回教徒のアリ・シンに命じて、この苦行志願者のなかへ、約五十人の屈強な男を、忍ばせておいたことだった。孟買強盗団《ボンベイダカイチ》の首領として、名のあったアリ・シンと偶然に昨夜、新嘉坡の土人街で邂逅したのが勿怪《もっけ》の倖《さいわ》い、孟買では追う者、追われる者の立場だったが、新嘉坡で手を繋いで行く気になったのは、狙いをつけて来た獲物が、アリ・シンと比較にならない大物のせいだった。

　日本人の佐久良散太郎《さくらさんたろう》――それは印度、馬来《マレー》の両政庁を通じて、英国官憲が血眼《ちまなこ》で探索に狂奔している名うてのお尋ね者だった。それだけに、彼の逮捕には、勲章、年金、昇進、特賞と、夥しい報酬が約束された。相手と自分に纏わる特殊の因縁を別にしても、これは何物にもまさる素晴しい魅力だった。そのサクラが、博士の輩下となって蛇谷《ルムバ・ウラール》の孵卵地へ、前仕度に行っている――そういう情報を得たグラハムは、どこをどうしても、まず蛇谷《ルムバ・ウラール》へ潜入しなければならないのだった。

宝石嬢《ラトナデヴィ》

人選が終ると、出発の準備が始まった。

グラハムは、チャンド博士の輦台《れんだい》を舁《かつ》ぐ役割だった。輦台は、卵のものと同様に、白木の麻栗樹《チーク》製の粗末なものだが、褥だけは草ではなく、絹の上等の敷蒲団《ガッディ》だった。

間もなく、博士が附添に護られて、輦台に近づいて来た。が、ふと振返って、嗄《しわが》れ声で叫んだ。

「これこれ、ラトナ。蛇谷《ルムバ・ウラール》は、若い女の子の行く場所じゃない。とてもとても凄いところなのじゃ。邸へ行って、儂《わし》の帰りを待ちなさい」

「でも、お父様。あたくしは、たった今、ジョンストン埠頭から、ここへ駈けつけて来たばかりですわ。それもお父様に会いたさが一杯、はるばると孟買《ボンベイ》から出て来て、七年目にお会いしたんですもの、一刻でも、ご一緒にいたいのですわ」

博士の背後に、グラハムが二度三度、孟買で見かけたことのある宝石嬢《ラトナデヴィ》が、美しい絵から抜出したように立っていた。たった今、孟買から、汽船で新嘉坡《シンガポール》へ来たというのも、三日前の自分が、そうなので、なつかしい奇縁が感じられた。

もともと博士は、中印アルタバスチの王様《ラオ》で、かつ大地主《ザミンダール》でもあり郷里には小さいながら王宮《マハール》があったが、そこは夫人に任せ、自分は好きな生物学の研究に没頭して、カルカッタから新嘉坡へ住居を移し、一粒種の愛娘《まなむすめ》、宝石嬢《ラトナデヴィ》は孟買の別邸に住ませ、三人が三人、奇妙な別居生活を送っているのだった。印度の婆羅門《バラモン》に、家族の別居生活は珍らしくないことだが、博士の場合は、

「婆さんは、王妃様《ラーニ》らしい生活が好きじゃから、故郷の王宮《マハール》に住んどる。娘は、都会生活がよかろうと思って、印度女の天国、孟買に住ませとる。儂は、研究の都合では、海の底にでも、別荘を作りかねない男じゃ」

ということだった。三つの住居に共通なことは、素晴しく大きな無料宿泊所《ダルムサラ》や施水場《パラブ》、その他の慈善施設を設けて、印度教徒《ヒンヅー》らに、多大の善根を与えていることだった。

博士は、前カルカッタ大学の生物学教授で七年前、退職と同時に、この新嘉坡へ移り住み、小さい研究所を開いていた。学者仲間や世間からは「気違い博士《マッド・ドクター》」と噂されたが、印度教徒《ヒンヅー》からは「貧者の神」と尊敬された。

また博士の愛嬢ラトナは、印度では娘盛りの十五歳、孟買では女神のごとく敬愛され、愛称デヴィをつけて、宝石嬢《ラトナデヴィ》といえば、誰ひとり知らぬものはなかった。そして、その優美な姿ときたら、いちど見たものの胸に、消しがたい烙印となるのだった。

満月のように清らかな顔、芥子《けし》の花のようになよやかな体、蓮花《れんか》のように麗わしい肌、羚羊《となかい》のように明澄な眼、百合のような体の香、歩みは白鳥の優雅さに満ち、声は五月の空を震わす郭公鳥《かっこう》のように美くしい――。

孟買の無料宿泊所《ダルムサラ》の壁に、誰が書いたか、彼女の讃美が、そんな詩の形式で、落書されているという。

グラハムは、純白の胸衣《チョリ》と女服《サーリー》、真珠の頸飾《くびかざり》と、黄金《おうごん》の腕環で清楚に装った彼女の端然な横顔にぼんやりと見《み》惚《と》れていた。

「ラトナ。蛇谷《ルムバ・ウラール》は、怖しいところじゃよ。籔《やぶ》のなかに潜むマラリヤ蚊、羊歯《しだ》の根に隠れとるペスト野鼠、梢から人間の襟首へ降って来る蠍《さそり》、蛭《ひる》の輩《やから》、地べたを匍《は》いまわる大百足《むかで》や毒蜘蛛《どくぐも》の連中、それから煩《うるさ》いのは、蝿じゃ。デルマトビア蝿、タンブ蝿、クテオラ蝿――あいつらの幼虫に好かれて、ところ嫌わず皮膚《はだ》のなかへもぐり込まれたが最後、身体中《からだじゅう》が痛痒くなって、夜も寝られず、身も心も悩乱して、すっかり厭世的《えんせいてき》になってしまう。そうそう、気をつけんといかんのは毒蛇じゃ。うっかり眼鏡蛇《コブラ》の巣に足でも突込んで、やつの杓子頭《しゃくしあたま》にパックリ嚙《や》られると、十分間でこの世におさらばじゃ。殊に大王眼鏡蛇《キングコブラ》が危険《あぶな》い。が、まだ新嘉坡独得の黒眼鏡蛇《ブラックコブラ》がおる。こやつは、人畜の眼に向って、必殺の毒液を発射し、それが百発百中という名射手《めいいて》じゃ」

博士は手真似を加えて、諄々《じゅんじゅん》と説いた。大の男のグラハムは、その話で、背筋や足の裏が、ゾクゾクするように感じた。博士の選んだ孵卵地は、どうも蛇谷《ルムバ・ウラール》の名のごとく、蛇の多い谷間と想像していたが、そんな凄いところと聞くと、うんざりせざるを得なかった。が、宝石嬢《ラトナデヴィ》は、悪戯《いたずら》ッ子らしく、眼をクルクルして、頭を横に振った。

「脅《おどか》したって駄目！　あたし、行くわ。お父様のいらっしゃるところなら、どこへでも！」

彼女は、胡蝶のように軽々と博士の輦台へ坐ってしまった。博士は、顔中を皺苦茶にして、我が子を見上げ、見下していたが、やがて歯のない口を歪めて呟いた。

「昔から、利かぬ気の娘じゃ。仕方がない」

駄々を捏《こ》ねる娘、子に負ける老父――そこには、軽い諧謔味があって、あたりの人々を、おのずと微笑ませた。

蛇頸龍《プレジオサウラス》

別荘地パシル・パンジャンにはいると、椰子《やし》、菩提樹《ぼだいじゅ》、肉桂樹《にくけいじゅ》などの熱帯樹が鬱蒼と繁茂して、早くも別天地の感が深かったが、その出端れの村《カンポン》を去って、パンダイ川の上流へ二時間も進むと、それまで細々ながらあった小径《こみち》は絶え、下生《したばえ》の深い樹海が陽光を遮って、快晴の午後ながら、密林のなかは陰鬱な夕暮の色に染っていた。

一行は、鍋炭のように黒い額に、白い牛糞《カンク》を塗りつけた長髪の印度教徒《ヒンヅー》が二百十人、それにチャンド博士父娘《おやこ》の二人だった。三十二の輦台は、それぞれ四人の男達が舁ぎ、残りの連中は、乾飯《チダ》や干魚《スカビ》などの大きな食糧袋を、みな背負っていた。

先頭を行くのは、食糧の輸送隊、つぎに卵の輦台、最後はチャンド博士父娘だった。

パルマル寺院《ビハーラ》では、娘の同行に難色を見せた博士も、道中では機嫌を直して、なにかと娘に話しかけた。

「お父さんのことを、世間では、妖怪学《デモノロヂイ》研究の気違い博士というとるが、儂は世間の学者どもを、十倍も嗤《わら》い返しているのじゃよ。儂がこれらの卵を、三月前、南海の一小島で発見し、その帰途、途柄《おりから》バタヴィアで開催中の第五回熱帯圏生物学大会へ持参したとき、世界に名だたる学者どもが、なんといったと思う? みんな各自《てんで》に、もっともらしい屁理窟《へりくつ》をくっつけて、やれ始祖鳥《アルケオプリテリクス》の卵だ、いや新西蘭《ニュージランド》の大駝鳥《モア》の卵だ、いやいやマダガスカル島産巨大駝鳥《エピオルニス》の卵だ、うんにゃ恐龍《デイノサウラス》の卵だ、どうも滄龍《モザサウラス》の卵らしい。ことによると、米洲龍《カリダスチス》の卵ではないか、ひどいのになると、巨大一角犀《パルチセリム》の卵かも知れない――などと、噴飯《ふんぱん》ものの珍説を並べ立てて、止《とど》まるところを知らんのじゃ。そこで結局、最後にわしの意見を求めてきたので、儂は卵の大いのと重量の関係、卵の海水に対する比重、発見場所の考古学的考証などから説き起して、種々の別証を添え、これぞその昔、太平洋の底ふかく沈んだレムリア大陸の遺物で、生物学的には蛇頸龍《プレジオサウラス》、宗教学的には蛇神《ナガ》の卵じゃ、と結んだところ、場内は喧々囂々《けんけんごうごう》、収拾しがたい喧騒に陥った末、一同はわしの説を軽蔑し去ってしまったのじゃ」

チャンド博士は、神々しいような白髪白髯《はくぜん》で、顔は非常に血色がよかったが、声は嗄《か》れ、歯の一本もない口から、息が勝手に洩れ出て、言葉はあまり瞭乎《はっきり》としなかった。

「が、わしも彼らを嗤って、この新嘉坡へ帰って来たのじゃ。彼らはわしの説を反駁するなんらの証拠を持たず、ただ漠然と、わしの説を奇矯というに過ぎんのじゃ。そこで、わしが彼らに答える道は、たった一つしかない。即ち、この卵を孵《かえ》すことじゃ。が、これは、わしの勝じゃよ。ええか、ラトナ。このチャンドは誓っておくが、蛇頸龍《プレジオサウラス》は、きっと生れる。わしの算定によると、成獣は二角、両耳を具《そな》えた頭、大蛇《おろち》のような長い頸、四肢を持つ肥った胴体から、逞しい尾端に至るまで、全長約六十尺。体重はおよそ四十余噸《トン》じゃ。こいつが疾駆すれば、岩石を蹴散らし、砂塵を巻いて、それこそ天柱砕くるか、地軸破るるかと思うばかり。もし巨大な腹部を、悠然と地上に下し、灰黒色の剛毛の密生する巨大な全身を、エスプラネードの広場に据え、八十一枚の鱗に包まれた長大な頸を挙げて、片手をラッフルスの銅像の頭上に休め、爛々たる二つの眼《まなこ》で、新嘉坡の街を睥睨《へいげい》しつつ、銅羅《どら》のように咆吼《ほうこう》したとなると、あっはっはっ、新嘉坡の人間どもは、地球滅亡とばかりに、右往左往、あたふたと逃げ廻るじゃろう。あッはッはッはッはッ！」

歯の一本もない口を大きく開いて、止度もなく笑う父の顔を、宝石嬢《ラトナデヴィ》は瞬きもせず、見入っていた。輦台を舁いでいたグラハムは呆れ返って、肚のなかで、世評どおりなるほど気違い博士だ！　と呟いた。

蛇谷《ルムバ・ウラール》

行くほどに、蔦《つた》が十重二十重《とえはたえ》に絡みつく麻栗樹《ジャティ》や、榕樹《バンヤン》の樹立《こだち》、繁りに繁ったマングローブの籔、芭蕉《ピサン》、羊歯《パク》の密生する山峡の叢林《そうりん》が現われ、間《ま》もなく、密林がいくらか明るくなって、夕陽の罩《こ》めた山峡の谷が、眼の前に広々と展開した。四辺《あたり》いちめんに茂り栄えた苔、蔓草、羊歯、丈の低い灌木の類が、眼覚むるばかり鮮かな緑色だったのが、暗く押し潰されていた一同の気持を、ホッとさせるのだった。

「ラトナ。ここが蛇谷《ルムバ・ウラール》じゃ」

と博士が囁いた。が、一同の足は、そこで停らず、一際こんもりと繁った羊歯の籔蔭を分けて、そこに口を開く洞窟のなかへ、松明《たいまつ》の灯とともに、ドシドシと吸い込まれて行った。

行けども行けども、暗道《カレズ》は続いた。入口は輦台が、やっと入れるくらい小さかったが、進むにつれて中は広くなり、天井も次第に高く、もし蛇頸龍《プレジオサウラス》が出生したら、なるほど手頃の棲家だろうと思われる。数知れぬ蝙蝠《こうもり》が松明の灯に狼狽して、ばたばたと騒ぎ狂った。冷たい、湿っぽい、澱んだ空気、蝙蝠とその糞の異臭、人いきれと松明の煙などで、洞窟内は嘔吐しそうなほど気持が悪かった。が、やがて岩壁に囲まれた大きな広場へ出ると、広々としたせいか、心に清々《すがすが》しさが戻って来た。

そこで卵の輦台は正面へ飾られ、その前には神聖草《クシャ》、供物草《ダルバ》、香油、水などを供え、前から来ていたものか、一人の僧侶《プジャリ》が現われて、厳粛な祈願が行われた。長い読経《どきょう》に次いで吠陀《ヴエダ》の讃歌、それから最高敬礼《サシクンガ》、最後に、「蛇神万歳《ナガ・ジ・ジャイ》！」が三唱されて、式は終った。

グラハムは、面白くもない祈願祭《プウジャ》の間、どれがサクラかと、眼を光らせていた。きょう来た二百十人は、孵卵祈願の苦行者《ゴスワミ》のみで、十日も前から準備に来た三、四十人のなかの統領が、ダーサと変名しているサクラだった。

半歳前、博士が南海の島々を探検に出かけた時、七人の従者が、新嘉坡から随従して行ったが、帰路には、六人だけ同じ顔触れで、残る一人は、バタヴィアで傭入《やといい》れた印度人だった。ちょうどその頃、印度を脱出したサクラが、蘭印に現われたという噂だったが、一月前、博士の帰国と時を同じゅうして、サクラの姿もバタヴィアから忽然と消えたので、博士に傭われた印度人が、サクラに違いなかった。

「旦那《サヒーブ》。ダーサというのは、あの男でがす」

ふと、アリ・シンの髭面が小声で囁いた。その視線を追うと、輦台の前で仏像に香油を注ぎかけている逞しい壮漢《わかもの》の、がっしりとした後ろ姿が見えた。彼奴か！　とグラハムは、一ぺんに緊張して、燃えるような視線を送った。

広場の人々は、それぞれ自分の選んだ奇妙な苦行《クパス》を始めた。腹這いになる者、片手を空へ突上げている者、逆立ちしている者、仰臥して腹部へ大きな岩を乗せている者――。

こんな仲間入りは遣切《やりき》れない、とグラハムは、用便に立つような恰好で、アリ・シンを誘った。世話役の男に教えられた道は、広場からなお奥へ通ずる地下道《カレズ》だった。

「奴を、どうやって捕えます？　旦那《サヒーブ》。下手に間誤《まご》つくと、こっちが危険《あぶない》ですぜ！」

「計略を用いるか、最後には、チャンド博士に打明けて、頼むよりほかあるまい」

グラハムも、サクラ逮捕の方策には、まだ確信がなかった。狂信的な印度教徒《ヒンヅー》のなかで、犯人の捕縛に焦ったため、半殺しにされた例は印度在住の英人官憲なら、嫌というほど見聞していた。それだけに、蛇谷《ルムバ・ウラール》へと、我武者羅《がむしゃら》に潜入を心がけて来たものの、いざ目的地へ来て、サクラにぶつかるとなると、どういう筋書によっていいか、まだ思案が定まらないのだった。が、万に一つの失敗を予想する必要のなかったのは、アリ・シンの一味を好餌《こうじ》で釣ってあること、及びチャンド博士が、心からの親英派なので、秘密情報部員《シークレット・サーヴィス》の身分を打明けたら、一も二もなく、自分の味方になってもらえることだった。博士は、大英帝国の栄光ある従男爵《サア》であり、名誉ある上級爵士勲章《ケイ・シー・エス・アイ》の佩用《はいよう》者でもあった。極東危機説の喧《やかま》しい近頃、五人以上の集会を厳禁された新嘉坡で、この特別の大集会が、英国官憲に許可されたというのも、博士が並々でない親英派の巨頭だったからだ。突拍子もない蛇神《ナガ》の卵孵化の願書を、二つ返事で受理して、狂った頭脳に逆わないのは、新嘉坡官憲が、博士の身分に一目おいているからだった。

岩壁のところどころに、カンテラが吊下げてあった。アリ・シンに続いて、ものの小半町《ちょう》も行くと、また怖しく広い場所へ出た。が、そこでグラハムは、思わず、アッと叫んで立竦んだ。

蛇男

ただ大闇黒《だいあんこく》という他はなかった。眼の前には、茫漠たる闇黒の海があった。直径何ほどとも知れぬ大きな黒い洞穴が、向う側はそのまま永遠の闇に溶け、底は地獄へ続くかと思うばかり妖しい瘴気《しょうき》を陰々と湛えて、太古からの謎を深く秘めているのだった。

岸壁に立ったグラハムは、圧倒的な戦慄を禁ずることが出来なかった。一分間も瞶《みつ》めていると、この死の闇のなかから、眼に見えぬ黒い手がニュウと出て来て、有無をいわさず引摺り込まれそうな気がしたり、怖い癖に妙な魅力を感じて、ふらふらと飛込んでみたくなったり、ハッと気づいて、急に後退《あとずさ》りするのだった。

「ここは、わしが発見したのじゃよ」

ふと、博士の声が聞えたので、グラハムは、岩壁のカンテラが二つ三つ揺ぐ薄暗がりのなかへ眼を据えた。ほど近い岩の襞の陰に、博士の白い男服と、宝石嬢《ラトナデヴィ》の姿とが、朧《おぼ》ろに見えた。

「馬来古譚集《セジャヤ・マレイユ》ちゅう本のなかに、昔むかしのその昔、この島の地中から猛烈な瓦斯《ガス》が噴出して、そのため獅子ケ島《シンガ・ブラウ》の島民が全滅したと書いてある。とすると、噴出した瓦斯の詰《つま》っとったところに、空隙《くうげき》が残る道理じゃ。そういう論理の下《もと》に、わしがこの島中を探ってみると、果して、あったあった！　この素晴しい、底なしの洞穴があったのじゃ。これは、地軸へまで通じとる。嘘と思うなら、岩塊を落して御覧。底を打つ音は、断じて聞えんのじゃよ」

「怖いわ、お父さま」

「だから、来るなといったんじゃ。女子《おなご》の始末の悪いのは、人一倍怖がりの癖に、人一倍物好きのことじゃよ。明日は夜が明けたら、早々《そうそう》お帰り！」

「いや！　お父さまと御一緒でなきゃ……」

「女子の困りものには、また強情があった」

「どっさり棚卸《たなおろし》して頂戴！　あとでギャフンといわせてあげるから！」

宝石嬢《ラトナデヴィ》の嬌声と、博士の苦笑が、次第に薄れて、二人の姿は地下道《カレズ》の奥へ消えた。

用便の帰途、道を間違えたものか、グラハムとアリ・シンの二人は、往路には見なかった妙な部屋の前へ出た。そこには無数の籠が堆高《うずたか》く積まれ、なんともかとも名状しがたい臭気を湛えていた。部屋のなかで振返った男を見ると、いつの間に来たのか、ダーサだった。太い濃い眉、鋭い眼光、隆《たか》い鼻筋、引締った口許――なにかしら、線の太い感じがした。

「おい！」

ダーサは、室外に立停った二人に呼びかけた。男らしい太い低音《バス》だった。

「この室のなかへ一歩も入るなと、皆なに言っておけよ！　ここは蛇窖《へびぐら》だで、籠のなかには、蛇谷《ルムバ・ウラール》中のお客人たちが、ありったけ詰め込んであるだ」

へえ！　と低く答えて、呆れたように眼を見開いたのは、アリ・シンだった。

「そんな沢山の蛇を、どうするんで？」

「どうする！　馬鹿野郎ッ！　汝《うぬ》ら、きょう蛇谷《ルムバ・ウラール》へ裸足《はだし》でのこのこやって来れたのを、誰のお蔭と思うだ？ 印度、錫蘭《セイロン》、馬来《マレイ》へかけて名のある腕利きの蛇捕りや蛇使い十五人が、十日もかかって、一匹残らず、蛇谷《ルムバ・ウラール》の住民どもを、籠のなかやこの地下の窖《あな》へ移転《ひっこ》しさせたからだぞ。貴様、蛇料理が好きなら、ど太い奴を二、三本持って行かねえか！」

ダーサは、そばの籠の蓋を取ると、やにわに手を突込んで、一握りもある太さの青大将《あおだいしょう》を摑み出し、蛇の口を両手で開いたかと思うと、なんの雑作もなく絹を裂くような音を立てて、口から真二つに裂いてしまった。そして、血の滴る、まだ生きてうねりくねる二つの半身を、二人を目がけてパッと投げつけ、ゲラゲラと高く哄笑するのだった。

「いえ、なに、結構で！」

猛悪なアリ・シンも、さすがに度胆を抜かれて、柄にもなくあたふたと逃げ出した。

「あの野郎、飛んでもねえ野郎だ！」

アリ・シンはよほど驚いたとみえ、歩きながら、ぶつぶつ呟き続けた。アリ・シンに劣らず胆を冷したグラハムは、すっかり考え込んでしまった。それは三年前、印度美術研究の名の下に、印度の西北辺境州《ノース・ウエスタン・フロンチーア》や、国境のあたりを彷徨《うろつ》いていたサクラの兄と、このサクラとが、ひどく型が違うということだった。散太郎の兄、市太郎は、いかにも芸術家らしい繊細な感じの男で、見た眼も弱々しかったが、弟の散太郎は反対に身体も大きく、言動が粗雑で、乱暴で、丸太のような神経の男と思われた。それに奴の眼は、瞑想的、東洋的、あるいは亡国民族の哀愁を湛えた、普通の印度人の眼の色と違い、ひどく兇暴な光に満ちていた。不殺生戒《オヒムサ》の喧しい印度教徒《ヒンヅー》ならば、虫も殺さないはずなのに、蛇を生きながら裂き、こちらへ叩きつけて、不敵に哄笑したあの眼！ 眼！ 蛇を喰うマングースにもない残忍な眼の色なのだ。市太郎の方は、アフガン国境の一夜、カイヴァ通路《パッス》を外《そ》れた死の谿谷《デッス・ヴァレイ》で、国境へ近づくすべての日本人同様、簡単に消してしまったが、散太郎の方は、迂闊に手出しが出来そうにない——グラハムは、投げつけられた蛇が、グニャリと掌《てのひら》へぶつかった気味悪さを、いつまでも思い出しては慄然としながら、自分ながら奇怪な恐怖と不安の一夜を明かさねばならなかった。

サクラ旦那《サヒーブ》

翌《あく》る朝、アリ・シンに命じて輩下の一味を呼び集め、要所々々を固めさせたグラハムは、一晩中脳裡に描きつづけた相手の映像の凄味に、すっかり圧倒された結果、意を決して、チャンド博士を、洞窟の一室に訪れた。博士と宝石嬢《ラトナデヴィ》は、粗末な木製の寝台《チャルパイ》から、ちょうど起き上ったところだった。

サクラ逮捕に関する援助の懇請を受けると、それまで眉ひとつ動かさず、寝台に腰かけて黙然と聞いていた博士は、ふと顔をあげて、宝石嬢《ラトナデヴィ》にいった。

「少し、席を外《はず》していなさい!」

宝石嬢《ラトナデヴィ》は、首を横に振った。博士はこれまでになく厳然と、もう一度いったが、彼女はまた敢然と拒否した。博士は怒ったように彼女を睨みつけたが、彼女も負けずに睨み返した。二人の視線は、傍から捕捉することのできない複雑な強い光に満ちていた。

長い睨み合いに、兜《かぶと》を脱いだのは博士だった。寝台《チャルパイ》から下りると、侍僕《サイス》にダーサを呼ばせて、室内をぶらぶら歩き出した。

「サクラとは、一体、何者ですじゃ?」

「博士、全印度中で、英国官憲が昔から、サクラほど手《て》古《こ》ずった相手は、ただの一人もなかったのです。奴の出没するところ、なんらか波紋なくして終った例《ため》しがありません。例えば、この一年間だけ拾ってみても、アラハバードの印度独立運動、アムリッツァの反英大集会、孟買《ボンベイ》の印度女子義勇隊の反英示威行進、西北辺境州《ノース・ウエスタン・フロンチーア》のアフリヂ蕃族《ばんぞく》叛乱、同じくパジョール蕃族の火薬秘密製造など、奴が糸を引いた騒動は、枚挙に遑《いとま》がないのです」

「ミスタ・グラハム。それほど困る相手に、大英帝国の官憲が、印度中の横行を許しておく、なにか特殊の理由があるのかな?」

「博士、皮肉を仰有《おっしゃ》らないで……。われわれは血眼で、奴の捜査に当っているのですが、なにしろ風のように素早い奴で、私もまだ見たことはないのですが、文字どおり神出鬼没、端倪《たんげい》を許さない奴なのです。おまけに悪いことには、無智な印度民衆が、彼奴の安ッぽい英雄主義《ヒロイズム》に陶酔して『サクラ旦那《サヒーブ》サクラ旦那《サヒーブ》』と拍手迎合、彼奴の後援をしたり、遁走に助力するものですから吾々もほとほと手を焼いてしまいました」

「ダーサがサクラだちゅうことを、新嘉坡の警察から、あんたに知らせたのかな?」

「いや、新嘉坡の警察は、なにも知らずにいるのです。吾々仲間には功名争いがありますし、これまで長い間、追ッ駆け廻したせっかくの大物を、横から浚《さら》われては堪りませんから、このグラハムが、独力で網を張ったのです」

ちょうどそこへ、当のダーサがつかつかと入って来た。

「旦那様《サヒーブ》、御用だちゅうことで……。俺《おら》ア今、蛇谷《ルムバ・ウラール》の住民どもを、元の草ッ原へ、みんな打ち撒かせていましたよ。もう蛇谷《あちら》の入口は出入りが出来ましねえ」

それには答えず、博士は寝台《チャルパイ》に腰を下して印度煙管《フーカー》を手にとった。

「ダーサ。ミスタ・グラハムは英国秘密情報部《シークレット・サアヴィス》のお役人だが、サクラの逮捕を手伝えと、わしにいわれるのじゃ」

ダーサは、東洋人らしい硬い表情のまま、しばらく博士とグラハムを見較べていたが、唐突《だしぬけ》に、岩窟に響き渡るほどカラカラと笑い出した。

「旦那様《サヒーブ》。大変に面白うごぜえます」

「笑うな。サクラはお前だそうじゃ」

「えへへへへ。この英人旦那《ブルサヒーブ》は、小説屋もやりますだか? でも、なにも知らねえちゅうことは、長命の基《もと》ではごぜえましょうが、傍《はた》から見ると、白痴《こけ》か阿呆《あほう》でがす。それとも、逆上《のぼせ》で困るちゅうなら、底なしの洞穴《ほらあな》へ、ものの一時間も吊下げて頭を冷やすか、さもなきゃ冷蔵庫代りの蛇窖へ、三十分も入ってもらうと、脳天が冷々《ひやひや》として、ちッとばかし眼端《めはし》が利くようになりますだ」

「口の達者な奴じゃ」

博士は、紫煙を美味そうに喫《ふ》かした。

「けんど、このダーサも、存外の倖《しあわ》せ者でごぜえます。根が最下級《スードラ》の卑しい生れ、先祖代々、蛇使いを業として参りましただが、俺の代に思いがけなく、サクラ旦那《サヒーブ》と間違えてもらったとあっては、先祖に対し鼻が高《たこ》うごぜえます。そのお礼ちゅうてはなんでがすが、どうでごぜえましょう、旦那様《サヒーブ》、昨夜《ゆうべ》、蛇の刺身をあげただけでは足りましねえ。この英人旦那《ブルサヒーブ》を、この洞窟内の名所へ隅から隅まで案内してえだが……蛇谷《ルムバ・ウラール》に始まるこの地下道《カレーズ》が、無数の枝道を出して、新嘉坡の軍当局が、威張り腐ってけつかる、五ケ所の軍用石油タンク、対岸のジョホールから引いて出た水道管の二ケ所、また三ケ所の食糧品貯蔵所《コールド・ストーレージ》、それから総司令部のあるカニンガム兵営の地下まで、俺《おい》らの縄張りだちゅうことを、とっくりと見てもらったら、頭脳が一ぺんにスッとするに違《ちげ》えねえだ。エッヘッヘッ。いくら小説屋の英人旦那《ブルサヒーブ》でも、まさか、そこまで知っちゃいますめえ！」

「よく喋舌《しゃべ》る！　呆れた奴じゃ。お前は、蛇に憑《つ》かれとりゃせんか！　あんまり本当のことを、ベラベラ喋舌るもんじゃない！」

紫煙のなかで、博士が暢気《のんき》そうに笑った。

グラハムは、ダーサの言葉の意味が瞭乎《はっきり》しなくて、始め啞然としていたが、ふと脳裡を掠めた想念の翳《かげ》に怯えて、愕乎《ぎょっ》とした。

「地下道！　軍用石油タンク！　水道管！　食糧品貯蔵所《コールド・ストーレージ》！　総司令部！　まさか！　いや、叛逆だ！　謀叛《むほん》だ！　おいッ！　アリ・シン！」

彼は、室の外にいるアリ・シンを、声を限りに呼び求めた。

強力火薬

「なんだ、グラハム旦那《サヒーブ》。まるで気違い沙汰の騒ぎようじゃねえか」

アリ・シンの髭面が、ぬッと現われたが、言葉も態度も、ガラリと変っていた。

「輩下の者を、直ぐ呼び集めろ！　大英帝国、聖代の不祥事だ！　サクラは、亜細亜《アジア》における大英帝国の基地、新嘉坡の地下で、大それた陰謀を廻らしている！　密告するだけでも、莫大な年金と、勲章が貰えるぞッ！」

グラハムは、狂ったように喚《わめ》き立てた。

「御催促にゃ及ばねえ。手下どもは、ほかの苦行者《ゴスワミ》共と一緒になって二百十日もつづく地下道《カレズ》掘抜作業の初日に取りかかった。幸い、底なしの洞穴があるんで、掘出した土の捌口《はけくち》にゃ困らねえ。蛇谷《ルムバ・ウラール》のほうの入口は、毒蛇どもで通行は出来ねえが、山のなかの二つの村《カンポン》に秘密の通路が抜け、その上には、土人風の椰子葺《クラパ》の家が建っとる。お前さん。これア、仲々よく考えた上策だぜ。日本軍の飛行機が、凄まじい響を立てて新嘉坡の空を蔽い尽すとき、地下から目ぼしい軍事施設を、ドカンドカンと威勢よく打《ぶ》ッ壊して応える。お前《めえ》さんどう思う？」

「アリ・シン。貴様、裏切ったのかッ？」

「ふん、印度や馬来では、ペテンを英国らしい遣り方、というんだ」

「貴様は、印度教徒《ヒンヅー》と、犬猿《けんえん》も啻《ただ》ならぬ仲の回教徒《モスレム》ではないか！」

「それが、どうしたんだ！ 回教徒《モスレム》でも、印度教徒《ヒンヅー》でも、同じ印度人という点で、独力運動《カクサー》には協力すべきだ――ふん、こいつは、実は受売《うけうり》の言葉だが！」

憤怒と驚愕、憎悪と呪詛――あらゆる感情の洪水が、どっとばかりに、グラハムの身体に殺到した。意外だ！ 意外だ！ と暫くは口のなかで呟いていたが、急に自分の立場に漠然たる不安を感じたものか日頃の傲慢な表情は跡形もなく消えた。

「ああ、俺は信じられん。ダーサ、アリ・シン！ 貴様らのうち、どいつがサクラだ？ 宝石嬢《ラトナデヴィ》、どうぞ教えて下さい！ 博士、どれがサクラです？」

岩壁に張りついて、始めから塑像のように動かなかった宝石嬢《ラトナデヴィ》は、不意の呼びかけに、吃驚《びっくり》して眼を丸くした。

「お父さま。申上げても宜《よろ》しいですの？」

「結構じゃ？ 教えてあげなさい！」

「お父さま。貴方《あなた》が、サクラ旦那ですわ」

一瞬、室内はシーンとした。

「ふふふふ。とうとう観破《みやぶ》られたか！」

「だって、そこは父娘ですもの」

「えッ⁉ 博士が？ 嘘だ。博士は総入歯で、おまけに嗄れ声の老人だ。サクラと違う！」

グラハムは、真ッ青になって叫んだ。

「グラハム。三月前まで、俺《わし》は三十二枚の立派な歯を揃え、若々しい声を持っていたが、新嘉坡へ潜入するため、歯を全部抜き、声帯を水銀で灼《や》いたのだ。俺は、なんでもやる男だ。殊に敵性国家英国や、兄の市太郎をアフガン国境で人知れず冥府《あのよ》へ送ってくれたグラハム相手なら、死は覚悟の前、歯や声帯の犠牲くらい、なんでもない話だ」

「ああ、貴様がサクラ？ とすると、チャンド博士は？ 貴様が殺したのかッ？」

「白痴《たわ》けたことをいうな。博士は、南海の島めぐりの帰途、バタヴィアの熱帯圏生物学会へ出席された夜、急死されたのだ。俺は博士の遺言によって、その遺業を継ぐことになったのだが、それには博士に化けるのが一番よかろうと、勝手に決めて、こういう変装をして来たのだ。いうまでもない話だが、博士は表面、親英派を装っていられたが、印度人とともに喜び、共に悲しむ生粋《きっすい》の愛国者だ。この地下道や洞穴《ほらあな》の発見、掘鑿《くっさく》の深謀遠慮は、みな博士の遺業で、亜細亜の癌《がん》、新嘉坡の覆滅《ふくめつ》が博士の遺志なのだ。そのためには、陰謀が露見した際、累を家族に及ぼすまいと、敬礼砲十一発で礼遇される身ながら、不自由な別居生活までされたのだ」

グラハムは、呼吸も忘れたように、動かなかった。

「博士の奇矯な性行のため、博士に化けるのは、非常に楽だったが、その代り、俺は元来、工科の火薬科出身だけに、生物学の知識詰込みには、うんと弱ったよ。が、いくらか誇りたい俺の手柄は、すでに三十人の印度人が、過去六ケ月、この地下で営々と働き続けてきたのを今度俺が二百十人、増やしたことだ。その人々は、印度の独立、亜細亜の黎明《れいめい》を目ざして、地獄のようなこの地下道へ、喜んで来てくれた同志なのだ。その集会を、新嘉坡の警察署が、公認してくれたのだから世話はない。ふふふ。それから、偽《いつわり》の情報をバタヴィアから送って、貴様をまんまと、ここへおびき寄せたことは、自慢するほどのことはないが、類《たぐい》まれな強力火薬を、うんとこさと新嘉坡へ密輸入して、この地下道《カレズ》へ持込んだことは、我ながら手際がよかったと思う」

「火薬の密輸入？　そんな馬鹿な！　あり得ないことだ。考えられないことだ！」

「博士が蒐集されたマダガスカル島産、大駝鳥《エピオルニス》の卵を、蛇頸龍《プレジオサウラス》の卵と偽《いつ》わり、その三十個に、ぎっしり強力無比の火薬を詰めたと聞いてもか？」

「あッ‼」

怖るべき敵！　圧倒的な逞しさ！　自分より七つ八つ若いのに、なんと大胆不敵な男だ！　とても太刀討《たちうち》ができない！　絶望したグラハムは、急に眼前が真ッ暗になったように感ずると同時に、精根が身体中から、一ぺんに抜けて、くたくたと地上へ崩折れた。

延びる蛇頸龍《プレジオサウラス》

「さアさア約束じゃ。これラトナ。今から直ぐ街の邸へ帰りなさい」

「厭《いや》ッ！　ラトナはもう新嘉坡の土地から、一歩も動きませんわ」

歌声が、高らかに響いていた。

「強情ですな。御死去の前、一週間、バタヴィアで、大いに肝胆相照《かんたんあいてら》して談笑した際、博士は、ラトナが男なら！　と言われましたが、全くその通り、いや驚きましたよ」

「お判りなら、どうぞお傍に置いて下さいまし。ラトナは決して、貴方の足手纏《あしでまと》いにはなりません」

宝石嬢《ラトナデヴィ》の眼には、何物をも焼き尽さずには措《お》かぬ、女らしい情熱の焔が、その底に燃えていた。サクラの頬に、微笑が浮んだ。

「強情者の貴女《あなた》は、何一つ、僕のいうことを諾《き》きませんでしたよ」

「ええ、偽者のお父さまには！　でも、ミスタ・サクラには……」

洞窟内の二人の手は、いつしか固く結ばれていた。

〽新嘉坡の地下道が
俺《おい》らの育てる蛇頸龍《だけいりゅう》
延びろ延びろいどこまでも
明日は亜細亜の黎明《よあけ》だよ

洞窟のなかには、先刻《さっき》から、土を崩す人々の、元気な

屍《し》室《しつ》の怪盗

屍体の泣声

初夏とはいえ、英国飛行機の空襲に備えて、窓を黒い窓帷《カーテン》で閉めきった深夜の解剖室は、屍臭とフォルマリン、アルコールなどの臭《にお》いで、ムシムシするほど暑苦しかった。

今井は目下、神経移植《ノイロプランタチオン》を主題《テーマ》に研究しているが、今夜は自分の仕事《アルバイト》ではなく、メリケ所長から命ぜられた屍体解剖《ゼクチオン》に没頭した。

西部欧洲を平定した独逸《ドイツ》は、東方に進出して、いま対ユーゴー戦、クレタ島攻略戦に終止符を打ったところなので、伯林《ベルリン》郊外夢の森《トラウムワルド》にあるこのメリケ病理学研究所からも、十二人の博士たちが東西の戦線に馳せ参じ、所内には老所長のメリケ博士、老人のシュミット博士、異国人の今井がいるばかり、若い今井の多忙も理《り》の当然であった。

広い解剖室には、両側に三つずつ、六つの解剖台があって、白布を被った屍体が、その五つを塞いでいた。今井が今夜、切開線《シュニット》を入れたのは若い独逸人の男で、隣の解剖台に横わっている若い女と、昨夜名も感傷的なこの夢の森《トラウムワルド》で、外国には珍らしい情死を遂げたということであった。

胸腔も腹腔も、拳銃弾《ピストル》の貫通した心臓を除くほか、屍体には異変も病変もなかった。病理学者としては格別の所見もなく、大して骨折り甲斐もなかったが、熱心な今井だけに、忠実な探検家のごとく、胃、腸、肝、脾、膵など、あらゆる臓器を丹念に調べたので、切開線を縫い終って、ホッとした頃には、さすがにぐったりと疲れてしまった。時計は午前零時十分を指していた。

メスを捨てた今井は、ぼんやりと屍体の顔に視線を落していた。屍体は、その断末魔にひどく苦しんだかのように、濁った眼《まなこ》を空虚《うつろ》に見開き、歯を喰いしばり、紫色に硬ばりついた顔は、恐怖とも憤怒ともつかぬ、呪わしの表情に怖しく歪んでいた。

手を洗いに立った今井は、ふと気を変えて、隣の解剖台の白布をめくった。俗事に興味を持たない今井は、小使のシュモラー爺さんが鼻唄まじりに運び込んだとき、ちらと金髪を見ただけで、いつもの通り屍体の容貌や外見に一向関心を持たなかったが、そのときは情死の片割れの表情を見たついでに、ただなんとなく、相手の顔を覗いて見たくなったのであった。

女は端麗な希臘《ギリシャ》の彫刻のように、素晴しい美人であった。描いたような蛾眉《がび》、うすく閉じた眼、形のいい鼻、引締まった唇！　屍体というより美人の寝姿に近く、乳色の海のような胸が今にも息吹を盛返して波うち、花の蕾《つぼみ》に似た唇は今にも微笑に綻《ほころ》びるのではないか、と思われた。今井はこれまで、無数の屍体を見てきた。それらはみな運命の手に操られて泣き、笑い、歌い、踊って、最後に喜怒哀楽を超えた、虚無の表情に落着いたのであった。しかし、この女こそ生前、泣く人、笑う人々の運命の糸を、その繊手《せんしゅ》に握っていたに違いないと、思われた。

しかし、恋人同志の情死体——その一つは憎悪に顔を歪め、その一つは平和に眠っている、この矛盾は、病理学者のメスの外《ほか》の世界のもので、考えても判らないと知りながら、今井はぼんやりと、その矛盾に、思いを馳せていた。

その時であった。ふと微かな、本当に微かな、女の歔欷《すすりなき》のような声が、瞭乎《はっきり》と聞えた。瞬間、怖いもの知らずの今井の唇は、歪んだまま凍りつき、氷の刃《やいば》が背筋から頭へ、胸へ、心臓へ突走った。

歯をガチガチと鳴らしながら、今井はクワッと眼を瞠《みは》り、全身の神経を耳に集めた。魂に喰い入るような歔欷が、また嫋々《じょうじょう》と聞えた。その声は、屍室でときたま聞く醗酵瓦斯《ガス》が屍体の腹腔から洩れる音の類いではなく、忍び泣く女の声に違いなかった。怯えた眼で四辺《あたり》を見廻し、今井はまた耳を澄ました。女の歔欷は、今度はもう聞えなかった。

夕方までどんよりと曇っていた空は、いつしか雨になって、夜更けとともに劇《はげ》しくなり、庭の芝生《しばふ》を叩く雨脚の音が、物寂しく耳を衝いた。月のいい夜に聞える梟《ふくろ》の啼声は、今夜は一と声も聞えなかった。

眼の前の女の屍体は、ひっそりと横たわって、動いたものは髪の毛一本なかった。しかし、泣いたのは、果してこの女の屍体であったろうか？　今井は眼を転じて、情死の片割れ男を振返った。文字どおり死の静寂以外に何もなかった。室の向う側に移って、所長担任の二つの屍体、シュミット博士担任の一つの屍体を覗き込んだ。それら三つの男の屍体は、光のない眼を据え、歯を剥き出して、常闇《とこやみ》の間から今井の臆病さを嘲笑しているかのようであった。

今井の胸に、憤りの塊りが急にこみ上げてきた。解剖教室の怪――今井は日本でも独逸でも、深夜の屍室を彷徨《さまよ》う亡霊の話、ヒヒヒヒヒと妖笑した幽霊の話、姿はなくて空虚にひびいた木靴《サボ》の音の話、仰臥《おうが》させておいたはずの屍体が、いつの間にか俯臥《ふが》していた話、紛失した屍体の話などを、夥しく耳にしてはいたが、自分が怪異を経験したことは一度もなく、いつもそれらの怪談を愚にもつかぬ作り話と一笑に附していた。しかし、そういう荒唐無稽な伝説や、噂話ならいざ知らず、学徒が真実《ほんとう》に屍室の怪奇に恐怖し、戦慄したとあっては、真理の探求に対する敗北であり、学徒の信念に対する侮蔑でなくて何だろう！　雨の音は、相変らず続いた。今井は女の屍体に戻って、凝然と立っていた。信ずべからざる怪奇に、不覚に戦慄し、なんら科学的断案を下し得ざる自分自身に、彼は勃然《ぼつぜん》たる憤りを禁ずることが出来なかった。

やがて気をかえて、手を洗い終った彼は、スイッチを捻って電燈を消すと、無雑作に隅の空の解剖台上に、書籍を枕に白布を被って、ごろりと寝そべった。ときたま所内に泊るときには、隣棟《となりむね》の宿直室に寝るのであったが、愚にもつかぬ怪奇に怯えたとあっては、科学者としての自分の気持が、どうにも救われ難いので、意地にも屍室で一夜を明かす気になったのであった。

屍室の異変

深夜の屍室は、墓穴《はかあな》の底のように静かに更けて行った。今井は、せめて幻覚でもいいから、邪悪なものの姿を見たいものと、闇黒の中に幽霊や亡霊、悪魔や火魔、水魔や空魔や、地魔や悪鬼などの姿を思い描いた。が、それらはみな、舞台の上の踊り子たちのように、観客の今井を除物《のけもの》にして勝手に踊り狂い、切迫した凄壮味《せいそうみ》を与えてくれないのが物足らなかった。

どのくらい時間が経過したろうか。今井は、ふと眼ざめ、物の気配を敏感に感じて、一ぺんに緊張した。微かな一筋の光芒《こうぼう》が、漆黒《しっこく》の闇のなかを彷徨っていた。忍ばせた無気味な足音が、冥府の底から筒抜けたように響く。

向う側に横たわる解剖台の辺りに、なにか黒い影が光芒とともに動いていた。

怪しい影は、やがてこちら側へ移って、今井に近づいた。眼まで被った白布の下で、彼はストリヒニン中毒患者のように硬直した。心臓は早鐘を衝いたように鳴り、竦然《しょうぜん》とする興奮、恐怖、窒息しそうな圧迫、ワッと泣き出し、同時にゲラゲラ笑い出したいような狂わしい気持などに胸を締めつけられた。

今井には一年も経ったかと思われる頃、影は隣の女の屍体に移った。危難を逃れたようにホッとした今井は、足音が女の屍体のところに停るかと思ったが、怪人は間もなく次に歩いて、今井の解剖した情死の片割れ男の傍に立った。仄かな光芒は吸いついたように動かなくなり、呻《うめ》きとも吐息ともつかぬ太い声が低く聞えてきた。

深夜の解剖室へ忍び入った怪しい影！　人か魔者か？　その企図するところはなんだろう？　今井はそッと頭を擡《もた》げて、女の屍体越しに様子を窺った。なにをしているのか、懐中電燈の光の中で、しきりにガリガリザクザクというような、奇怪な物音がした。その屍体をどうしようというのだろう？

今井は仰臥の姿勢に戻って、気配に神経を尖らしていた。奇怪な行動は、非常に長い間つづいた。息を殺し身動きもしないで凝乎《じっ》と我慢するのが、今井には堪《たま》らない苦痛となった。もう一分も辛棒したら、心臓が破裂するか発狂するか、二つに一つは免れがたいと思われた。

堪らなくなって、今井は俄破《がば》と跳ね起きるなり、急いでスイッチのところへ探り寄ろうとした。

「何物だッ？　動くなッ！」

今井のいいたいことを先方が叫んで、その途端に懐中電燈の光芒が消えた。今井の足は、床へ釘づけにされた。屍室は忽ち音なき無明地獄《むめいじごく》となった。息詰まる瞬間が続いた。今井は闇の中から延びた黒い、大きな見えぬ手に咽喉《のど》を絞められた思いで、次の瞬間を待った。

「君は何者だッ？」

五分も経《た》ったころ、先方が叫んだ。太い低音《バス》であった。主客を顚倒した先方の質問に、今井はむかむかして呶鳴った。

「貴様こそ何者だッ？　ここへ貴様は、何用があって深夜に闖入《ちんにゅう》したのだッ？　僕はメリケ研究所員、日本人のシュンサク・イマイだ。貴様から誰何《すいか》される立場の人間とは違うぞッ！」

その語調には、一歩も退《ひ》かぬぞという、鋭い気魄があった。また長い沈黙が続いた。が、次の瞬間、今井は思わずひやりとした。

「ステッフェンや。この方は研究所の博士《ヘル・ドクトル》さんなのですよ。事情をすっかり申上げて、お詫びしなさい！」

思いがけない婦人の声が聞えた。その言葉には、上流の出を偲ばせる品のよさがあった。怪しい影を一人のものと思いのほか、もうひとり別の人がいたのだ。

「でも、奥様……」

「いいえ、申上げなさい」

闇のなかに二人の押問答が繰返された末、男が折れて呟いた。

「仕方がございません。奥様がそう仰有《おっしゃ》るなら、みな打明けましょう。日本の方《ヘル・ヤパーナー》。お聞き下さい」

剣《つるぎ》と鷲の紋章

男は饒舌《しゃべ》り出した。

「仔細あって、登場人物の二、三は、本名を申上げることが出来ません。それは予め、お断りしておきます。この屍体の若者エルネスト様は、名門の出で、祖先は普仏戦争の猛将、父親は第一次世界大戦にベルダンで勇名を馳せたフォン・ホーエンベルグ将軍なんです。私は将軍の執事ですから、いつもエルネスト様を若様と申上げていました。若様は独り息子でしたが、父祖と違い、ベルンの工科大学を出て技術家となり、伯林のリュッツォ・ウーフェルにあるウルリッヒ軍需工場に勤務していました。今年二十五歳の誠実、勤勉な模範的技師だったのです。

今年の正月、社交界で有名なフォン・ナツマー男爵邸の夜会で、若様はベニタ・ツァンデルシュという令嬢《フロイライン》と知己《しりあい》になりました。この令嬢の美しさといったら、どんな秀れた詩句でも、どんな立派な画像でも、写し出すことが出来ないくらい。天界から地上へ降り立った天女さながらと、申上げても、聊《いささ》かの誇張はないのです。柔かい金色《こんじき》の髪は、春の海のうねりのように波うち、額は透き通るような白さ。高すぎもせず、低すぎもしない優しく整った鼻、光沢《つや》のある真珠のような歯、溢るるばかりの笑いをみせると、薔薇《ばら》色の頬に現われる小さいえくぼ、震いつきたい唇の色——何から何まで美そのもので、ことに彼女の眼ときたら、どんな人も見たことのない、涼しく澄んだ生々とした眼でした。ほんの僅かな流眄《ながしめ》だけで、大の男を慄然《ぞっ》とさせる眼です。その正視を浴びたら、どんな鉄石の男でも身体《からだ》の支えを失ってふらふらせずにはいられません。若様が夜会の晩から、一と堪りもなく恋の虜《とりこ》となり果てたのに、ちっとも不思議はないのです。

若様の恋は、日ましに強くなり、始め楽しかった恋も、次第に苦しみとなりました。そうなると、若様に自制も忍耐もありません。若様はついに先月、恋の重荷に堪え兼ねてベニタ嬢に求婚しました。すると彼女は二つ返事で承諾しましたが、それについては、彼女のたった一人の血縁、モスクワ在住の叔父の許へ行って、その承諾を得てきて欲しい、と言うのでした。

若様は大喜びでした。叔父の承諾を求めるためなら、モスクワは愚か、北極へだって出かける意気だったのです。しかし若様の有頂天は永続きせず、その夜、恋の経緯《いきさつ》を御両親に打明けた瞬間に、しゃぼん玉のように潰れてしまいました。

たとえ社交界に謎の人気があり、無類飛切の美貌を以て光りかがやく娘であろうとも、氏も素性《すじょう》も定かでないベニタ・ツァンデルシュ嬢を、名門をほこるフォン・ホーエンベルグ家の御曹子の嫁に迎えることは断じて罷《まか》りならぬ、というのが、子にあまい老夫人の取做《とりな》しも諾《き》かぬ、物堅い将軍の反対理由でした。ベニタ嬢は、ホッペガルテンの競馬場の附近に豪壮な邸宅をかまえ、多くの召使いに侍《かしず》かれていましたが、モスクワの叔父のほか親兄弟もない天涯の孤児で、彼女の父は若くして独逸からブラジルへ渡り、そこで成功して金満家となりましたが、将軍の気に入る家門の誉《ほまれ》はなく、またユダヤ系でないのは、一つの取柄《とりえ》ではありましょうが、べつに将軍を満足させるほどの長所でもありませんでした。

将軍父子《おやこ》はたがいに譲らず、日毎夜毎、争いを続けましたが、どうしても諾いてもらえないと判ると、向う見ずの若様は、アレクザンダー広場《プラッツ》にちかい豪奢な本邸を飛出して、天国街《ヒンメルシュトラーセ》という、名だけ立派な、そのくせ地獄のような場末の陋巷《ろうこう》に姿をひそめました。そこには将軍のもと馬丁だった老人が居酒屋を開いていましたから、そこへひとまず転がり込んだのです。しかし若様は幸福であり、希望にかがやいていました。それは家出後も、ベニタ嬢が相変らず彼を喜び迎えてくれたからでした。恋には王冠を賭けた王者があるごとく、こうして若様は慈愛の両親と、剣《シュワート》を咥《くわ》えた鷲《アドラー》の栄光あるフォン・ホーエンベルグ家の紋章を捨てたのです」

執事のステッフェンは、一と息いれるように口を噤《つぐ》んだ。婦人は動く気配もなかった。

ただ今井は、忍びやかに後退《あとじ》さりして壁際へ寄り、そこに身体を凭《もた》せかけてから動かなくなった。

第二の異変

「若様はベニタ嬢の勧めるまま、早速モスクワへ行って、彼女の叔父の諒解を得、ただちに挙式したい肚でしたが、思わざる突発事件のため、そのモスクワ旅行を延期しなければなりませんでした。それは先月上旬のある夕方、露地の奥で通りすがりの労働者が三人、肩をぶつけたと言い懸りをつけて、やにわに若様を袋叩きにしたのです。多勢に無勢で、散々《さんざん》にやっつけられた若様は、その場で気絶しましたが、気がついたのは翌日の午後で、若様の頭部にはぐるぐると厚い繃帯《ほうたい》が巻かれてありました。頭の負傷は非常に重いとかで、事実、若様はその後、半月ほど臥床《がしょう》して、医療をうけたのです。が、若様をなにより喜ばしたのは、気絶している間に、ベニタ嬢の邸に引取られ、その一室を当てがわれて、朝夕、彼女の優しい愛撫と看護をうけていることでした。結局若様は、奇禍をむしろ幸運と思ったくらいでした。

だいぶ長話になりました。手っ取り早く申しましょう。以上の話は、若様の身の上を案じ続けていられた奥様、その奥様は今ここへ来ていらっしゃいますが、若様のお母様の御命令で、私がちょいちょい若様にお眼にかかり、そのつどお話を伺って聞いたものです。ところが若様の御負傷を知ったのはずっと後のことで、その当座は長い間、お眼にかかることが出来ませんでしたので、御両親はじめ私どもの心痛は筆舌につくせません。天国街《ヒンメルシュトラーセ》の居酒屋は申すに及ばず、心当りという心当りを残らず探《たず》ね廻りましたが、どうしても若様の居所を探ね当てることが出来なかったのです。

そうして私が最後に若様にお眼にかかったのは、三日前、ウンター・デン・リンデンの映画館マルケデスの前でした。御病後のせいか、ひどく打悄《うちしお》れて、奇禍の顚末のほかには、ロート少佐に叱られちゃった、とただ一言、妙なことを仰有っただけでした。ロート少佐というのは、参謀本部勤務のフリッツ・ロート様のことで、将軍には甥、若様には従兄《いとこ》に当りますが、前途有為の少壮将校として、軍のなかでも大へん重要視されている方です。

それはともかく、若様が突然、夢の森《トラウムワルド》でこんな儚《はかな》い御最期を遂げられたのですから、ロート少佐が叱ったという謎のような言葉が気にかかり、私どもが少佐に嘆願するようにお訊ねしたのですが、鉄のような心の少佐は、わしはなにも知らぬ、と頑《がん》として口を開かれないのです。そんなわけで、若様の死因はとうとう瞭乎《はっきり》しませんでした」

執事のステッフェンは、また一と息いれた。婦人は依然、ひっそりとしていた。今井も動かなかった。雨の音だけが、陰《いん》に籠って蕭条《しょうじょう》と聞えた。

「若様の死について、将軍は名だたる武人、心では暗涙に咽《むせ》ばれても、表面にはいささかの乱れも見せられませんでしたが、奥様はさすがに母親、まして一粒種のこととて、その悲嘆ぶりは格別でした。そのあげく、せめて最愛のわが子の死顔を一と眼見て、今生《こんじょう》の名残りを惜しみたいと仰有いますので、人眼につかぬよう、こんな夜更けに私がお伴して参ったのです。なお栄誉あるフォン・ホーエンベルグ家の墓へいくら不幸の子でも、せめて髪の毛なり歯なり葬ってやりたいという将軍の思召《おぼしめ》しから、私が只今その両方を少しずつ頂きました。これで話の大体は終りです」

「非常によく判りました。皆様の御心中お察しいたします」

今井は鄭重に挨拶した。

「日本の方《ヘル・ヤパーナー》。どうぞお許し下さいまし。まことに失礼ばかり致しまして……」

婦人の声が、悲しさに慄えていた。

「奥様。どうぞ御ゆっくり名残りを惜しんであげて下さい。私は失礼して、宿直室の方へ参ります。ただいま電燈を点けますから……」

「いいえ、あの……どうぞ電燈をお点け下さいますな。大へんに取乱したところを、初対面のかたのお眼にかけるのは心苦しゅうございますし、それに私どもこそもう帰らせて頂こうと存じていますので……」

婦人が狼狽したように制したので、

「では、どうぞ御随意に！」

と、今井は足を停めた。闇のなかの婦人と執事は慇懃《いんぎん》に謝辞と別辞を述べて、窓帷《カーテン》のうらの扉口《とぐち》へ進んだ。と、そこで不意に、物凄い怒号を爆発させたものがあった。

「動くなッ！　撃つぞッ！」

声は執事とは別の男のものであった。今井は椿事《ちんじ》の続発に我慢しきれず、手探りに壁際のスイッチを尋ねて捻った。屍室は一瞬に光の洪水となった。

盗難品は？

今井の眼に飛込んだのは、四人の男の姿で、婦人はどこにも見当らなかった。こちらに背を向けて、一人の背の高い男が両手を挙げていた。その男に短銃《ピストル》をつきつけているのは、陽《ひ》焦《や》けのした逞しい壮漢で、その両脇に実直そうな老人と、頬に傷痕《きずあと》のある、眼つきの鋭い男が立っていた。その並んだ三人とも、帽子や洋服に雨の雫《しずく》が光っていた。

「フォン・ホーエンベルグ家の執事ステッフェン君。君は誰の許可を得て、この屍室を訪れたのだ」

短銃《ピストル》を持った壮漢が、厳しい語調で詰問した。両手を挙げた男に返事はなかった。今井が横顔を覗き込んでみると、その男の顎に房々とした赤い髭があった。

「では、君がお伴して来たはずの奥様はどうした？どこに居られる？」

今度も返事はなかった。短銃《ピストル》の男が眼顔で合図すると、頬傷の男がつかつかと進み出て、赤髭の衣嚢《ポケット》から短銃《ピストル》を奪い取り、その手へ素早く手錠を嵌《は》めてしまった。

「爺や。お前の替玉が、今夜こそこそと活動していたんだよ」

と短銃《ピストル》の男が冷笑すると、傍らの老人が眼をクルクルして呟いた。

「替玉でもよろしいが、私よりも二十歳も若《わこ》うございますな。それはいいが、私は赤い髭が嫌いでございますよ。ロート様」

「おい秘密警察《ゲシュタポ》君。この赤髭の生体《しょうたい》は判ってるかね？」

ロート少佐が、今度は頬傷の男に訊ねた。

「この男はたしか瑞西《スイス》人のカルル・ヨハンゼンと名乗っていました。秘密警察《ゲシュタポ》でもかねがね眼はつけていましたが、まさかベニタ嬢の連中と関係があるとは思いませんでした。今夜の収穫は素晴しいですよ。この男があの一味とわかれば、芋蔓式《いもづるしき》に根こそぎ引捕えることができます」

頬傷の男が晴々しく笑った。少佐は威勢のいい歩調で、今井の前へ進み出た。

「日本の方《ヘル・ヤパーナー》。私たちは、あなたの機転で早速駈けつけることが出来ました。実はエルネストの母と私と、執事のステッフェンの三人は、夢の森《トラウムワルド》の情死体がエルネストらしいとわかったので、この夜更けに夢の森《トラウムワルド》警察署へ来ていました。夜中に研究所を騒がすのもお気の毒だから夜明けまで待って訪問しようと言っていたところ、研究所の小使から警察へ至急の電話が来たので、すぐ駈けつけて扉口で様子を窺ってみると、怪しい男がステッフエンの替玉になり澄ましていますので、こうして飛込んだわけです。それにしても、あなたはよくこの男を怪しいとお疑いになりましたね。あなたの御尽力を深謝いたします」

「あなたが、ロート少佐ですか？　丁寧な御挨拶で恐れ入ります。なに、僕は、忍び込んだ怪漢は一人きりと思っていたのに、思いがけもないエルネスト君のお母様がいられると聞いて、ハテナと思ったのです。こんな屍室へ、それも深夜、いくらわが子の死顔が見たいからといって、御婦人の身で入れるものではありません。それから執事の話中、奥様の忍び泣きが一向に聞えないのです。あれだけ悲惨な話の最中、思い出し泣きをしない女親があったら、全く不思議と言わなければなりません。それでこいつ、ひょっとすると腹話術をやってるんじゃないか、と疑っていたところ、話の進行につれて、その疑惑はいよいよ確信になりました。そこでこいつ、喰わせ者と知ると、壁際にある電鈴の釦《ボタン》を無茶苦茶に押して、シュモラー爺さんを呼んだのです。警察へ通報したとしたら、それはシュモラー爺さんのお手柄、どうか褒めてやって下さい」

　そのシュモラー爺さんは、ほかの巡査たちと扉口に立って、ニコニコしていた。

「あなたは秀れた探偵です。なんなら秘密警察《ゲシュタポ》の方へいらっしゃいませんか！」

　秘密警察《ゲシュタポ》の男も、ニコニコして言った。そのとき今井があッと叫んだので、一同の眼は今井の後を追った。

　なんという残酷！　エルネストの屍体は、下手な手際で両耳の上からお椀形に頭皮を剝がれ、生々しい血管の蛇行する無残な骨膜が剝き出しにされていた。

「ひどいことをする！　なんということだ？　これは死者に対する甚だしい冒瀆《ぼうとく》ではないか！」

　今井が激情に煽られて叫んだとき、秘密警察《ゲシュタポ》の男は、赤髭の衣嚢《ポケット》から嵩《かさ》ばった紙包みを取上げた。中には剝ぎ取られた頭皮が入っていた。

「一体、貴様はなんのために、こんな怖しい真似をしたのだ？」

　少佐は鋭く詰め寄ったが、赤髭の口は貝のように閉じていた。

「この赤髭は、多分露西亜人《ロシヤ》です。スラブ民族のなかには残忍な血の流れがありますから、なにか復讐心にでも駆られて、こんな蕃人《ばんじん》そっくりの乱暴を働いたのでしょう」

と秘密警察《ゲシュタポ》の男がいった。

今井は頭皮を丹念に眺めていたが、別に異状を発見することが出来なかった。が、なにを思ったものか、それを持って急に反対側の研究室へ入って行った。

頭皮の謎

「どうして赤髭が露西亜人なんだね?」

少佐が秘密警察《ゲシュタポ》の男に訊いた。

「大体独逸娘ベニタ・ツァンデルシュというのは、ブラジル成功者の一人娘には違いありませんが、本人は五年前、アマゾン旅行中に行衛不明《ゆくえふめい》になったのです。そのベニタを大胆に名乗ってブラジルから入独した女こそ、その実、ユダヤ系の露西亜娘で、本名はニーナ・ソスノフスキーというソ聯の間諜《シュピオン》なのです。そのニーナの一味なら、赤髭も多分、露西亜人でしょう。どうだ赤髭、図星だろう!」

しかし赤髭の表情に動いたものはなかった。

「やっぱりベニタはソ聯の間諜《シュピオン》か。僕は三日前、エルネストに会ったとき、この超非常時局に際して女にうつつを抜かし、親に不幸をする不心得を口を極めて責め、どうもあの女はユダヤ臭いから諦めろと言ったのだが、ソ聯の間諜《シュピオン》とは気がつかなかった。しかし恋するものは敏感だから、ことによるとエルネストは、国家の敵に対する宿命的な憎悪を暗々裡《あんあんり》に感得し、愛憎二筋道のヂレンマに、せっぱつまって死の道へ逃避したのではないかと思う」

「ありそうなことですね。なにかの機会《はずみ》に女の正体を感知して、エルネスト君が女を夢の森《トラウムワルド》へ誘い出して射殺する。倒れながらも名だたる女、ニーナもエネルスト君めがけて発砲する……」

二人が雑談を交しているとき、奥の研究室から今井が手に一枚の紙片を持って出て来た。それを受取った少佐はたちまち表情を変えた。

「日本の方《ヘル・ヤパーナー》。あなたは……」

「いや、それは僕には、なにも関係のない図面です。

あの頭皮の頭髪を全部剃り落して、いろいろ調べてみましたが、見た眼には変ったところのない頭皮に、紫外線を照射してみると、驚くべき入墨が現われたのです。その入墨を模写したのが、その図面です」

「ああ、日本の方《ヘル・ヤバーナー》。それで思い出しました。先々月の下旬のある夜、私は自分の家で極秘の重要書類を検閲していたのですが、どうしたわけか急に堪らない睡魔に襲われて、ついうとうとと仮睡《まどろ》み、それきり不覚にもぐっすり卓上に眠り伏してしまって、眼覚めた時には、窓の外にはもう白々と暁《あかつき》の色が流れていたのです。

そこでハッと気づいて、なによりも気がかりな秘密書類を見ると、倖《しあわ》せなことになんの異状もなく、卓上にあるのです。私はやれやれと安堵の胸を撫で下ろしたのですが、いま考えると、あのとき何者かに写しをとられたのに違いありません。当時いた女中のヒルダという女が、その後間もなく暇をとって、それからベニタの家の女中となったと聞きましたが、今から思えば、私に睡眠剤を呑ませたのはあいつでしょう。またエルネストの奇禍は、いうまでもなくこの秘密地図をモスクワへ送るために、彼の頭皮に入墨した騒ぎなのです。それも栄誉あるフォン・ホーエンベルグ家の御曹子に白羽の矢を立て、文句なしの旅券の下附《かふ》を覘《ねら》ったなど、表面では親善を口にしながら、裏面では反独工作に狂奔しているソ聯のやりそうなことで、呆れるほかありません。

それにしても、エルネストが生きてモスクワへ赴くか、頭皮がこの赤髭の手で国境を超えたとなると、その影響するところは独逸のみか全欧洲の運命にかかわりました。なぜならこの頭皮の秘密地図こそ、北海から黒海にいたる独ソ国境に配置された独逸軍団の軍備状況を、精密に示すものだからです。日本の方《ヘル・ヤバーナー》、あなたは大変な功献《こうけん》をして下さいました。独逸はあなたに、どんなにお礼を言っても言い過ぎることはありません」

賞讃の辞を浴びても、今井はなぜか浮かぬ面持であった。

「どうなさったのです。日本の方《ヘル・ヤバーナー》」

「さっき零時半ごろ、私は女の屍体の泣声を聞いたのです。すべての謎は解けましたが、その謎だけ解けないとなると、科学者の僕は遣切《やりき》れないのです」

少佐はニヤリと笑った。

「お世話になったお礼に、その謎は私が解いてあげましょう。零時半ごろ、僕と執事がエルネストの母を連れて、この屍室の前まで来ました。泣いたのはエルネストの母です。泣声の聞えたのが当り前、ちっとも不思議はありませんよ」

今井は満足そうに頷いた。

ヒットラー総統の対ソ進撃命令は、それから三日目の六月二十二日に下った。

悪霊《バディ》の眼

馬来《マレイ》の猛虎《ハリマウ》

ひとしきり騒々しい人声、入乱れる足音、叱咤の声、遠ざかる足音——。縁《えん》の簀《す》の子に椅子を持出して、腕組みの半眠りに涼《りょう》を納《い》れていた髭男は、その間じゅうクワッと眼を剝き、夕顔のほのかに匂う庭の暗闇を凝視していたが、降って湧いたようなその騒ぎが鎮《しず》まると、香料木《ケナンガ》の黒い繁みに向って、

「野郎、出て来いッ!」

と、低い威圧的な声を投げた。声の下から、若い男の青白い顔がぬッと浮いて出た。

「貴様か、追込まれたのは?」

「そうです。盲目《めくら》滅法、逃げまくって、眼についた土塀を幸い、無我夢中で乗り越えました。申訳ありません」

「誰に追われた? 喧嘩か?」

「悪い時世になりました、全く」

「どこから来た?」

「ずっと北の方、タイとの国境にちかい赤蟻村《クルンガ・カンポン》から参りました」

「どこへ行く?」

「ペナンです」

「貴様、日本人《オラン・ジポン》だな?」

「よくお判りで」

「まア上って来い!」

若者は悪びれた色もなく、つかつかと縁の上へ進んだ。腕捲《うでまく》りのカッター・シャツに白ズボン姿。年齢《とし》は二十七、八歳。色白の細面《ほそおもて》で、女にも紛う容貌だが、身体《からだ》は小柄で、見た眼がなんとなく弱々しかった。茶卓を挟んで対坐する一方が、脂ぎった赧《あか》ら顔、両頰から顎《あご》を埋める剛い髭、でぶでぶと肥った体軀、突出た腹——いわば髭だらけの達磨《だるま》そっくりなので、対手《あいて》の細さが殊に目立つ。

「日本人なら、訊きたいことがある。貴様、トクラという奴を知らぬか? 馬来の猛虎《ハリマウ》とか、妙な綽名《あだな》のある

日本人だ」

「トクラに、なにか御用なので?」

「うむ」

「そんなら……」

言葉なかばに簀の子を踏んで、背の高い馬来土人の若者が近づいて来た。

「旦那《トウアン》。只今、巡査が二人参りまして、この邸のなかへ、トクラが忍び込んでいないか、と申します」

喋舌《しゃべ》りながら土人の眼は縁の上の小男に注がれ、見る見るたとえようのない恐怖の色を浮べた。

髭達磨の眼はギロリと妖しく光ったが、その緊張は直ぐ冷侮《れいぶ》に変った。

「ヌラン。すると、こいつがトクラか? こんなちッぽけな日本人を、なぜ土人どもは馬来の猛虎《ハリマウ》などと呼んで怖れるのだ?」

下男のヌランは眼を伏せて、独語のように呟いた。

「旦那《トウアン》。トクラのゴム園で長く働いとったものの口から聞きますと、トクラの眼ほど怖い眼は、この馬来じゅうにないということで。ずっと以前、密林《ジャングル》のなかで人喰虎と出会《でっくわ》したとき、トクラはたっぷり二十分間、睨めっこして、とうとう虎を退散させたそうでございます。馬来の猛虎《ハリマウ》という異名は、そこから出たものでございましょう」

戸倉を穴の開《あ》くほど睨んでいた髭達磨は、突然、腹を揺って笑い出した。

「あッはッはッ。まア、いいや。巡査には、邸じゅう探したがいない、と言っておけ!」

ヌランが去ってからも、髭達磨は一しきり哄笑を続けた。

「貴様がトクラ! 馬来の猛虎《ハリマウ》! あッはッはッ! 笑わせるにもほどがある!」

だが土倉の顔面筋は、木彫のように硬かった。相手の冷笑も耳に入らぬかのよう、眼は空虚《うつろ》に見開かれたままだ。

「トクラ。泥を吐け! 貴様、なにをして巡査に追われた?」

「今どき馬来にいる日本人は、寝転がっていても巡査に覗《ねら》われています。捕まるのが嫌なら、死ぬか逃げるより手はありません」

急に髭達磨は哄笑をやめて、厳乎《きっ》とした態度に戻った。

「わしが今、巡査を追帰したので、貴様、生命《いのちびろ》拾いしたと思っているだろう。だが貴様、選《よ》りに選って、飛んだところへ逃げ込んだものだ。強盗や人殺しなら逃がしてもやろうが、貴様にはここは地獄の百丁目、日本人のトクラなら、この邸から生かして帰すこたア、金輪際《こんりんざい》できんのだ」

水のように静かな戸倉の眸《ひとみ》の底に、このとき一道の殺気に似た光がチラと掠め去った。

梟団《ジャムポ》の首領

今日この頃の馬来では、旧勢力を保持しつつ亜細亜《アジア》を骨の髄まで舐《しゃぶ》り尽そうとする英国が、東亜共栄圏の確立を目指す日本に敵対せんとして、続々と増兵したり、陣地を構築したり、狂気のような騒ぎを演じていたので、馬来に住む日本人はまるで敵国人扱い、出て行けがしにこづかれたり、理由なしに豚箱に投《ほう》り込まれたりした。そういう空気のなかで戸倉が追われて逃げたのに不思議はなかったが、やっと逃げのびて助かったと思う間もなく、奇怪な邸で髭達磨から死の宣告を下されながら、依然として椅子に作りつけた木像のように動かないのは、腰が抜けたか、相手の云う意味が分らぬのか。やがて、のっそりと、「あなたは何誰《どなた》で?」と訊く。

「わしは梟団《ジャムポ》の首領ハジ・バラン、馬来の暗闇の支配者だ」

「梟団《ジャムポ》の首領? そのあなたが、なぜ私の生命《いのち》を狙うので?」

「貴様、サルタン・ムハメッド王の御失踪事件を知ってるか? 馬来きっての英邁仁慈《えいまいじんじ》の王様、若い王様は二週間前、都を去る百哩《マイル》の僻村孔雀村《ムラク・カンポン》の御別邸で、忽然と行方不明になられた。表向きそうなっているが、その実、王様は人知れず英国官憲に拉致《らち》され、水も洩らさぬ護衛裡に、孔雀村《ムラク・カンポン》から十日間の旅を続け、今夜この柘榴村《ドウリマ・カンポン》の豪家アプル氏の邸へ泊っていられる。彼らは王様の徳を慕う人民どもの暴動や襲撃を怖るるあまり、奥地へ狩猟に行った旅行団の一行に偽装して来たが、いよいよ明日ペナンに着いたら、王様を護送船に乗せて、印度《インド》東海岸アンダマン島の鉄塔《アイアン・タワー》へ生涯、幽閉してしまおうとしている」

「なるほど。それで?」

「馬来の諺《ことわざ》に、金は借りても返せもしようが、人の恩こそ死ぬまで重荷——ということがある。貴様は人一倍、王様に可愛がられて、たびたびお招きにも与《あず》かり、国内に広大なゴム林まで貸与された果報者。また王様が監禁された直接の原因は、時節柄の親日を英国から睨まれたため、早くいえば貴様のせいだ。その恩と義理も忘れて、旅烏のように彷徨《うろつ》き呆《ぼ》けている。それでも貴様、男といえるかッ！」

非を責めるハジの声は、心なしか興奮に慄えた。さすがに胸を衝かれたとみえ、戸倉は言葉もなく眼を伏せた。

「われわれ梟団《ジャムボ》三十名は、王様の奪還を企図して、この十日間、メッカ詣《もう》での回教徒旅行団を装い、影の形に添うごとく英国官憲の護送団を附け覘って、今夕この村へ着いた。この家は、わしの友人の別邸なのだ。失意の旅だけに、道中にも難儀が多かった。谿谷《けいこく》で死んだもの二人、傷ついたもの一人、しかもその怪我人はわしの大切な息子なのだが、そういう犠牲が出るたびに、われわれは回教《アラー》の神に復讐を誓った。すべてはあの恩知らずの戸倉から出たこと、梟団《ジャムボ》の名誉にかけても、奴の息の根をとめずには措《お》かぬと」

いちど去ったヌランが再び現われた。戸倉の手前を憚って、しばらく忸怩《じくじ》と言い渋っていたが、主人に促されて喋舌り始めた。

「仲間の連中は、トクラがいると知って大騒ぎをしています。トクラは魔性ですから、このままそッと裏から追出してしまっては……」

「魔性だと？」

「へえ。この男の眼、これア人間の眼ではなく、悪霊《バディ》のものでございます。この男に睨まれると、誰でも悪霊《バディ》のなすがままになってしまいます。その証拠に、わしの友達のイギギの野郎は、ゴム園で働いとるとき、トクラに睨まれて、発狂状態《アモック》になってしまいました」

とたんにハジはゲラゲラと笑いだし、やおら立上った。

「向うへ行って、みんなに言え。トクラは今から、わしが片づけてしまう。トクラが悪魔《シャイタン》なら、わしは大魔法使《バワン》だ。さ、トクラ、観念して尾《つ》いて来い！」

戸倉は臆する色もなく、ハジの背後に従った。いくつかの座敷を取巻く簀子《すのこ》の縁の奥に、大きな座敷《ビレク》があって、その中央に両眼と鼻孔だけ開けて顔全体を繃帯《ほうたい》された怪我人が一人、長椅子《カウス》に凭《もた》れ、周囲に数人の介抱人が控えていた。

「あの怪我人が、わしの独り息子だ。間道伝いの山くだりに、崖から足を踏み辷《すべ》らしたのだ」

縁から奥庭へ降りると、ハジは問われもせぬのにそう呟いた。

草花の多い中庭とちがい、奥庭には蓊鬱《おううつ》たる榕樹《ようじゅ》が夜空をさえぎり、葉洩れの月光が地上を斑らに彩っていた。そよとの風もない大気のなかに、木の香や土の匂いが重く淀んでいた。

「トクラ。ここから逃げ出せるものなら逃げてみろ。五秒だけ猶予をやろう」

ハジは足を停めて行手を指さした。樹立《こだち》のはずれに、高い土塀が黒々と屹立《きつりつ》していた。

「わしが五つ数え終るまでに、あの土塀を乗り越えろ。万に一つ助からぬものでもない。覚えておくがいい。梟団《ジャムボ》の首領の狙いは千に一つの狂いもないという衆評だ。まア生命を的《まと》に、うんと走ることだな」

ハジは右手の自動拳銃《ピストル》を、威嚇的に振廻してみせた。

「さ、始めるぞッ！」

襲撃の陰謀

五つ数え終ったが、戸倉は逃げもせず、ハジも発砲しなかった。

「どうした。馬来の猛虎《ハリマウ》ともあろうものが、この期《ご》に臨んで気臆《きおく》れしたのか？」

ハジの冷笑に戸倉はうっそりと答える。

「そちらの話は聞くだけ聞いたが、こちらの話が残っている。俺を仇敵《かたき》と覘おうと覘うまいと、それはそっちの勝手だが、トウヘイ・トクラは、恩知らずでも義理知らずでもない。仁慈のサルタン・ムハメッド王を今夜のうちに必ず救い出して、英国人らの鼻を立派にあかしてやるのだ」

「ほほう！」

感嘆と驚愕に大きく吐息して、ハジは銃口を落したが、その銃口は直ぐ戸倉の胸へ戻った。

「御大層なことを云って、この鉛丸《なまりだま》が貴様の心臓をぶち抜いたらどうする？」

戸倉の眼が不思議に動いて、微笑の翳《かげ》を見せた。

「トクラは死んでも、精神が生きてる！」

「負惜《まけおし》みは、いい加減にしろ！」

「あんたはトクラを知らんのだ。俺にはゴム園で手足のように動かした百人の手下がある。みているがいい。今夜これから間もなく、どえらい騒ぎがこの栢榴村《ドウリマ・カンポン》に持上がる。俺の姿が見えずとも、予ての手筈に支障はない。計画どおりの時刻を合図に蹶起《けっき》して、王様を英国人の手から間違いなく奪還する。手下どもは三々五々、もうこの村へ入り込んだに違いない。倖《しあわ》せなことに、今夜はこの村のお祭だ。人出が多いので、奴らの姿も目立つまい。ほら、祭の太鼓《タムタム》が聞える。ケロンチョンの楽《がく》の音《ね》もするではないか！」

始めは警戒の色の濃かったハジは、いつしか戸倉の雄弁に魅惑されたように、なかば茫然と立っていた。遠くの方から、アラビア風の楽の音が流れてきた。

「そうか。やっぱり遣るか」

名状しがたい激動に圧倒されたとみえ、その呟きは夢見心地の独語《ひとりごと》のようであった。

「武器はなんだ？　トクラ、武器は？」

「鉄砲、短銃《ピストル》、火薬、大砲、戦車……」

「な、な、なんだと？」

「そんなものは一つも使わない」

「ふざけた野郎だ！　短刀《クリス》か？」

「毒蛇だ。百匹の眼鏡蛇《コブラ》を、アプル邸内へばら撒く。面喰《めんくら》った邸内の連中は護衛の大任も忘れて、しばらくの間は上を下への大騒動をやらかすに決っている。その大混雑がこちらの附け目、気の利いた手下どもが、どさくさ紛れに奥の間へ忍び込んで王様を連れ出す。そこまで来たらもうこっちのものさ」

戸倉は上眼使いに、ハジをジロリと睨んだ。相手は話の内容を吟味するように、髭の中の唇を嚙み締めていたが、

「なるほど馬来の猛虎《ハリマウ》だ。奇想天外な計略をやりおる」

「どうだ梟団《ジャムボ》の大将。半口、乗らないか。せっかく十日間も、難行苦行の道中を続けた後だ。怪我をした息子さんの復讐《しかえし》にもなる」

「だが、うまく行くかな？　先方には短銃《ピストル》の林があるぞ！」

「ふん、それが怖くて、あんた指を啣《くわ》えて見ていたのか！」

「もし貴様、失敗したら？」

「サムライのハラキリが見物できるというものさ」

戸倉は始めて声を出して笑った。

「よし。では、やってみろ！　それまで貴様の生命を預けてやる！」

意外な静寂

丘から見下すと、村の広場には桟敷《さじき》を設け、その桟敷に吊した日本提灯《ちょうちん》の灯のなかに、人々の影が夥しく蠢《うご》めいていた。ケロンチョンの鈴の音や、銀笛《ぎんてき》の涼しい音、野趣たっぷりな太鼓の音色などに和して、土人たちの高い歌声が聞えてきた。手振り身振りのおかしい踊り子の踊りを遠くから眺めていると、まるで影絵芝居でも見ているように思われた。

愉しい、和やかな、幻想的な村の祭礼！　それが間もなく、混乱と狂騒の地獄絵図に変ろうとしているのだ！

丘の上の戸倉とハジは、榕樹の太い樹の根に腰を並べて、すぐ眼の下のアプル邸と、遠くの祭礼の広場とを交る交る眺めていた。

「もうあと五分！」

ハジが覗いた夜光時計は、十時五分前を指していた。

「トクラ。貴様のほうに手抜かりはないだろうな！　わしの方は怪我人とヌランと、あと三人だけ邸に残したほかは、全部アプル邸の表の方角に伏せてある。誰がぶっ放そうと最初の短銃《ピストル》の音を合図に、その二十五人の奴らは短銃《ピストル》を手に躍り出て、仇敵と見たら容赦なく狙い撃つ手筈なのだ」

「こちらも大丈夫。きっかり十時を合図に、この邸の周囲から俺の手下どもが眼鏡蛇《コブラ》を手に手に飛出して、わっとばかりに雪崩《なだ》れ込むのだ」

「静か《ベサセ》に！」

急にハジが戸倉を制した。崖下に迫るアプル邸の裏座敷へ、そのとき二人の男が入ってきて坐った。蚊よけの白い紗の窓帷《カーテン》を透して、高貴なマレイ人と白服の英人の姿とが見えた。

「王様だ」と、ハジが戸倉の肱を突いた。その戸倉の眼はどういうものか、髭達磨へ吸いついていた。

「もう二分」

ハジが、また時計を覗いた。御本尊の戸倉よりも、時計ばかりを気にするのはハジであった。

「そら十時だッ！」

そういったハジは、途端に肩を揺すって笑い出した。

「トクラ、まんまと陥穽《わな》にかかったな」

ガラリと豹変した相手の態度に、戸倉は怪訝《けげん》そうな面《おも》持《もち》。

「先刻《さっき》わしが王党派といったのは、貴様を釣るための真赤な嘘、梟団《ジャムボ》はなにを隠そう、王様護送団の別働隊なのだ。われわれの道中を邪魔する輩《やから》は貴様の一味と見て、手具脛《てぐすね》ひいて待っていたのだ。トクラ。見ろ、アプル邸の周囲には裏側のこちらを除いて、総数百五十の巡査とわしの輩下が、蟻も逃さぬ警戒網を敷いている。たとえ貴様の手下が眼鏡蛇《コブラ》を持っていようと、短銃《ピストル》の弾丸《たま》にかなうはずはない」

ハジは愉快そうに言って、四辺《あたり》をキョロキョロ見廻した。遠くの広場では、祭礼囃子《ばやし》が一段と弾んでいた。下の座敷では王様と英人が卓子《テーブル》を真ん中に、ひっそりと対座していた。が、鬨《とき》の声もなく、短銃《ピストル》の音も聞えなかった。

「はてな?」

ハジは案外な面持で、もう一度見廻した。青白い月光、冴えた囃子の音。相変らず平和な村の祭礼風景であった。

「こんなはずではなかったが……」

それきり唖《おし》のように黙りこくったが、五分、十分と時の経過につれ、髭達磨の面上に疑惑の色が濃く動いた。

「トクラ、どうしたんだ一体?」

二十分も経《た》つと我慢しきれなくなって、ハジが訊ねた。声こそ小さかったが、火のように劇《はげ》しい怒気が籠っていた。

「こっちが訊きたいくらいだ」

人柄のせいか、空々しいばかりに淡泊《あっさり》した語調であった。若者の癖にいやに落着き払った態度が、焦々《いらいら》しきっている年長の男には、小面《こづら》にくく見えたのであろう、思わずカッとして、

「貴、貴様!」

と呶鳴ったが、ふとなにか不吉な予感に怯えたものか、また急に口を噤《つぐ》んでしまった。

「トクラは男だ。誓った言葉に間違いはない。要するに王様を救い出せば、それでいいのだ。なにも十分や二十分、時刻が早かろうと遅かろうと、そんなことは問題ではない」

戸倉が独話《ひとりごと》のようにいった。しかし、三十分が四十分になっても、不思議なくらい二人を取巻く世界に動きはなかった。

「妙な奴だ、貴様は。十時を合図に手下どもが眼鏡蛇《コブラ》を手に手に、わっとばかり雪崩れ込むと豪語したではないか。王様を救い出すと誓いながら、王様はまだあの通り、アプル邸の座敷にいられる」

「急《せ》くな。いまに判る」

軽く言ってのけたが、戸倉の態度は怪しいまでに静かであった。

発狂状態《アモック》

「旦那《トウアン》。大変です！　ヌランがアモックになりましたッ！」

急に足音あらく丘を駈け登って来た土人が、乱れた呼吸《いき》の下から一気に叫んだ。

「ヌランがアモック？」

唐突《だしぬけ》のことに、さすがのハジも二の句が出ないようであった。

馬来土人にとって、このアモックほど怖しい言葉はなかった。それは大道の真ん中でも、片田舎の隅っこでも、密林《ジャングル》のなかでも、ところ構わず突如として勃発し、一瞬間に平和な人々を恐怖と戦慄のどん底へ突き堕《おと》す騒動のことであった。ぶらりぶらりと歩いている土人が、ぐっすりと眠っている一人の男が、不意に手当り次第の兇器を揮《ふる》い、人間業と思えない兇暴さで跳ね上り、飛びかかり、走り廻って、誰彼の見境なく殺傷する発狂状態《アモック》のことであった。

「いつアモックになったのだ？」

「ちょうど十時ごろ、土人の若い男がやって来て、ヌランに会いたいと申しました。そこでヌランが出てみると、なにか一枚の紙片《かみきれ》を渡したのだそうです。その紙片を持ったヌランは長い間、一人きりで考え込んでいましたが、そのうち急に形相を変えて短銃《ピストル》を二発ぶっ放すなり、わしらの部屋へ飛込んで来ました」

「無論取って押えろうな？」

「飛んでもない旦那《トウアン》。一人と一人の勝負なら、滅多に敗《ひけ》を取るはずはありませんが、悪魔《シャイタン》と二人連れで短銃《ピストル》を振り廻されたのでは、逃げるのが生命からがらで」

「意気地なし！　それで、怪我人の伜《せがれ》はどうした？」

「そのことで参りました、旦那《トウアン》。外へ逃げ出して三十分も経ってから、恐る恐る奥座敷へ行ってみると、どうしたものか藻抜けの殻でございました」

「莫迦《ばか》野郎ッ！　早く行って探せッ！」

土人の走り去る後ろから、ハジもスタスタと駈け出したが、急に気を変えてくるりと振返ると、戸倉の前まで戻って来た。

「どうも可怪《おか》しい！」

「何がね？」

「ヌランに紙片を渡した奴も可怪しいが、紙片を見て発狂状態《アモック》になるというのも妙ではないか」

「不思議なものか！　ヌランは猫を被っているが、温順《おとな》しい主人の眼を誤魔化し、ゴム園から金を盗んで逃走した奴だ。その良心の苛責がある上に、友達のイギギの発狂状態《アモック》から、強迫観念にも駆られていた。暗示を与えるために紙片に悪魔《シャイタン》の眼、悪霊《バディ》の眼、虎《ハリマウ》の眼、蛇《ウラル》の眼、トクラの眼と書いてあったとしたら、たぶん発狂状態《アモック》になるだろう」

ハジは急に顔色を変えた。

「貴、貴様ッ！　まさか……」

傲岸不屈のハジも、眼前の大地が崩壊したような驚愕にぶるぶる慄えた。

「きっかり十時に紙片を持ってヌランを訪ねたのは、パラクークという土人の若者で、ゴム園時代から俺のお気に入りなのだ。俺が偽巡査に追わせて、お前さんの根城へ乗込んだ時から、後事はすっかり彼奴《きゃつ》に任せておいたのだ」

「糞ッ、始めから貴様の狂言だったのか！」

「そうとも。俺はお前さんをこうしてあの邸から引張り出すか、それともお前さんを仆《たお》すか、二つに一つを覗って忍び込んだのだ。が、こちらを恨むことはない。そっちも芝居を打っているのだ。狐と狸の化かし合いさ」

「そいつに怪我人を誘拐させたのだな。トクラ。倅を返せ！　頼む、あの倅を返してくれ。あれは大切な独り息子なのだ！」

南十字星

月明のなかで二人の視線は、火華を散らすように衝突《ぶつか》った。はじめは優しい、人なつこい微笑を湛えていた戸倉の眼が、見る見るうちに鋭い、逞しい意力に燃える焔で一杯になった。

「ハジ・バラン。はっきり言っておくが、お互の狂言は、たったいま終ってしまった。いつまで続きを演《や》ろうというのだ？」

「わしは過去二十年間、馬来の暗闇の支配者だった。これほど惨めに叩きのめされたことは、わしの生涯に一度もない」

柄になく悄然《しょうぜん》とした声音《こわね》であった。

「借りた金なら返せもしようが、人の恩こそ死ぬまで重荷、か。お前さんも馬来人なら、つまらない慾得に釣られて、恵み深い王様、大恩ある領主《ブンガル》様を売らないことだ」

　ハジは長い間、動かなかった。

「俺の眼は節穴ではない。俺達の襲撃に備えて、英人護送団のなかに偽者の王様を仕立て、真者《ほんもの》の王様はメッカ詣での回教徒旅行団のなかで怪我人を装わせ、繃帯で王様の顔を包み隠している策略くらい、始めからすっかり判っていたのだ」

「しかし、トクラ、わしはつくづく自分の非を悟った。遅蒔《おそまき》ながらわしは改心して、王様に忠誠を誓う。御奉公はじめに、わしはもう一人の偽者の王様を仕立て、何喰わぬ顔で明日《あした》ペナンへ行き、その替玉の王様をアンダマン島の鉄塔《アイアン・タワー》へ送って、真者の王様の御安泰を計ろう。それが罪滅ぼしの一端ともなるだろう」

「それで始めて男の中の男というもの。そうなれば真者の王様も喜んで下さるだろう。王様は今頃、裏道の間道づたいにペナンへ急いでいらっしゃる。二、三日ペナンの裏町に潜んで頂いて、それから人知れず船へお移しし、ひとまず南海の小島へお送りすることになっている」

「じゃあこれからペナンへ急ぐのか？」

「むろん、そうする……。えいッ‼」

　低い気合と一しょに、戸倉の手が閃光のように宙に躍った。右手の短銃《ピストル》をポロリと地上へ落したハジが、急に左の脇腹を押えて、崩れるように大地へ坐った。

「国賊！　王様の御名《おんな》において、貴様を誅戮《ちゅうりく》したのだ。口ではどんな神妙なことを述べ立てても、この暑苦しい馬来で、王様のお顔を繃帯で巻き隠すような残忍非道の不忠者に、爪の垢ほども心を許すトクラと思うのか。貴様の手が懐中《ふところ》の短銃《ピストル》へ辷るのを、今か今かと窺っていた俺の眼には、ヌランの説によると悪霊《バディ》が棲んでいるそうだ。但し、それは、邪心をもつ奴の眼に映る悪霊《バディ》なのだ」

　血塗《ちまみ》れの短刀《クリス》を鞘《さや》に納める戸倉の耳に、祭囃子が暢然《のんびり》と聞えてきた。ふと投げた眼に、燦《さん》たる南十字星の瞬きが映った。戸倉は大きく吐息すると、森のなかを飛鳥のように駈け出した。

啞《おし》の雄叫《おたけ》び

鸚鵡《シウリカ》爺さん

ちょうど五時になると、バーマは台所の壁を押して、秘密の地下室へ入って行った。この地下室の入口は四つあって、東西南北に道が通じている、ということであったが、彼女はそのうち自分の家の台所から行く、南の通路しか知らなかった。

暗い長い廊下の端に、黒装束《しょうぞく》の覆面がひとり、影のように立っていた。

「汝《なんじ》の精霊《ナア》は?」

「鰐《わに》と象を従えた精霊《ナア》」

バーマが覆面のなかから合言葉を返すと、すぐ扉《ドア》が開かれた。

広い暗い室内には、黒装束の覆面が三十人ほど、蹲《うずくま》っていたが、針の落ちた音でも聞えそうな、気味の悪い静寂が澱んでいた。バーマは人々の間を掻き分けるように、次の室《へや》へ進んだ。

室の中央に大きな卓子《テーブル》が一つ、その上に裸蠟燭《ろうそく》が一本ともっていた。正座には首領の黒い覆面姿、その隅に地下室の主、鸚鵡爺《シウリカ》さんが控えているのも、いつもの通りであった。この爺さんだけは覆面ではなく、骨と皮ばかりの萎びた顔の中から、鋭い眼をギロギロ光らせ、のべつ幕なしに、くちゃくちゃとキンマークを嚙み、時にペッペッと赤い唾を床の上へ吐き散らしていた。

「ビルマのなかの精霊《ナア》という精霊《ナア》に誓って、G二十五号が申上げます」

バーマがそういうと、うむと返事をしたのは爺さんであった。

「昨日このラングーンに入港しましたのは、米国汽船スザン十号で、積荷は自動車用ガソリン一万樽、飛行機用ガソリン二千樽、ディーゼル油八千樽、円滑油五百樽だと、あたしの夫、高武生《カオウシヨン》が申しました」

バーマの言葉が終ると、例のとおり鸚鵡爺《シウリカ》さんは、忙しい身振り手振りで、それを首領に伝えた。首領は啞であった。贋の唖や作り声でないことは、ずっと以前、団員の一人が不注意から、短銃《ピストル》を落して唐突《だしぬけ》に轟然《ごうぜん》と発射した際、鸚鵡《シウリカ》爺さんが胆を潰して椅子から躍り上ったのに、首領は泰然として動かなかったのでも判った。声のない人だけに、見るからに暗い威圧的な感じで迫ってきたが、バーマもほかの団員と同じく、首領を心から畏敬していた。

爺さんの説明を聞くと、首領は手真似で意見を述べ、それを爺さんが通訳した。

「首領は、御苦労だったといわれる」

バーマの役割は、いつも夫の高武生《カオウシヨン》から聞いた情報を、こうして首領に報告するだけで、そのほかに命令を受けた例《ため》しはなかった。そこで、そのまま引返そうとすると、急に爺さんが、

「ああ、ちょっと、首領が待てといわれる」

と呼びとめて、首領の手真似を読んだ。

「今夜九時半、ラングーンの港を発《た》つ支那汽船永昌《ユンチャン》号を、波止場で見送るように」

「その汽船に、誰が乗っているのでございますか?」

「乗客を見送るのではない。永昌号を見まもっていればいいのじゃ」

その汽船がイラワヂ河を遡り、援蔣《えんしよう》物資を雲南《ウンナン》へ送り込むことは判りきっていた。しかし、その支那汽船を看視することは、どういう意味があるのだろう? 首領が輩下を従えて、その汽船を襲撃する有様を、このバーマに誇示したい肚なのだろうか? 不得要領ながら、バーマは一礼して家へ引返した。

いい案配に、夫はまだ帰宅していなかった。地下室では、バーマは別格の扱いをうけ、他の連中が呼出しを待つのに、彼女だけは首領の前へ勝手に進んで、報告する権利を与えられていたので、夫の目を忍ぶのには好都合であった。

その夫が帰って来たのは、バーマが夕餉の仕度を終えて、ほッとしたように、食卓の前へ坐った頃であった。

「バーマ。お客さまだ。一人は英国秘密情報部《シークレット・サアヴィス》のミスタ・ウィルキンス、一人は米国秘密警察《エフビーアイ》のミスタ・ヤングだ。さアお二人さん、むさ苦しい家ですが、どうぞお上り下さい。家内を御紹介したいです。私には過ぎた、いい家内ですよ」

人のいい高武生が、戸外《そと》から大騒ぎをしながら入って来た。客の素性《すじよう》が素性なので、バーマは不吉な予感に怯え、立上って一礼を送ったまま、挨拶の言葉も忘れてい

た。

旋風団《レブエ》

高武生《カオウシヨン》は威勢よく食堂へ入って来て、餉台《ちゃぶだい》の上を覗き込んだ。

「やア、御馳走がどっさり出来てる。お二人さん、どうです。私の愛妻の手料理を、味わってみませんか。家内のバーマは生粋《きっすい》のビルマ美人で、今年二十一歳、舞踊《プルエ》はラングーンきっての名手ですが、料理の方も大した腕前です。ここにある唐辛子煮魚《ナッペイ》と胡椒煮魚《バレチャン》を、炊きたてのラングーン米に混ぜて食べた日には、どんな頬ッぺただって吹ッ飛んでしまいます。嘘じゃありませんとも！」

屈托《くったく》ということを知らない明るさで捲《まく》し立てて、高はからからと笑った。

「いや、君の愛妻のお手料理は、この次ぎでお預けとしておいて、せっかくだから、珈琲《コーヒー》を一ぱい御馳走してもらおうか。黒珈琲《ブラック》で結構」

英人のウィルキンスが、糞面白くもない、といったような表情で冷たく言った。いかにも英人らしくツンと澄ました、眼つきの鋭い男であった。米人のヤングも蔑笑《べっしょう》的にニヤニヤ笑いながら、美しいバーマの顔、白い上衣と臙脂《えんじ》の寛袴《ムーギン》姿や、辺りを無作法に眺め廻した。ちょっと見ただけでは、無邪気な茶目らしい笑顔であったが、うすい唇と三白眼《さんぱくがん》に、残忍な閃きのひそむ男であった。

バーマは、逃れるように台所へ立った。小鳩のように胸の慄えは、なかなかとまらなかった。

元来ビルマの独立運動は、仏教青年党とビルマ学生聯盟を二つの主流としていたが、バーマの属する結社は、そのいずれでもなく、俗に旋風団《レブエ》といわれ、他の二つが徒《いたず》らな理論に走るのに反し、これは旺盛な実行力で怖れられていた。

団の方針は、東亜の盟主日本の援助を仰いで、ビルマの独立を計るにあった。日本の援助なくして、ビルマの独立は期待し得ないので、一日も早く日本が支那事変を片づけ、ビルマの独立運動に尽力してくれるよう、そのためには、援蒋の輸血路、ビルマ公路における援蒋物資の輸送を、出来るだけ妨害しようというにあった。

バーマの夫、支那人の高武生は、西南運輸公司《コンス》の倉庫主任であった。ラングーンの埠頭にあるビルマ政府所有の塩貯蔵大倉庫は、今では重慶政府が、借用料一ケ月七千二百留比《ルーピー》を払って、その二十棟を借受け、米英から流れ込む援蔣物資を貯蔵して、鉄道ルート、自動車ルート、河川ルートの三つのビルマ公路から重慶へ輸送していた。

お人よしの夫の口から、入港した船の積荷、倉庫にある貨物の数量、重慶行物資の発送期日、道順などを聞くと、バーマはその機密を、すぐ団の首領に打明けた。そこから団の活動が始まり、英国官憲や重慶側の鋭い監視の眼をくぐって、ビルマのみか、雲南の山岳道路などで、輸送隊襲撃がしばしば行われたのであった。

結婚してから一年、夫にも言えぬ秘密を抱いてきたバーマは、このごろ団と夫との間に板挟みとなった立場に矛盾を感じ、やりどころのない悩みに責められるようになった。

「さて、そろそろ帰ろうか。今夜は忙しいのだから……」

バーマの勧めた珈琲を飲み終ると、ウィルキンスが腰を浮かした。ヤングも立上りながら、笑っていった。

「僕らは今、日本人を狩立てているが、そのうちこのラングーンで、僕らが日本人に狩立てられるかも知れないぜ」

十二月八日、正義の剣《つるぎ》を執って起《た》った日本軍が、太平洋上に散在する米英の拠点を、疾風迅雷のごとく襲撃したニュースは、三日前にラングーンの市街を戦慄させたばかり。長夜の夢を貪《むさぼ》っていた英人には、晴天の霹靂《へきれき》のような驚愕だっただけに、ウィルキンスはヤングの冗談に苦りきった。

「縁喜《えんぎ》でもないことを言うなよ。そんなことより、今夜支那へ送るボーイングB十七型重爆撃機に、日本人どもの手出しを封じなければならん。いや、旋風団《レプエ》の奴らを、ふん縛ってしまわねばならん」

「君と僕が眼を光らせていたら大丈夫さ」

「お二人さん、私を忘れないで下さい。私も手伝いますよ」

と、高武生《カオウシヨン》が口を挟んだ。

「うん、では九時に埠頭で会おう」

と、二人の客は、高武生となにか打合わせて帰った。

妻の秘密

「ああ、腹がペコペコだ」

と高武生は、食卓の前へどっかと坐った。

「日本人だの、旋風団《レプエ》だのッて、なんですの?」

バーマが、青ざめて訊ねた。

「一昨日ラシオで貨車の脱線から、重慶行の機械類が壊れる、ミイトキイナで昨日トラックが顛覆して、ガソリン缶が大《だい》ぶ傷《いた》む、今朝は波止場の十三番倉庫で、原因不明の失火から鉄道材料がやられる――なにもそれは、近頃に限ったことではないが、援蔣物資の被害が頻々として起るので、蔭に日本人でもいるのではないかと、あの連中もわれわれも、鵜《う》の眼鷹の眼だったのだが、いろいろ探ってみると、旋風団《レプエ》という怪しい結社があって、そのなかに、どうも日本人がいるらしいのだ」

バーマの口から、吐息が流れ出た。旋風団《レプエ》のなかの日本人というのは、あの首領であろうか? 鷓鴣爺《シウリカ》さんであろうか? それとも無名の団員であろうか?

「うまい御馳走だなア。儂《わし》の郷里では、こんな料理は見ることも出来ない。雲南の大理《タリ》は、山の中のひどいところで、石は名産だが、食物《くいもの》はラングーンの豚並さ、あッはッはッ」

バーマの気持を知らない高は、話題を変えて、上機嫌に食事を進めた。ビルマ婦人の亭主になったのだから、せいぜいビルマ人にならねばなるまい、などと冗談はよく言ったが、やはり生れは争えず、日常キンマークを噛むビルマ人の真似は出来ないし、右手の四本指で運ぶ食事も、二本の箸に頼らねばならなかった。しかし、そうした異邦人でありながら、自分の偏った嗜好は口にも出さず、バーマの作ったものを、一と口ごとに賞美しつつ食べてくれる夫の気持が、妻の身には涙が滾《こぼ》れるほどうれしかった。

一事が万事、やさしい、いい夫で、男ぶりも惚々《ほれぼれ》するほどの美男であった。それだけに、この善良そのものの夫を裏切り、地下の運動をつづけている自分の秘密が佗しかった。

「さて、故郷の大理といえば、儂は今夜これから、雲南まで出張するのだ。イラワヂ河を船でバモまで遡り、トラックでミイトキイナへ出て、それから雲南へ入り、騰超《テンユエ》、保山《バオシャン》、永平《ユンピン》、大理まで行くことになってる。唐突な話だが、久しぶりに故郷へ帰るんだから、なにかお土産を持って来よう」

「まア！　今からお出かけ？」

不意の話に、バーマは呆れて眼を瞠《みは》ったが、高は隣へ行くように気軽に笑った。

「今夜九時に波止場で、先刻《さっき》の怖い小父さん方と落合うことになっている。実はねバーマ。五番倉庫にあった米国御自慢の空の要塞《ボーイング》を三機、重慶へ輸送するんだが、途中で間違いがあってはならないので、ミスタ・ウィルキンスや、ミスタ・ヤングと一緒に、儂も輸送隊の監督に出張するのだ。なに今度は、汽船便《ふなびん》だから一ばん安全なのだ」

「汽船？　汽船でいらっしゃるの？」

「そう、波止場を九時半に出る、永昌号《ユンチャン》という汽船だ」

「えッ!?　永昌号ッ」

バーマは、さッと血の気を失った。永昌号――それは彼女が、地下の密室で唖の首領から、今夜監視するよう命ぜられた、その汽船ではないか！

死すべき人《マルトバ》

重慶側から選ばれた高武生《カオウシヨン》、英国秘密情報部《シークレット・サアヴィス》のウィルキンス、米国秘密警察《エフビーアイ》のヤング――その三人が、眼を光らせて乗組むとはいえ、永昌号には旋風団《レブエ》の唖の首領が、呪詛の凝視を浴びせていた。唖の首領は、日ごろ計画に襲撃に、驚くべき頭脳の閃きと手腕の冴えをみせていたので、永昌号に限って不手際を演ずるものとは思われず、所詮、永昌号の運命が祝福されたもの、と見ることは出来なかった。その死の船に、夫が乗組むとは！　バーマは、思わず夫の傍に進み寄った。

「あなた、やめて下さい、御旅行は！」

「なぜ？」

青ざめた頰、思い詰めた鋭い眼の色、震える唇――ただならぬ愛妻の形相が、人のいい夫を一も二もなく、呆れさせてしまった。

「なぜでもいいから、やめて下さいッ――」

「そうはいかない。役所の仕事だから」

「いいえ、ぜひやめて下さいッ！　バーマの一生のお願いです！」

　高の手を執って必死にせがむ、狂ったような妻の様子を、高はしばらくポカンと眺めた。

「理由《わけ》を話してごらん！」

「理由なんてありません。いいえ、虫の知らせです。夢見がよくありませんでした。ビルマの守護神、鍛冶屋精霊《モンダイン・ナア》のお告げも不吉でした。あたしは、気が進まないのです」

「莫迦《ばか》だね、子供みたいなことを言う」

　高はカラカラと笑い出した。快活な笑い声であった。

「心配することはない。しばらく辛棒して待っておいで。バーマ。無事に任務を果すと、儂は昇給する。褒美も休暇も貰える。そうなれば、二人で愉しい旅行もできるよ」

　バーマの眼から、涙の玉がボロボロと滾れ落ちた。海の底を見るように、ぼやけた夫の顔を瞶《みつ》めて、彼女は、

「死すべき人《マルトバ》！」

　と口のなかで呟いた。それは旋風団《レブエ》のなかで、重要任務を背負う人に与えられる、決死隊員の異名であった。団員でこそないが、呪われた死の船に乗る夫も、死すべき人《マルトバ》でなくてなんであろう。一寸さきの暗い運命も知らず、他愛もなく笑う夫がいとしかった。

「バーマを可哀想と思ったら……」

　バーマは泣きながら叫んだ。死んでも放すまいとするように、夫の手を握り締めた。

「バーマ。儂はお前を愛している。世界中のどの夫にも負けないくらい、お前を愛しているつもりだ。が、男には仕事がある。儂の今度の任務は重大なのだ。それこそ虎の子のように思う空の要塞を、無事に輸送するために、重慶政府では莫大な賞金まで懸け、わざわざ重慶から、三十人の護衛団を送ってよこしたくらいだ。旋風団《レブエ》の邪魔や妨害はまんざら、噂ばかりではなさそうだというから、儂らは断じて船を護らねばならんのだ」

　高は唇に微笑を湛え、信ずるところあるもののように言ったが、バーマは絶望的な悲鳴とともに、夫の胸へ顔を埋めて、しきりに頭《かぶり》を横に振った。

「なに大丈夫だ。旋風団《レブエ》だの、日本人だのといったところで、大したことはない。ミスタ・ウィルキンスが、眼を光らせている。ミスタ・ヤングも睨んでいる。この儂もいる！」

　そんな空威張りが、なんになろう！　永昌号の甲板には、死の国へ直通する危険が、大きな口を開いて待って

いるではないか！

埠頭の僧侶《ポンギー》

ラングーンの夜は、ローヤル湖の丘の上にそそり立つ黄金塔寺院《テウエ・ダゴン・パゴダ》の、円屋根《ドーム》を囲む電燭の光彩が、夜空をお伽の国の夜景のように染めるのが常であったが、三日前から、夕べの寺鐘《じしょう》の淋しい音色が、ビルマ興亡の夢のあとを物語るかのように、ラングーン河の黒い水面に儚《はかな》く消えると、美しい星屑が神秘な色にまたたくばかり、燈火管制下の港街の夜は、恐怖と戦慄に更けて行くのであった。

埠頭では先刻から波音に混って、僧侶《ポンギー》たちの唱和する読経《どきょう》の声が、縷々《るる》としてつづいていた。僧侶《ポンギー》たちは、その数およそ二十人ばかり、小坊主《シイン》、青年僧《パッチン》をなかに、いずれも鉄鉢《パッタ》を手に、黄色の僧衣《チワラン》を纏い、先頭の僧正《ツアヤ》だけは、椰子《やし》の葉で造った団扇《アワナ》を勿体らしく持っていた。

「南無三十尊応供正遍知者《ナモー・タッサ・フハカバトー・アラハトー・サンマー・サンブッダッサ》……」

バーマは地上に跪坐《きざ》して、合掌《がっしょう》していた。おのずから口をついて出るのは、敬虔な唱名《しょうみょう》であった。

「われ仏に帰依す《ブッダンサラナンガッチャーミ》。どうか夫の身の上を、お護り下さいませ」

いつもニコニコとして、他人《ひと》から仏さまのように言われる夫、温い愛撫と信頼の手で、妻を抱き締める夫――そのやさしい夫を裏切っている、背信の妻ではあるが、夫の乗った永昌号《ユンチャン》の災厄を、どうして喜んで待つ気になれようか！　と彼女は心のなかで呟いた。

僧侶《ポンギー》たちの前には、永昌号の巨大な船体があった。腹いっぱいに援蔣物資を呑み込んで、吃水線《きっすいせん》ふかく水中にどっしりと浮いたその船を見れば、ビルマ王族の血を引く女志士として、バーマはじッとしていられない思いにもなった。

重慶政府をあくまで覆滅し、一日も早く日本の援助を得て、ビルマの独立を招来したい心に変りもなかった。一年前、祭壇に上る小羊の覚悟で、みずから進んで高武生《カオウシヨン》と結婚したときは、胸のなかは殉国の精神が一ぱいで、鵜の毛で突いたほどの余地はないと思ったのに、女のこころ、妻のこころ――ふと芽生えたその心が、根を張り幹を太らせて、今では胸いっぱいを塞ごうとしているのが、バーマには堪らない驚きであり、悩みでもあった。

「われ仏に帰依す《ブッダンサラナンガッチャーミ》。われ仏に帰依す《ブッダンサラナンガッチャーミ》」

バーマは、邪念を払うように首を振って、一心に唱名をつづけたが、空の要塞が沈み行く光景、高武生の溺れる姿――その二つの幻影に、執拗《しつこ》く追いまわされていた。

呪われた船

イラワヂ遡江の援蔣汽船、五百噸《トン》の永昌号は、予定より二十分遅れて、九時五十分にするすると岸壁を離れた。

「なんだい、あの乞食坊主ども、お経を読むのに、なにもこの永昌号の前へ並《ふね》ぶことはないじゃないか！」

船尾に近い甲板の手欄《てすり》に凭《もた》れたウィルキンスが、相変らず苦りきっていうと、ヤングがニヤニヤ笑った。

「葬式船とでも間違えたのかな？」

「君は碌《ろく》なことを言わない」

ウィルキンスが嫌な顔をしたとき、舵輪《だりん》を握っている支那人水夫が、口を挟んだ。

「あの坊《ボンギー》さん達は、バモの町へ送る僧正《ツアヤ》の死骸に、お経をあげたんでさア」

「僧正《ツアヤ》の死骸？　そんなものが、どこにあるんだ？」

ヤングが急《せ》き込んで訊ねた。

「おや、御存知ねえんで？　妙だなア。旦那がたが乗船《のら》れるちょっと前に、旦那がたも承知の上だッてえことだったので、寝棺《ねかん》を一つ預かったんでさア」

「寝棺だと？　どこにある？　死人が入っているのか？」

「船室に入れてありまさア」

「なに？」

「なにしろ、ここは気違《きちげ》えのような仏教国で、大僧正《ツアヤ・ダウ》なんてもなア、王様や陸軍大将より偉いし、大僧正《ツアヤ・ダウ》でなくったって、坊《ボンギー》さんの言葉ひとつで、死刑場へ引かれて行く男の生命《いのち》が助かる国柄でがす。この船へ先刻《さっき》、僧正《ツアヤ》が来て、バモの町まで寝棺を一つ頼まれてくれ、ミスタ・ヤングもミスタ・ウィルキンスも承知の上だちゅうて、心づけの金や、おまけに上等飛切のトーケー葡萄酒《ぶどうしゅ》を、しこたま呉れましたからねえ。地獄の沙汰もなんとやら、預かる品物は余りぞッとしねえ代物《しろもの》だが、誰ひとり嫌ってえ者アありませんでしたよ。あッしもいける口なんで、ヘッヘッヘッ、旅が娯《たの》しみになったてえもんでさア」

ウィルキンスとヤングの眼が、ギロリと光った。

「くそッ！　なぜ早く言わないッ！」

「怪しい坊主どもだ！」

次の瞬間、二人の洋人は脱兎《だっと》のように、艙口《ハッチ》のなかへ躍り込んで行った。

「莫迦に慌てふためいて、飛んで行ったじゃないか」

背後の呟きに驚いて、舵夫《だふ》が振返ってみると、いつ来たのか、高武生《カオウシヨン》がニコニコ笑って立っていた。

「ヘッヘッヘッ。おおかた金と酒の分前に外れたんで、向ッ腹が立ったんでがしょう」

舵夫《だふ》はゲラゲラと笑った。

ちょうど、そのころ祈念に余念のなかった埠頭のバーマは、

「おうい、十時だぞォ！　出帆だぞォ！」

という水夫の銅鑼声《どらごえ》に、ふと我に返って立上った。僧侶《ボンギー》たちは読経を終え、岸壁を離れて、こちらへ歩いて来た。永昌号《ユンチャン》の船影は、ラングーン河の上流五百米《メートル》ほどのところを、辷《すべ》るように進んでいた。黒々とした船影は、水明りにくっきりと浮き上って見えたが、夫の姿が判ろうはずはなかった。

「夫はあたしを置いて行ってしまった！」

バーマが悄然《しょうぜん》と独語したとき、突如、轟然たる爆音が天地を震撼した。その瞬間、ラングーン河の中央から、空を衝く火の柱が突き上り、人が、船具が、板片《いたきれ》が、物の破片が、中空《なかぞら》たかく乱れ飛んだ。凄壮な火焔、濛々《もうもう》たる黒煙に包まれた永昌号は、はや船首を深く水中に没し、あれよあれよと見る間に、やがて船体全部を水面から消してしまった。

バーマの頬が、ひどく痙攣《ひきつ》った。笑ったともみえ、泣いたともみえた。膝がガクガクと震えた。ガクリと膝頭が地上へ落ちそうになったとき、横から駈寄って、バーマの身体を、

「おッと危険《あぶな》いッ！」

と支えたのは、通りかかった僧正《ツアヤ》であった。その声を夢うつつに聞き、バーマは鸚鵡爺《シウリカ》さんの声だ！　と思ったが、次の瞬間には脳裡に、いとしい夫の顔と憎い唖の首領の姿が、ぐるぐると旋回した。

唖の首領

空を圧するボーイングB一七型重爆機が、黒煙に包まれて舞い落ちた。永昌号の巨大な船体が、火を吹いて沈んで行った。みんな手を叩いた。バーマも拍手した。す

ると、彼女の前へ、火焰に包まれた夫の怨めしそうな顔が、大写しで浮び上った。

「ごめんなさいッ！　あなた、唖の首領が悪いのですッ！」

バーマは自分の声に覚めて、パッチリと眼を開いた。暗い広い室に、見憶えがあった。それは、旋風団《レブエ》の地下の密室であった。

「きょうは朝から、ラングーンの寺という寺へ、秘密情報部員《シークレット・サアヴィス》が詰めかけて、根掘り葉掘り、坊主《ポンギー》どもの詮索をやらかしています。はッはッはッ。影も形もないものは、十日かかっても、判りっこありませんや！」

「この鸚鵡爺《シウリカ》さんの僧正《ツアヤ》ぶりも、なかなかよかったろう。ふッふッふッふッ」

話声の主は、鸚鵡爺《シウリカ》さんと覆面姿の一人の団員で、ほかに人影はなかった。

「首領の豪胆にも、呆れましたなア」

「うむ、若いが、胆ッ玉も腕ッ節も、しっかりしたもんじゃ。なにしろ米国秘密警察《エフビーアイ》、英国秘密情報部《シークレット・サアヴィス》、重慶の廻し者、そのＡＢＣ陣営が相手なら、人手に任せるわけに行かぬと、みずから矢面《やおもて》に立たれたのじゃが、寝棺のなかに時計仕掛の爆弾を詰め込み、そいつを俄か僧侶《ポンギー》どもに持込ませる計略など、僧正《ツアヤ》に化けた儂でさえ、どうかと危ぶんだのじゃが、やはりあんたのいう通り、何事も度胸ひとつじゃ」

話声のやんだのは、奥から覆面姿の首領が出て来て、正座の椅子に垂《すわ》ったからであった。

「夫は？　高武生は？」

とバーマは叫んだ。声が嗄《か》れて、他人の声のように聞えた。爺さんの笑顔が近づいた。

「Ｇ二十五号、気がついたか、よかったよかった！儂《おれ》はお前さんが、あのまま息を引取るか、と心配したのじゃよ」

「いっそ、あのまま死ねばよかった」

「ふッふッふッ。生命づかいの荒い女じゃ」

トントンと卓子《テーブル》が鳴った。その合図に振返った鸚鵡爺《シウリカ》さんは、首領の手振り身振りを読んで、バーマに言った。

「Ｇ二十五号、首領は、こう言われる。お前の夫、高武生は昨夜《ゆうべ》死んだ。独身になったお前は、再婚しなければならぬ。今度の夫は、そういう命令を下す首領なのだ」

バーマは、愕然として、寝台のうえに半身を起した。全身の血は逆流し、奔逸《ほんいつ》するかと思った。唖の首領に対する憤怒が、勃然《ぼつぜん》と燃え立って、呼吸《いき》ぐるしいまで胸を灼《や》いた。

なにもかも、啞の首領の仕業なのだ！　高武生《カオウシヨン》から情報を得るために、このバーマを嫁《とつ》がせ、自分ら夫妻を利用しつくせるだけ利用した揚句、大東亜戦争の勃発で、日本軍のビルマ進撃近しと見るや、不用になった高武生を永昌号《ユンチャン》と一しょに片づけ、かねて横恋慕をした自分に対して、あつかましく求婚したのだ！　それも高武生の無残な最期を、妻の眼に灼きつけさせた残虐さ！

バーマは爺さんに呶鳴りつけようと思ったが、声は口から出なかった。焦躁《もどか》しさに咽喉《のど》を搔き毟《むし》ろうとした手が、ふと胸の堅いものに触れた。

昨夜、夫を見送って家を出るとき、なぜともなく胸へ納めた小刀《ダア》であった。

室の隅の寝台から降り立ったバーマは、抜いた短刀《ダア》を逆手に、首領の方へ憑《つ》かれたように摺《す》り寄った。

新東亜の妻

「支那人の妻でも、お腹の赤ちゃんの、父親の仇敵《かたき》を討ちたい心ぐらい、持っているのですッ！」

宙に躍った白刃が、さッと振り下されたとき、啞の首領がバーマの利腕《ききうで》を抑えて、

「お腹の赤ちゃん!?」

と、感動的に呟いた。

「あッ！　首領が口を利いた！」

鸚鵡爺《シウリカ》さんの前で、ポカンと傍観していた団員が、呆れたように叫んだ。バーマの空《あ》いた左手が、つと首領の覆面を剝いだ。

「ああ！　ああ！　あなたは……」

バーマの美しい顔が、驚愕に凍りつき、右手の短刀《ダア》が、パタリと床の上へ落ちた。

「高武生！　お赤ちゃんの父親！」

「バーマ。支那四百余州、どこへ行っても雲南大理《タリ》の商族《シャンゾク》の酋長の息子、高武生で通る男は、七年前、ふとしたことから生命を救ってやった商族の酋長の好意で、

化けの皮を被りつづけてきた、大東亜建設の志士なのだ。ビルマへ来ても、ビルマの志士鸚鵡爺《シウリカ》さんとガッチリ組んだ日には、誰にも見破られる惧《おそ》れはないのだ。お前に判るような化け方では、重慶政府や英国情報部《シークレット・サアヴィス》、米国秘密警察《エフビーアイ》の奴らを相手に、大芝居が演《う》てるわけはない。ウィルキンスとヤングの二人、僕の尻尾を掴もうと、東奔西走、雲南の大理まで行って調べてきたくらいだ」

　高武生が、カラカラと笑った。バーマが聞き馴れた、あのなつかしい朗笑《ろうしょう》であった。

「でも、昨夜よくあの永昌号で……」

「自分の掘った陥穽《おとしあな》へ落ちるほどの阿呆《あほう》に、この僕が見えるのかい？　きっかり十時に、僕は船尾から河の中へ飛込んでいた。あれはABCの連中を、ギャフンと言わせた一幕なんだ。なアに空の要塞なんて、宣伝ほどでもない白痴《こけ》おどしの重爆だから、僕がわざわざ出張するまでもなかったんだが、米英の秘密機関がのこのこ出しゃばったので、お義理に交際《つきあ》ったまでさ」

「爆弾など、よく手に入りましたこと」

「はッはッはッ。御亭主の役目を忘れる奴があるものか！　僕は昨日まで西南運輸公司《コンス》の倉庫主任で、あの倉庫には米国や英国の売残り、三等品武器がゴテゴテと入ってる。爆弾だって、どうにか間に合うんだよ」

「でも、あなたはひどい方、昨夜、なぜあたしに、あんな怖い光景《もの》を見せたのです？」

「これから、新東亜の妻になりきってもらいたいからさ。新東亜の妻は、戦場へ征《ゆ》く夫を笑って送る。バーマのように、泣いて見送りはしないのだ」

バーマは莞爾《にっこり》と微笑んで、彼の胸の中で囁いた。

「偉い夫を持てば、妻も偉くならねばなりません。ええ、バーマは誓ってなりますわ、新東亜の妻に！」

魔女の木像

発狂《インサニティ》

「誰にしたって、いつ発狂するか、判ったもんじゃないさ。何事も神さまの思召《おぼしめ》し次第なんだからね。古代人は、狂人を、神の頭の所有者として、篦棒《べらぼう》に崇拝したそうじゃないか！」

「うん。現代では、狂人は監禁されて、不当な圧迫をうけているが、あるいは狂人こそ、神と人との間に、位置を占めるべきかも知れない。天才と狂人は、同一でないまでも近親に違いないからね」

「度はずれは困るが、ほんの少々、発狂すると、人智の及ばない美の世界が、五官にありありと判るそうじゃないか！」

「遠慮は無用！　なりたい人は、さっさと気違いになるがいい！」

「発狂《インサニティ》！　狂気《マッドネッス》！　お昼に出港してから、日が暮れても、まだ気違いの話か。まるで諸君は、精神病院《セーラム》のドクターみたいだな」

どっと爆笑が、船内食堂《ダイニング・ルーム》の空気をゆすぶった。食後の果物《デザート》を終った人々は、ほんのりと酒気に頰を輝かしてはいたが、誰の眼にも、おどおどした、不安の色が浮いていたし、笑声にも、無理に虚勢をはったような、落着のない響がこもっていた。

食堂には、九人の紳士と、一人の淑女がいた。いや、満月のような美女をめぐって、九つの衛星がいた、といった方が当っていた。淑女は、この豪華な快速艇《ヨット》スワン号の持主、グレース嬢であった。その美しさ！　どんな名匠の手になる、絵画や彫塑も、彼女の前では、反古《ほご》や木偶《でく》にすぎなかった。ぱっちりと見開いた、南海の水のような碧《あお》い眼には、人の魂を天外へ飄々《ひょうひょう》と飛ばさずにはおかない、素晴しい魅力があった。品よくとおった鼻筋の下には、一輪の薔薇《ばら》の蕾《つぼみ》が、温い春の息吹きを秘めて閉じていた。白い額、締った頤《あご》、豊な頰――どの一つにも、人を惹きつける、優婉《ゆうえん》な美しさがあった。年歯《ねんし》は二十二歳、紐育《ニューヨーク》の富豪ハミルトン家の愛娘《まなむすめ》であったが、お転婆《てんば》でお侠《きゃん》なヤンキー・ガールらしさは微塵もなく、容姿にも挙措にも、匂うばかりの優雅《グレース》が溢れていたのも、名詮自称、まことに嬢の名にふさわしかった。

きょう彼女に招待されて、快速艇《ヨット》スワン号の客となった九人の人々は、マドリッドの豪商、パリの大実業家、ベルンの工業家など、世界の各地から商用や周遊でやって来た紳士ばかりであった。彼らは、ゴール・フェス・ホテルに泊り合せて、グレース嬢の知遇を得たのであった。

賓客の彼らが、乗船してから、食事中、食事後まで、主人のグレース嬢の前もあろうに、選《よ》りに選って、狂人や狂気を話題にしたのには、若干の理由もあったが、ひと口に言えば、憑《つ》かれたように、その話題から、脱《のが》れることができないのであった。

「日本軍が、アンダマン島を占領したそうですな！」

「今度は、カルカッタでしょうか？　濠洲でしょうか？」

「このコロンボだって、危険ですぜ！」

「私は次の便船で、ぜひポンペイへ行こうと思うんですが……」

そういう話題も、出るには出たが、いつと知らず、百八十度の転換をして、早発性痴呆症《デメンテア・プレコックス》だとか、陰鬱症《マニアック・デプレッション》だとか、妙に狂気の方向へ引戻されるのであった。

しかし、この話題に、少しも加入しないで、貝のような沈黙を守る人が、三人あった。

一人は、グレース嬢自身で、表面《うわべ》には不快な色も見せなかったが、若い女性の身として、内心では迷惑しているに違いなかった。

次の一人は、印度《インド》北部ファティアバッド王国の王様ラージャ・マドホ・ナレンドラ・ラル王であった。噂によると、王様は一ケ月ほど前、退位せられて、失意の日を、コロンボで送っているということであった。年歯は六十歳。神秘的な色に澄む瞳に、言いようのない哀愁を、深く湛えた老人であった。

最後の一人は、セザーレ・デ・ポンバル侯というポルトガルの貴族であった。端麗とか、瀟洒《しょうしゃ》という文字は、この人のためにできたと思われる位、白い額、隆《たか》い鼻、智的に輝いた黒い眼、凛乎《りんこ》たる顔立、難のうちどころもない美青年であった。黒い髪と黒い眼からバスク族の血をうけた、卑賤の出であろうなどと、悪口をいう者もあったが、黒眸《こくぼう》黒髪はバスク族だけの専売ではなく、イベリア半島に珍しくもなかった。見るからに聡明な、この青年は、コロンボのゴール・フェス・ホテルのロビイなどで、通りすがりの婦人客を立停らせずにはおかなかった。

女の心臓

人々が、まだ食堂で、狂人の話を蒸しかえしている頃、青年貴族は甲板へ出て、手欄《てすり》に頬杖をついていた。

夜空には、こぼれるような星屑が瞬き、あるかなきかの風は涼しく、銀ねずみ色に光る波も穏かであった。

艇《ふね》はコロンボの港を出て、ひた走りに海面を走っていた。行手を見まもるのは、神秘的な南十字星だけ、ポンバル侯も行先を知らないのであった。

「まア、侯爵さま」

跫音《あしおと》もなく、そっと寄り添って来たのは、グレース嬢であった。

「おや、ミス・ハミルトンですか!」

「そんな他人行儀な呼名は、今を限りにやめて、これからは、グレースと呼んで頂戴!」

「……」

「なにを考えていらしたの?」

「星の美しさに、見惚《みと》れていました。宝石の街コロンボの空は、星までが宝石のように美しいと思います」

「あなたは、詩人ですこと! いいえ、ルシタニアの方は、みなさん詩人ですわ」

「お褒め下すった、と率直に解釈して、いいのでしょうか? われわれポルトガル人は、むかし世界の半ばを占めた、輝かしい過去の追憶にだけ生きて、非常に感傷的、夢幻的な国民ですが、それだけに現実的な、覇気《はき》と逞しさに欠けています。現代語の詩人は、意気地なしの同意語《シノニム》と存じますが……」

「御免あそばせ、侯爵さま。あたしは、感嘆の意味で申上げましたのに……。でも、仰有《おっしゃ》るとおり、なんと美しいお星さまでしょう。向うに光るのは、セイロン金剛石《ダイヤ》、それから左へ、紅宝石、緑柱石、柘榴石《ざくろ》、金緑玉、猫眼石、黄玉石、電気石、紫水晶、蛋白石《たんぱく》——まるで、サバラガム州の宝石町《ラトナ・プラ》を、夜空に象嵌《ぞうがん》したようですわ!」

「……」

「なぜ黙っていらっしゃいますの?」

「失礼！　僕、いま、ふッと古代人と現代人を、知能的に比較していたのです。新星の出現で、キリストの降誕を知った、二千年前の学者、黄道《こうどう》に現れる星の姿でナイル河の氾濫を占った古代エジプト人、星座の運行から、暦数を案出したバビロンの人々、星座の配置から、指南車《しなんしゃ》を発明して、世界文明の礎石としたアジア人――古代人の偉さにくらべると、漠然たる詠嘆の瞳をなげる、現代人の愚かしさ！　あッ！　いま夜空を斜めに横切って、流星が飛びましたのに、われわれには、事象の奥にひそむ、深い意味を占う術《すべ》もないのです」

「おや、さっきの復讐《しかえし》をなさったおつもり？　憶えていらっしゃいませ。あとで仇を討ちますから。ほほほほほ、でも、侯爵さまは、詩人で、おまけに哲学者でございますわ」

「いや、僕は詩人でも、哲学者でもありません。海が詩人で、哲学者なのでしょう。誰でも海へ来れば、瞑想的になるのです。しかし、夜空の流星から、運命の変化を悟る智慧が、なぜ現代人に恵まれないのでしょう？　狂人なら……あッ！　失言をお詫びします」

ポンバル侯は、ハッとしたように、鄭重に頭を下げた。彼女は、気にもとめなかった。

「狂人といえば、なぜ皆さんは、あんな話ばかりなさるのでしょう。厭になりますわ」

「僕も、それを申上げたかったのです」

「興味を持っていらっしゃる？」

「聊《いささ》かの疑惑と、好奇心を抱いています」

「そう。お友達になって、まだ三日。あなたは、なにも御存知ないのですわね。あれには、少し理由もあります。お話し致しましょう。あたしの船室へいらっしゃいませ」

「お許し下さるならば！」

手欄《てすり》を離れたグレース嬢は、運びかけた足を釘づけにして、円《つぶ》らな眼を、侯爵の面《おもて》に据えた。息のとまりそうな、瞳の色！

「なぜ、手をとって下さいませんの？」

「お許し下さるならば！」

「三日前、はじめてお眼にかかったとき、握手したことを覚えていらっしゃる？」

「あの夢のような幸福！　あの喜びは、僕の生涯の追憶です。お嬢さん《シニョリータ》！」

「あのとき、あなたの右手に、あたしは左手を出しました。意味を御存じ？」

「……!?」

グレース嬢は、すり寄って、低く囁いた。温い、甘い息が、侯爵の耳を擽《くすぐ》った。

「左の、女の心臓へ近いのよ！」

夜叉《ヤクシャ》族の娘

豪奢な船室であった。印度風の懸燈、土耳古《トルコ》椅子、刺繡した絹蒲団、琥珀《こはく》色に壁を飾る波斯毛氈《ペルシャもうせん》、緋の敷物、黒檀《こくたん》の化粧台、香水壜や白粉《おしろい》箱、薔薇油を盛った硝子《ガラス》壜。眼の覚めるような色彩、馥郁《ふくいく》たる香気——まるで千一夜物語のなかの、王女の部屋のようであった。

「半月ほど前、あたし達は、コロンボから自動車で、クルネガラへ参りましたの」

グレース嬢は、ポンバル侯と、長椅子に膝を並べて、静かに語りはじめた。

「御存知でしょうか？　クルネガラ。西北州の、コロンボから、六十哩《マイル》の北にあります。その附近には、象岩、亀岩、鰐《わに》岩、鰻《うなぎ》岩、山羊岩などと呼ぶ巨大な岩があって、絶佳な景色を謳われていますが、そこに、も一つ『魔女の呪の岩』というのがあるのです。喬樹《きょうじゅ》、灌木を裾に、二千呎《フィート》の山巓《さんてん》に、どっかと聳ゆる岩の有様は、壮麗とか、偉観というには、あまりに凄壮《せいそう》ですが、これはセイロン島誌に遺《のこ》る、悲劇の女主人公クヴェーニの故事を知る者には、一そうのことと思います」

「クヴェーニのことなら、僕も聞きました。カリンガ王朝の始祖、ビシャヤ王が、原始住民夜叉《ヤクシャ》族の酋長の娘、クヴェーニを妃としながら、後に見捨ててしまったので、クヴェーニは、怨恨と嫉妬から、巌頭《がんとう》に立って、天地《あめつち》魔神にむかい、ありとあらゆる呪詛の言葉をもって、死ぬまで叫びつづけた、というのでしょう！」

「そうですわ。そのクヴェーニですが、あたし達が、麓の村へ行ったとき、偶然に原住民たちが、魔女クヴェーニの木像を、発掘したのでした。今から思えば、よせばよかったのに、あたし、シカゴ大学のモレンビル教授、これはあたしの叔父で、考古学の専門家ですが、その教授からの依頼があったので、研究資料にでも、と思いつき、買い取って、コロンボへ持ち帰ったのです。すると……」

「どうかなりましたか？」

「魔女の木像《ヤクデッス》には、伝説があって、木像を見た人々には、魔女の呪詛が乗り憑《うつ》り、狂い死ぬという、非業な最期が訪れる、というのですわ。でも、いまどき誰が、そんな非科学的な言い伝えを信じましょう。皆さんも、そう仰有るし、あたしも大丈夫と存じましたので、平気でいましたところ、帰ってから一週間内に、二人の犠牲者が出たのですわ」

「ほほう！　驚きましたな」

「はじめのは、コロンボの宝石商で、支那の広東人《カントン》ということでしたが、狂い死にしたあとで、日本人と判りました。それから三日目に、同じような狂い死にをしたのは、瑞西人《スイス》の鉄道技師でした。これも噂によると、独逸人《ドイツ》だったそうでございます」

「おやおや！　支那人が日本人、瑞西人が独逸人！　魔女の木像《ヤクデッス》から、みんな化けの皮が、剝がれたわけですね」

「旅行のお仲間は、亡くなったそのお二人と、いまこの艇《ふね》に乗っていらっしゃる、七人の男の方で、侯爵さまと、印度の王様《ラージャ》だけは、旅行のお仲間ではなし、経緯《いきさつ》を御存じないので、お気持も楽でいらっしゃいましょうが、あとの人々が、繰返し巻返し、狂人の話をするのも、無理のないことですわ。あたしだって、今にわあッと呶鳴ったり、踠《もが》き死にに死ぬのじゃないか、と思うと、堪《たま》らなく寂しいと思います。快速艇《ヨット》を沖へ出して、魔女の木像《ヤクデッス》を沈める相談が纏まったので、御諒解が願えると存じますわ」

「おや、この艇の旅は、そういうおつもりだったのですか。では、その魔女の木像《ヤクデッス》とやらが、この艇のなかにあるのですか？」

「ええ、ありますの！」

「見せて下さい！」

「禁制《タブウ》をお忘れ？　木像を一瞥した人には、魔女の呪《クヴェーニ》が、かかりますのよ！」

「禁制《タブウ》？　魔女の呪？　構いません」

グレース嬢の瞳に、露の玉が、キラリと光った。彼女は悄然《しょうぜん》と首垂《うなだ》れて、物思いに耽るようであったが、思い返したとみえ、間もなく立上った。

魔女の木像《ヤクデッス》

人々は、客間《サロン》にくつろいで、紫煙をくゆらせながら、まだ談笑をつづけていた。取憑《とりつ》かれたように不安と危惧の念から、例の話題を中心に、堂々廻《めぐ》りをしているのであった。

グレース嬢と、ポンバル侯は、ちょうど廊下で出会った、印度の王様《ラージャ》とともに、船艙の物置部屋へ入った。王様《ラージャ》も、魔女《ヤクデッス》の木像に好奇心を抱き、ぜひ見たいというのであった。

暗い吊洋燈《つりランプ》が、陰惨な影を、部屋の隅々へ投げていた。グレース嬢が、室《へや》の入口で指示《しめ》したので、侯爵は奥の長大な箱に近づき、怖れる色もなく、蓋をパッと開けたが、その瞬間、思わず驚愕の呟きを洩らした。

等身大《とうしんだい》の魔女《ヤクデッス》の木像！　その姿は、夢魔にだけ見るような、物凄い形相であった。髪は額に乱れて、さながら千条《ちすじ》の蛇が相争うごとく、クワッと剝いた眼は、呪詛と憎悪の火華を飛ばすかと思うばかり、耳まで裂けた口は、今にも火焰の息を吐き、羅刹《らせつ》の声を喚き出すかと疑われた。唇を濡らす、どす黝《ぐろ》い血潮の滴り、掻き毟《むし》るように、咽喉《のど》に延ばした、骨ばかりの両手。肋骨《あばら》の数えられる胸。萎びた乳房。瘦せ細った、醜怪な軀幹《くかん》から放つ、忌《いま》わしい毒気と悪気！　世のなかに、これほど凄怨《せいえん》な、これほど呪わしい姿の木像が二つとあるであろうか？

呼吸《いき》がとまりそうなポンバル侯は、うむと力強く呻《うめ》いた。女のような秀麗な顔に、いくらか血の気がのぼって、意志の強い、男らしさが窺われた。

ふと、木像が、動いたようであった。瞬間、侯爵は、全身を走る悪寒《おかん》に、愕乎《ぎくり》としたが、動いたのは、木像ではなく、背後の王様《ラージャ》であった。

「ふッふッふッ！　ふッふッふッ！」

嘲笑的な忍び笑いと思ったのが、止め度もなくつづくうちに、王様《ラージャ》は、とうとう肩を揺って、妙に空虚《うつろ》な馬鹿笑いをはじめた。

「あッはッはッ……儂《わし》を……儂を……親日じゃと言うて……無理矢理に……世界の涯《はて》のようなコロンボまで、連れて来て……あッはッはッ……こんな木像と結婚させよう……と言うても……そうはいかんぞ……王国を奪い、王冠を盗んで、その代償に、この木像！　ふッふッふッ……これが王妃《ラーニ》……莫迦《ばか》なッ……英国の盗賊どもめッ！」

ポンバル侯は、王様《ラージャ》の頰を、涙が滝のように流れるのを見た。口は痙攣《けいれん》したように歪み、その笑声は、もう常人のものではなかった。無理無体に、体内から絞り出される、笑いにつぐ笑い！　笑わされる人より、聞く人のほうが辛かった。王様《ラージャ》の身体《からだ》は硬ばり、四肢は鯱《しゃち》こばった。

突然、王様《ラージャ》は、劇《はげ》しい苦悩を愬《うった》えて、顔をしかめ、唇を曲げた。それでも、無気味な笑声は、開《あ》け拡げた口から、絶間なく流れ出た。肱を張り、手を挙げ、尖った十本の爪で、無茶苦茶に咽喉を引掻いた。皮膚が破れ、鮮血が純白の王衣を染めた。

笑声が、ハタとやんだ。全身は微細に震え始め、慄然とするような呻きを洩らした。

「あッ！　木像そっくりの顔だッ！」

騒ぎに驚いて、客間《サロン》から駈けつけた紳士たちのなかから、誰か怯えたように叫んだ。

全くその通り、王様《ラージャ》のクワッと見開いた眼、歪みくねった口、怨みに燃える憤怒の形相は、木像そのままの姿であった。

「以前の二人と、同じような発作だ！」

「もう助かるまい。前の二人も、死ぬ前に、この通りの症状だった！」

「王様《ラージャ》が三番目の犠牲者か！」

人々の囁きをよそに、ポンバル侯は、凝然と突立っていた。室の一隅へ投げた瞳は、なにも瞶《みつ》めていないように見えたが、実は一つの幻影《まぼろし》——突発の悲劇に仰天《ぎょうてん》した

グレース嬢が、白い両手に顔を埋めながら、よろめくように、自分の船室へ行った、その面影を追っているのであった。

清涼飲料水《キン・ココアナッツ》

グレース嬢は、居室の長椅子に突伏《つっぷ》していた。ポンバル侯が、間もなく入って来て、茶卓の椅子に腰かけたので、優しい慰撫の言葉を待つもののようであったが、うんとも、すんとも言わず、卓上の鉛筆で悪戯《いたずら》書きに耽っているのを見ると、そっと起上って、卓上の紙片を覗き込んだ。達筆に、

Alif Leilah u Leilah

という文字が、幾つも書かれてあった。

「千一夜物語《アリフ・レイラー・ウ・レイラー》！　なにか意味がありますの？」

「いや別に……。奇怪な一夜が、アラビアの夜話にでも、出て来そうだと思ったのです」

ノックの音に次いで、扉が開くと、給仕の顔が現れた。

「客間《サロン》のお客さま方が、今から直ぐ、魔女の木像《ヤクデッス》を、海のなかへぶち込んでしまいたい、と仰有いますが

「……」

「でも、夜中の十二時を合図に、沈める予定でしたから、と申上げておきなさい。それから、飲物を二つ。侯爵さまには、清涼飲料水《キン・ココアナッツ》、あたしは曹達水《ソーダ》」

「はい」

給仕が去ったが、男女《ふたり》は黙って向い合っていた。各自《めいめい》に別々のことを考えているのであった。給仕が飲物を卓上へ運び、再び立去っても、男女の妙な沈黙は、しばらく続いた。

「侯爵さま。お飲物、いかが？」

「有難う《アグラデシード》！」

ポンバル侯は、ポルトガル語で、鄭重な礼を述べ、コップを口まで持って行ったが、思いついたように、グレース嬢を熟視した。

「ミス・ハミルトン！」

「おや！　まだグレースと仰有らない！」

「夕食の卓子《テーブル》で、印度の王様《ラージャ》も、この清涼飲料水《キン・ココアナッツ》を、お飲《あが》りになりましたね？」

彼女は、二度、瞬きをした。表情のなかで、動いたものは、それだけであった。

「まだ誰方《どなた》か、召上《めしあが》ったかも知れませんわ」

侯爵は、軽い微笑を浮べた。

「失礼なことを申しました。ふと思いついたものだから、つい口を辷《すべ》らしてしまいました。あなたの下さるものなら、僕は喜んで頂戴いたします」

そうは言ったが、侯爵は、コップのなかへ鋭い視線を落して、長い間、動かなかった。

すると、グレース嬢が、俄破《がば》と卓子《テーブル》の上に突伏し、しくしくと歔欷《すすりな》いた。生物《いきもの》のように震う肩を、侯爵は呆れたように瞶《みまも》った。

「どうなさいました？」

「いいえ、もういいのです。その飲物、もう飲んで下さらなくてもいいのです。あたし、清涼飲料水《キン・ココアナッツ》を、あなたが幾口に飲んで下さるか、その数に占いをかけました。一と口とか、三口とか、そういう奇数ならば、あたしの恋は幸福、偶数ならば不幸と。それなのに、あなたは妙なことばかり仰有って……」

ヒステリカルに叫んで、室から出ようとするグレース嬢を、侯爵は慌てて呼びとめた。

「お許し下さい。僕のほうでも、実は心に詰《つま》らない占いをしていたのです。それは、あなたが飲物を、僕より先にお飲み下されば恋は吉、さもなければ不吉と」

「まア、そうですの？」

振返った彼女の頬に、涙の玉がキラリと光っていたが、美しい微笑もそこにあった。

「じゃ、一緒に戴きましょう」

男女は、各自のコップを持って、同時に飲物を乾した。

先刻《さっき》から、陰鬱に見えた侯爵が、飲物を飲むと、急に上機嫌になって歌を口ずさんだ。

「どうせ生命は儚いものよ《ア・ヴィダ・アクバ・コン・ア・モルト》。死んで死なぬは魂ばかり《ア・マルマ・ナウン・ポーデ・モルレール》……」

「なぜ、そんな歌を、おうたいになる？」

「ヘボ詩人の夢が、数千哩《マイル》彼方《かなた》の故国へ飛んだのです。ポルトガルのリスボン、いい街です。七つの丘、なつかしいタージュの流れ、宝石屋のならぶ黄金通《アウレア》、モザイクの美しいロシオ広場、娯楽街マイエル公園、うまいビスケー湾の魚、たまらないレモン水、国産の葡萄酒《ポルト》、街の音楽師《ファードウ》、カフェのルムバ……」

「そうそう、それから、サクラ、フジヤマ、ゲイシャ・ガール！」

「おや！」ポンバル侯爵は、キョトンとした顔で、黙ってしまった。

笑い地獄

「いかが？　ポルトガルの偽侯爵さま！」

勝誇ったように、肩をゆすった。

「日本《ハポン》のことを、仰有ったようですが……」

「望郷の念、しきりに動く？」

グレース嬢の言動が、非常な変化を見せて、相手を眺める眼の色には、征服者の持つような、尊大と軽侮の光が充満した。

「冗談ではありません。いま日本は、米英を相手に戦争中です。いまごろ英領コロンボに、どうして日本人がマゴマゴしていられましょう！　飛んだ冤罪です」

「まだ空呆《とぼ》けてる？　いい加減に、往生際《おうじょうぎわ》よく、尻尾を出したほうがいいわ。コロンボに潜む日本人コウタロ・ヒロタは、短波の無電で、頻りに情報を送っている。それがポルトガルの偽侯爵だということぐらい、ちゃんと判ってるのよ」

広田鴻太郎は、ニヤリと不敵に笑った。

「おやおや、人間の莫迦さ加減が、やっと判った。

甲板《デッキ》で見た流星から、身の破滅が占えないとは、なんという阿呆《あほう》だ！」

「甲板《デッキ》では遅すぎる。埠頭で乗船するとき、暗い運命に気づかなきゃ血のめぐりが悪すぎるのよ。あの時から、魔女の木像《ヤクデッス》の犠牲者は、三番目が印度の王様《ラージャ》、四番目がコウタロ・ヒロタと、ちゃんと決ってたのよ」

「魔女の木像《ヤクデッス》、生きてるんですか？　生きていて、犠牲者の順番を決めるのですか？」

「お前さんの前にいる魔女の仕業さ。まだ判らないのかねえ」

「あなたが決めて、僕を狂人《きちがい》にするんですか？　おや、腹工合が少し怪《おか》しい！」

広田は、顔をしかめて、腹を押えた。

「一ぷく盛られたことに、やっと気がついたの？」

広田は、猛然と立上ったが、すぐ悄然と椅子に戻ってしまった。

「ひどい人だ！　色仕掛で、僕を釣ったのか」

「お前さんみたいな、子僧ッ子相手じゃ、歯ごたえがない。桁が違うんだから、お前さんも悲しむことはないのよ」

「僕を狂い死にさせようというのか？」

「助けてくれ、といっても、もう遅いのよ」

「第一の犠牲者が日本人――それに違いないのか？」

「第四の犠牲者も、日本人よ！」

「印度ファティアバッド王国を奪い、ラージャ・マドホ・ナレンドラ・ラル王を片づけたのも、君らの策謀か？」

「その通り、それが第三の犠牲者よ！」

唐突《だしぬけ》に、抑制しきれぬ笑いが、広田の唇から洩れて出た。顔は硬ばり、眼から意志表示の力が脱けた。頭が一方へ傾いたのも、異様であった。

「とうとう始ったのね！」

冷然と見据えるグレースの瞳は、聊かの感動も示さなかった。

抑えても抑えても、笑いの順列がつづいた。顔を真赤に染め、必死に怺《こら》えようと努める端から、笑いが小悪魔のように、喰い縛った唇から、飛んで出て来た。その高い笑声は、天井の低い船室を、物凄い喧騒で満した。

その途端、船内のあちらこちらで、人々の騒ぐ声、乱れた跫音などが爆発した。何事かと、グレースは、怪訝《けげん》な面持《おももち》で立上ろうとしたが、大したことでもなかろうと、思い返したように、また椅子へ戻った。彼女の思惑どおり、騒ぎは間《ま》もなくやんで、広田の止度《とめど》もない笑声だけが、静寂な船内の空気を揺った。

「そろそろお陀仏《だぶつ》だろうね！」

グレースが、瀕死の鼠を睨る猫のような視線を送った。涙が、広田の頰を伝わった。痙攣《ひきつ》った口から、いつ止むとも判らぬ笑いが、体内から、無理矢理に押出されてきた。笑いの地獄であった。この地獄の責苦《せめく》を、平然と眺めるには、人並はずれた冷血を必要とした。しかも、グレースは、麗容を微塵も崩そうとはしなかった。

最期が迫った。広田は鋭い苦悶に、顔中を皺にし、口を歪めた。身体の苦痛を、そこから搔き出そうとでもするかのように、十本の指を鈎のように曲げ、咽喉をガリガリと引搔いた。

魔女の木像《ヤクデッス》そっくりの顔！

「ふん！　これまでだ！」

グレースが、ふふんと鼻で嗤《わら》った。

流れ星

跫音が停って、扉《ドア》から水夫の髯面《ひげづら》がのぞいた。

「旦那《サヒーブ》！　もう、ようがすぜ！」

グレースは、振返って、咎めるように言った。

「誰に言うの？」

「へえ、旦那《サヒーブ》でごぜえます！」

「その旦那《サヒーブ》というのは、誰のこと？」

水夫が返事をする前に、広田が叫んだ。

「グレース！　実演は、もうこの位に負けておいてくれ！」

白い歯を見せて、磊落《らいらく》に笑った。呆気《あっけ》にとられたグレースに、暫くは言葉もなかった。

「どうしたの、ヒロタ？」

「返事は、あとだ。ちょっと来てくれ！」

グレースの手を握ると、広田は引きずるように、艙口《ハッチ》を昇った。

「あそこに、見えまさア、旦那《サヒーブ》」

水夫の説明を聞くと、広田は手提燈《ランターン》を握って、上下左右さまざまに振った。夢見心地のグレースは、遠くの海面に、潜水艦のような船体を、おぼろに認めた。

「おい、みんな。この日本人を捕えておくれ！　客間《サロン》の七人のお客さまを、直ぐ呼んで来ておくれ！」

グレースが、甲板《デッキ》に居流れる水夫たちに命令すると、水夫たちが、どっと笑った。

「なにを笑う！　憶えておいで！」

グレースが柳眉《りゅうび》を逆立てると、先方の船体からの明滅信号を眺めていた広田が、元気のいい声で言った。

「ミス・ハミルトン、勝負は、あなたの負《まけ》と決ったのです。七人のお客さまに会いたければ、船艙の物置へいらっしゃい。魔女の木像《ヤクデッス》と、同居していらっしゃいます」

「誰が、そんなことをしたのです？」

「このヒロタです。この快速艇《ヨット》にいる二十五人の乗組員、これはみな僕の部下で、印度独立党員ばかりです」

艙口の入口に、印度の王様《ラージャ》の亡霊を認めたグレースは、あッと悲鳴を挙げた。

「王様《ラージャ》も生きておられます。僕の策略で、王様《ラージャ》にも、一幕の実演をやって戴いたのです」

「ヒロタ！　あたしは……」

「グレース、君が英国情報部《シークレットサービス》に籍をおく、ジョージア・ストークスという腕利きなことは、僕にちゃんと判っている。お互の国は戦争中だ。僕らも、戦いだ。君の艇は、僕が貰った。僕らはこのまま印度本土へ上陸するのだ。王様《ラージャ》を匿《かく》まうことが、まず第一。それから、君のお仲間相手に、忙《せわ》しい僕の活躍がはじまる。それはそれとして、七人のお客さまは、敵国人でないので、むろん助けてあげる。が、君はどうする？」

ジョージアは、塑像のように、立っていた。呼吸も忘れているのではないか、と思われるくらい、静かであった。

「流星の占いを見損《みそこな》ったことより、あたし、ヒロタを見損なったことが残念よ。甲板《デッキ》のあのときの夢が、夢でなければよかったのに！」

轟然《ごうぜん》と、拳銃の音が響いた。ガクリと膝を突くジョージアを、みな黙然と瞶めていた。

「どうせ生命《ア・ヴィダ・アクバ・コン・ア・モルト》は儚いものよ！」

低く口ずさんだ広田は、恭《うやうや》しい一礼をジョージアの霊に送った。

落陽の岩窟

バスク人ピオ

嵐の前のジブラルタルでは、夜になると、どの街も森《しん》閑《かん》として、まるで廃墟か、無人の街さながらであったが、カナリー通りのカフェ・サン・セバスチャンだけは、内部の灯が明るく、三百人の客が、ぎっしりと椅子を埋めていた。

この店は、去年まで、カフェ・アンダルシアと呼んでいたが、店主のパウリノ爺さんが、経営の一切を、バスク人の若者ピオに任せてから、名前が変り、評判もひとしお高くなった。

「手前のところには、世界中の酒という酒を、取揃えてございます」

如才のないピオは、客席を慇懃《いんぎん》に泳いで廻りながら、愛嬌を振りまいて歩いた。

パウリノ爺さんの頃と違って、酒棚が五倍も広がり、そこにぎっしりと、色彩や形態のとりどりな酒壜がならんでいた。

「おらア、西印度《インド》諸島のラムが呑みてえ」

「僕には、コーカサスの牛乳酒《ケフィーヤ》をくれ」

「支那人《チンキー》の老酒《ラオチュ》だ」

「オーストリアのクレムを持って来い」

十人十色の註文が飛ぶと、ピオは大抵の場合、給仕まかせにせず、酒壜を客前まで抱いて行き、愛着の商品に別れるのが辛いように、一と通りの効能書を述べたててから、酒壜を客の卓上においた。

「威勢よく酔っ払って、景気のいい海賊でも働こう、というにゃ、どうしても、このラムに限りますて、ジャマイカが本場物でござんして、酒精分《アルコール》は正真正銘五十パーセント、どうぞお試し下さいまし。コーカサスの牛乳酒《ケフィーヤ》は、世界一の美人、コーカサス娘と一しょに育った牛の乳から作ったもので、一と口めし上がると広い牧場と枯草の香が、忽然と浮びあがること請合《うけあい》。酒精分は、八パーセントで、婦人子供衆にも向きます。支那人《ヒネーゼ》の老酒《ラオチュ》は、東洋人の枯寂な哲学的境地を味わうには、欠かすことの出来ないお品でございまして、そのために手前どもも、本場の紹興《しょうこう》から、はるばると取寄せました。酒精分《アルコール》は十三パーセント、頗る中庸を得たものでございます。クレムは、オーストリー人の最好物でございまして、鳳梨《パイナップル》、バナナ、薄荷《ペパーミント》、レモン、梅、カカオ、珈琲《コーヒー》、ヴァイオレット、ヴァニラなどの香味が、油然《ゆうぜん》と合一した、いわば『お酒の香水』または一盞《せん》の中へ盛られたジャズとでも申しましょうか。通人《つうじん》のお飲物でございます」

行届いた酒の知識や、愛嬌が客の中で、やんやと喝采《かっさい》された。今では、街いちばんの酒場になった。

今夜は、カーキー色の英国兵で、ありったけの椅子が塞がっていた。十時の帰営時間まで、歌ったり踊ったり、カルタをしたり、時には喧嘩したりして、余り行儀のよくない客人たちであったが、今夜はいくらか静かなのは、カー中尉が、中央の椅子に、ふんぞりかえっていたせいであろう。駐屯軍の軍司令官、隊長を始め、お歴々の顔も珍しくないカフェなので、中尉にへいこらするピオではなかったが、今夜は客の中の一ばん高官だし、日頃が日頃なので、それとなく、警戒の瞳を忘れなかった。酒ずきの中尉は、三日に一どは必らずやって来て、ウォッカ、ウイスキー、シェリーなど、手当り次第、強烈な酒を呷《あお》った。それから、我儘な青年将校にありがちな、乱暴狼藉《ろうぜき》を働いた。その揚句、酒棚まで出張に及んで、手頃の一壜を、陳列台からポケットへ落し込むのであった。

「旦那。お勘定のほうを……」

最初の頃、怖る怖る伺いを立てたピオは、

「なんだと？　もう一どいってみろッ！」

と、中尉の残忍な視線を浴びて、一とたまりもなく、縮み上ってしまった。

「ここは、ジブラルタルだからなア。士官さんの無理は、まア税金と思って、あきらめることだよ。まして、もう一方は、軍の糧秣《りょうまつ》課お出入りなんだからね」

店主のパウリノ爺さんは、恐縮して詫びるピオを、却って慰めた。爺さんは、食料品問屋を経営していたので、カフェのほうは、全然ピオにまかせきりであった。

爺さんは、夜ふけてから、ピオを相手に、桜桃酒《キルシュ》をチビリチビリ舐めるのが、最大の楽しみであった。婆さんとの間に、後継ぎの子供がなかったせいもあろうが、爺さんは、実直なピオの気質を愛して、二タ言目《ことめ》には、ピオピオと眼の色をかえた。

「ピオが、男だからいいが……」

と、婆さんが、よく笑った。

ピオは、バスク人で、去年パウリノ爺さんが、ジブラルタルの対岸アルヘシラスのカフェから拾ってきた。やはりバーテンをしていたが、これだけの掘出物とは知らず、運よくぶつかったのであった。

九時半になると、ピオは給仕たちに旨をふくめて、中尉の附近のコップや皿などを、こっそり片づけさせた。

そのとき、表の扉を押して、一団のジプシイ芸人が流れ込んで来た。先頭に立つのは、妖艶なジプシイの踊子マルチリーナ、五人の男は、ギターを抱えた楽師《がくし》であった。ピオの面上に、さっと暗い影が浮いた。

ジプシイの妖花《ようか》

ピオに限らず、カー中尉と、このジプシイ娘との、先日の経緯を知っている兵隊たちまで、好奇心に胸をふくらませて、眼を瞠《みは》っていた。

マルチリーナは、すばらしく美しかった。その朱唇に載る微笑を見ると、誰でも、ふるいつきたい衝動に駆られた。ぬれたような大きな瞳のほうは、魅惑的、幻想的で、人の心を捉え、鉄石の心でも蕩《とろ》かさずにはいなかった。フラン・アルの名画「ラ・ボヘミエーヌ」の瞳で恍惚した人々は、マルチリーナの生きた眼の動きに、十倍も感動するであろう。自由、奔放、粗野、野生的な美の極致が、宝石のように光り輝いていた。

「こら女、ここへ来て呑め！」

始めて見た夜、カー中尉は、彼女の眼に、他愛もなく呪縛されてしまった。

しかし、ジプシイ娘の心は、大空を流れる白雲のように、捉えどころがなかった。婉然《えんぜん》と笑って、彼女は中尉を無視し、手近の兵隊のコップに、色っぽい口紅のあとをつけた。鶏群《けいぐん》の一鶴のように、お高くとまった中尉の態度が、天衣無縫の自然児の癇に触ったのであった。

堪りかねた中尉は、よろよろと立上って、マルチリーナの椅子へ近づいた。

「俺の言葉が、聞えないのか！　命令だ！　俺の椅子へ来いッ！」

ぐいと手を摑んで、引寄せるのを、マルチリーナは邪《じゃ》怪《けん》に振り払った。

「よしておくんなさい。あたしア、ヒターメ（ジプシイ女）の踊子、中尉さんの命令で動く兵隊さんじゃござんせん」

妖しい瞳の光に魅了されて、中尉はその瞬間の憤りをさえ忘れた。むかしから、情熱的な南国のスペイン男たちが、ジプシイ娘の眼の虜囚となって、惜しげもなく、故郷の山河や血縁をふり捨て、果て知らぬ流浪の旅に出たのは、きっとこんな瞬間だったろうと思った。

バイレ・フラメンコの踊の間じゅう、中尉は憑《つ》かれたように、キョトンとして、マルチリーナを見まもっていた。

その二人だけに、今夜の再度の会合は、どんな結末に発展するだろうか、とピオを除く人々には、なにか楽しいような観物《みもの》でもあった。

マルチリーナは、広間の中央で、胡蝶のように舞い始めた。野生的な歌、情熱的なギターの音にのって、彼女は自由奔放なタンゴを踊った。タンバリンの音が、人々の心を浮き立たせ、うねる手先、くねる指先が、美しい小蛇か、妖しい小鳥の戦《おのの》きのように、人々の心を陶然とさせ、赤と青の光が、落花のように、ひらひらと舞い狂った。ひとりでに頬へのる微笑、情熱の閃光を一筋にこめて、きらりと輝く瞳――まるで月明《げつめい》の森で、おどり狂う妖魔の精のようであった。


「こら女！　おいッ！」

ふらふらと、引かれたように、椅子を立った中尉は、マルチリーナの手をむずと摑んだ。ぐぐぐと引寄せられて、坐席の椅子へ腰を落すまでマルチリーナの微笑が、唇に美しく凍りついていた。

「欲しいものは、何でもやる！　いえ！　なにが望みだ？」

灼《や》くような中尉の視線を、マルチリーナは、不敵に弾《はじ》き返した。

「なんでも、とは話が大すぎる。そうじゃないかねえ中尉さん？」

「貴様に相応したものなら、なんでもの意味だ。英国の戦艦ネルソンを、乗用艇に呉れ、と頼まれたって、始めから無理な話だ。俺の眼が届き、俺の手が及ぶ限りのことなら、どんなことだって、誓って叶えてやる」

戦艦ネルソンの譬《たと》え話で、満堂を哄笑がゆすぶった。

「まるで、夢のような話ね。本当なの？」

「カー中尉は、英国の紳士だ。二言はない」

「だけど、あたしの望み、叶うか知ら？」

「叶えてやるというのだ」

「あたしの欲しいものは、たった一つ、男のこころ

——ほら、あそこにいる男のこころ」

花のように笑って、細い指のさすところに、赧《あか》くなって当惑そうなピオの顔があった。

「マルチリーナ。冗談も、時と場合によりけりだ。困るじゃないか！」

ピオの抗議を取合おうともせず、マルチリーナは卓上から、中尉の紙巻をとって、口にくわえた。

「た、た、煙草の火をやろう！」

真青になった中尉は、唇をふるわせ、だしぬけに酒盃《さかずき》を、マルチリーナのスカートにぶっかけると、間髪を入れずライターを点火した。

「さ、煙草の火を点けろッ！」

ウォッカと、ジンであったろうか、強烈な酒精が、青い焰をめらめらと吐いて燃えた。兵隊たちも、さすがに思いきった中尉の報復に、アッと嘆声を挙げたが、マルチリーナは、乱れた色もなく、焰の中から、中尉を冷然と見据えていた。

「あぶない！」

ピオは、まっしぐらに駈けつけて、マルチリーナを抱上げるなり、床へ投げ出して、ごろごろと転がした。早速の機転で、焰は間もなく消えた。床に坐ったまま、マルチリーナは、狂ったように笑い出した。

「ピオ。この女は、貴様の情婦か？」

中尉は、まだピオに絡んできた。

「どう致しまして。マルチリーナの冗談でございます」

好人物のピオは、弱りきって頻りに頭をペコペコと下げつづけた。

「ふん、貴様、色男だなあ！」

グワンと、中尉の劇《はげ》しい拳が、ピオの頰で鳴った。瞬間、マルチリーナの瞳が、キラと光ったが、ピオが恐縮しきって、相変らず、へいつくばったをつづけるのを見ると、嬌声を絞って、またとめどもなく笑った。

奇怪な花婿選定

一ケ月ほど前、ピオはパウリノ爺さんの代理で、腸詰代金の取立てにジプシイ共の部落へ出かけて行った。部落は、街外れに迫る小山の腹を掘り抜いた洞穴であった。左右には、英軍の高射陣地があり、正面には、ジブラルタルの商港が右手に、軍港が左手に、眼下に展《ひろ》がっていた。

小山の坂を登って行くと、洞窟の前に立っていた一人の老婆が、島中へ響くような金切声を振絞って、何かさっぱり訳の判らない、奴らの常用語を叫んだ。すると、どうだろう、何十という洞窟の中から、人か獣か、身別《みわけ》のつかないような、薄汚いジプシイ共が、老若男女、部落中を挙げて飛び出して来て、一斉にわッと喚呼の声をあげた。

ピオの足は、その前に、坂の途中で停っていた。カフェのバーテンと、乞食《こじき》や呼売《よびうり》の間柄なので、顔見知りも数多くあったが、さりとて今日は集金人の自分が、この破格の歓迎をうけていい理由《わけ》をみつけ出すことは出来なかった。自分以外の何者かに対するジプシイの儀式なのかと振返ってみても、もともと地獄のように忌《い》み嫌う、ジプシイの巣などへ、のこのこやって来る人間は、坂の下の端まで、見ることとも出来なかった。

呆気にとられているピオを、分別盛りのジプシイ共が五、六人、相恰を崩して迎いに来た。

「めでてえ話じゃ。相手はカフェ、サン・セバスチャンのピオとあっちゃ、爪の垢《あか》ほども申分はねえ」

「どうだ、そこで前祝いに、飲んで踊るとしようじゃねえか！」

「うむ。それがいい」

それから、前祝いの始まりそうな、めでてえ話というのに、伺いを立てると、陽気なピオが、キョトンとしたり、ポカンとしたり、暫くは二の句が告げなかった。

このジプシイの部落には、昔から年に一ど、部落の名において行う結婚式があった。今年は五月上旬、例年の如く、盛んに挙行されたが、その席上、慣例によって、次年度の花嫁が詮議され、これは満場一致を以て、頭目《とうもく》の姪《めい》マルチリーナと決った。さて、相手の花婿だが、そこは頗る開放的なジプシイ共なので、花嫁に選択権が与えられ、申出さえあれば、その場で確定するのであったが、マルチリーナは、候補者を持っていなかったので、掟のままに一任してしまった。それは、翌日から、陽のある間を限って、部落を訪れた三十三人目の男、ということであった。白羽の男が、乞食の爺さんであろうと、決定に変更はなく、式も盛大で、中に数人の女たちが、新婦の暗い宿命《ほし》を、蔭ながら憫《あわ》れんでやるのが結末のところであった。

ジプシイ共は、天の神様の思召《おぼしめし》によって、選び出された花婿——ちょうど三十三人目にのこのこと坂道を登って来た男が、バスクの素晴しい若者ピオと判ると、鬨《とき》の声をあげて喝采したが、そのピオが、まもなく、「僕は、結婚なんて、考えてみたこともない。断るよ」と答えたとき、驚愕の嵐に襲われて、咳ひとつする者はなかった。

天の神をないがしろにし、部落の名と掟とを侮蔑する者は、部落の名誉を賭けた当然の復讐をうけねばならなかった。

復讐の前に、再考の期間、五十日が与えられた。それが、三十五日前のことなので、後には二週間日があるだけであった。

名馬盗難

カー中尉が、北練兵場で、乗馬を何者かに盗まれた、という噂が、広くもないジブラルタルの街中に、パッと拡がった。

「大きな物を盗る泥棒だな。軍馬を一体どう処分する積りだろうか」

晩酌の席で、パウリノ爺さんは、頻りにその問題を論議した。説くところを、黙って聞いていると、馬泥棒の英雄が、逮捕を免れて、うまく遁走《とんそう》してくれるといいが、ということに帰した。ジブラルタルの英人を除いて、あとの住民が一人のこらず、ひそかに抱いている希望的意見であった。

馬はカー中尉自身の所有馬ではなく、かねて馬術の巧みな中尉が、軍司令官グリフィス中将から、調教を依頼されて、保管中のものであった。サラブレット種の駿馬で、ダービー入賞馬の弟馬というのが、中将の鼻の高い点であった。購入価格一万磅《ポンド》と聞くと、街の人々は、全身総灰白色、光沢《つや》のある、均斉のとれた見事な馬の雄姿を羨ましそうに眺め、頭が三千磅、胴体二千五百磅、四肢各一本千磅とすると、尻尾だけでも五百磅する、などと愚談を交した。

商船々渠へ、パウリノ爺さんの名代で、ハムを納入に行った帰途、ピオはカー中尉が、一小隊ほどの兵を引卒して、山上のジプシイ部落へ出かけるのを認めると、自分には鬼門の部落だが、こっそり跟《つ》いて行く気になった。野次馬《やじうま》の尾行者も、相当にあった。

酒席で見る傲岸《ごうがん》な態度はいま中尉のどこにも見られなかった。

噂によると、その日中尉は、夕陽の明るい北練兵場を、思いのままに乗りこなし、それから、いつものように練兵場の下の泉で、馬に水を呑ました。その泉は、岩角の隙間から洩れ出る小さい水溜りで、水が溜まるのを待って、馬は利巧に水壺を三回飲み干すのが常であった。その間、中尉はふだんの通り、岩角を右手へ廻り、雑草の中に腰を下して、一本の煙草をのんびりとふかしていた。その間《かん》、五分間か六分間、やおら立上って、岩角を廻った中尉は、愕然として自分の眼を信ずることが出来なかった。あり得ようと思われない不思議——名馬「北風号《ノースウインド》」が、忽然と姿を消したのであった。

気違いのように、あたりを駈けずり廻って、馬の行方を求めたが、折柄迫る夕闇に、足跡も消えてしまった。それから、この五日間、部下の兵を督促して、草の根を分けんばかりに、島の隅々にまで、探索の手を延ばしたが、得たものは、絶望と焦燥だけであった。

「この上はヒターノ部落を探るだけだ。騙《かた》りの大泥棒ぞろいで、馬でも象でも、奴らなら盗みかねないよ」

きょう昼食《ちゅうじき》の士官食堂で、そういう忠告をうけたカー中尉は、その足で直ぐやって来たのであった。

物々しい来客に驚いたジプシイ共が、ぞろぞろと、洞窟の中から流れ出て来た。

「馬を出せ！　取調べるんだッ！」

カー中尉は洞窟の前の広場へ仁王立ちになって怒号した。

命《めい》をうけたマルチリーナの叔父、ドロレス頭目が合図すると、襤褸をまとった老ヒターノが、端《はず》れの洞窟から七頭の駄馬を引出して来た。サラブレットの優駿などには、似ても似つかぬ荷馬で、毛並も栗毛や鹿毛《かげ》ばかりであった。

「これだけか？　これで全部か？」

中尉は落胆して、溜息を落した。

「もう一匹、いるにはいるだが、連れて来ても、無駄でがす」

「引いて来いッ！　命令だッ！」

中尉は、頭目が見せ渋るところが怪しい、と睨んで、生気を呼び戻したが、姪のマルチリーナが、ニコリともせず、手綱を曳いて来たのを見ると、気が遠くなりかけてしまった。図体は、以前の駄馬に較べると、ずっとたかいが、毛並は鹿毛で、片眼で跛で、齲歯《うし》の間から、だらだらと涎《よだれ》を流し、左耳が寝ていた。開いたたった一つの右眼は、絶えず冬空を映す荒涼たる色で、駿馬と駄馬が仲よく辿る老齢期の、それもひどい末路を示していた。

「北風号《ノースウインド》は、このジブラルタルから、永遠に消えてしまったのか！　明日の俺の運命のように！」

中尉は、暗然として、帰って行った。

人々の背後から、こっそりと、前後の様子を残らず見届けたピオは人波に紛れ込んで、帰途に就こうとした。と、左腕を押え込んで、引戻そうとする者があった。

「みんなが、待ってるんだ。手間はとらせねえ。ちょいと顔を貸してくんねえ」

眼玉のギロリとした頬骨の高い赧顔《あからがお》のジプシイの壮漢であった。

名馬の行方

洞窟の奥、馬小屋の一室であった。右手の壁には、沢山の木釘が打付けてあって、それに修繕中の馬具や、新調の革具類がぶら下っていた。左手には、道具箱が、幾つも置いてあって、縫針、亜麻《あま》糸の毬《まり》、反身《そりみ》の小刀、鋲締器など、革細工に必要なものが揃っていた。奥には破れた絨氈《じゅうたん》を敷き、その上に、頭目やマルチリーナを始め、主だった連中が十人ほど、円《まる》く坐って、暗い陰惨な鯨蠟《げいろう》のなかで、この世の人々でないような物凄さに見えた。

ピオの引入れられた一隅にも、鞍石鹸、刷毛の突き刺さったタール缶、馬の薬瓶などが、雑然と並んでいた。

ピオは、変ったジプシイの応接間を、悪怯《わるび》れた色もなく、じろじろと眺め廻した。

「顔触れが揃ったようじゃから、それでは、ピオさんに、ちょいとお話をする。最後の返事まではまだ五日もあるんじゃから、いま訊くのは、ちと可怪《おか》しなもんじゃが、現在のお前さんの積りでは、返事はどのようになりそうじゃ？」

老頭目が、肚のなかはともかく、表面では、物静かに訊ねた。

「そうだよ。そんなことは、五日後でいいよ。そういう約束だったじゃないか！」

陽気な性質だけに、ピオはいいたいだけをずばりといった。並みいるジプシイたちの面上には、人も無げな態度に、頬を燃やす者もあった。

「でも訊かんことには、話の進めようがないのじゃ」

「いまのところ、考えなんかちっとも変っていないさ。実は、よく考えてみよう、とは思うんだが、何しろ忙しい商売をしているんで、いまだに暇なしさ。まア、最後の晩にでも、考えてみることにしようよ」

人を喰った風に見えて、また歯を嚙む者があった。

「それでは、話を先へ進めるが、お前さんに聞いてもらいたいことは、カー中尉の北風号を盗みとったのは、わしの部下なのじゃ」

これは意外に思ったとみえて、眼を瞠り、怪訝《けげん》そうに小首を傾けた。

「カー中尉は、わしの姪に、重大な侮辱を加えた。身をもって、罪の報いを受けるべきじゃ。馬だけで復讐を済まし、生命《いのち》だけは助けてやったのは、ヒターノの慈悲と思わねばならん」

「だけど、馬は？」

ピオは、半信半疑であった。頭目の眼配せで、一人が気軽に立上り、先刻の不具の老衰馬を連れて来た。

「ごらん。これこそ、紛う方なき、一万磅の名馬、北風号の成れの果てなんだよ。それを、世界中の誰が知っている？　わしらヒターノだけじゃないか！　自慢じゃないが、馬泥棒と、馬医者にかけちゃ、ヒターノが世界一じゃ。わしらが、白羽の矢を立てたら、王宮の廏《うまや》からでも農家の馬小屋からでも、物の見事に奪って見せる。剽悍《ひょうかん》な馬だろうと、暴れん坊の種馬だろうと、わしらの手にかかれば、飼い猫も同然の温順《おとな》しさじゃ。馬語を解する人間は、世界中を探しても、わしらヒターノだけじゃからの。それから、被害者がどんなに泣き喚こうと、わしらの部落へ吹鳴り込んで来ようと、今のカー中尉同様、数日前まで己れの馬でありながら、自分の馬を弁別《みわけ》ることすら出来ない。部落きっての腕達者が、毛色をすっかり染めかえてしまう。光沢《つや》をなくしてしまう。薬を一ぷく盛って、老衰馬に早変りさせたり、視力を奪って、半盲目にしたりする。それから、独特の秘法を用いて、馬を旧態《もと》へ戻すことも出来る。そうなれば、高い値段に売ることも出来る。定期市や謝肉祭前になると、ヒターノ共は、腕に縒《よ》りをかけて、老衰馬の色褪せた毛皮に、半日保証の光沢を加え、水銀などで活力を与えて、娑婆《しゃば》の人が、夢にも知らない若返法を施し、仕入値の三桁増しの高値で素人衆《しろうとしゅう》に売りつけてやるんじゃ」

老人は、膝をゆすって、上機嫌に笑った。ヒターノ共の、どの髭面にも、会心の微笑が浮んでいた。

その間に、毛並の染料を洗ったとみえ、肩のところに灰白色の毛色がのぞいた。なにか薬剤を塗布するうちに、寝ていた左耳が直立した。

不思議な国の秘術を見せつけられて、ピオは、さすが

に仰天《ぎょうてん》したとみえ、

「呆《あき》れたもんだ！」

と、あらゆる感情を、一語のなかにこめて吐き出した。

しかし、一体この男は、何を考えているものか、それ以上の感動を色に示そうとせず、頭目の沈黙が長くつづくと、堪りかねたように、

「馬の功名譚で、話は済んだのかね？　僕も忙しい身体《からだ》なんでね」

と、無遠慮に質問した。

「馬の自慢譚じゃないと、始めから断ってある。わしらのいいたいことは、わしらヒターノは、やるといったことは、必ずやり遂げる。ということを、念のため、お前さんの耳に入れておきたかったのじゃ。お前さんだけが、例外にはなれないのじゃよ」

「そのことなら、よく判った」

「判ったら、逃げもしまいね？」

別の声が、座の端れの方から起った。

「心配なら、尾行者《いぬ》をもう一人、増やしたらどうだ！」

ずばりと、敵に一矢を酬いておいて、ピオは悠然と出て行った。わざと衒《てら》った色は微塵もなかったので、まことに心憎いまでの沈着さであった。


「あいつの正体は、一てえ何者だろう？」

「カフェのバーテンで終る人間じゃねえな」

「バスクの奴ら、喧嘩早いと聞いたが、あいつア、バスク放れがしていやがる」

ジプシイ共は、取沙汰に忙しかった。

ピオの正体

「ピオ。どうする積りだ。俺のいうことを諾《き》いて、ひとまずアルヘシラスまで、避難していないか！」

解答期日が迫ると、パウリノ爺さんが、火のように騒ぎ立てた。ピオをアルヘシラスの友人の家に匿《かくま》ってもらい、半歳でも一年でも、余温《ほとぼり》が冷めるまで、ジプシイたちの眼から、防ごうというのであった。

「親方、そんなにまで、心配なさいませんでも、大丈夫でござんすよ」

ピオは、他人事《ひとごと》のように笑って、却ってパウリノ爺さんを慰めた。

それから三日経《た》つと、爺さんはジブラルタルの知人という知人の家を馳けずり廻って、野獣のようなジプシイ

共から、大切なピオを、安全に匿まってくれそうな家を、血眼《ちまなこ》で探し求めたが、恰好なところをみつけることは出来なかった。

いよいよ最後の日が、明日《あす》に迫ると、爺さんは、半泣きの態《てい》であったが、夕方カフェの事務室へ、張ちきれそうな笑顔で戻って来た。

「ピオ。とうとう安全この上もない場所をみつけてきたぞ！」

「へえ？ そんなところが、このジブラルタルにありましたかねえ？」

「いいか。驚くな。刑務所だ！」

「刑務所なら、誰だって驚きますよ」

「いや、保護収監ということにして、お前の身柄を一定期日、収容してくれるんだ。いま所長さんのシモンズ少佐さんと、詳しく打合わせてきたばかりだ」

「呆れましたねえ！」

「お前が暢気者《のんきもの》だから、帰りは脱監して帰るかも知れません。といってやったら、少佐さんは、腹を抱えて、笑い転げていた」

「親方。せっかくの御親切は涙の溢《こぼ》れるほど嬉しゅうござんすが、僕は逃げ隠れる必要を認めませんから、明日、堂々と彼らと面会しますよ。なに解答なんか、終始一貫していますから、いつだっていいんですが、奴らは迷信に噛りついていますから、指定の日まで、迷惑を怺《こら》えていたのです」

「だって、生命《いのち》があぶないじゃないか！」

「いやア、生物は、どこにいても、あぶないといえば、あぶないものですよ」

ピオは、それきり、爺さんの勧めにも、耳を藉《か》そうとはしなかった。

翌朝十時という約束であったが、ピオは九時に使者を送って、退引《のっぴき》ならぬ用件が出来て、手放しかねるから、十時に当方まで足労を願うと申し送った。

正十時に乗込んで来たのは、頭目、マルチリーナ、それから九人の小幹部級であった。

一同は、カフェの酒倉である地下室から、更にまた階段を降りて、奇妙な一室へ案内された。壁には世界の地図という地図が、ベタベタと貼りつけられ、隅っこには、地球儀や、それに似たようなもの、更にまた電信の機械のようなものが、コマゴマと置いてあった。一同には何をする部屋なのか、見当もつかなかった。

始めてこの秘密室を知った、店主のパウリノ爺さんまで、夢見心地のようであった。

「早速だが、僕は今日、ジブラルタルを去ることになったので、パウリノ親方さんに今日までの並々ならぬ御愛顧に、深甚《しんじん》の謝意を表します。それから……」

と、ピオは、ゆっくりとジプシイ連中を一人ずつ見廻し、

「諸君を僕は、真面目に遇する気になれないんだ。愚にもつかない伝説を固執して、累を傍人に押しつけるばかりか、脅迫までして、我意を押し通そうとする。その君らは、スペインは亡びても、ヒターノは亡びない、と血迷ったお題目《だいもく》を唱えている非国民なんだ。君ら如きを、始めから僕が、人間扱いをしていたと思うのか？」

怖るべき毒舌を、真向《まっこう》から、ぶちまけた。ジプシイ達はさっと血相を変えた。

「ヒターノに対する侮辱には、君らは眼のいろをかえていきり立つ。ところが、スペインの恥辱には、眼を塞いで、恬《てん》として恥じない。たとえば、このジブラルタルだ。二百四十年前、英国に掠奪《りゃくだつ》されて以来、爪先に刺さった刺、眼の中のゴミ、などと呼ばれている。指先や眼どころか、スペインの咽喉を扼《やく》されていることなんだ。それで僕は、スペインのために、生命を投げ出して、死地に等しい、このジブラルタルへ潜入し、あらゆる敵の機密を探り出すことに成功した。他国人の僕が、現住民の諸君を前に、勝手な啖呵《たんか》の切れるのも、働く目標に高低の差があるからだ。僕はスペイン国のために働き、諸君はジプシイのために働く。働く目標は、そのまま人間の高低をも示す。僕は生命を惜しまないが、自ら持することは高い。ジプシイの玩具にされてたまるか、という自負心が、鬱勃《うつぼつ》として、身内いっぱいに、燃え立っているのだ。僕？　二年前まで、スペイン領モロッコにいた。第十軍団の外人部隊《レヒナリヨ》で、マノ中尉といったら、少しは人に知られていた。軍団が、去年、ジブラルタル奪還に具えて、去年、アルヘシラスに移駐すると同時に、司令官は、特に僕を選び出されて、秘密命令を下令され、スペインのために！　と繰返し、二度いわれたのだ。どうだ、おい、ジプシイの伝説とやらの、三十三人目の男とかいった、カスのような話と並べて考えてみろ。それで、解答を待つまでもあるまい。何年後か、ジブラルタル突撃の第一陣に飛込むのは、誓って、このマノ中尉なんだ。そのときになって、まだ国家意識に眼覚めぬ諸君をみつけたら、真先の斉射で、みんな綺麗さっぱりと片づけてやる！」

ピオ青年、いやマノ中尉は、扉口の方へ歩《あし》を進めながら、

「僕の国籍を君等に説明したところで、恐らく解りはすまい。東洋にはこの欧羅巴《ヨーロッパ》では見たこともない立派な国と国民とが起《た》ちあがっている。僕はその国一億の民の一人だ。僕は今から、ある方法で、この島を離島することになっている。正午前は、諸君の身柄を、解放することは出来ん。扉の外には、腹心の者が立っている。正午になったら、その男が開けてくれるよ」

唖然たる一同を後に、マノ中尉はもうかき消えていた。

恐怖の水牢

別離の饗宴

銀の皿は堆高《うずたか》く盛られた果物のなかから、大粒な葡萄《ぶどう》の一房をとって、ジャミレ嬢は、山村に勧めた。

山村は、せっかくの食後の果物を、手のなかに持て余して、胸のなかの苦悩と、劇《はげ》しく闘っていた。

七日前の十二月十二日、この邸で晩果《ばんさん》の招待をうけたときは、彼女や、イスタンブール農工銀行頭取《とうどり》である彼女の父から、大東亜戦勃発《ぼっぱつ》以来、矢継早《やつぎばや》に挙げた祖国の輝かしい戦果に対して、晴々しい、数々の祝福の言葉に接したのに、きょうは彼女から唐突《だしぬけ》に別離の饗応をうけたのであった。

「ムッシュ・ヤマムラに、気の毒だが、今日以後、邸へ出入りするのを、遠慮してもらってくれ、という父の命令でした。あたしから、何度も理由を訊ねましたが、父は寂しそうな顔をするだけで、打明けてくれませんでした」

食前に聞いた彼女の言葉に、山村は、押し潰されそうな、重圧を感じた。

今日まで、ムスタファ・パシャ一家から受けた、有形無形の援助を顧れば、彼はただ、これまでの好意を謝して、引下がるほかに術《すべ》のない立場だったので、かりそめにも、不平がましい気持は、微塵もなかったが、遺憾なのは、はっきりしない理由から、このまま絶縁されてしまうということであった。自分になにか不都合な行為があったのだろうか？　七日前の晩餐には、パシャは機嫌よく、迎えてくれたではないか！　この七日間に、自分が、どんな悪い真似をしたというのだろう？　食事の最中、いくら考えてみても、自分を主体にすると、この疑問が解決できなかった。帰するところは、眼に見えざる、あの敵に持って行くほかはなかった。奴らの魔の手が、パシャを動かして、自分の出入りを停止させたのであろう。

この一家は、もともと、猛烈な日本贔屓《びいき》であった。それは、遠い日土の親善歴史に端を発したもので、明治二十三年、紀州沖で難破した土耳古《トルコ》の派遣軍艦エルトグロール号の生存者、オットマン・パシャの一行を、日本政府が、比叡《ひえい》、金剛《こんごう》の二艦で、鄭重に送り届けたことがあった。それ以来、土耳古人の親日ぶりは、非常なもので、現在に及んでも、山村が田舎へ旅行すると、そのとき助けられた水兵の親戚の者だ、などといって、思いがけない歓迎をうけるほどであったが、このパシャ一家も、そのオットマンの姻戚なので、山村をまるで、骨肉のように待遇してくれた。

　山村が二年前、フリッツ・メーベルという独逸《ドイツ》青年と協同で、ペル街に「日独貿易商会」の看板をかかげ、雄《ゆう》飛《ひ》の第一歩を踏み出したのは、資金の調達などに、彼女の父の、一方《ひとかた》ならぬ好意と、援助があったからであった。

　夕餉《ゆうげ》の膳を下げに来た女中が、入口のスイッチを捻《ひね》ると、強い光が室内に流れた。床に敷き詰めた高貴なペルシャ絨氈《じゅうたん》、貝殻を美しく鏤《ちりば》めた小卓、色絹にアラビア模様の繍《ぬい》をした座褥《クッション》などが、眼に眩しく映った。

　山村は、何度もこの婦人室《ハレム》に入って、双六《タフィ》のお相手をしたり、日本の話をしたり、それから、現在は土ソ国境の基地へ、警備に赴いている飛行大尉の彼女の兄と、愉快に談笑したりした。数々の思い出のこもるこの室《へや》も、もう今宵が最後と思って眺めると、室の隅においてある棕櫚《しゅろ》の植木鉢にまで、尽きせぬ名残りが惜しまれるのであった。

「長い間、いろいろとお世話になりました。どうぞお父さまに、私からのお礼を、よろしくお伝え下さい」

　椅子を立って、別辞を述べると、彼女も立上った。身体《からだ》は、すらりとして、うす緑の天鵞絨《ビロード》のドレスが、よく似合った。落着いた聡明な眼には、涙が一ぱい溢れていた。

「そのうちに、父の許しが出て、きっと会えますわ！　時節を待ちましょう、希望をもって……。ね、ムッシュ・ヤマムラ」

　彼女は、胸のブローチを外《はず》して山村の手の中へ落した。

「また会う日まで！」

白金《プラチナ》に真珠を飾った、清楚な胸飾りであった。冷たい掌中の感触の底に、山村は彼女の心の温かみを感じて、思わず眼がしらを熱くした。

姿なき敵

それから三日目の午後、ペラのグラント街にある日独貿易商会の事務室では、山村の室が空《から》ッぽなのを幸いに、日当りのいい、二階の窓際へ椅子を並べて、事務員の土耳古人たちが五人、濛々《もうもう》たる煙草の煙のなかで、気楽な雑談に耽っていた。

「この店も、もう長いことはないな」

「ふん。煙草の葉が専門の取引商品なのに、来年の葉の買付が一キロも出来ないとあっては、潰れざるを得ないよ」

「イズミットやブルサなど、マルモラ海沿岸地方の煙草産地から、取引謝絶の電報が来たときにゃ、山村、平気《たいしょう》な顔で、若いに似ず、太ッ腹のところを見せていたが、黒海沿岸地方のサムソン、バフラ、トレビゾントから、相ついで、契約不成功の入電があったときには、さすがに顔色が変ったぜ」

「うん、あの日にゃ、ちょうどアナトール地方の、アンゴラ山羊の飼育場から、思わしくない手紙が来ていたので、朝から御機嫌ななめだったのさ」

「大将、山羊毛《モヘール》にまで、手を延ばそうというのかい？」

「うん、大へんな意気込みだよ。山羊毛《モヘール》の全産額五百万キロの全部が、英国の手に独占されてるのは、佗しき極みだから、来年からその方面へ乗出そう、といって、スタンブールの山羊毛《モヘール》鑑定人らについて、大ぶ研究していたんだ」

「それも狙われる原因の一つだな。この店には、姿なき敵がいるんだぜ。どうも、独逸人のフリッツが行方不明になってからこっち、ケチがついたようだな！」

カシムという若いお洒落《しゃれ》の男が、そういうと、みんなは、謎の失踪をしたフリッツ・メーベルを偲んで、しばらく寂しい沈黙に落ちた。日独貿易商会の協同経営者、フリッツ・メーベルは、山村と仲のいい独逸青年であったが、一ケ月ほど前、まるで神隠しに遭ったように、イスタンブールの街から、姿を掻き消してしまい、今もって行方が知れなかった。眼の色を変えて騒いだのは、山村と、タイピストのアンナ嬢であった。彼女は、人も許した、フリッツの恋人であった。

「そういえば、アンナ嬢は、暫く顔を見せないな！」

「大東亜戦争の勃発で、彼女、ムッシュ・ヤマムラに遠慮してるんだろう。お互に、敵国人だからな」

「だけど、ヘル・フリッツがいる頃にゃ、本国が交戦中でも、独英の御両人、眼に余るほど仲がよかったぜ！」

「それはそうさ。それには、理由があるんだよ」

カシムが、得意そうに、鼻を蠢《うごめ》かしていった。

「彼女、英国娘でありながら、英国を憎んでいる。というより、英国の秘密情報部を恨んでいる。これは内密の話なんだが、実は、彼女の兄アルフレッドは、イートンから、ディボンシェア州の中央スパイ訓練学校を卒《お》えた秀才で、近東在勤を命ぜられ、後にイランの首府テヘランに住むうちに、独逸婦人フリーダと恋仲に陥《お》ち、周囲の反対を押切って、結婚したため、秘密情報部の上司に睨まれ、連絡の名の下《もと》に、本国へ召喚され、その揚句、絞首の刑をうけたんだ。そこで三年前、フリーダとアンナの二人は、フリーダの知人を頼って、このイスタンブールへ移り住んだが、頼りにしてきたその知人は去年死亡するし、胸を病むフリーダを抱えて、生活戦線に苦闘しなければならないので、ミス・アンナは、仇敵のように秘密情報部を……」

「しッ！」と、誰かが制した。

廊下に靴音をならし、扉口《ドアぐち》に立ったのは、寂しい細面のアンナ嬢であった。

「ミスタ・ヤマムラは?」

年齢《とし》は二十三であったが、年に比して、ずっと分別くさい、大人びた理智のいろの濃いのは、世帯《しょたい》の苦労が、身に染みついたせいであろうか。

「大将はいませんよ。またカフェーで、ぽかんと、腑《ふ》脱《ぬ》けのように坐ってるでしょう。行ってごらんなさい」

カシムが喋《しゃべ》舌った。

婦人室《ハレム》

金角湾《きんかくわん》の岸辺にあるカフェーでは、今日も山村が、土耳古人のなかに混って、向かい角の屋敷を、茫然と眺めていた。その大きな邸が、英国秘密情報部のイスタンブール本部で、ロバート・ホーアという男が、その主任ということであった。それを山村は、フリッツか、アンナか、誰からか耳にしたことがあった。

あれから三日間、山村は、ペラの繁華街にある店へ一ぺんも行かず、坂の上のアパートを昼ごろ出ると、夕方まで、このカフェーに坐って、眠るでもなく、覚めるでもなく、人目にも、得体の知れない時間を消していた。

自分の行手に、大手を拡げて立ち塞がるものが、英国の秘密情報部と知って、暗闇で巨大な岩の壁にぶつかったような、絶望感に沈んでいるようにも見えた。

世界中に網の目を張って、地上のいたるところに、悪の毒華を咲かせる、英国秘密情報部——。

陰謀、暴動、煽動、攪乱、逮捕、暗殺、詭計、強奪、放火——暗闇の世界で行われる、これらの悪徳は、みんな彼らの仕業であった。英国秘密情報部は、過去百四十年間に、ロシア、アメリカ、ポルトガル、ルーマニア、ギリシャ、ユーゴースラビア、アラビアなどの元首を、その毒手で仆《たお》したという。元首にして然《しか》り。世界各国の首相や大使、志士などで、その犠牲となった者は、枚挙に遑《いとま》がなかった。まして、イスタンブールの一介の商人、山村太吉の如きは、蛆虫《うじむし》の如く、踏み潰されてしまうであろう。

しかし、それでは、このまま泣寝入りが、出来るだろうか？　そう自問すると、山村の心のなかで、憤然と、いや、断じて！　と叫ぶものがあった。フリッツの行方不明中、協同の店を潰してしまう口惜しさもさることながら、なによりも肚の虫が承知しなかった。売られた喧嘩なら、男として、買って出るほかはなかった。

こうして、鉄の闘志は固まったが、さて争闘の手段や、方法が思案に余った。そこでこのカフェーへ坐って、敵の首領に体当りでぶつかって行く機会を、漫然と待っているのであった。

土耳古の旧式な、大きな富豪の邸では、斜《はす》に交叉した格子の窓が、よく眼についた。そこが婦人室《ハレム》であった。山村の眼前には、角《かど》屋敷の婦人室《ハレム》が、大きな鉄格子の窓を、やや小高く、道を隔てて、真正面《まとも》に見せていた。

「ミスタ・ヤマムラ！」

声に振返ると、アンナが悄然《しょうぜん》と椅子の後ろに立っていた。

「国と国とが、戦争になったので、あたし遠慮して、今日まで店を、無断で休みました。その日に退職するのが道かとも存じましたが、病身の嫂《あによめ》を抱えて、生活に追われるものでございますから……」

気位の高い、英国娘らしくなく、どこか貞淑な日本娘らしい気立てなので、ふだんから山村が、好感を持っていることは、社員仲間にも知れ渡っていた。

「いや、アンナ嬢。君を採用したのは、フリッツ君なんだから、彼の行方が判明するまで、君の面倒を見てあげるのが、僕に課せられた義務の一つなんだ。敵国人に使われるのを、君が遠慮するんなら、店を休んでも構わん。しかし、フリッツ君が、姿を見せるまで、給料は差上げるから、毎週カシムの手から、受取り給え。なおフリッツの遺書のことは、いずれ更めて相談しよう」

フリッツが、謎の失踪を遂げた後、山村はフリッツの事務机のなかから、自筆の書状を発見した。それは山村に宛てたもので、自分に万一のことがあったら、アンナ嬢を自分の身代りに、店の権利の一部を持たせて、よろしく面倒をみてやってくれ、という意味の内容であった。まるで失踪か奇禍を、予知した上で認《したた》めた書置のようで、こんなものを遺すくらい、不吉な予感に脅え、身の危険を察知していたのなら、遠慮のない仲の自分に、なぜ前もって、一言、打明けてくれなかったか、と山村は、不服に思ったのであった。

思いは同じとみえ、アンナも、

「なぜ話してくれなかったんでしょう?」

と、泣き伏したのであった。

山村も、友達の意志は意志として、尊重するつもりでいたので、この場合は思いつくままにこう答えたのであろう。

「有難うございます」

アンナは、山村の温情に咽《むせ》んで、繰返し繰返しお礼を述べた。

ちょうど、そのときであった。山村は、あッと口のなかで叫んで、弾条《ばね》仕掛のように立上った。

夕べの残照のなかに、角屋敷の鉄格子の窓から、白い美しい女の顔が、覗いていた。

「ジャミレ嬢!」

地下室

山村とアンナは、猫のような忍び足で歩いた。形ばかりの小さい門を入って、婦人室《ハレム》の建物が、黒い影を地面に投げるところまで来ると、二人は緊張した眼付で、背後《うしろ》を振返った。

パシャ一家から、絶縁された身でも、誘拐されたとしか思えないジャミレ嬢を、こんな悪魔の巣窟に、留めておくに忍びなかった。そこで彼女を救い出して、実家へ送り届けるのが、パシャの好誼《こうぎ》に応える務めと考えた。

山村は、アンナを店へ走らせ、カシムを呼び寄せたが、この土耳古人は、相手を英人と聞くと、二の足を踏んで、助力を断った。

「あたしが参ります！」

手不足に困った山村に、アンナが怖るる色もなく申し出た。女手を借りるのも、どうかと思ったが、以前に二度ほど、亡兄の件で、嫂と共に訪れたことがあるというし、亡兄の復讐に、ぜひ連れて行ってくれと、頻りに頼むので、とにかく、邸内へ案内してもらうことにしたのであった。

二人は、一どアパートへ帰って、身仕度をととのえ、夜の十一時に、角屋敷へ忍び込んだ。それまで監視させておいたカシムの話では、ジャミレ嬢が邸内から辞去した様子はない、ということであった。

ふだん邸内には、召使を除くと、ロバート・ホーア一人いるきりだが、時によると、数人の部員が集まることがあるという。今夜の人数は、むろん不明であった。

婦人室《ハレム》は、母屋と狭い通路を隔てて、向かい合い、観音びらきの扉《ドア》が、その入口を塞いでいた。錠が卸してあるかどうか？　山村は進み寄って、扉《ドア》に手をかけた。

「なにしに来たッ！」

不意に、落着いた声がした。熱鉄に触ったように、愕乎《ぎょうっ》として振向くと、母屋の蔭から、三人の大男が現れ、退路を断ったように二人の前に立ち塞がって、短銃《ピストル》を擬した。

勝敗は、一瞬間に決した。衣嚢《ポケット》には、用意の短銃《ピストル》があったが、手を延ばす間に、三つの弾丸が、こちらの体内へ、流れ込むだろう。まして、悲鳴もろとも、アンナに噛《かじ》りつかれたのでは、ろくろく身動きも出来なかった。

一人の男が、アンナを引放すと同時に、他の二人が、両脇から山村の腕を挟みつけて、母屋のなかへ連れ込んだ。

「ヤマムラ。待っていたのだ！」

右側の大兵《たいひょう》の男が、快心の笑みを浮かべていった。

なんのことだ！　まんまと、敵の 穽《おとしあな》 に陥ちたのだ！

と山村は、唇を噛んだ。

「貴様が、ロバート・ホーアか？」

「近東では、名の通った男だ。覚えておけ」

ホーアは、鼻を鳴らしていった。

大きな邸であった。長い廊下を突当って、右側にある石の階段を降りて、二人の男は、山村を灯影《ほかげ》の暗い陰惨な地下室へ連れて行った。四方《あたり》の壁に切石を積み、漆喰《しっくい》を中訳に塗ったような、荒涼たるところで、広い石敷きの床の中央に、塵にまみれた、木の上蓋《あげぶた》があった。

「僕を、どうしようというのだ?」

「べつに大したことではない。邪魔者の貴様に、こちらでいと移転《ひっこし》をしてもらったのだ。新しい住宅は、ちょ用意しておいた。住み馴れると格別の趣がある。ゆっくりして行くがいい」

「僕を、ここへ檻禁《かんきん》するのか?」

ホーアはせせら笑って、山村の衣嚢《ポケット》から、短銃《ピストル》を取上げた。左の男は、山村の腕を放して、床の上蓋を開けた。

足の下、五尺ほどのところに、広い暗い水面が見えた。

が、どの富豪の邸宅でも、地下にこういう池《プール》を持っている、ということは、耳にしたことがあった。

「この水の中が、貴様の住家だ!」

山村の全身を、戦慄が走った。相手を見縊《みくび》って、さした警戒もせずうかうかと乗込んだ軽挙を今更の如く悔んだ。

「ふふん。飛んで灯に入る夏の虫、とは汝《うぬ》のことだ!店ぐるみ、貴様の身体は、このホーアが貰ったのだ!」

果して想像どおり、とこの方は、今さら驚くに当らなかったが、直面している身の危険は、切実に苦悩の種であった。

人の気配に、振向いてみると、地下室の扉口《とぐち》に、アストラカンの黒い外套に包まれた背の高い女の姿が浮かんだ。

「あッ! ジャミレ嬢ッ!」

思わず、その方へ駈け出そうとした途端、中心を失った腰を突かれて、山村の身体は、大きく宙に飛んで、次の瞬間には、劇しい水煙と水音のなかに消えてしまった。

理想の殺人

水面に浮かび上ると、山村は直ぐ泳ぎ出した。水泳は故国の大学にいる頃から、得意なスポーツであった。

頭上から、嘲笑的な笑い声が降ってきた。

「泳ぎながら、ゆっくり山羊毛《モヘール》の夢でもみていろ!ふん、いいざまだッ!」

先刻《さっき》の二人の男が、劇しい音を立てて、上蓋を卸した。

真の闇が、山村を取り巻いた。二人の男が立ち去った後は、物音ひとつ聞えなくなった。水は、思ったより冷たくなかった。とはいえ、冬のさ中に、いつまで、凍結しないで泳げようか！

ふと気づいたのは、イスタンブールでは、地下の池が、ボスポラス海峡の水と通じている、ということであった。案ずることはなかったのだ、助かったぞ！　と彼は、雀躍《こおど》りしたい思いで、立ち泳ぎをつづけた。なにも狼狽《うろた》えて、すぐ逃げだすことはなかった。気持がぐッと楽になって、ロバート・ホーアを嗤《わら》ってやりたくなった。一般に泳ぎを知らない、他国人なみに、水泳日本の男を見たことに、ホーアの笑止千万な誤算があるのだ。一里《り》でも二里でも、泳ぐことなら、こっちは少しも意に介することはないのだ。

彼は悠々と、闇のなかを泳ぎ出した。が、ものの五間《けん》と進まないうちに、なにか堅いものが、脳天にぶつかった。手探りで探ってみると、水中に並べた、太い棒杭の壁だった。その壁について、端れを探ってみたが、どこまで行っても、果しはなかった。疑いもなく、出口のない、水牢であった。

慌てふためいた末、途方に暮れた。暗澹《あんたん》たる心に蘇ってきたのは、土耳古に昔から伝わる、妖しい物語であった。それは、不行跡な、ある土耳古王妃《サルタナ》が、美男の若者を宮殿に忍ばせ、秋風が立つと、水牢へ投じて、溺死体をこっそり、ボスポラスの海へ流したという、吉田御殿の土耳古版であった。

ボスポラスの海に浮かんだ溺死体から、誰が殺人を想像しようか！　ロバート・ホーアが、それを狙ったのは賢明であり、狙われたこちらこそ、不幸であった。

山村は、水のなかに潜ってみた。案外に浅く、約十尺ほどの深さであったが、背の立たない点では、十尺が八尺になっても変りはなかった。この壁は、摑まえどころがなく、上へ登ってみることも出来なかった。水中から、何どか飛上ってみたが、上蓋に手がとどく訳はなかった。

暗黒のなかで、山村の視野を、死魔の影が走り廻った。断末魔に喘ぐ、フリッツの物凄い形相！　婦人室《ハレム》に嘆くジャミレ嬢の姿！　自分の二十八年の生涯の断片！　それから、故国で息子の成功を待つ、母の面影！

「死んでなるものか！」

山村は、心のなかで、母を呼んだが、身に沁みわたる寒さに、次第に気が遠くなりそうであった。

娘の運命

「ひどい奴だ！　ひどい奴だ！　なぜ儂《わし》に、前もって相談せんのじゃ！」

パシャは、天蓋《てんがい》のついた、豪奢な寝台の上に坐って、息子のアブヅル大尉を、咎めるように睨みつけた。寝入りばなを起された、不機嫌も手伝って、息子の話を聞くと、パシャの額に、青筋が膨れ出たのであった。

「お父さんに申上げたら、明日《あした》にせい、と仰有《おっしゃ》います。明日になると、明後日《あさって》にせい、と仰有るでしょう。土耳古人の血に伝わる緩くり緩くり《ヤワシヤワシ》も、時と場合によっては結構でしょうが、今夜の間には合いません。僕は、友人の日本人を、見殺しに出来ないのです」

大尉は今夕、賜暇《しか》を得て、実家へ帰って来たのであった。パジャマ姿であったが、いかにも逞しい空の将校らしく、精悍《せいかん》な気が、言動の端に現れていた。

「お前は若い。血気にはやりすぎる。よく前後の事情を弁《わきま》えもせず、勝手な真似をしちゃ困る。日本の友人を助けるのはいい。が、そのためにお前は、妹を殺すのだ！」

「お父さん。ここは、土耳古の土地ですぞ。英国の情報機関に威嚇されて、一ト堪《たま》りもなく縮み上り、ヤマムラの出入りを停止するような、お父さんの因循姑息《いんじゅんこそく》が、ますます奴らを、増長させるのです。今日の世界情勢において、老人たちの日和見《ひよりみ》主義が、土耳古を毒するが如く、お父さんの優柔不断が、この一家にも禍しています。家人の意志を無視して、あの角屋敷へ飛込んだときから、妹はもう、家の人間ではなかったはずです。妹は、腐りかけた一本の指です。お父さんのように、愚図々々《ぐずぐず》していると、やがて毒が、全身に廻るでしょう。腕を腐らせない前に、ぶち切ってしまう必要があります。そこで僕は、ひと思いに、大手術をする気になったのです」

「相変らず、荒ッぽいことをいう！　お前、電話をかけたのか？　警部は、なんといった？」

「要視察人のことだから、もう調べが届き、手証も若干、集まっているから、早速、部下を引率して出かける、といいました。あの男なら、腕は確かです。子供の頃から、信用の出来る友人でした。もう今頃、一人の男と、一人の女が逮捕されたでしょう」

枕卓《ちんたく》の置時計が、寂しく一時半をうった。

「可哀想な娘！」パシャは、暗然と呟いた。

室外の廊下には、カシムが、日頃ののんびりした顔を、さすがにいくらか緊張させて、神妙に控えていた。

助力を断ったものの、山村の身の上も気がかりなので、邸外でこっそり見張りをしていたが、十一時に入って行った山村とアンナの姿が、十二時半になっても、出て来ないので、かねて商会の後援者であるパシャの家へ駈けつけ、応接に出た大尉に、手早く事件のあらましを物語った。そこで大尉は、驚いてすぐ警察へ電話したのであった。

また会う日まで

その頃――。角屋敷の玄関では、猛獣のように怒号する、ロバート・ホーアに、キンブール警部は、薄髭の辺りに微笑を泛べて、慇懃《いんぎん》にいった。

「どうもお節介《せっかい》な話ですが、私はあなたが、カイロの英国情報機関本部と、余りに頻々と、書類の交換をなさることに興味を持ち、見えないインキで書いた書翰《しょかん》を、楽しんで拝見することにしていました。それが、あなたの運の尽きでした。独逸人フリッツの溺死体が、発見《みつか》らなくても、私はあなたの身柄を弁護士不要の裁判へ、お届けしますよ」

愉快そうに笑った警部は、おりから邸内から飛出して来た巡査の報告に接すると、さっと顔を曇らした。

「なにッ！　地下の水牢には、日本人の姿がないッ！」

愁然として、やがて呟いた。

「遅かったか！　この寒さに、二時間の水牢では、骨の髄まで凍るだろう。すぐ手配して、潜水夫を呼んでくれ！」

その巡査は、電話室へ走り、一隊の巡査は、ロバート・ホーアを始め、三人の男を引致《いんち》した。警部は、悠然と婦人室《ハレム》の扉《ドア》を叩いた。

「キンブール警部です。開けて下さい！」

中では、やや逡巡の色を示した後、小女の召使が、観音扉《かんのんドア》を開いた。室の奥の坐褥《クッション》の上に、一人の女の姿があった。

「さア、お嬢さん。お気の毒ですが、土耳古の裁判所が、出頭を要求しますから、私と一緒においで下さい。見えないインキの手紙でみると、あなたは実に残忍な犯行の数々を、幇助《ほうじょ》していらっしゃいました。土耳古のためにも、パシャのためにも、遺憾でした」

言葉はやさしく、頬に微笑が浮かんでいたが、眸《ひとみ》には、抗弁を許さない、強い光があった。

そのとき急に、庭で鋭い銃声が一発、つづいてまた一発、夜気をつんざき、男女の罵声が入り乱れた。警部をはじめ、五人の巡査が、佩剣《はいけん》を鳴らして駈けつけると、樅の大木の蔭で、濡れ鼠の男が若い娘の手を捻じ上げていた。

「おや、ムッシュ・ヤマムラ。奇蹟ですな。どうして水牢を脱出しましたか?」

「水底で、杭の腐った部分を、発見したので、百ぺんも潜って、一時間ほどの後、やっと出口を開けました。それから、ボスポラス海へ泳ぎ出て、いま戻って来ました」

疲労の色は濃いが、息も乱さずに答えた。

「ほほう! さすがは、水泳日本の方だけある。驚きました。それで、この態《てい》は?」

警部は、山村の左の手首から流れる血潮と、娘とを見較べていた。

「独逸人フリッツ殺しの主犯を、捕えたのです。独逸を追われた、ユダヤ女と組んで、いかにも英国の秘密情報部の敵であるかの如く装い、色仕掛で男を騙し、溺死を装わせて、有金《ありがね》を奪う、といった悪どい狂言をやった上、今度は、日独貿易商会の乗取《のっと》りを企て、邪魔者の僕を片づけようとした首魁が、英国情報機関の近東の大姐《おおあね》御《ご》、このアンナです」

「ほほう! これは驚きました。自信をもって、そう仰有るのですか?」

「そうですとも、僕の商会の事業の邪魔は、あまり微に入り細に渉っているので、内部の者でなくては出来ない点、アンナに店の権利を持たせろ、というフリッツの偽遺書、今夜、ホーアが僕を捕えたとき、驚いたとみせかけて、僕の両腕の自由を奪った、この女の奇怪な振舞、今頃のこのこと、金角湾の岸辺を帰路につき、僕に捕まるとみるや、狼狽えて発砲した不敵な態度、どの一つも僕には、立派な証拠と思われるのです」

「そうですか。有難う。これは、ムスタファ・パシャに代って、お礼を申上げるのです。私はロバート・ホーアの協同者を、パシャのお嬢さんとばかり、誤認していました。あなたのお蔭で、パシャのお嬢さんは、参考人の程度で、放免になりましょう」

警部は、明かるくいった。山村は、大木の蔭に、うなだれて立つ土耳古娘に、うるんだ瞳を送った。

「ジャミレ嬢！　あなたは、また会う日まで！　と仰有いました。それが今夜のことだったのを、僕は悲しく思います」

娘は、顔を伏せた。月の光に濡れて、みんな黙ってしまった。長い沈黙を破ったのは、愛想のいい警部であった。

「ムッシュ・ヤマムラの秀れた探偵眼も、ちょいと曇りましたな。ジャミレ嬢は、ここにはいませんよ」

「えッ⁉」

「これは、ジャミレ嬢の姉、アドラ嬢です」

「姉さんですか！　始めて聞きました」

「異国の方だから、何事も、御存知ないですな。姉さんは不肖《ふしょう》の子で、ロバート・ホーアと、二年前から、親の許さぬ同棲をしていましたので、パシャから、勘当同様の身の上でした。しかし、ロバートが、パシャから、パシャをいろいろ脅迫するので、パシャは、アドラ嬢を引取りたがっておられたのです。そんな事情で、パシャ家では、姉の存在すら、あなたに隠していたものでしょう。そうそう、今夜は、アブヅル大尉が、帰って来ています。すぐパシャの家へ、お出かけなさい。ジャミレ嬢も、また会う日まで！　と仰有ったそうですから、むろん待っていらっしゃることでしょう」

愉快そうな警部の哄笑が、庭いっぱいに拡がった。

青龍白虎の争闘

夏の月が、流れに映っている、絵に描いたような美しさだ、散歩に飽いて帰路につくと、土橋のまん中で、何の因果か「黒牛」に出会った、これは只事で済むわけはない、私は緊張して、思わず拳を握りしめた。

□

町の中学校は剛毅果断《ごうきかだん》の校是《こうぜ》よりも、第一に直角《ちょっかく》先生、第二に柔道部と野球部とのかくしつ、この二つの伝統的名物を以て名がある。

日清役《えき》の軍曹殿直角先生は、物差しを呑んだような正しい姿勢で、道の辻や廊下の曲り角を直角に曲るというところに、その綽名《あだな》が由来している、厳格そのものの生徒監兼体操教師だ。

「貴様ア、なんと心得ちょる！」

先生の鋭い一瞥を浴びない生徒は稀である。

柔道部と野球部との犬猿的対立は、やはり日清役時代の学校創立以来、連綿として今日に到った剛毅果断の美風？　である。

どんな連中が何のために、この美風を建設し継承したものか、歴史は明確でない、いまわかっていることは、柔道部、即ち青龍団の親玉が直角先生の御曹子「黒牛」で、野球部即ち白虎団の首領が、投手で主将の私だということだけである。

□

青龍対白虎は、取りも直さず、黒牛対私の同義語《シノニム》である。土橋のまん中で対峙した二人をめぐって、風雲の動き頗る急なのはいうまでもない。

「いいとこで出会った、どこぞで、ゆっくり勝負しよう！」

無口な黒牛が、珍らしく唸るようにつぶやく。

「おお、百人塚へ行こう！」

私は言下に応じた、こうなれば一騎討だ、クルリと振向くと、身長よりも横幅の広いような黒牛が、ノッシノッシと先に行く、ガッシリした、岩のような肩を悠々と振る恰好がおかしいので、私の口を「黒牛の唄」がついて出た。

〽どうじゃどうじゃ　歩くよりゃ転がれ
　縦は四尺で　横五尺　どうじゃどうじゃ

「その唄、やめいッ！」

黒牛の眼がギロリと光って私を見上げた。私は黒牛ほど横ぶとりしていないが、五尺六寸五分、彼より首から上だけ聳えている。

「フフン、俺の勝手だッ！」

私が鼻で笑うと、黒牛は歯を鳴らしたが、あきらめたものか、また歩き出した。

中学校の裏山つづきに、昼でも人の寄りつかない百人塚の魔境がある。

「黒牛！　さア、裸になれッ！」

私は百人塚の広場へ着くが早いか、帽子も着物も袴もかなぐり捨てた。

「裸？」

さすがの黒牛が、度胆を抜かれて、眼を白黒させている。

「そうさ。裸一貫、男と男の勝負で来い。それとも裸じゃ御免だと、兜を脱ぐのかッ！」

「なにッ！　くそッ！」

まなじりを決して、黒牛も裸になった。

□

「さア来いッ！　黒牛ッ！」

私は黒牛を裸にしたことが、愉快で堪らなかった。牛のように丹力にすぐれ、押え込みを得意とする獰猛な黒牛に、摑まえどころを与えることは、それだけですでに私の負けなのだが、裸の殴り合いなら、腕の長いだけ私に分がある、これは途中で脳漿《のうしょう》をしぼった私の計略だった。

果然、争闘は私に有利に展開した、私は一に対する三の割合で、彼の石頭をポカポカ殴りつけた、しかも彼の強打は、私の肩へ飛ぶのがせいぜいで、一つだって頭にまでは届かないのである。

「ヤイ待てッ！」

閉口してフウフウ唸っていた黒牛が、だしぬけに手を上げて私を制した。

「参ったのか、黒牛ッ！」

「いや、どこかで子供が泣いとるぞッ！」

いわれてみると、まさにその通りだ、夜の夜中、場所もあろうに、人里を遠く離れた百人塚で、子供の泣声が聞える。

「勝負はあとだ、一緒に来いッ！」

裸の黒牛が走り出した、私も後を追った。

塚の端れの森を通り抜けると、眼の下に浮び上った盆地に、カンテラのチョロチョロ灯が見えて、そこに大兵肥満《だいひょうひまん》の男と、七八つの男の子とがいる。泣声の主がそれである。

□

「あの小父さん、悪い人だよ。ほんとうの父《と》うちゃん母《かあ》ちゃんとこへ、連れて行っておくれ」

私の胸へ、子供が飛び込んで来た、とみる間に、酒をのんでいたらしいその男が、ヌッと黒牛の前へ立ちふさがった。

「うぬ等、足許の明るいうちに帰りアがれ！」

「糞でもくらえッ！」

猛然と飛びついた黒牛は、相手の襟を取ると、押え込みの芸当を私に仕損じた腹癒《はらい》せにか、渾身の力をこめてぶら下った。私でなくて幸い、男は他愛もなく参って、魂消《たまげ》るような悲鳴をあげた。

途端に、銃声が一発、夜の静寂を破った。

「もう一人の怖い小父さんが、鉄砲を持っているの、早くここ早く連れて逃げてよォ！」

子供が、私にしがみついて泣き叫ぶ。

「鉄砲？　あいつアいけねえ！」

柄にもなく黒牛が音《ね》をあげて、スタスタ走り出した、私も子供を抱いて飛んだ。

森の木立から、そッとのぞいてみると、地上へ倒れている男の側へ、別の影が近づいた。

「黒牛、貴様ア一人片づけたが、俺も彼奴をやッつけてやるぞッ！　見てろッ！」

私の右手から、手頃の石が、唸りを生じてスイフトとなった。ストライク！

「ギャッ！」

濁声と一緒に、後の男が顚倒した。

□

だがしかし、私と黒牛は翌朝、直角先生の出迎えを受けて、すごすごと警察の門を出た、その夜、子供誘拐の山高狩を敢行した係官は、子供を連れた二人の裸ん坊を見逃しはしなかったからである。

「貴様達、なんと心得ちょるッ！」

直角先生は、夫子《ふうし》御自身の御曹子と私を、職員室で目玉のとびでるほど叱った、子供を助けた功績がなかったら、二人ともとうてい、停学を免れ得なかったろう。

それから先生は、否応《いやおう》もなく、青龍白虎両団を解消させてしまった、従ってその後、中学校の唯一の名物は、直角先生の独占するところとなったのである。

哀恋佃夜話　佃島心中

やなぎばし

歓楽の灯にただ溶けよ花木　虚子

二間《けん》間口の江戸格子、すりガラスの御神燈が、ずらりと並んで、夏の月が銀鼠《ぎんねず》色に彩る小窓には、ほそぼそとすだく籠の中の虫、水玉の美しい色、そして金魚鉢にきらめくほのかな灯――。

――ほウほウほウたる来い！

四五人の半玉《はんぎょく》が、たった今、お不動さまの縁日で買って来たばかりの螢を投げ放して、みどりも深き柳の木の下、羅衣《うすきぬ》の袂《たもと》をヒラヒラさせながら、手に手に、団扇《うちわ》を中天たかく振っている。

――そっちのみイずは苦いぞ！　こっちのみイずは……。

半玉の一人が、フト、びくとして、立ちすくんだ。いつのまにか、眼の前へ、制服姿の中学生が立っている。年齢《とし》十五ほどの、紅顔《こうがん》の美少年が――。

――お、お咲ちゃん！

――ま、伸《しん》ちゃん！

――会いに来たんだよ、僕。

――あら！

――お別れに……。

――えッ⁉

よりそう二つの小さい影、どちらからともなく、気もそぞろに、足を運ぶ。

――ほウほウほウたる来い！

あとには、ひとしきり、にぎやかな半玉たちの声。どこからともなく海のかおり、潮の匂い。

紅の灯淡く、柳はみどり濃き、そこは恋の柳橋――。

つくだじま

網の目におどる白魚、その一つ一つに月光を宿して、漁師の逞しい腕に、ハラハラと散る水の雫——広重えがく佃の白魚船は今をむかしの語り草。ランチの吐く白い煙、狼の遠吼《とおぼ》えに似た船の汽笛、工場の唸り——とはいえ、伸太郎にもお咲にも、幼馴染で仲よく育った佃島は、なつかしい思い出のかずかずを、白い帆の影、波の上の鷗に秘めていた。

漁師町の裏、海ぞいの船大工小屋を横手から降りて、いま二人は、波打際をあるいている。

——伸ちゃん。どうしても明日《あした》朝鮮へ行くの？

——うん。だって仕方がないや。僕、たったひとりぼっちになっちゃって、朝鮮の叔父さんのほかには、頼る人が、この広い世の中に、一人もないんだからなア。

——あたいの家は、もとから貧乏な漁師で仕方がないんだけど、伸ちゃんとこは、お金持の網元だったのにねえ！

——そんなこと、いったって……どうにも仕様がないや。震災さえなけりゃ、僕、幸福《しあわせ》ものだったんだけど……。

——朝鮮、ひとりで行く？　行ける？

——バカ！　行けるさ。だけど明日、叔父さんが迎いに来るんだよ。

——伸ちゃんが行っちまっちゃ、あたい、詰《つま》んないわ。

——僕も詰んないや、行きたくないんだけど……。

——朝鮮なんて……朝鮮なんて、成田さんより遠いんでしょ？

——お不動さんの成田かい？　お咲ちゃん、成田より遠いとこ、行ったことがないんだね？

——ええ、そうよ。

——方角が違ってらア！

——でも、あのくらいの遠さ？

——百倍も千倍もあらア。

——まア！　ね、伸ちゃん、後生だから、そんな遠いとこ、やめてよ！

——だって……だって仕方がないや。

あだなさけ

ブリキ缶、ビールの空罎、貝殻、ゴミを詰めた炭俵などが、ゴロゴロしている干潟。

足元のダブダブともぐりそうな砂地を、石や煉瓦づたいに、二人はあゆむ。今にも滅入りそうな石と煉瓦に両足を踏ん張って、伸太郎が手をのばすと、それへ縋りついて、お咲がおっかなびっくり、とびうつる。

——キャッ！

だしぬけにお咲の悲鳴。踏み外した片足を水地へ沈め、木履《ぽっくり》を取られたまま、身体は伸太郎のふところへ——。

むせっぽい脂粉《しふん》の香り、熱い呼気。力の限りの抱擁。

夏空の星のまたたき、岸を洗う波の音、遠いお浜離宮あたりの灯影、近く石川島造船所の巨大な姿、みんな、なにもかも、人生の処女閃光が、二人の感覚から、きれいに、すっきりと、掠め去ってしまった。——

なみのそこ

これが恋なら、ほんとに、恋にふさわしい静かな夜だった。

石に、ならんで腰をおろし、素足を波にサラサラと洗わせて、二人は語っている。

——あたいも、伸ちゃんと一緒に、朝鮮へ行きたくなった！

——お咲ちゃんには、家があるじゃないか！　それにお母さんだってある！

——だけど継母よ！　本当のお母さんじゃないのよ。あたいも、伸ちゃんみたいに、本当は孤児《みなしご》ね、泣けるわ。

——でもお咲ちゃんは、芸者になるんだからいいよ、芸者なんて、いい商売だねえ、毎日お酒を飲んで、三味線を弾いて、寂しいことなんか、すぐ忘れちまうんだろう？　僕のことだって、来年の今ごろは、きっと忘れちまうだろう！

——ま、しどいわ！　あたい、そんな薄情じゃないわよ！

——薄情⁉

いうのも聞くのも初めての「薄情」——お咲は泣きじゃくり、伸太郎は途方に暮れて、胸の金ボタンをいつまでも弄《いじ》っている。

——し、伸ちゃん！　いらっしゃい！　証拠をみせてあげるから……。

だしぬけに、涙の顔をあげたお咲は、伸太郎の手をとって力強く引いた。

——証拠？　なんの証拠？

——薄情でない証拠よ！

お咲は、ぐんぐんと伸太郎を引張って、水の中を歩いた。二人とも、頬に、涙の玉が、光って流れている。二人の行く手には、黒い水の中に、一艘の小舟が浮んでいた。

名月やこのすみよしの佃島　其角

しかし佃島沖の小舟の中の、学生帽と花かんざしをしらじらと眺めていたその夏の月こそ、いちばん「薄情」ではなかったか！

幇間《たいこ》の退京

一

寿美川《すみかわ》の女将《おかみ》は、てんで私の弁解に耳を藉《か》そうとしなかった。他人には喋舌《しゃべ》らせずに、自分だけ勝手にまくしたてるいい性分《しょうぶん》をこの人は持っていた。

いつ見ても、冷たく光る金壺眼《つぼまなこ》は気味がよくなかった。気の弱いものなら、一瞥を浴びただけで気が遠くなりそうな眼の色だった。

——たがでも弛んだか、花蝶《かちょう》！　あれから十日だよ。コケが山登りでもしやしまいし、辷ったの転んだのと馬鹿々しいにもほどがあらア。いつまでも、のんべんだらりと限《きり》なしに待っちゃいられない。否か応か、二つに一つの返事だけで沢山なんだよ。おいら、こう見えても江戸ッ児《こ》だからな。

お客の前では年甲斐もなく、とろけそうに甘ッたるい舌だったが出入りのものには劇《はげ》しい気性から乱暴だった。

——へえ。重々ごもっともさまでござんすが、何を申すにも相手が相手でござんすから、そう性急《せっかち》にも参りません。どうか……。

——御大層もない口上だ。何様のお姫様じゃあるまいし、多寡が芸者の一人くどくのに性急も蜂の頭もあるもんか。春千代さんは何といったんだえ？　それを聞こう。厭なら厭でいいのさ。おいらにも考えがあるからな。

とどのつまりは、きまり文句が飛んで出た。これでお次が胸をちょいと突き上げてぬき衣紋《えもん》、煙管《キセル》片手の一膝のりだしと来ると、滅法界もない復習《おさらい》が始まるのだった。

浮気をして旦那に捨てられた芸者上りのお妾が萎びた赤ん坊を生んで、その子が犬ころみたいに路ばたの泥溝《どぶ》の中で野垂れ死にもせず三十二年も過ぎるまでには、養い親になった碌《ろく》でなしの幇間《たいこもち》ともども、どんなに親切な料理家の女将の荷厄介《やっかい》だったか——。

誰よりも一番よく知っている話は、誰よりも一番ききたくなかった。

×

私の母は生むとすぐ私を捨てて尻軽《しりがる》にどこかへ飛んだ。十年ほどして、関西あたりを浪花節《なにわぶし》の三味線ひきで流れているると、あてにならぬ噂があった。それが天にも地にもたった一つ、私の知った母の便りだった。

養父の一八は、御多分に洩れぬ若旦那の身上潰しで、働きの鈍い、愚図《ぐず》の野幇間《のだいこ》だったが、酒を呑むことと餓鬼を虐めることに長《た》けていた。

養父は出入先から深酒を止められていた。思慮も分別もなくなって、無暗《むやみ》に自分を豪いと自分で思いきめる酒だった。

私は毎晩のように寝床から引きずり出されて、理由も分らないのにポカポカ殴られた。ある寒中の夜、ギャアギャア音《ね》をあげたといって、頭から水を浴せられたこともあった。

たまに微酔《ほろよい》で珍らしく上機嫌のときに限り

――豆狸《まめだ》の腹鼓《はらつづみ》、ハ、ポンポコポンノポンポコポン！

と歌って養父はテカテカ光る頭を叩いた。

私は豆狸と呼ばれるのが、子供心に実に厭だったが、気のおけないお座敷へ連れ出されて豆狸々々といわれるうちに、肚の中の気持を偽ってゲラゲラ笑ってみせるはかない術を覚えるともなく覚えてしまった。お客たちは自分の子や弟に決して許さないことばかり私にさせて興がった。私を下等な動物か、違った人種の子供と思っているらしかった。お客どころか、私自身もそう思っていた。私はいやらしい真似をお猿のように振舞って歩いた。お猿の芸当がお客のためでない如く、私も怖い養父に媚びていたのである。

十年ほど前の夏、養父は払いの悪いお客たちから寿美川の遊興代を小千円取立てて、そのままどろんを極めこんだ。それからどこかで景気のいいどんちゃん騒ぎをやらかした揚句、その秋、不景気な水ぶくれ姿を片瀬の波打際に浮べた。

取残された私を見る度に、女将は、

――これ幸吉や。一八みたいな野幇間になるんじゃないよ。おいらお前を立派な幇間に仕立てようと娯《たの》しんでいたんだからな。

と、野幇間の一八に倒された金の利息を思いきって高く弾きながら、資本《もとで》いらずの口で丸めて私の尻に鞭をあてた。

私は座敷の取持にすぐれた技倆を具えて、女将の期待を裏切りはしなかった。だらしのない母親、ぐうたらな養父——どうも私ははらわたの底から「立派な幇間」に生れついたのである。

私は自前のどんちゃん騒ぎは一ぺんもやらず、孜々《しし》と他人のどんちゃん騒ぎを働いたけれども、十年も経ったこのごろのことに、養父のどんちゃん騒ぎその他の借金はまだ半分しか済まないと分った。「じッと手をみる」くらいの生やさしい貧乏ではなかっただけに涙がこぼれた。そして女将の計算は、どこの国の算術だろうと考えたりした。

×

場所柄、お客は金の威勢で横車を押したがった。その無理は女将から女中や幇間に天下った。私も女将への忠義立てに、左様ごもっともで何事も畏《かしこま》り奉って来た。しかし今度という今度、春《はア》ちゃんの一件だけは、迂闊にごもっともという気になれなかったのである。

女将は、大切なお客の田川《たア》さんに春千代を取持てといった。

Z蓄音器会社の社長田川さんは月並な金の他に押手の利く目新しい武器を真向《まっこう》から振りかざして花街へラッシュした。当世流行の歌謡曲吹込——円盤に名を載せ、金屏風を背にスポットライトを浴びることは、なまなかのダイヤよりも女の血の道によくなかった。どの妓も自分の天分や身のほどは棚へ上げておいて、気違いのように田川さんにのぼせ上ることにかかった。これが田川さんを暴君にした。田川さんに引立てられた円盤の唄い手を私は一人も知らないが犠牲者なら苦もなく五本の指を折ることが出来た。春ちゃんと仲よしの一龍《いちりゅう》さんがその一人である。

一方、春ちゃんは、ひどく病弱だったし、母親が生さ《な》ぬ仲だったしするので、小さいとき、好きな芸事に一生を送るつもりで、北廓《なか》のいいお女郎屋の生家《うち》から柳橋の叔母のところへ預けられた。それから成長して清元《きよもと》の名取りとなったが、看板をあげるにはまだ若すぎると、気まま勤めに褄《つま》をとり、浪廼家《なみのや》の春千代と御披露目《おひろめ》してから五年、二十三の今日まで立派に芸一本で売り通した妓《ひと》だった。

——あたし一生、三味線相手に暮すのよ。

そういって富める生家を背景に旦那も持たず大手を振って歩ける身分が、金がものをいう花街《いろまち》で金にものをいわせなかった。現に寿美川の女将にしてからが、手も足も出ない始末だった。「惚れたが無理か」と唄うけれども、選りに選ってこんな妓に惚れる社長が大体無理なのである。

それほど惚れた女なら、田川さん自身が対《さし》で御意《ぎょい》を得るのが一番よさそうなものの、狙った的《まと》に切って放して射外れたら男一代の面目玉に関わると、自惚《うぬぼれ》男にありがちの自尊心がそれを許さないのだった。

そこで田川さんの無理が女将の承わりとなり、女将から私への御託宣となった。

春ちゃんとうちとけた交際《つきあい》をしていたばッかりに、結局私が貧乏籤《くじ》を引いたのである。

一龍さんの手前を憚るまでもなく、私は田川さんが嫌い春ちゃんが好きという点において、このお取持には大へん不適任だった。

そこで女将が私の弁解を聞かない代りに、私は米搗《こめつき》ばったになって女将の剣突《けんつく》を、頭の上を素通りさせるほかはなかったのである。

二

お座敷で騒々しい幇間は、薄汚い煙草屋の二階へ戻るといつもむずかしい顔をして座った。春ちゃんや一龍さんでも遊びに来ない限りいつまでも田螺《たにし》のように黙りこくっていた。

一龍さんが夜更しの風邪をこじらせて臥ってから、春ちゃんが一人で来て、

——うちの母アさんがね。

と、にこにこ笑った。子供のころから無性に私の心をよろこばせてくれた笑顔だった。

——花蝶さんのこと、誰かに心中だてしてお内儀《かみ》さん持たないんだろッていうのよ。

——だいぶ味なお話でござんす。

——あたし母アさんにそういったのよ。花蝶さん、存外変ってんだから、もしかすると堅気の娘さんにでもいい人があるんじゃないかッて。

私は黙って遠く窓の外を見ていた。外には明るい五月の空があった。夏が青葉の風に乗って、もうお隣まで来

ている！

春ちゃんが一本になる前、私は毎晩、螢を買って来るのが娯しみだった。橋の袂の柳の下で、春ちゃんは螢を投げ放すと、

――ほウほウほウたるこい！　そっちのみイずはにイがいぞ！

と美しい声でうたいながら、羅衣《うすもの》の振袖をひらひらさせて、手の団扇《うちわ》を中空たかく動かした。憶い出の夏がもうめぐって来る！

――どうしたの？　花蝶さん、このごろ何だか湿ッぽいのね！

――へえ。時候のせいでござんしょう！

――男やもめでも宇治ぐらい頂戴。あたし咽喉《のど》がカラカラよ。今日は暑いわ。

春《はア》ちゃんは白い半巾《ハカンチ》を顔に押当てていた。

女将と春《はア》ちゃんの板挟みで、私は幾日も憂鬱な顔を見せてきた。

口が裂けてもあんな不快な承わりは春ちゃんの耳に入れないぞ、と決心してみると、女王さまを警護する忠誠な騎士のような気がして、私はいそいそとお茶を淹《い》れた。

――一龍さんのお腹《なか》、片がつかないの？

何にも知らない春ちゃんは、私の浮かぬ顔を一龍さんの腹へ密着《くっつ》けて考えた。

――へえ、あれにゃ閉口しました。

――浅野《あア》さんも田川《たア》さんも受付けないの？

浅野《あア》さんは酒屋さんで、もともと一龍さんの旦那だったが、円盤《レコード》の夢この方、愛想を尽かして鮮かに身を躱《かわ》した老人だった。

――剣もほろろでさア。それに御本尊の一龍さんにもはっきりしないんじゃ交渉委員のあたしも途方に暮れちまいます。

――田《た》川《ア》さんの子じゃない？

――へえ、わかりませんね。

――いやね。

顔をしかめた苦笑いだった。

――一龍さんはどうも惚れッぽくていけません。だらしがないんです。

――人がいいからよ。

――おまけに呑気屋さんで、傍《はた》の半分も自分の腹を苦に病んじゃいません。張合のないお人です。

――でも花蝶さんまで見放しちゃ一龍さん可哀そうよ。あの人、あんたが好きなのよ。頼りにもしてるのよ。

――頼られちゃ困ります。話がつかなくて恨まれたんじゃ眼もあてられません。田川さんのことでも、あたしア何度も世話をやいたがあの始末です。

――そうね。今にもレコードの吹込みをするような騒ぎだったわね。

――春ちゃんも吹込みたいですか？

――声量が足りないし、身体が弱いし、駄目よ。あたし何にも望みはないの。ただ丈夫な身体になりたいだけなのよ。ちょっと無理すると熱が出て盗汗《ねあせ》が出て、五日も十日も寝《やす》むような身体じゃねえ！

裏の方から稽古三味線の三下りが聞えてきた。私は春ちゃんの小さいころをまたしても思いだした。長い三味線の棹《さお》をもて余して、江戸では一つ長崎では一つ、ポッンポツンと雨だれをやっている姿が本当に可愛かった。代地の師匠のとこから、夕立に降りこめられている春ちゃんを背負って帰ったことが二度あった。二度目には春ちゃんが十五六だった。それでも十か十一の子供のように軽かった。

春ちゃんは私の広い肩幅を憶えていてくれるだろうか？　二度あることは三度あるというのに、なぜ三度目がなかったろう？　もうこんなに大きくなっちゃア――などと阿呆《あほう》のようなことまで頭に浮んだ。

実際、春ちゃんは美しく育った。見た目が弱々しくて、寂しい顔の色が難といえば難だが、その代り女らしさがぐんと引立っていた。花なら水際に咲いた水仙であろう。

――春《はア》ちゃん。田川《たア》さんをどう思います？

いってしまってから、はッとした。

――どうも思わないわ。どうして？

――聞いてみたかったんです。

――あたし、身体を丈夫にして下さいッてお不動さまに願かけしたとき、人の悪口いうことを断《た》ったのよ。いいたくないわ。

――好きかどうかだけ教えて下さい。

春《はア》ちゃんはにッと微笑んで、静かに頭を横に振った。ふるいつきたいほど美しい風情だった。この笑顔の前では、女将の金壺眼《かなつぼまなこ》など苦にする気になれなかった。

春《はア》ちゃんが帰ったあと、半巾が落ちていた。私は刑務所へ行っても手放さないつもりで、横領することにきめた。白い絹半巾で、隅に緑の糸で「春千代」と縫取ってあった。鼻にあててみると、香水の香りがほのぼのと匂った。私は布片《ぬのきれ》一枚が人間をどんなに幸福にするものか、ということに非常な驚きを感じた。

三

――何だ、また何しに来たんだッ！　貴様などに度々来られちゃ困る！

田川《たア》さんは苦りきった。私も苦りきった。私は応接間に一時間十四分放置された揚句、この歓迎の辞に接したのである。

膏《あぶら》ぎった赭《あか》ら顔の社長は、肥った身体に十二分の威容を示して、傲然と社長室の椅子にふん反り返った。一龍さんとの仲が旺んだったころ、四畳半で見せた塩の甘い五十面はどこの誰だといいたいぐらいだった。

前に二度来て二度とも素気なく突ッ放され、今日も一度、酒屋の浅野《あア》さんでふいとこになった幇間の演説を、また私はぺらぺらと試みねばならなかった。

――一龍のことなんか俺は知らん！

――旦那、それじゃ姐《ねえ》さんが可哀そうじゃございませんか。旦那のお見限りから、姐さん、すっかり痩せちまって、今じゃ枕も上らぬ大病人でござんす。おまけに旦那のお情を宿して、おめでたもこの九月と承わりました。旦那、たった一度でようござんす。姐さんにお顔を拝ませてやっておくんなさい。功徳になります。あの分だと一龍姐さん、旦那に焦《こが》れて焦れ死んでしまいます。殺生《せっしょう》ですよ。死んだら化けて出ますよ。怖うござんすよ。

――よく喋舌る！　貴様、吹込室へ連れて行ってやるから、手前の喋舌ったのを一度レコードで聞いてみろ。まるで一人ジャズだ。

――へえ。いずれ春永《なが》にそうお願い申すと致しまして、そもそもこの度の……。

――馬鹿だな、貴様、トチ抜けとるぞ！

――へえ、手前は昔から七月の槍でござんして、されば即ちかるが故に……。

――まて、七月の槍とは何だッ？

――へえ。ボン槍でござんして、お面と来ると日向《ひなた》に置いた飴細工、目も鼻もあったもんじゃござんせんが、手前どもの店は正直一方で売出しておりまして、むしろ到底就中《なかんずく》……。

――だ、だ、黙らんか！　馬鹿者ッ！　野放図もなく喋舌りくさる。抓《つま》み出されんうちに帰れ！　何を戸惑いしてうせおったッ！

——へえ、ついこの先まで春千代姐さんのお伴して参ったもんですから、風のまにまにフラフラと舞い込んでしまいました。

脈のないのは来る前から分っていた。押して来たのは、春《はア》ちゃんの名前を田川《たア》さんの前でいってみたかったからである。

春《はア》ちゃんの一件は、私が直接に承わったものではなかったが、女将の手を通して私が重要な役目をふられたことは、むろん田川さんの耳に入っているはずだった。田川さんにしてみれば、花蝶が、待ち焦れた春千代の話を噯《おくび》にも出さないで、秋風の立った一龍の燕返しをする不都合に、持前の短気からじりじりと癇癪を起すに違いない——それが私の狙いどころだったのである。

果して田川さんは世にも深刻な表情をして、無暗に葉巻ばかりふかした。

充分満足した私は、ピョコンと一つ四角四面のお辞儀をして外へ出た。

私はその夕方、多賀羅《たからや》家へ行った。

裏二階の暗い部屋に、一龍さんは華美な蒲団を被って寝ていた。

——あたい、あんな男達を当てになんかしていやしない。いいわよ。

若さから年増《としま》へ移る小口の色ッぽい顔に、いくらか風邪の熱気も上っていたが、一向に沈んだいろをみせなかった。

——それよりね、花蝶さん。

一龍さんは蒲団の下から私の手を握った。

——いっそお前さん、赤ん坊を貰ってくれない？

私は愕乎《ぎょッ》とした。

——とんでもない。姐さん！　あたしア女房も貰いかねてるしがない幇間でさ。赤ちゃんなど貰ってどうなるもんですか！

——あたい、このごろ、つくづくお前さんの内儀さんにしてもらおうかと思っているのよ。あたいも遊んじゃいない、門附《かどづけ》をしたって働くつもりなのさ。お前さんの新内なら、ぴったりと合三味線よ。

——御冗談もんで、はッはッは！

——冗談じゃない、本当よ。

私は握られた手をそッと引戻した。

私は出先でつい二三日前、一龍さんの姉芸者だった妓《ひと》に、

——一龍を貰ってやっておくれでない？

といわれて当惑したことを憶いだした。

顔にしろ芸にしろ満更ではなく、ピーピー幇間にはむろん過ぎものだったが、私の不満はこの妓の浮わついた気性だった。悪気はないにしても、ガラガラでお跳ねで、次から次へしないでもいい苦労を求めて廻る無智だった。冗談か本当か、前から度々私に気のあるようなことをいったが、私は一度も取上げたことはなかった。それはまだいいとして、どうにも我慢の出来ないのはその腹だった。私はまざまざと母を憶い出したのである。因果な子を胎内に持って途方に暮れた愚かな女！　私の胸は一たまりもなく押潰されてしまった。

父親の分らない子を生むのは、母の罪ではないだろうか？　生れた子に罪のあろうはずはない！

私は母があると思ったことはなかった。あったと思うだけでも余り愉快ではなかった。

私は一龍さんを好まなかった。私と同じ運命《ほし》を持ったその胎内《はら》の子を、尚更好まなかった。父なし子の運命は、父なし子だけが知っている！

私は一人半の花嫁候補者に困憊《こんぱい》した。

――ね、花蝶さん！

不意に一龍さんの露わな両腕が延びて、私の首ッ玉へ蛇のように絡みついた。そして耳に擽《くすぐ》ったくボソボソと熱い息を送った。

――たハッ！

私は躍り上って街へとびだした。

街には灯が入って、大川をのぼった潮の香が強く漂っていた。とぼとぼと歩きながら、

「江都歌妓《かぎ》の多くして佳なるものこの地を以て冠とす」と柳橋新誌《りゅうきょう》に述べた柳北《りゅうほく》先生、江都歌妓の寝室を知らないナ、と私は考えた。

四

とうとうその時が来た。

――貴、貴様ッ、俺や女将を騙していやがったな！　不埒な奴だッ！

酔に乱れた田川《たア》さんの眼が、野獣のようにギラギラと光った。女将の処罰は覚悟の上だったが、田川《たア》さんの激怒は不意打だった。

――へ？　何でございます？　あたしア旦那から何か仰せつかりましたかしら？

とぼけるの一手だった。事実、私は田川さんから何も命ぜられていなかった。

——田川《たア》さん！

と一座した蔦丸《つたまる》という妓《こ》が進み出た。碌に三味線の鼻緒もすがらないくせに、三人前も舌の滑かなデブの大女だった。

——駄目よ。春千代さんなんか諦めなさい！　花蝶さん、あの妓《ひと》に惚れてるのよ。

私は足下から鳥が飛立ったほど狼狽《うろた》えた。

——馬鹿にしないでねえ、蔦丸さん。一抱えあれど柳は柳かな、だ。花蝶さん、蔦丸姐さんに岡惚れとごさアい！

田川《たア》さんが猛然と突立ち上った。弾みを喰って台上の皿小鉢や徳利が戛然《かつぜん》と躍った。

——やい幇間、出ろッ！

ぐいと強い力が私を廊下へ突き出した。

——旦那、そのお腹立ちはごもっともながら、これには段々と深い仔細がござりまする。拙者の申す一通り、おききなされて下さりませ。

来るところへ来た以上、行くところへ行くほかはない。私の性根は土壇場《どたんば》で座った。


——馬鹿野郎ッ！

あッと思う間に、私の身体は宙に浮いて、長い階段を鞠のように転がり落ちた。そして磨き出しの廊下から中庭へ蹴とばされて、夜つゆに濡れた芝の上をごろごろと転がった。

田川《たア》さんの手足が、ところ嫌わず、私の五体へ飛んで激しい音を立てた。

——貴様、春千代に……。

——こはお情なき我君の御折檻……。

——春千代に惚れとるのか！　それで俺達を騙したのかッ！　うぬが……うぬが……。

ふと、春《はア》ちゃんが下座敷にいたはずと気がついた。知られたくない、失敗《しま》ッたと思ったが、もうどうにもならなかった。

方々の襖が開いて、慌しい足音や悲鳴が聞えた。女中達が猛獣のような田川《たア》さんに獅噛《しが》みついて何か頻りに泣き喚いた。

一龍さんの一件も手伝って、二度の憤りに燃えたらしい。田川《たア》さんは益々猛威を逞しゅうした。

乱打の雨の下で、次第に甘い苦痛が拡がった。それは もう苦痛ではなく快楽だった。人を滅茶苦茶にやっつける愉快さが、滅茶苦茶にやっつけられて湧いたのだった。私は自分を憎んでいたのかも知れない。立ったり倒れたり、匍《は》ったり転げたり、グロッキーになって砂嚢のように殴られながら、私は満足に発音されない洒落《しゃれ》や地口をのべつ幕なしに、いい気持で喚き散らした。

――ぬしにまかせたこの身体、うしに殴《ぶ》たれてこの始末、だ。ねえ暴れ牛の旦那。殴っておくんなさい。はッはッは。瘤が幾つも出来ました。起きてみつ寝てみつ瘤の痛さかな、でげすかな。思うお方にゃ思われず、思わぬお方に思われる、でさ。見れば見るほどおいとしいッてね。男がよくて金持で、なぜに高尾が惚れなんだ、だ。やい淫乱老爺！　悪魔！　外道《げどう》！　げじげじ！　殴れ、殺せ！

泉水に浮かぶ春日燈籠《とうろう》の灯、丸い月、鏤《ちりば》めた夜空の星くず、土の匂い、青葉の香り――銀ねずみいろの中庭がめまぐるしく旋回して、美しい火花が川開きの花火のように私の目の前で乱れ咲いた。

だしぬけに頭がガンと鳴って、額から生温いものが眼へ流れた。

やられた！　ふふん。くたばッちまえ！　碌でなしの野幇間め！　生きようと、くたばろうと墓場の烏だって啼きやしない！

泉水の縁の大きな岩へ抱きついて、私は一人の野幇間の儚《はかな》い最期を笑ってやったつもりだった。

×

春ちゃんが小菊で額の血を吹いてくれた。赤い袖口、白い二の腕を眩しく眺めて、私は負傷した幸福にぞくぞくした。

――どうも乱暴な男だねえ！

と、大津《おず》さんがいった。

アブダラの五号からユラユラと立上る紫の煙をじッと見つめている大津さんの瞳は、いつものことだが、深山《みやま》の湖のようにおだやかないろだった。

飲んで騒ぐでもない。踊って乱れるのでもない。まして田川《たァ》さんみたいに「次に来るもの」をうるさく強要するのでもない。一本のお銚子を空けるまでに、他愛もない妓《こ》どもたちのお喋舌りを邪魔しないで聞いて、それで満足してあっさり帰るといったのが、この人の座敷だった。とっつきの悪い窮屈なお髭と始め誰でも思ったが、馴れてみると案外に、気が向けば冗談の一つもいい、渋い端唄《はうた》の一ふしも口ずさむ通人だった。いろの諸分《しょわけ》は胸に充分秘めていて、妓どもたちを遊ばせながら自分も娯しむという自然の行き方が、英国に長く留学したことのあるこの人の品のいい気質にぴったりと合っていたのである。

——役所は忙しいし、家は無人だし……。

何かのついでにそう洩した大津さんは、芯から寂しそうだった。××省の高級官吏で、家は富裕だが、前年最愛の奥さんを喪い、あとには子供もなく、四十を過ぎたばかりで家庭的に恵まれない人だった。

——一体、どうしたというんだね？

——あたしが悪いんでござんす。

——何だかこの妓《ひと》の名が出たようだが。

——何でもござんせん。

——春千代さん、君、知らない？

——存じませんわ。

春《はア》ちゃんは真青だった。口ではそう答えたが、経緯《いきさつ》を残らず胸にたたみ込んだに違いなかった。私は悄気《しょげ》た。私に思われたと知ったら、春《はア》ちゃんは腹を立てて、もう煙草屋の二階へ足ぶみしないだろうと寂しかった。

——どんな理由があるにもせよ、あれでは度がすぎる。嗜《たしな》みがたりない。男である以上、怒るべきときには大いに怒るべしだが、それはこういう場所ではない。

——お金が人を悪くするんだと思いますわ。あってもなくっても。

——そう。あれば我儘になる、なければあさましくなる。人間、よほど確乎《しっかり》していないとお金にひきずられる。

——……。

——君、あの人のお座敷に始終出る？

——いいえ。御挨拶だけ。一ぺん身体を壊されそうになってから怖くなりましたので。

——壊されそうに？

——ひどい力で腕を引張られて、腕が抜けちまったかと思いましたわ。

——ははは。君の繊細《きゃしゃ》な身体ではそうかも知れない。何貫あるの？

——恥かしいんですもの。

——身長《せい》が高いから十三貫ぐらい？

——いいえ、十一貫あるなし。

——ほウ、それは少い。そんなことでは、満洲の曠野へ行けないね。

——ええ、とても。

大津さんと春《はア》ちゃんの静かな会話を聞いているうちに、

ふと、ねたましさが一本の黒い矢となって私の心臓を突き刺した。

満潮の夜に川添の小座敷で、窓から青白い月光を掬《すく》いながら、しんみりと語る二人！　二人は愛し合っているのかも知れない。そうとしたら、なんという似合いの二人だろう、静かで淑かで上品で……。

私はどうして大津さんの存在にもっと早く気づかなかったろう、と自分の愚鈍さに呆れ返った。恋にめしいて、私の心も昏んでいたに違いなかった。

妬心《としん》が傷よりも劇しくうずいた。

私は居堪らなくなって座を辷り出た。

帳場へ寄ると、果して女将の怒罵《どば》が私を待っていた。

――馬鹿野郎ッ！　野幇間めッ！　田川《たア》さん、怒って帰っちまったじゃないか！　大切なお客を失敗《しくじ》って、どうしやがるつもりだ！　手前の頭の一つや二つに替えられるか！　謝って連れて来い！　それまでうちへ出入りするなッ！

五

待てど暮せど、春《はア》ちゃんは煙草屋の二階へ来なかった。

私は立ったり座ったり、窓から往来を眺めたりして落着かなかった。殴られた身体は骨まで痛んだが、それどころではなかった。

子供達が大ぜい棒切れを持って、小やかましい戦争ごッこに興じていた。どの子も嬉しそうで朗かだった。私はどうして、どこへ行っても子供がこう多いんだろうとぼんやり考えていた。その中の一人がフト私をみつけた。

――やアい、花蝶がオデコへ絆創膏《ばんそうこう》を貼りつけてらア！

――お客にぶん殴られたんだとさ！

――幇間が太鼓も持たずに、ふところ手をしていやがらア！

――ヒョットコ踊をやってみせろ！

――蛸踊でも我慢してやらア！

私は味気ない思いで障子を閉めた。そして春《はア》ちゃんの半巾を顔に押当てて寝転がった。香水の香は殆んど消えていた。春《はア》ちゃんの肌の香が、吸い込まれてみんな私のものになったと思うと嬉しかったが、自然に大津さんに移って行ったと考えると悲しかった。

三日も五日もそうして暮した。

十日目の午後、階段が軋んだ。私は電撃されたようにいずまいを正した。

——花蝶さん！

しかし訪れたのは一龍さんだった。風邪は全快したとみえて馬鹿な元気だったが、私は大きな溜息が出た。

——お前さん、田川《たア》さんに殴たれたんだってね！　なぜ殴ち返してやらないのさ！

——タイコは大抵ぶたれます、バチで！

——あらいやアだ、洒落どころじゃないわよ。どしどし遣っつけてやればよかったのに。

——あたしア商売に嫌気がさしました。こんなこたア何年にもないことなんですが。

——だから、あたいと新内の流しに出ようよ。お前さんの置手拭《おきてぬぐい》にあたいの吉原冠り、語物《だしもの》が明烏後正夢《まさゆめ》とでも来た日にゃ、どうしてちょっとオツだわよ。

——姐さんは気楽で羨ましい。どうして長生きのできるお人です。

——ちッ！　からかってるよ、このしとは！

私の膝を平手で叩いて、畳の上の長煙管を引き寄せると、長閑《のどか》な煙をふかし始めた。

——花蝶さん。近いうちに、春ちゃんと三人で成田さんへお詣りに行かないか？　春《はア》ちゃんの誘いなんだよ。

——え⁉　春《はア》ちゃんが、そいったんですか！　春《はア》ちゃんてばこのごろどうしてますッ？

私は思わず乗り出したらしい。煙管のガン首が、私の太股をぐいと突いた。

——やっぱり、そうなんだよ、憎いねえ！

——へ？　何です？

——何ですはないわよ。白ッぱくれてさ。お前さん、春《はア》ちゃんに惚れてんだってね。こないだの晩から専ら評判よ。燈台下暗しで、あたい、ちっとも知らなかった。そういえば、どうもお前さん、ずッと前から夜半《よわ》の鐘で陰《いん》にこもってボーンヤリしてると思ったんだが……。

——姐さんこそあたしをからかってます。

——失礼しちゃうわね。鏡を見せたげようか。お前さん、顔が火事場の金時よ。

——かぶとを脱ぎました。いじめないでおくんなさい。根も葉もない虚言《そらごと》です。

――テナことおっしゃいましたかね、だ。隠す心がしおらしいや。だがね花蝶さん。ぶッ魂げて息を引取るんじゃないよ。春《はア》ちゃん、大津さんと箱根へ遠出よ！

――えッ!?

――ホイホイ！　お気の毒を絵に描いたみたいだ。いい若えもんのする顔じゃねえや！

ふウと煙草の煙が私の顔に吹きかけられた。

春《はア》ちゃんがまるッきり姿を見せないのも道理だった。私は胸の宝玉を盗まれて嘆いた。

なまじ惚れると苦労する、という。色恋は拾っても失《な》くしても切ないものだった。

私は長い間、魂の抜けた人のように、一龍さんの饒舌を上の空で聞いていた。

――花蝶さん。あたいはどんなことしたってお前さんと一緒になる気でいるんだよ。

散々いいお気持で喋舌った末、やっとお神輿《みこし》をあげた一龍さんが、階段の途中でくるりと振返ると、赤い舌をペロリと出した。

――花蝶さんの馬鹿やアい！　春《はア》ちゃん、お父さんが病気で生家《うち》へ帰ってんだよ！

×

成田さんのお詣りを済まして、東京へ帰ると、三人は浅草から隅田の上り船で日を暮らし、夕方、場末のちょいとした料理家へ上って疲れを休めた。

――あたい、今度の世には男に生れる。女は厭ね。割が悪いわよ。

と、一龍さんが大きな腹を抱えて、大袈裟な溜息をついたが、忽ち気をかえて、

――うん。今から男になったつもりで、美しいとこを二三枚よぼうか。ぱッと騒ぐのもいいもんだよ。ね春《はア》ちゃん！

と、何の屈託もなさそうにいった。

――ほほほほ。どうぞ御随意に。

春《はア》ちゃんは呆れて笑った。

――この人、会社の課長なのよ、名前もカチョウっていうのよ。

一龍さんが私のことを女中にそういった。

――まあ！　花蝶さんが課長さん！

春《はア》ちゃんまで笑いだした。

私は柳原の吊し物の三ツ組を着用して、床の間の

丸太柱《ょっや》を憫然と背負っていた。一龍さんに調子を合わせるほど晴々していなかった。

土地の芸者が三人来た。

私は酒を呷《あお》りながら、春《はア》ちゃんのことばかり考えていた。春《はア》ちゃんは、顔いろは大へんすぐれなかったが、寿美川の騒動など、けろりと忘れたように、これまでとちッとも変った素振りをみせなかった。怒られても断られてもいい、胸の秘密を知られたからには、何とかはっきり片をつけてほしかったが、意地の悪いほど、熟んだとも潰れたともいわなかった。それが私を哀しませた。

お座つきや踊の一立てが終った。

――ふウん！　やっちょるね！

そういってそのとき、四十そこそこの色の黒い幇間が入って来た。私は恟乎《ぎょッ》とした。

――どうじゃね課長！　社員どもは勉強しちょるかね？

口髭をひねる真似をして、憤然と構えた振りをして、その男は私の横へ座を占めた。

私は啞然とした。

――確乎《しっかり》やってくれんけりゃいかん。時はこれ非常時じゃでのう。

土地の芸者達が下品に笑った。

この男は、帳場で私が課長と聞いて、社長を気取っているのだと分った。

私は外方《そっぽ》を向いて盃をふくんだ。

――おい課長！　ひとりで呑まんでワスにもささんか。ああ、こりゃこりゃおなごども。酌をせい！

幇間は私の盃を奪いとって、手近の女につきつけた。お銚子を持った団子に眼鼻のような芸者が、またゲラゲラと笑った。喋舌るのはこの男で、笑うのは土地の芸者だけだった。

私の気持は、ぐんぐんと滅入って行った。

私は少しも笑えなかった。そこには笑いを誘いだす味が欠けていた。芸も舞台《いた》についていなかった。気合も肌合いも弁《わきま》えぬ場末の野幇間が巫山戯《ふざけ》半分、独りよがりの下手糞な茶番を演《や》ってみせるのに過ぎなかった。

春ちゃんも一龍さんも、この場違いに呆れて口を噤《つぐ》んだ。

――うウい。ワスは酔うたじゃ。スノノメノ、フトライキか！　うウい。酒は涙か溜息かじゃね、チミ！

幇間の顔が私に狸を聯想させた。

――おい君。豆狸《まめだ》の腹鼓、ハ、ポンポコポンノポンポコポンって知ってるかい？

――な、な、なんじゃア⁉

幇間が素頓狂《すっとんきょう》に眼を剝いた。それが今戸様《さま》の狸に酷似《そっくり》だった。無技巧の方が技巧よりも却って面白かった。

――チミはワスに向って、何たる無礼千万忝《かたじけな》いことをいうかッ！

私たちを笑わせるまで社長の振りをつづける肚らしかった。

私ももう、相手にする気もなくなった。

――時にチミ、煙草を持っちょらんか？

幇間の手が私のポケットへ辷った。

――帰れッ！

私はむかむかして怒鳴った。

――なに帰れとな？　退社時刻の来るまでワスは頑張るつもりじゃ。社員の見せしめにならんでのう。

私は幇間の胸倉を摑んで外へつき出した。

――な、なにをするんじゃ、社長を。

幇間は私の腕をすりぬけて、座へ戻ろうとした。私の拳が男の頰で激しく鳴った。

――あくどい悪巫山戯はいい加減にしろ！

幇間は黙った。じッと私をみつめて、身動きもしなかった。

俺にむかって来い、むかって来るだけの勇気を持っていてくれ、幇間よ！

私は心にそう念じていた。

――旦那！　旦那！

幇間の態度が、ガラリと変った。

――御無礼いたしました。旦那、申訳ございません。どうか御勘弁を！

やはり意気地なしの米搗ばったでしかなかった。馬鹿め、なぜ怒らないんだ、なぜ向って来ないんだ！　私は一そう腹が立って、また殴りつけた。

散々な気持で三人は自動車に乗った。

――春《はア》ちゃん。御心配かけました。許しておくんなさい。あたしアたったいま、道楽稼業をすッぱりやめようと決心しました。先刻《さっき》の幇間の、帰る時のあの眼。あれア人間の眼じゃございません。意気地なしの羊の眼です。ぶたれても殴られても何一つできない羊の眼です。そしてそれがあたしの眼でした。田川《たア》さんに殴たれたときのあたしの眼でした。額を叩いてイヨオと奇声をあげ、薄ッぺらな唇で擽ったい世辞を並べながら、あたしアお客を小馬鹿にしていたつもりなんですが、あの眼を、あたし自身の眼をまのあたり見てみると、しみじみ男のする仕事じゃないと思いました。

私は右隣の春《はア》ちゃんに囁いてホロリとした。

——花蝶さんの心持、よく分るわ。それについて話したいことも聞きたいこともあるけど、また今度にしましょう。

途端に私は、悲鳴をあげて躍り上った。左隣の一龍さんが、いやッというほど私の太股をつねりあげたのだった。

——春《はア》ちゃんと内証話《ないしょうばなし》するんじゃないわよ。先刻のポンポコポンってなにさッ！ あたいのお腹へあてつけたんだろ！ あとで喰《くら》いついてやるから！

六

私は稼業をずっと休んだ。薄汚い二階に寝そべって、天井の万国地図を睨めながら、溜息と煙草の煙をちゃんぽんに吹上げて幾日も暮らした。

ひたすらに待ち焦れたが、春《はア》ちゃんはさっぱり姿をみせなかった。私は脱走と肚をきめて、その前に一度春《はア》ちゃんに会いたいと願っていた。しかし春《はア》ちゃんは、会いたくないというつもりらしかった。

寿美川の女将からも一向に無気味な使者がこなかった。あのまま泣寝入りの出来る人でないだけに、これは奇怪なことだった。

小うるさいが賑やかな一龍さんも喰いつきに来なかった。

何もかも侘びしくて私の胸は一ぱいだった。

私は支那そばやになろうと考えていた。夜更けの街に、ゴロンコゴロンコ屋台車を引きながら、ピピーププーとチャルメラを吹き鳴らすあの支那そばやだった。何だか異国的で物哀しく、そのくせどこか薄とぼけたチャルメラの音——緑の野づらに立って無心に吹き鳴らす麦笛の音に似ているような気がした。

この想像は私を大へん愉快にした。私は獏《ばく》みたいに、支那そばやの夢を喰って生きていた。

七日ほど後の夜。——

私のところへ一通の書状が届いた。浅草橋の音羽ホテルへすぐ来いという春《はア》ちゃんからの文面だった。そのホテルは、春《はア》ちゃんの叔父さんが経営していた。

花街にはもう夏が来て、お座敷へ急ぐ妓たちはみな身軽に移り替えていた。ふけよ川風あがれよ簾、のぼる流星ほし下り――の川開きも近づいて来た。その花火も白粉《おしろい》の花さく街も私には何の関わりもなくなるのだった。

ホテルでは洋装の若い女の人が私を二階の一室へ案内した。入る時にみると陶器の札に十四号室と書いてあった。室の中には椅子と卓子の他に猫の仔もいなかった。

椅子に腰かけてから、私は女ボーイさんに慇懃《いんぎん》すぎたことを後悔した。支那そばやなら、あんないやらしい頭の下げようをしないでもよかったに、と吐息した。

いつまでも春《はア》ちゃんは来なかった。しかし春《はア》ちゃんに会えるうれしさで、私の心ははずんでいた。私は暇潰しに、好きな蘭蝶《らんちょう》を口三味線でそっと口ずさんだ。幇間がお座敷の外で、一文にもならない唄をうたうのはよくよくのことだった。

〽縁でこそあれ末かけて、約束かため身をかため、世帯かためておちついて……。

そしてチャルメラで蘭蝶を吹いてみた効果を考えてみてくすりとした。

扉がさッと開いた。田川《たア》さんが威勢よく入って来た。向うも吃驚《びっくり》したらしかったが、私もぎくりとした。

――何だ、幇間か！　春千代はどうした？

――春千代？

――俺を呼びだしておいて、どうしたというんだ？　こら幇間、春千代をよんでこい！

呼んでもらいたいのは私の方だった。田川《たア》さんはせかせかと室内を歩き廻った。

――旦那。春《はア》ちゃんとは何度もお会いになりましたんで？

――いや。あいつは迚《とて》も駄目だと諦めていたんだが、さっき思いがけなく電話が来て、ここの十四号室で待ってるというんだ。

田川《たア》さんの唇に卑しい笑いがあった。

――へえ⁉

フト私の脳裡を、一つの翳が掠めた。春《はア》ちゃんの与えてくれた機会？　復讐！

――やい幇間、呼んで来い呼んで来い！

――よしておくんなさい！　あたしアもう幇間じゃないんだ。

――じゃ、なんだッ？

――堅気になるんです。支那そばやをやるんです。

――ちぇッ！　笑わせるな！

眼に侮蔑のいろが浮んだ。

——旦那。この間はいろいろと有難うござんした。

——生意気いうな。文句があるなら来い！

——よし、行こう！

急に全身で憎悪が燃えた。私は弾丸のように田川《たァ》さんのふところへ飛んで行った。殴った。蹴った。組んだ。縺《もつ》れた。長い時間の後、勝利は私のものだった。

——金と力がありあまって、いい御身分ですがいい気になりすぎておいでなさる。幇間いじめの芸者なかせがお大尽《だいじん》の誉れとでも思っておいでなさるのか！　芸者や幇間は弱い哀しい稼業でも、旦那などより血や涙をよけい持合わせているんです。あたしアこの間の晩、あんなむごい目にあいながら、敵対《てむかい》一つ出来ない稼業の辛さに泣きました。堅気なら支那そばやになっても男の意地は通せます。旦那、御不満でしたら、もう一ぺんお立ち下さい。

床上にながながと延びた田川《たァ》さんに喋舌るだけ喋舌ると、私の気も心もすッとした。

×

——寿美川の借金は、みんな片がついたのよ。だから花蝶さん、安心していいわ。

春《はァ》ちゃんが不思議な事をいった。

音羽ホテルの事務室だった。女ボーイさんに招かれて来てみると、そこに一龍さんと春《はァ》ちゃんがいたのである。

寿美川の借財は、いつまでも私の首枷《くびかせ》だった。私を泥濘の街に繋ぐ鉄鎖《てっさ》だった。それが済んだと聞くのは意外だった。

——大津さんが払って下すったのよ。

——へえ!?　大津さんが？

——この間の晩、あんたを気の毒がって、気持よく出して下すったのよ。

あの因業な女将が私を二度とよびつけなかった理由が分った。私は言葉もなくうなだれた。

——今夜の筋書も作者は大津さんよ。ヒトラーじゃないが、血は理性よりも濃し、だから、気のすむまで悪徳漢に復讐させるがいいとおっしゃったのよ。そしてやるだけやったら忘れてしまえ、それが男だ、ッて。

——大津さんには、何から何まで御礼の申しようもございません。

深山の湖のような大津さんの眼の底に、私は烈々と燃える焔をみたような気がした。

――それでね、花蝶さん。あんた、ここで堅気になって身を堅めなさい。あたしのお願い！　一龍さんを貰って頂戴！

――へ⁉

私の眼は思わず一龍さんへ辷った。卓子に顔を埋めて、肉の厚い肩が生物のようにふるえていた。私は見知らぬ人を見るように、更めて眼をみはった。

――一龍さん、前からあんたが好きだったけど、あんたに好かれなかったのが、そもそも不倖《ふしあわせ》なのよ。あんたと一緒になってたら、今度みたいな不幸もなかったと思うわ。あたし少し生意気だったけど、このごろ毎日、一龍さんに意見したのよ。それも元は大津さんの指図なの。そうしたら、一龍さん、やっと分ってくれて、きょう一日泣いてたのよ。女は頼もしい男の人に頼れないのが、一ばん不幸だと思うわ。一龍さん、決して悪い人じゃないのよ。あんたが足を洗うついでに、この人の手をとっておあげなさい。生れて来る子供も可哀そうよ。あんたに見放されたら、この人たち、迚も一生涯あかるい世界へ浮べそうもないわ。そうじゃないかしら？

――そうです。そのとおりです！

私は強くいいきった。

生れて来る子は、とりもなおさず私だった。私は、私を赤ん坊から育て直す希望に満足した。子供の頭をぶん殴らずに、ポンポコポンだけ踊って喜ばせようと思った。そして支那そばやでもいい、地道な道を歩かせようと決心した。

――一龍さんの前借《ぜんしゃく》、いくらもなかったけど、それはあたしの生家で払ってくれたの。あたしも廃業するんだわ。この間、父の病気見舞に行ってきめたのよ。あたしのために花蝶さんがひどい目にあったし、それに……。

――分りました。春《はア》ちゃん、どうか大津さんと仲よくお暮しなさい。

――あら、そうじゃないのよ。

急に春《はア》ちゃんが、うすく頬を染めた。

――あたし、大津さんのとこへゆくんじゃないのよ。大津さん、けさ満洲へいらしたわ。満洲国のえらいお役人におなりになったのよ。

――へえ！　満洲へ！

――東京駅へお見送りに行ったら、新興満洲国でうんと働くんだと喜んでいらしたわ。そしてあたしに、君が丈夫なら一緒に行ってもらいたいんだがッて冗談のように笑っていらしたけど、あたしのようなもの、迚も大津さんの奥さまにはなれッこないわ。あたしこのごろ少し胸が悪いのよ。夜の稼業が毒だったんだわ。それも廃業する一つの理由よ。

春《はア》ちゃんは寂しそうな面持だった。

——それから花蝶さんのいろんな心遣い、あたし嬉しく思ったというだけで何にもいわないことにするわ。その方がみんなのためよ。それであたし、なるべく言わないようにしていたのよ。今更どうにもならないんですもの。

春《はア》ちゃんは私たちのうちで一ばん年弱《としよわ》だったが、いうこと、すること、頭のよさも一等だった。私は尊敬する気持になった。

——春《はア》ちゃん。あたしア恥かしいことをしていました。御免なさい！

私は懐中から春《はア》ちゃんの半巾を取出して潔く返した。

——まア！

春《はア》ちゃんはもう一ぺん頬を染めた。

——明日から花蝶さん、このホテルでお働きなさい。叔父に頼んであるのよ。あたし鎌倉の海岸へでも行って、今の内にみっちり養生するわ。二三年もしたら丈夫になれるだろうと医者がいうのよ。せめてお嫁にゆけるくらい丈夫な身体になりたいと思うわ。

——春《はア》ちゃん。どうか一日も早く丈夫になって下さい。あたしアそれを毎日祈ります。それからお願いなんですが、一龍さんを暫く手許において看病させて下さい。寂しさも紛れましょう。もっともこの人も直きお産で、却って厄介かも知れませんが。

——あんたは？

——へえ。満洲へ参ります。大津さんのところで御恩返しに花蝶、山下幸吉となって、骨身を惜まず下男働きをします。春《はア》ちゃんが丈夫になって大津さんのところへいらっしゃるとき、一龍さんも子供を連れて来て下さい。満洲でみんな幸福に暮しましょう。

不覚の涙がハラハラと床へこぼれた。

いくら待っても、春《はア》ちゃんは何とも答えなかった。顔を上げてみると、春《はア》ちゃんと一龍さんの二人が、眼に涙を一ぱい溜めて、じッと半巾を噛みしめていたが、忽ち卓子に崩れ伏して、おいおいと声をあげて泣きだした。

私を乗せた汽車はいま、七月の暁明を破って東海道を一路、西へ西へと驀進している。

作者の言葉

剽軽《ひょうきん》な眼つき、消魂《けたたま》しい頓狂声、おどけた身ぶり、とぼけた表情。――女子供におデコをぶたれても、あたら大の男が、うす気味の悪いほど、エヘラエヘラ笑って暮す幇間氏です。

しかしこのお座敷のピエロ、道化の仮面の下には案外に、人一倍濃い血と熱い涙を秘めていたり、「大供の玩具」と侮蔑される陰では、ペロリと赤い舌を出して、埒もない大供どもへ、侮蔑を倍にして叩き返していないとも限りません。

それがノダなら、ノダでも結構、なまじ骨の髄まで表看板どおりとすると、どうにもこちらが堪らないような気がします。

ここでも、そんなふうに、感情を母親の胎内へ置き忘れて来なかった一人の幇間氏を取扱ってみました。荒けずりの素描にすぎません。

夏宵痴人夢

一

「どうしてゆうべ来てくれなかった？　何度も何度も使いをよこしたのにさ。まだ頭の工合よくない？　早くなおしなさいよ。おれのこの頭は、どこの誰が持主だなんて、あんな気味の悪いこと、もういわないでね。このごろあんた、ものが二つに見えない？　ちょいと、これ何本？」

思いきって大柄な浴衣に華美な帯、コテコテと塗り上げた白粉《おしろい》、あつくるしい芸妓髷《げいこまげ》、そして豊満な肢体――。

玉栄《たまえ》の白い人さし指をものうい眼でながめて、私は返事の代りに大きく吐息した。

海道筋に小ッぽけな町があって、磯の松原になまめかしい料亭と置屋《おきや》のかずかずがあった。そのまんま中に、わびしい「〇〇新報社」の洋館があって、社長と記者と印刷職工と、そして給仕とが正確に一人ずついた。

一ばん大きい、海月という料亭の親爺《おやじ》さんが、社長の椅子を空けてあの世へ旅立ったあと、女将《おかみ》は甥《おい》の私を無理矢理に、その椅子へ坐らせた。私は二十五歳で、大学中退で、神経衰弱で、そして文学青年であった。

ゆくゆくは、料亭まで譲り渡す肚でいた女将は、新聞の仕事をみんな他人まかせにして何にもしない、してもできない、椅子の上の甥を見るたびに、

「お前さんがそんなだから、せめてしっかり者のお嫁さんを貰って海月《みせ》の帳場に坐らせにゃならん。この子は、ほんとにほんとに」

と、心細い声を出した。

叔母のいう「しっかり者」は、素ッ堅気のねんね娘ではなくて、水商売の苦労人であった。ねんね娘に帳場を預かる器量のないことは、所謂苦労人上りの叔母が誰よりもよく知っているのである。

海月の帳場はどの女にも相当な興味を与えたとみえて、風采の上らない文学青年にちょっかいを出してみる気ま

ぐれ女も二三あったが、私は偏屈で潔癖だったし、何度も心を染め直した、こういう種類の女を相手にする気は更になかった。

栄家《さかいや》の玉栄は、その気まぐれ女の一人で、困ったことには、叔母に如才なく取入って、「しっかり者」に思いこませているところの「しっかり者」であった。


「ちょいと、何本ッたら」

「百本」

「おっしゃいましたね」

白い腕が首へからんで、私の耳朶を、そっと歯が嚙んだ。

社の二階の窓から、私は憮然として外をながめた。七月の強烈な陽の下に、海はあくまで青くひろがって、裸形の人々は波間に、飛んだり跳ねたり騒いだりしていた。二階《ここ》に籠ったきり、殆ど外界との交渉を断って、憫然とひと日を送る私に、窓外のこの世界は、不思議でもあり腹立たしいものでもあった。衰えた頭で、ショオペンハウェルの哲学を考える一方、私はまじめに海群群縮会議の必要を感じたりした。

灼熱の夏、濃艶な女――病者の神経には、刺激が強すぎるのである。

「あんた、一ぺん笑ってみせて頂戴」

「この世の中が、おかしくもなんともないのに、どうしてゲラゲラ笑える」

「見たことがないから、一ぺん笑い顔が見たいのよウ。あんた前世《さきのよ》で笑って殺されたか、先祖が金箔屋さんなんだろ。どっちにしても笑って損したのね」

「……」

「ね、あんた、持って行ってよ、あたいの身体をよウ、海月さんのお帳場へよウ」

「……」

「こんばん来てね、用があるから」

「いま僕は、ひますぎるほどひまだ。用があるなら、いまきこう」

「からかってるつもりなんだね、にくらしい。……いいから晩に来てよ。来ないとひどいから」

そして玉栄は、髪結《かみゆい》へとんで行った。

私は毒花の香に酔い痴れた虫のように、しばしは放心して、真夏だというのに、あとで俄《にわか》に悪寒を催したのである。

二

記者と給仕とが、水すましのように、町をとびあるいている午前中のこと、コトリコトリと小さい足音が階段を昇って、私の前に十五六の見知らぬ半玉《はんぎょく》が立った。

「さ長さん、ひどいわ、ひどいわ。あたいサケェヤのサケェコよ」

舌の加減か、片言のような訛があどけなかった。栄家は玉栄のいる家であった。この子は最近に出た半玉なのであろう。

「見てよ、見てちょうだいよウ、さ長さん」

さ長さんは、藪から棒の話に、眼をパチクリした。

「何を見てあげたらいいの?」

サケェコは矢庭に、浴衣の諸肌《もろはだ》をスルスルとぬいだ。

私は愕然として、瞬間、彼女が病院と間違えて来たのか、それとも、この私が病院長だったのかと、混乱した頭で思索した。二人のうち、どちらか夢をみているに違いないのである。

「ホラ、ね、分ったでしょ?」

「ちっとも分らない」

「ひどいわ、さ長さん」

ひどくてもなんでも、私は眼をしょぼしょぼさせるほかはなかった。

彼女は袂《たもと》から新聞を出して、私につきつけた。うちの、その日の新聞で、投書の「花街雀《かがいすずめ》」欄に、

栄家の栄子裙《くん》は大デベソだという（見鯛造）

とあった。

私は饅頭を二つくっつけたような胸のふくらみの次に、凹んだオヘソを確実に見て、そこで就任後はじめての記事を書いた。

栄家の栄子裙は大デベソではない（見太造）

「これを明日の新聞に出してあげよう」

サケェコはうなずいて肌を入れると、勝手に私の前の椅子へ坐った。

「さ長さん、自分の綽名《あだな》、知ってる?」

「綽名? 知らないよ」

「青びょうたん」

「誰がそんな名前をつけた?」

「あたい」

「いつ?」

「いま」

そしてクックッ笑うのである。

下ぶくれの色白で、右頬ッぺたに黒子《ほくろ》があったし、少しオデコで鼻の頭がいくらか空を仰いでいたし——なかなか見あきのしない顔であった。しかし何よりも私の心をとらえたのは、とりとめもないところに焦点を結んではいるが、素晴しく美しいその眼であった。そこには玉栄の眼などに、薬にしたくも見られない清浄な光が一ぱいに溢れていた。

「彼女は私に二つの天使のような眼——それは至純無垢の碧い眼、すきとおる、輝かしい眼を見ひらいた」——そういうゲーテの詩句を、私は思い出したほどである。

「さ長さん、あたい、アイスクリンが食べたいのよ」

「アイスクリーム?」

蟇口《がまぐち》を投り出すと、彼女は十銭玉を取り出して、私がびっくりしている間に、窓から途轍《とてつ》もない声で叫んだ。

「氷やの小父さアん。アイスクリン二つちょうだアい」

窓の下には沢山の飲食店が、河童《かっぱ》どもの胃袋にそなえて、葭簀《よしず》ばりの店を構えていた。

部屋の隅からみつけた紙テープで、紙袋に入れた大きなアイスクリンの最中《もなか》を、二つ釣上げると、彼女はその二つとも、私の眼の前でペロリと食べた。そして、

「また来るわ、さ長さん」

といって、買物にでも外出するように、おちついて帰って行った。

まことに驚嘆すべきひとときであった。しばらくはポカンとして、それから、

「なんだい、あの子は」

と口にだしていってみると、あとからあとからほのぼのとした明るさと和かさがにじみでてきて、私は小半日、かつてない幸福を味わったのである、まったく——

三

〽捨てられて
何であなたを怨みましょ
いたらぬ私の身をうらむ
縁と時《じ》せつがあるならば

磯うつ波さえまたかえす

玉栄がサノサをうたった。しかめッ面でもして踏んばっていないことには、たちまち気の遠くなりそうな三味の音締《ねじめ》だったし、何だか本人の述懐のようにもとれる一ふしでもあった。芸者二十三の夏までには、一度や二度、しみじみとこの唄を口ずさんで、大きく吐息したことも、むろんあったであろう――そう思うと、このうえ気楽な顔で盃をふくむ気のしなくなった私は、月が海の向うへ傾いたころ立上った。

「帰る」

「帰さないわよ」

「心臓が実にドキドキする」

「生きてる証拠よ」

「君の顔が五つに見える」

「賑やかでいいわよ」

「頭の持主……」

「そら始まった。あんたときたら、いつでもそれだ」

長い廊下を酔に乱れた足で逃げて、私は帳場へとびこんだ。玉栄の頼みを入れて、私をまんまとおびきよせた今夜の叔母に、文句の一つもいいたかったのである。

「叔母さん、僕ァ……」

「いいんだよ、お前さん、あたしが万事のみこんでいるんだよ」

「さなきだに……」

「さなぎも蚕もあるもんかね」

「な、なんたる……」

「ほッほッほ。なんたる意気地なしだろうねえ、この子は、ほんとにほんとに」

逞しい玉栄や女中どもの腕にのって、私の痩軀《そうく》は荷物のように奥へ運ばれた。

「くそッ。負けるもんか、玉栄の悪魔め！」

しかし、とうとう酔と疲労で力が尽きて、私は丸太のように転がった。

波の音がした。汐かぜがしきりに匂った。

突然、閉じたまぶたに、サケェコの幻が、なぜか、ポッカリうかんだ。

「サケェコ！　サケェコ！」

「厭ッ、あんな子のことをいっちゃァ。玉栄と呼んでちょうだい」

私の耳を、熱い息がくすぐった。

四

「さ長さん、ひどいわ」

翌日、サケェコがまた私の前に立った。

「さ長さん、新聞に大デベソではないなんて書いたもんだから、みんながあたいのこと、小《ちい》デベソだろッて、からかうのよ」

うろたえた私は、ペンを執ると、

　栄家の栄子裙は小デベソで
　はない（見太造）

と書いたが、沈思黙考の末「小」の字を消した。そして茫漠とした自分の頭脳に、自分で愛想を尽かした。からかわれたのはサケェコではなくて、私のような気がしたのである。

彼女は昨日のように、私の蟇口から十銭とりだして、アイスクリンを二つ釣上げると、二つとも最中の皮まで丹念に舐めた。見ていると可笑しいくらい、好物のようであった。

帰りがけに彼女は、懐中から一通の書状をとりだした。

「さ長さん、手紙あげようか？」

「手紙？」

「その代り、毎日アイスクリン買ってくれる？」

「買ってあげるとも」

彼女は手紙をおいて出て行った。

一ふでしめしまいらせそろ
二せとちぎりしあなたさま
三ぜんせかいにただひとり
四じゅうおそばにおりたやと
五つもながらのかみだのみ
六ろくよるもねむられず
七ひちにちはまだおろか
八えのしおじをはるばると
九じゅう九やがももよでも
十んでゆきたいぬしのそば
　こんばんきてちょうだいな
　　　　　　　　玉　栄
　木谷さま

金釘の最後へ辿りついて、私はキョトンとした。「木谷さま」は、どう考えてみても私ではない。

折から階段が鳴りひびいて、再びサケェコがとってかえした。むろん手紙の間違いに気づいたのである。

彼女は、どことも焦点のはっきりしない例の眼に困惑の色を一ぱいうかべて、しばらく動かなかった。

何もかも知っている！　色里に住めば無理のない話ではあるが、春はすでに、彼女の心の隅にほのぼのと明けそめているのだ――そう感じながら、私も木像のように凝固した。

「さ長さん、眼をつぶりなさいよ」

急に彼女が、ニコニコしていった。

その通りを、私は忠実に実行した。物のうごく気配がした。物のすれる音がした。

「眼、あいてもいいわよ」

途端に階段がバタバタと鳴って、ひらいた私の眼に、サケェコの姿はもう見えなかった。

卓子の上には依然として「一ふでしめしまいらせそろ」があった。その全文には何の相違もなかったが、ただあの「木谷」という文字だけが、私の姓と変っていた。

彼女はまさしく、名前をすりかえて去ったのである。

なんという明朗な奇智、なんという可憐なサケェコ――たまらなくなって、私はゲタゲタと笑いだした。長い間わすれていた自分の笑い声は、自分でも極めて不思議なひびきを持っていた。

「ああおれは女神をみつけた。女神はサケェコと一しょに住んでいる」

玉栄の二心を憎むことも忘れて、私の笑いはとめどもなくつづいた。

五

「なんだって？　お前さん、玉栄さんが嫌いだっておいいかい？」

帳場に座った叔母は、顔を逆さに撫でられたように呆れてみせた。

「玉栄には、二世と契りしあなたさまが、三千世界にすくなくとも二人いるんです。いや、それよりも、僕にすきな女《ひと》ができたといいましょう」

弱気な私は朝から海月へ来て、夕方やっと話をきりだすことができたのである。

「そのお前さんの好きな妓《ひと》って誰だえ？」

「サケェヤのサケェコ」

だしぬけに叔母が笑いだしした。五十六の叔母が、十六の小娘のように、顔を真赧《まっか》にしてキャッキャッと笑うのを、今度は私が呆れてながめる番であった。

「まア厭だよ、この子は。年よりをからかうもんじゃないよ。ああ、涙がこぼれて、横ッ腹が痛くなった。あんまり笑わせておくれでない」

ちょうど灯が入って、急にお座敷が立てこんできたので、叔母はあたふたとすけに出て行った。笑わせるつもりや笑われるつもりなど毛頭《もうとう》もなかった私は、無暗《むやみ》に腹が立って浜の松原へ出た。

「さ長さん」

ハッとして立止ると、眼の前にいつもながらのサケェコが立っていた。私はきょう、彼女には朝から会っていなかった。彼女も社へ行って、待ち呆けた帰りかも知れないのである。

不覚にもブルブルとふるえた。ジーンと頭の中が鳴った。キョロキョロと怯えた眼であたりを見わたして、私は彼女の手を執った。

「サケェコ、僕は君が好きなんだ」

思いきって、ひと言いってしまうと、あとは割合にらくであった。

「だから、君を半玉にしておきたくない。つまりお客の中へ出したくない。出すと玉栄のように、手紙をいろんな人に書いて送るようになる。ね、海月の叔母さんに貰われておくれ。そうして大きくなったら、あの帳場へ座るんだ。ね、サケェコ、今からすぐ海月へ行こう」

どこを見ていてくれるのか、ピントの外れたあの瞳の方向が、はなはだ心もとなかったが、それでも私は一生懸命であった。

「ね、サケェコ、どう思う? いま心の中で考えてる通りを、そのまま言ってみておくれ」

「さ長さんは……」

「うん……」

「きょう……」

「うん……うん……」

「きょう十銭くれなかったわよ」

まだ子供だったのだ、何にも知らなかったのだ——クラクラと来た眩暈《めまい》を、私は必死にふみこらえた。

「あげる、蟇口ごとあげる」

「早くよ、氷やの小父さん、もう帰るのよ」

蟇口を握ると、サケェコはアイスクリン屋の方へ行こうとした。

「サケェコ、待ってくれ、海月へ貰われてくれるかい?」

「一ぺん姐《ねえ》さんにきいてみるわよ」

「いや玉栄なんかに相談しなくてもいい」

「だって玉栄姐さん、あたいのほんとの姉ちゃんなんだもの」

そしてチョコチョコ行ってしまった。

「なぜ、そいつが始めから分らなかった!」

どかんと、鉄槌を頭でうけとめたときのように、私はしばし惘然《ぼうぜん》と凝立したが、次の瞬間、くたくたと崩折れて、磯くさい白砂の上を滅茶苦茶に転げ廻った。

「くそッ。かくの如きが人生か!」

解題

横井司

1

泡坂妻夫や連城三紀彦など、多くの優れた作家を輩出したことで知られる探偵小説専門誌『幻影城』は、創刊して間もない通巻第二号（一九七五年三月号）において「冒険ロマン」特集を組んでいる。特集のフロント・ページに掲げられた「〝冒険ロマン〟の特集について」という前説では、日本の冒険小説の流れが次のように説かれている（執筆の署名は「S」となっている。『幻影城』編集人の島崎博であろう）。

一九〇〇（明治三三）年に押川春浪が『海底軍艦』によって冒険小説というジャンルを確立したが、大正時代に入って大衆文芸の質は向上し「時代小説、現代小説、探偵小説の専門作家が生れた」にも関わらず、「新しい型の冒険小説家はついに現れなかった」ため、「冒険小説は少年読物の世界で、新しい市民権を得」た。そこで活躍したのが南《みなみ》洋一郎と山中峯《みね》太郎で、前者は「秘境・魔境を探険する所謂〝密林もの〟」を、後者は「本郷義昭の中国大陸での冒険を描いたような〝大陸もの〟」を代表している。その後、一九三六（昭和一一）年に橘外《そと》男《お》が登場してからは、小栗虫太郎、北村小松、高橋鉄などが冒険小説を手がけるようになり、「この頃の作品には作者の自由奔放な夢」を特徴としていた。「日中戦争の激化、そして太平洋戦争突入寸前には、探偵作家は探偵小説が書けなくなり、防諜小説や冒険小説などに活路を見出」すようになり、戦前の探偵小説のメッカといわれる『新青年』も、「昭和14年頃から探偵小説に代る読物として、冒険小説を掲載するようになり、のちに目玉商品になった」。

　このように述べられた上で再録されている作品の内、中村美与子の「聖汗山《ウルゲ》の悲歌」と桜田十九郎《さくらだとくろう》の「沙漠の旋風」は、共に一九四〇年代に入ってからのものであり、『新青年』の「目玉商品になった」「探偵小説に代る読物」の代表例として採られたと見ていいだろう。

　その『幻影城』に「櫻田《ママ》十九郎と中村美与子」という作家紹介を執筆した浅井健は、桜田について「本名、経歴は不明」としていた。その後、中島河太郎が『新青年傑作選集』第5巻（角川文庫、七七・一二）に桜田の「めくら蜘蛛」を再録した際も、「生年、生地とも不詳」となっていた。ただ、鮎川哲也の「新・幻の探偵作家を求めて・第十二回／文士村長のジレンマ・桜田十九郎」（『EQ』九四・一）によれば、七五年の時点で行方は突き止められていたようだ。しかし何度かタイミングを逃しているうちに『幻影城』が廃刊となり、また桜田自身が鬼籍に入るなどして、最初にコンタクトを取ってから十年以上過ぎた九四年になって、ようやく未亡人へのインタビューが実現したそうである。以下にまとめた桜田十九郎の経歴は、その多くを鮎川の記事に拠っていることをお断りしておく。

2

　桜田十九郎の本名は福井穣《ゆたか》といい、一八九五（明治二十八）年十月十八日、愛知県宝飯《ほい》郡塩津村（現・蒲郡《がまごおり》市竹谷町）に生まれた。愛知県立第二中学校（現・岡崎高等学校）卒業後、東京大学教養学部の前身である旧制の第一高等学校（いわゆる一高）に進み、さらに東京帝国大学（現・東京大学）に入学するが中退。その事情については分からない（なお、ネット上には、医学部を中退したという記事も確認できるが、その根拠については不詳）。

　一九三三（昭和八）年、『サンデー毎日』が主催していた実話募集に、桜田十九郎名義で「青龍白虎の争闘」を投じて入選。同年、やはり実話募集に浮世夢平名義で「哀愁佃夜話」を投じ、これも入選した。三五年には、『サンデー毎日』主催の第十六回『大衆文芸』募集に、浮世夢介名義で「幇間《たいこ》の退京」を投じて入選。これが創作でのデビュー作となった。続いて浮世夢介名義で「夏宵痴人夢」を発表したが、これらはいずれも花街ないしその周辺を舞台とする普通小説であった。『サンデー毎日』にはこれ以降執筆せず、続いて登場したのは三七年の『モダン日本』誌上であり、同誌の小説募集に桜田名義で投じた「鉄の処女」が入選。続いて三八年に桜田名義の「燃えろモロッコ」が壱千円懸賞当選小説に入選した。『モダン日本』の当選小説は、いずれも国際冒険小説であり、後に『譚海』の編集後記（四四・二）で「冒険小説専門」と称されるようになる作風は、この『モダン日本』投稿時代に確立したといっていいだろう。

桜田十九郎というペンネームは、「鉄の処女」執筆当時の住所が「芝区新桜田町十九磯部方」となっていることから、その住所に基づいて作られたものと考えられる。

『モダン日本』における桜田の登場に注目したのが、当時『新青年』の編集長だった水谷準だとされている。中島河太郎は『新青年傑作選集』第5巻（前掲）の作者紹介文で「新人発掘では右に出るもののない水谷準のめがねに叶った」作者だと書いているし、鮎川哲也もまた「文士村長のジレンマ・桜田十九郎」（前掲）で、『新青年』時代、新年号に掲載された作品が多いことから「J・Mこと水谷準編集長の信任あつい ことがこれで判ると思う」と書いている。

その水谷準の求めに応じてであろうか、書き下ろされたのが「髑髏笛」で、初出誌である『新青年』一九三九年十二月号の本文に付せられたリード文では「新人快作を提《ひつさ》げて登場」と謳われている。続いて翌年一月号に「めくら蜘蛛」が掲載され、以後、四三年一月号に発表した「落陽の岩窟」まで、一ダースに及ぶ作品を同誌に残している。

右の「落陽の岩窟」が発表された四三年に、生地である塩津村に疎開。鮎川によれば、もともとこの「大地主」だったのだそうだ。そのまま上京せず、筆を断つことになった事情を、未亡人は次のように語っている。

「いよいよ爆弾が落とされそうなので、ここのほうが安全だろうと思いまして。それから後は、農地法の問題なんかがありますもので、作家生活をしていては農地が守れない。不在地主はだめだから、自分の土地にいなくてはなりません。蒲郡を去ることはできないのです。やがて農地解放とか何とか煩わしい問題がございまして、ついに東京に出る暇がなかったのです。こういう土地があるんだからと、お芋を作ったりしました」（前掲「文士村長のジレンマ・桜田十九郎」）

疎開する前に依頼を受けて東京にいる間に書き上げたものか、それとも疎開先から送ったものか、詳らかではないが、四四年になって少年少女向けの雑誌だった『譚海』（当時、表紙の「少年少女」の角書きは「科学と国防」に変わっていたが、奥付に誌名の表示はなく、目次にはただ「譚海」とあるのみだった）に「恐怖の水牢」が掲載されている。現在確認できている限りでは、同作品が最後の創作であった。

鮎川による未亡人へのインタビューによれば「東南アジアの写真やグラフ雑誌をたくさん買って、読んでいたそうで、「外地には行かずに、すべて資料を見て書いている」という。グラフ雑誌などはすべて英文であったそうだ。であるならば、そうした資料を駆使して書き続けることもできたはずだが、疎開して帰農した後に、塩津村議会議長、宝飯郡町村議会議長、名古屋家庭裁判所調停委員を歴任し、塩津村の村長職にもあったために多忙を極めて、創作の筆を執る暇もなかったというのが実際のところだったのかもしれない。塩津村は一九五四年に蒲郡町、三谷町と合併して蒲郡市となった。桜田十九郎は合併の年まで村長職にあり、塩津村最後の村長だったという。名古屋家庭裁判所調停委員を務めたのはその後のことではないかと思われる。

一九八〇（昭和五五）年逝去。年月日は不詳。『幻影城』でインタビューが企画され、コンタクトが取れてから五年後のことであった。

3

論創ミステリ叢書では、これまでにも太平洋戦争当時に発表されていた探偵小説作品を何冊かまとめてきた。第20巻『中村美与子探偵小説選』（二〇〇六）、愛国探偵・横川禎介の活躍をまとめた第45巻『大阪圭吉探偵小説選』（二〇一〇）、科学探偵・月澤俊平の活躍をまとめた第59巻『蘭郁二郎探偵小説選Ⅰ』（二〇一三）などがそれである。それらの解題で何度もふれたことだが、日本の探偵小説史では、戦時下においては探偵小説の執筆が禁止され、多くの作家が他のジャンルへと転向を図ったことにされている。

例えば、中島河太郎の次のような発言はその典型的なものである。

昭和十二年の日華事変以後、雑誌は時局的色彩を強くした。軍報道部の意向に添わなければ、陰に陽に圧迫を加えられたから、いきおい迎合する気風が生じた。

殊に十六年に太平洋戦争が勃発すると、探偵小説に対する情報局の圧力は一般《ママ》ときびしくなった。国民同士の殺傷を扱うのは、国内不安を助長するもので、時局柄不穏当だというのである。海外からの雑誌・書籍の輸入も杜絶したので、翻訳はまったく不可能になった。名物の「新青年」増刊も、十四年には姿を消していた。欧米の新作が訳文は粗末だったにせよ、続々紹介されていた時だけに打撃だった。

探偵小説の執筆が事実上禁止されてみると、作家のなかには国内の不秩序を示す探偵小説の筆を捨てようという論まで現われた。海野［十三］や大阪は防諜小説を、木々［高太郎］は科学小説を、小栗は秘境冒険小説を、横溝［正史］・城［昌幸］は捕物小説をといったふうに、それぞれ作風を転換させている。（「推理小説通史」『現代推理小説大系』別巻2、講談社、八〇・四。［］内は横井による補足）

桜田十九郎が冒険小説の作家としてデビューしたのは、今日おおむね右のように捉えられている時代であった。

中島の記述は、江戸川乱歩の『探偵小説四十年』（六一）に拠ったものと思われるが、乱歩の同書では一九三九年四月に「隠栖を決意」したことになっており、同書の記述の基となる、いわゆる貼雑《はりまぜ》年譜も、昭和十五年度（一九四〇年度）で終わっているため、以後、終戦までの記述は、同時代の探偵小説をフォローしているとはいい難い。戦争中に『新青年』を全冊手放した乱歩は、戦後になって集め直すのだが、「［昭和］十五年半ば以後の号には探偵小説が殆んど載っていないものだから、集めなくてもよいと考えた」という（引用は『江戸川乱歩全集』第29巻、光文社文庫、二〇〇六から。［］内は横井による補足）。こうしたことから、『探偵小説四十年』におけるこの時期の記述には、同時代の探偵小説に関する言及が（乱歩自身の創作を除き）まったくないということになってしまった。そのため、中村美与子や桜田十九郎、戦前期の守友恒《もりともひさし》といった作家たちの動向を見えないものにしているだけでなく、一九四〇年代前半には探偵小説が書かれなかったというような通念を流通させることにもなった。

また、一九四〇年に第二次近衛内閣が成立し、挙国一致の一国一党体制を「新体制」と呼んで軍部の独走を抑制しようとする動きがあったが、この言葉が逆に軍部に利用され、様々な規制が断行され、市民生活を抑圧するという事態を招いた。乱歩は当時、こうした情勢を見た上で、一九四一年になって私家本である『探偵小説回顧』に次のように記している。

大は経済界の利潤統制より、小は年賀郵便の廃止に至るまで、新体制ならざるなく、文学美術の方面も全体主義一色となり（略）文士の政治的動きも活発となる。文学はひたすら忠君愛国、正義人道の宣伝機関たるべく、遊戯の分子は全く排除せらるるに至り、世の読み物すべて新体制一色、ほとんど面白味を失うに至る。探偵小説は犯罪を取扱う遊戯小説なるため、最も旧体制なれば、防諜のためのスパイ小説のほかは諸雑誌よりその影をひそめ、探偵作家はそれぞれ得意とするところに従い、別の小説分野、例えば科学小説、戦争小説、スパイ小説、冒険小説などに転ずるものが大部分であった。（引用は前掲『江戸川乱歩全集』第29巻から）

ここで注目すべきは「探偵小説は犯罪を取扱う遊戯小説」であるというジャンル意識である。この定義に基づいて「科学小説、戦争小説、スパイ小説、冒険小説」を「別の小説分野」と捉えていること、そしてその把握を、当時から二十年近く経っても訂正する必要はないと考えていたことが、戦時下において探偵小説は書かれなかったという通念を補完することになるのである。と同時に、戦時下における冒険小説的作品を、探偵小説史上に位置づける契機を失わせてしまったのである。

戦時下の冒険小説を取り巻く言説としてもうひとつ問題となるのは、作中に盛り込まれた「国策思想」である。「国策思想」によって様々な悲劇を生まれたこと自体は、否定すべくもないが、単に「国策思想」が盛り込まれているということだけをもってして、当該テクストを否定するような読みは、小説テクストをイデオロギーの容れ物と見なす怠惰な姿勢のように思われてならない。

中島河太郎は、雑誌『幻影城』に連載した「冒険小説の系譜」の第四回において、一九四一〜四二年に『新青年』を彩った、既成探偵作家による様々な冒険小説に関して、次のように評している。

これらの作品に戦時色が反映しているのはやむを得なかった。軍報道部の検閲下にあって、できる限り作家的良心をも充足させようとする涙ぐましい努力が看取される。少年向きのものとは異なり、また軍人文筆家の押しつけがましさがなく、制約を蒙りながらも、新しい物語を意図したのであったが、その労はほとんど報われなかった。（「冒険小説の系譜・4」『幻影城』七五・八）

こうした評言を読むとき気になるのは、国策的な言説を通してみられる戦時色を無条件に否定的に捉える思考の枠組みのようなものである。それは同時に、書き手が目指した「新しい物語」とはどのようなものであったか、という検討を免責することにつながる。こうした思考の枠組みや姿勢が、戦時下の冒険小説をまともに論じる必要はないという「空気」を醸成しているのである。そうした「空気」の存在が、当時デビューした戦時下作家ともいうべき、中村美与子や桜田十九郎といった書き手たちの再評価を遅らせてきたことはいうまでもない。

4

本章以降、本書収録作品のトリックや内容に踏み込む場合があるので、未読の方は注意されたい。

桜田十九郎のテクストは、時局下の雑誌に発表されたため、国策的言説に満ちていると捉えられそうだが、そもそものデビュー作である「鉄の処女」（三七）や、続く「燃えろモロッコ」（三八）で描かれる、日本人主人公の行動原理は、国策に直結するものではなかった。「鉄の処女」に登場するジョオジ・ミキは「モロッコのスペイン義勇軍で散々苦労して来た碌でなし」であり、たまたま巻き込まれた形で、癩病患者を隔離する孤島の行政官から重労働を強いられている患者たちを解放しようとする働きを見せる。拷問にかけられそうになっていたジョオジを救った、義勇軍時代の戦友であるスペイン人のガウデロの台詞から、同作品がスペイン内戦を背景とし、主人公が属していた義勇軍は人民戦線政府に対する右派の反乱軍に加わっていることがうかがえる。その意味合いを現在の視点から軽々に判断することは避けておくが、少なくとも日本の国策思想を描いたものでないことは明白であろう。「燃えろモロツコ」でも、日本《ハポン》のマッキーという異名を持つ牧武夫は、「モロツコのスペイン義勇軍」に参加しており、「打倒人民戦線」のために「月の部落《ムエツ・キアロ》」の住民に協力を要請するという密命を帯びてスペイン領モロッコのスータにいたところ、事件に巻き込まれるという設定で、やはり日本の国策とは無関係に物語が展開する。

スペイン領モロッコという舞台は、『新青年』への初登場作となる「髑髏笛」（三九）でも選ばれている。この作品でも日本の国策とは無関係に、イギリス人大尉に打擲される地元民の囚人を救ったため、駐屯軍のお尋ね者となった日本人が巻き込まれた事件の顚末が描かれる。反イギリス的な言説は、書かれた時代を鑑みるなら時局への配慮と読めるかもしれないが、物語の枠組みだけを見るなら、圧政に苦しむ民を助ける流れ者の活躍を描いた時代小説と変わりはないわけで、「国際冒険任俠小説」と角書きが付いているのも頷けようというものだ。

そしてこのとき使われた、編集部でつけたと思しい「任俠」の二字ほど、桜田十九郎の作風を特徴づける言葉として、適切なものはなかったように思われる。中島河太郎は、『新青年傑作選集』第5巻（前掲）に採録した桜田作品のフロント・ページにおいて、「新人発掘では右に出るもののない水谷準のめがねに叶った」「戦時にふさわしい国際冒険任俠小説の筆者として、活躍」と桜田を紹介しているが、あるいは、国策思想にとらわれない任俠小説的要素が、水谷準の「めがねに叶った」のかもしれない。

「髑髏笛」で『新青年』に登場した桜田十九郎は、一九四三年までに一ダースに及ぶ短編を同誌に発表していくことになるが、国策色を強めていくのは「沙漠の旋風」（四一）あたりからで、それ以前の作品は、日本人や日本精神の美質を説くという傾向は強くとも、登場する日本人の行動原理が国策に基づくものは皆無であった。その中で注目されるのは「呪教十字章」（四〇）で、ヴードゥー教の呪いを扱っている作品としては、かなり早いものではないかと思われる。現在ならホラーといわれそうだが、当時はこうしたタイプの小説を示す用語がまだ熟成していなかったためか、「スリル小説」という角書きが付けられている。現在のいわゆるスリラーというわけだろう。『新青年』の一九四〇年一月増刊号には、サックス・ローマー Sax Rohmer（一八八三〜一九五九、英）の「黒い弥撒《ミサ》」Tcheriapin（一九二〇）が訳載されており、桜田がこの作品に目を通していたかどうかは分からないが、こうした傾向の作品の翻訳と前後して「呪教十字章」が書かれたことは、桜田のセンスの良さをうかがわせるものがある。

「沙漠の旋風」では、「石油を重要資源とする祖国日本のために」という行動原理が、遊牧民の姫の台詞を通して示されていたが、以後の作品では主人公格の日本人が、敵性国家への対敵工作につながるような行動をとるものの、それでもストレートに国策思想が示されることは少ない。最も露骨に示されるのは「啞の雄叫《おたけ》び」（四二）である。援蔣ビルマ・ルートを掌握して、米英による蔣介石への援助を阻止しようとする物語だが、ビルマ独立運動を絡めるのはともかく、そのために中国人に変装し、ビルマ人と結婚し、最終的には「新東亜の妻」として教育することに成功するという展開は、現在の視点から見ても目を覆わんばかりの強引なプロットである。「南方小説集」という特集のために無理にひねり出したプロットではないかとも思われるくらいだが、この「啞の雄叫び」のみ、登場する日本人主人公の名前が明示されていないのは意味深長だ。桜田自身、日本人の名を冠したくなかったのではないかと深読みしたくなってくる。

右の「啞の雄叫び」では、日本人が中国人に変装して、なおかつビルマ独立運動グループの首領を演じるという、一人三役の設定になっているのだが、桜田の作品は本作に限らず、日本人が他国人に変装するトリックが頻出する。最も極端なのは「蛇頸龍《プレジオサウラス》の寝床」（四一）に見られる、インド人老学者への変装であろう。人間だけではない。「落陽の岩窟」（四三）では、駿馬を駄馬に変装させて隠匿するというトリックまで見られる。こうした変装趣味から連想されるのはアルセーヌ・ルパン・シリーズであり、アルセーヌ・ルパンが愛国心あふれる侠盗であったことを思い合わせるなら、探偵作家としての桜田十九郎を考える場合は、ルパンものの影響を考慮してもいいだろう。桜田と同時期に小栗虫太郎が『新青年』誌上において書き継いでいた、いわゆる人外魔境シリーズ（三九〜四一）の第二話「大暗黒」（三九）では、主役である日本人が、「洒脱で義心に富み、縦横の智略」を有した、アルセーヌ・ルパンの好敵手にもなろうかというキャラクターとして、語り手によって紹介されていたことも思い出される。小栗のシリーズでは変装ということは前景化していないが、それだけにいっそう、桜田作品の特徴として、変装という趣向が際立って感じられるのである。また、桜田作品のヒーローたちの多くが、作中でヒロインとの恋愛を成就させるあたりも、アルセーヌ・ルパンを連想させるものがある。そして、ルパンものが冒険探偵小説として受け入れられるのであれば、桜田作品もまた、立派な冒険探偵小説といえるのではないか。

トリック趣味ということでいえば、死体の頭皮を使った重要文書の伝達というリアルなものから、恐竜の卵に見せかけて爆弾を運ぶという奇想天外なものまで、それなりに創意を見せている点も忘れるわけにはいかない。魔女の呪いに見せかけた連続狂死事件の顚末を描いた「魔女の木像」（四二）になると、時局臭を除けば、一般的な探偵小説と何ら変わりのない出来ばえを示しているといっても過言ではない。先にふれた「呪教十字章」でも、日本刀の力がブードゥー教の呪いに打ち勝ったと済ませても構わなかったはずだが、主人公の友人であるドイツ人記者に、呪術師の死や、本来の呪いの対象だった商人の死に、合理的な説明をさせようとしている点が興味深い。恐竜の卵が爆弾だったというのも、超自然な出来事に対する合理的な説明の一種といえなくもない。

桜田十九郎という作家は、存外、探偵小説に近いスタンスにいた作家なのである。

5

本解題の冒頭で引用した、『幻影城』七五年三月号で組まれた特集の前説「〝冒険ロマン〟の特集について」において書き手のSは「わが国における冒険小説の出発は、探偵小説が黒岩涙香の翻案ものによって一般庶民の読物から発展したのと違って、明治維新後の海外雄飛の思想から端を発している」と述べている。小栗虫太郎の人外魔境シリーズのような、怪奇幻想の要素を極力抑えて、日本人男性の任俠的な活躍を描いた桜田十九郎の作品は、まさに明治期の海外雄飛思想に基づく冒険小説の系譜に位置する。

右に述べたような作品世界に、アルセーヌ・ルパン的な探偵小説の要素（伝奇的探偵小説の要素といってもよい）を絡めながら描いたものという視点から、時局下の国策冒険小説とは一線を画す作家として、再評価が望まれる。本書『桜田十九郎探偵小説選』がそのよすがとなれば幸いである。

以下、本書収録の各編について解題を記しておく。

「鉄の処女」は、『モダン日本』一九三七年一〇月臨時増刊号（八巻一二号）に掲載された。

公募小説の当選作として発表され、「スペイン動乱小説」と肩書きされていた。初出時には「当選小説発表」と題した無署名の記事が作品の最後に掲げられており、そこでは選考の経緯が以下のように語られている。

応募原稿五百六十四篇、小説に、実話にそれぞれ佳篇多く、編輯局にて数回に亘つて慎重に選考を重ねた結果、最後に桜田氏の「鉄の処女」が当選することに決定した。作の内容はリアリテイに乏しいきらひはあるが地中海を舞台にした材料が特異な怪奇とスリルに満ち、ストオリイに変化があり、人物や情景がビビッドに描かれてゐて興味と魅力を呼ぶ点で他の追従を許さぬものがあつた。

ちなみに選外佳作の中には伊志田和郎や光石介太郎の名前も見える。

浅井健は「櫻田十九郎と中村美与子」（『幻影城』七五・三）において「当時としては、日本人が西欧で活躍するという新しい型の冒険小説であった」といい、次のように評している。

この頃海外を素材にした作家に橘外男がいるが、橘は冒険小説というより怪奇小説である。櫻田の小説はむしろ山中峯太郎の少年小説の本郷義昭ものの系譜を引くものであるが、この作品には山中が意図した大陸侵略を正当化する思想がなく、ロマン性豊かな作品である。

「燃えろモロッコ」は、『モダン日本』一九三八年一〇月臨時増刊号（九巻一二号）に掲載された。

壱千円懸賞当選小説として、川端克二「潮風に乗る女」、松本三郎「憂愁夫人」、歴山十馬「父の栄光」と共に掲載された。内容を示唆する角書きや肩書きなどは特に付されていない。

「髑髏笛」は、『新青年』一九三九年一二月号（二〇巻一六号）に掲載された。

初出時には「国際冒険任俠小説」と角書きされ、次のようなリード文が付されていた。

回教法典《コーラン》の掟に縛られた悲しき恋、併し土人から「セニヨール白刃《ラ・スパダ》」の異名をとつた日本人《ハポネーゼ》キノシタは怯まなかつた。恐しき新月《ヒラール》部落に於る髑髏笛の妖しき音《ね》！
新人快作を提《ひつさ》げて登場。

「**めくら蜘蛛**」は、『新青年』一九四〇年一月号（二一巻一号）に掲載された。後に、中島河太郎編『新青年傑作選集Ｖ／おお、痛快無比‼』（角川文庫、七七）に採録されている。

初出時には「冒険怪奇小説」と肩書きされ、次のようなリード文が付されていた。

新人の第二作！　前号、モロッコの蛮地に於て怪奇的大冒険を演じた作者は、此処《ここ》安南山脈の奥地に如何なる物語を探らんとするか。めくら蜘蛛の怪とは何？

「めくら蜘蛛」をアンソロジーに採録した中島河太郎は、本作のフロント・ページで次のように述べている。

冒険怪奇小説の肩書をつけた舞台は、安南の旧都順化である。いまのヴェトナムのユエにあたるから、この前の戦争報道によく登場した地名である。密林の奥深く鎮座する魔神にちりばめられた宝石探索の冒険を述べながら、背後に安南独立運動がからんでいる。フィリッピン・蒙古・中国・安南などの独立運動の支援は、明治以後の冒険小説に一貫するテーマであったが、太平洋戦争当時の大東亜共栄圏の構想は志士の夢と裏腹の結果になった。それはともかく、宝探しと独立運動を、推理仕立てにした工夫がこらされている。

「**女面蛇身魔**《ラミア》」は、『新青年』一九四〇年四月号（二一巻五号）に掲載された。

初出時には「怪奇冒険小説」と角書きされ、「一読戦慄！　アマゾン秘境の怪奇譚《ものがたり》。日本人牧の冒険！」というリード文が付されていた。

「**呪教十字章**」は、『新青年』一九四〇年一一月号（二一巻一二号）に掲載された。

初出時には「スリル小説」と角書きされている。また本文の途中に「日本刀一夕話《いっせきわ》」と題したコラムが掲載されており、「本小説に於ては、日本刀の霊妙さが扱はれてゐるが」と書き出されていた。これでは作品のオチを明かしているようなものであり、何とも大らかな時代であった。コラムの内容自体は、明治維新までに「万邦無比の日本刀を鍛へた所謂刀剣工」が何人いたかを踏まえ、日本中で日本刀が何本算出されたかを述べたものである。
なお、物語の冒頭「悪魔ホワード」の章で「チェコ問題当時と異り、今度はミュンヘン人も、チェンバレン英首相の洋傘《カウモリ》を見ることが出来さうもない。独逸人引上げの最後の船は、明日《みやうにち》出るといふ。いよ〳〵独逸と戦争だ」とあるが、最初のチェコ問題というのは、一九三八年にドイツ政府がチェコスロバキア政府に対して、ズデーテン地方でのドイツ人の自治を求めたことに端を発する、ズデーテン危機が踏まえられている。同年に開かれたミュンヘン会談において、英仏伊独の首脳によって協定が結ばれ、ズデーテン地方のドイツ譲渡が決定された。その際、イギリスの首脳として出席したのがネヴィル・チェンバレン（一八六九～一九四〇）である。その後、一九三九年九月一日にドイツ軍がポーランドに侵攻。これに対してチェンバレンは同年九月三日に対独宣戦布告を国民に伝え、第二次世界大戦が始まった。本作品の最後に掲げられているジェーン・ホワードの手紙は、一九三九年八月二十九日となっていて、実際の開戦の時間軸とは微妙に合わないような気もするが、右のような歴史の動きが背景として作品に取り込まれていることは押さえておいてよい。デビュー作の「鉄の処女」や「燃えろモロッコ」などでもスペイン内戦を背景としていたように、歴史の大きなうねりに関わる個人というプロットは、桜田がよく好むところであった。

「沙漠の旋風」は、『新青年』一九四一年一月号（二二巻一号）に掲載された。
初出時には「冒険小説」と角書きされ、「旋風のやうにすばしこくて、姿もとらへられぬ日本人ササキ……それは沙漠の一つの驚異とされてゐた。」というリード文が付されていた。

「五時間の生命《いのち》」は、『新青年』一九四一年六月号（二二巻六号）に掲載された。初出時には「冒険小説」と角書きされている。

「蛇頸龍《プレジオサウラス》の寝床」は、『新青年』一九四一年八月号（二二巻八号）に掲載された。初出時には「国際冒険」と角書きされている。

「屍室《しつ》の怪盗」は、『新青年』一九四一年一二月号（二二巻一二号）に掲載された。初出時には「国際秘録」と肩書きされている。

冒頭「屍体の泣声」の章に「西部欧洲を平定した独逸は、東方に進出して、いま対ユーゴー戦、クレタ島攻略戦に終止符を打つたところ」と書かれているが、前者はユーゴスラビア侵攻（四月戦争とも呼ばれる）、後者は「クレタ島の戦い」（ドイツ側からはメルクール作戦と呼ばれる）のこと。この冒頭の記述から、作品世界は一九四一年の四月頃に設定されていることが分かる。日本は前年に日独伊三国同盟を締結したばかりで、日本軍が真珠湾を攻撃し太平洋戦争が勃発したのは、同じ一九四一年の十二月のことであった。

「**悪霊《バディ》の眼**」は、『新青年』一九四二年一月号（二三巻一号）に掲載された。初出時には「国際冒険」と角書きされている。

マレー半島において活動していたハリマオと呼ばれる日本人は実在していたが、本作品に登場するようなトウヘイ・トクラ（戸倉）という姓名ではなかった。実在する、ハリマオと呼ばれた谷豊は、一九四二年三月に病歿しており、その死後、戦意高揚のシンボル・キャラクターとして賞揚された。『マライの虎』と題する映画も作られ、一九四三年に公開されている。戦後の子ども向けヒーロー番組『快傑ハリマオ』（六〇）は、このとき作られたイメージに基づいている。桜田の作品は谷豊が死ぬ前に発表されたことでもあり、実在のハリマオをモデルにしたものというより、マレー半島で活躍する日本人に付けられそうな異名として考えられたに過ぎないと見るべきだろう。

「**啞の雄叫《おたけ》び**」は、『新青年』一九四二年三月号（二三巻三号）に掲載された。

本作品は「特輯／南方小説集」の一編として、木村荘十「スコール」（舞台は泰《タイ》）、守友恒「楯と投槍」（舞台はニューギニア）と共に発表されたもので、本文のタイトルには「南方小説」と肩書きされている。編集後記にあたる「編輯さろん」には「皇軍の戦果赫々たる南方の地に主題をとつて、気鋭の三氏のコンクール。目下、新聞紙上でお馴染みの地名が続出することではあり、特に感興豊かなものがあらうと思ふ」と記されていた（筆者は相澤正己）。

「**魔女の木像**」は、『新青年』一九四二年七月号（二三巻七号）に掲載された。初出時には「冒険小説」と角書きされている。

「**落陽の岩窟**」は、『新青年』一九四三年一月号（二四巻一号）に掲載された。初出時の本文には角書きはないが、目次には「国際冒険」とジャンル分けされている。

「**恐怖の水牢**」は、『譚海』一九四四年二月号（二五巻二号）に掲載された。初出時には「中篇読切冒険小説」と角書きされている。

冒頭で語られるエルトグロール号遭難事件は、一八九〇（明治二三）年に実際に起きた事件で、現在でも日本とトルコの友好関係がこれによって始まったとされている。なお、エルトグロールというのは英語読みで、より原音に近いのはエルトゥールル Ertuğrul である。

巻末には参考作品として、冒険小説作家としての地位を確立する以前に発表された、現在分かっている範囲での創作および実話作品を、別名義も含めてまとめておいた。

「**青龍白虎の争闘**」は、『サンデー毎日』一九三三年六月一八日号（一二年二九号）に、桜田十九郎名義で掲載された。

「わが武勇伝」というテーマでの実話公募に入選した作品。

「**哀愁佃夜話**」は、『サンデー毎日』一九三三年一〇月一日号（一二年四五号）に、浮世夢平名義で掲載された。

「心中風土記」というテーマでの実話公募に入選した作品。ただし読後感は、実話というより創作という印象が強い。

「**幇間**《たいこ》**の退京**」は、『サンデー毎日』一九三五年四月二八日号（一四年二一号）に、浮世夢介名義で掲載された。

第十六回『大衆文芸』入選作として、初出誌の巻頭を飾っている。巻末に収録した「作者の言葉」も同誌本文中に掲載されたもの。

「**夏宵痴人夢**」は、『サンデー毎日』一九三五年六月二日号（一四年二七号）に、浮世夢介名義で掲載された。『サンデー毎日』主催の『大衆文芸』募集に入選ないし選外佳作となった書き手の新作を集めた特集「新人大衆文芸傑作集」の一編として、村上元三「駅路」、赤沼三郎「鉛毒を警告する男」、小杉健后「五月の雲は青春のパンツだ」、立川荘一「忠臣蔵十三段目品川宿の場」と共に発表された。初出本文のタイトルに振り仮名は振られていないが「なつのよい　ちじんのゆめ」とでも読ませるものか。

［解題］**横井　司**（よこい つかさ）
1962年、石川県金沢市に生まれる。大東文化大学文学部日本文学科卒業。専修大学大学院文学研究科博士後期課程修了。95年、戦前の探偵小説に関する論考で、博士（文学）学位取得。共著に『本格ミステリ・ベスト100』（東京創元社、1997）、『日本ミステリー事典』（新潮社、2000）、『本格ミステリ・フラッシュバック』（東京創元社、2008）、『本格ミステリ・ディケイド300』（原書房、2012）など。現在、専修大学人文科学研究所特別研究員。日本推理作家協会・本格ミステリ作家クラブ会員。

桜田十九郎氏の著作権継承者と連絡がとれませんでした。ご存じの方はお知らせ下さい。

桜田《さくらだ》十《と》九《く》郎《ろう》探偵《たんてい》小説《しょうせつ》選《せん》　〔論創ミステリ叢書75〕

2014年5月20日　初版第1刷印刷
2014年5月30日　初版第1刷発行

著　者　桜田十九郎
監　修　横井　司
装　訂　栗原裕孝
発行人　森下紀夫
発行所　論創社
〒101-0051 東京都千代田区神田神保町2-23 北井ビル
電話 03-3264-5254 振替口座 00160-1-155266
http://www.ronso.co.jp/

印刷・製本　中央精版印刷

Printed in Japan　ISBN978-4-8460-1325-7

論創ミステリ叢書

①平林初之輔Ⅰ
②平林初之輔Ⅱ
③甲賀三郎
④松本泰Ⅰ
⑤松本泰Ⅱ
⑥浜尾四郎
⑦松本恵子
⑧小酒井不木
⑨久山秀子Ⅰ
⑩久山秀子Ⅱ
⑪橋本五郎Ⅰ
⑫橋本五郎Ⅱ
⑬徳冨蘆花
⑭山本禾太郎Ⅰ
⑮山本禾太郎Ⅱ
⑯久山秀子Ⅲ
⑰久山秀子Ⅳ
⑱黒岩涙香Ⅰ
⑲黒岩涙香Ⅱ
⑳中村美与子
㉑大庭武年Ⅰ
㉒大庭武年Ⅱ
㉓西尾正Ⅰ
㉔西尾正Ⅱ
㉕戸田巽Ⅰ
㉖戸田巽Ⅱ
㉗山下利三郎Ⅰ
㉘山下利三郎Ⅱ
㉙林不忘
㉚牧逸馬
㉛風間光枝探偵日記
㉜延原謙
㉝森下雨村
㉞酒井嘉七
㉟横溝正史Ⅰ
㊱横溝正史Ⅱ
㊲横溝正史Ⅲ
㊳宮野村子Ⅰ
㊴宮野村子Ⅱ
㊵三遊亭円朝
㊶角田喜久雄
㊷瀬下耽
㊸高木彬光
㊹狩久
㊺大阪圭吉
㊻木々高太郎
㊼水谷準
㊽宮原龍雄
㊾大倉燁子
㊿戦前探偵小説四人集
(別)怪盗対名探偵初期翻案集
(51)守友恒
(52)大下宇陀児Ⅰ
(53)大下宇陀児Ⅱ
(54)蒼井雄
(55)妹尾アキ夫
(56)正木不如丘Ⅰ
(57)正木不如丘Ⅱ
(58)葛山二郎
(59)蘭郁二郎Ⅰ
(60)蘭郁二郎Ⅱ
(61)岡村雄輔Ⅰ
(62)岡村雄輔Ⅱ
(63)菊池幽芳
(64)水上幻一郎
(65)吉野賛十
(66)北洋
(67)光石介太郎
(68)坪田宏
(69)丘美丈二郎Ⅰ
(70)丘美丈二郎Ⅱ
(71)新羽精之Ⅰ
(72)新羽精之Ⅱ
(73)本田緒生Ⅰ
(74)本田緒生Ⅱ
(75)桜田十九郎

論創社